Jules Vitrac ist eine erfolgreiche deutsche Schriftstellerin und Juristin. In ihren Krimis verbindet sie berufliche Erfahrung mit kriminellen Abgründen und ein Faible für vertrackte Rätsel mit einer großen Liebe zu Frankreich. «Mord im Elsass» war ihr erster Kriminalroman um Chef de Police Céleste Kreydenweiss und ihren akkuraten jungen Brigadier Luc Bato. Mit «Der Teufel von Eguisheim» legt Jules Vitrac den zweiten Band vor.

Die Presse über «Mord im Elsass»:

«Feinsinnig und hintergründig (…). Ein spannender Krimi über brisante Themen und eine Region, die viel zu bieten hat. Da denkt man gleich: ‹Elsass? Da müsste ich mal wieder hin!›» (SR3)

JULES VITRAC

Der Teufel von Eguisheim

KREYDENWEISS & BATO
ERMITTELN

Kriminalroman

Rowohlt Taschenbuch Verlag

3. Auflage April 2025
Veröffentlicht im Rowohlt Taschenbuch Verlag,
Rowohlt Verlag GmbH, Kirchenallee 19, 20099 Hamburg

Originalausgabe
Zuerst veröffentlicht im Rowohlt Taschenbuch Verlag,
Reinbek bei Hamburg, März 2018
Copyright © 2018 by Rowohlt Verlag GmbH,
Reinbek bei Hamburg
Die Nutzung unserer Werke für Text- und Data-Mining
im Sinne von § 44b UrhG behalten wir uns explizit vor.
Redaktion Elisabeth Mahler
Umschlaggestaltung any.way, Barbara Hanke / Cordula Schmidt
Umschlagabbildung Boris Stroujko / fotolia.com
Satz aus der DTL Documenta PostScript, InDesign, bei
Dörlemann Satz, Lemförde
Printed in Germany
ISBN 978-3-499-27325-4

Kontaktadresse nach EU-Produktsicherheitsverordnung:
produktsicherheit@rowohlt.de

Wahres Unglück bringt der falsche Wahn.

Friedrich von Schiller

1

Das Pfeifen eines Teekessels, das durch das geöffnete Küchenfenster nach draußen drang, störte die frühmorgendliche Stille. Es kam aus dem Dachgeschoss eines spitzgiebeligen Hauses, unweit der Hauptstraße des elsässischen Dörfchens Eguisheim, das um diese Zeit noch im Morgenschlummer lag.

«Eva!»

Ein wütender Ruf – kurz darauf verstummte das Pfeifen abrupt und hinterließ eine Art Vakuum, ein überraschtes Lauschen anstelle des Tons, der eben noch da gewesen war. Ein Hund stromerte gemächlich vorbei, schnüffelte mal hier, mal dort und hob dann an der Ecke jenes Hauses lässig ein Bein. In diesem Moment ertönte ein Schrei. Er ließ den Hund, das Bein noch in der Luft, überrascht zusammenzucken. Es war der Schrei einer Frau, mehr verwundert als schmerzerfüllt, gefolgt von einem wilden Brüllen. Der Hund stand wie erstarrt, noch unschlüssig, welche Richtung als Fluchtweg taugte, als etwas aus dem Fenster des Hauses flog.

Ein Mann, massig und schwer und brüllend wie ein Stier, schlug schwer auf dem Kopfsteinpflaster auf. Ein hässliches Geräusch ließ etwas von gebrochenem Schädel und zerschmetterten Knochen erahnen, und der Hund machte, dass er davonkam.

Wäre Céleste Kreydenweiss, Chef der Police Municipale von Eguisheim, an diesem sommerlichen Montagmorgen nicht so ausgesprochen pünktlich an ihrem Arbeitsplatz in der Mairie erschienen, hätte sie den Fenstersturz womöglich ebenso wie der Hund live miterlebt, denn das dreistöckige Fachwerkhaus mit dem spitzen Giebel befand sich in unmittelbarer Nähe zu ihrer Wohnung. So aber saß sie mit einer Tasse Milchkaffee und einer frischen Brioche an ihrem Schreibtisch und diskutierte mit dem jungen Brigadier Luc Bato wie so oft die Frage, ob man eine weibliche Vorgesetzte unbedingt Chef nennen müsse oder ob man sich nicht einfach zwanglos mit Vornamen ansprechen könne, als das Telefon klingelte.

Bato hob ab, meldete sich gewissenhaft mit Namen und Rang und einem freundlichen «Was kann ich für Sie tun?», dann schwieg er, lauschte der aufgeregten Stimme in der Leitung, und seine dunklen Augenbrauen zogen sich mit jedem Satz ein Stückchen weiter zusammen. Er kritzelte etwas auf seinen Block und fragte: «Haben Sie schon den Krankenwagen gerufen?»

Céleste hob fragend den Kopf. «Was ist los?», bedeutete sie ihm lautlos, doch er schüttelte nur den Kopf.

«Trotzdem hätten Sie zuerst den Krankenwagen rufen müssen», meinte er. «Sie können und dürfen das nicht alleine beurteilen... Nein... Das machen wir jetzt von unterwegs. Ja... Wir kommen sofort. Warten Sie auf uns.» Er legte auf und erhob sich. «Es ist was passiert, Chef», meinte er, und es klang ein wenig verwundert.

«Was denn?» Céleste schob sich den Rest ihrer Brioche in den Mund und spülte sie mit einem Schluck Kaffee hinunter, bevor sie ebenfalls aufstand und ihre Uniformjacke vom Stuhl nahm.

«Jemand ist aus einem Fenster gefallen.» Bato wählte bereits die Notrufnummer.

«Aus dem Fenster?»

«Ja. Er liegt am Cour Unterlinden. Monsieur Grenier vom Zeitschriftenladen hat ihn gefunden, und er meint, er sei mausetot.»

Der Cour Unterlinden war ein kleiner Platz zwischen der Grand'Rue und dem nördlichen Teil der pittoresken, kopfsteingepflasterten Rue du Rempart, die das Dorf wie ein Ring umschloss und eine der Touristenattraktionen von Eguisheim war. Die Kellerei Bertrand Fleckenstein hatte hier ihren Stammsitz, ein dottergelbes Fachwerkhaus wie aus einem Märchenbuch, mit himmelblauen Fensterläden und einem spitzen Türmchen am Eingang. Wie fast alles im Zentrum von Eguisheim befand sich auch der Cour Unterlinden in fußläufiger Entfernung von der Polizeiwache, die ihren Sitz im Rathaus in der Grand'Rue hatte. Dennoch kamen Céleste Kreydenweiss und der Brigadier in ihrem nicht mehr ganz taufrischen Dienstwagen standesgemäß mit Blaulicht und Sirene zum Unfallort und parkten schwungvoll hinter der Touristeninformation. Immerhin handelte es sich um einen Notfall, da machte es keinen guten Eindruck, wenn die Polizei zu Fuß um die Ecke spazierte.

Monsieur Grenier erwartete sie bereits ungeduldig. Steif wie ein Zinnsoldat stand er da und drehte nervös seinen Hut in den Händen. In einigem Abstand lag ein massiger Mann mit weit ausgebreiteten Armen bäuchlings auf dem Asphalt, so, als hätte er versucht zu fliegen. Um seinen Kopf hatte sich eine dunkel glänzende Blutlache gebildet. Céleste ging neben dem Mann in die Hocke und tastete nach seinem Puls. Monsieur

Grenier hatte recht gehabt: Der Mann war mausetot. Schweigend betrachtete sie ihn. Er war barfuß, trug ein Unterhemd und eine blau-weiß gestreifte Pyjamahose.

«Erkennen Sie ihn?», fragte sie den Brigadier, der, etwas grün um die Nase, neben sie getreten war, und richtete sich wieder auf. «Das ist Jean-Marie Knopfer, er hat dort oben gewohnt.» Sie deutete auf die beiden obersten Fenster des Hauses, das direkt gegenüber der Domaine Fleckenstein lag und, soweit Céleste wusste, ebenfalls Bertrand Fleckenstein gehörte. Eines der Fenster stand offen.

Luc nickte. «Ich glaube schon», murmelte er. «Er hat bei Bertrand Fleckenstein gearbeitet.»

«Und? Ich habe doch recht gehabt, oder?», mischte sich Monsieur Grenier von hinten ein. «Er ist tot, oder etwa nicht? Das sieht man gleich.»

Céleste drehte sich zu ihm um. «Haben Sie gesehen, wie er gestürzt ist?», fragte sie.

Alphonse Grenier sah sie erschrocken an und schüttelte den Kopf. «Gott sei Dank nicht.»

«Erzählen Sie mal, wie Sie ihn gefunden haben», forderte ihn die Polizistin auf.

«Ja, das war so ...» Er räusperte sich und zupfte etwas umständlich an seiner Krawatte. Obwohl er tagein, tagaus nur in einem winzigen Zeitschriftenladen hinter der Theke stand, war Alphonse Grenier immer sehr korrekt gekleidet, mit bis oben zugeknöpftem Hemd, Schlips und Weste, dazu trug er auf der Straße stets Mantel und Hut. «Ich war wie üblich auf dem Weg zum Laden. Meine Frau und ich, wir wohnen in der Rue du Muscat, und jeden Morgen nehme ich die gleiche Route, über die Grand'Rue und den Cour Unterlinden in die Rue du Rempart ... Und da lag er.» Er deutete etwas theatralisch auf den Mann am Boden. «In seinem Blut! Was glauben Sie, wie ich erschrocken bin. So etwas sieht man schließlich nicht alle Tage...»

«Natürlich nicht», pflichtete Céleste ihm bei. Als der Krankenwagen ankam und die Sanitäter heraussprangen, wandte sie sich an ihren Brigadier. «Bato, rufen Sie Capitaine Wolfsberger an.»

Bato verzog das Gesicht und zückte widerstrebend sein Handy. «Muss wohl sein.»

Didier Wolfsberger, der Chef der zuständigen Kriminalpolizei von Colmar, war nicht nur bei den beiden Gemeindepolizisten äußerst unbeliebt. Auch André Ginglinger, der Bürgermeister von Eguisheim, der von allen nur Dédé genannt wurde, konnte ihn nicht ausstehen. Céleste kannte Wolfsberger aus ihrer Zeit bei der Police Nationale in Straßburg, wo sie einige Jahre als Kriminalbeamtin gearbeitet hatte, ehe sie auf eigenen Wunsch nach Eguisheim und zur Police Municipale zurückgekehrt war. Sie hatte den Wechsel zur Gemeindepolizei nie bereut, der einzige Wermutstropfen war Didier Wolfsberger, der vor kurzem ebenfalls von Straßburg nach Colmar versetzt worden war. Da sie jedoch eher selten größere Kriminalfälle in Eguisheim zu lösen hatten, hielt sich der Kontakt in Grenzen, und wenn es nach Céleste ging, sollte das auch so bleiben.

Sie blickte wieder nach oben zu dem offenen Fenster und runzelte die Stirn. «Wenn Sie nicht gesehen haben, wie Monsieur Knopfer aus dem Fenster gefallen ist, woher wissen Sie es dann?», wollte sie von Monsieur Grenier wissen.

«Na, von Eva, seiner Frau. Sie stand oben und schaute herunter. Es war wohl gerade eben erst passiert. Als sie mich gesehen hat, hat sie mir zugerufen, er sei gesprungen.»

«Gesprungen? Hat sie tatsächlich *gesprungen* gesagt?»

Alphonse Grenier nickte, plötzlich verunsichert. «Ja, ich glaube schon ... Aber jetzt, wo Sie so nachfragen, finde ich das auch seltsam. Vielleicht habe ich mich verhört?»

«Wo ist Eva Knopfer jetzt?»

Monsieur Grenier zuckte mit den Schultern. «Keine Ahnung.»

«Ist sie denn nicht heruntergekommen, um nach ihrem Mann zu sehen?», fragte Céleste.

«Nein. Sie ist gleich wieder vom Fenster verschwunden, und ich habe sie seither nicht mehr gesehen. Ich habe dann bei Ihnen auf dem Polizeirevier angerufen und mich nicht mehr von der Stelle bewegt. Hätte ich nach ihr sehen sollen?» Er wurde zunehmend nervös und zerknautschte seinen Hut. «Ich dachte, wegen der Spuren und so ...»

«Nein. Sie haben alles richtig gemacht», sagte Céleste beruhigend. Dann wies sie Luc an, zusammen mit Monsieur Grenier auf die Brigade Criminelle zu warten.

«Und Sie, Chef?», wollte Bato wissen. Er war noch immer etwas blass unter seiner sonnengebräunten Haut und schaute unbehaglich drein. Der Anblick eines Toten machte ihm jedes Mal mehr zu schaffen, als ihm lieb war, und die Aussicht, auch noch Didier Wolfsberger alleine gegenüberzutreten und sich anschnauzen lassen zu müssen, versprach doppeltes Ungemach. Entschieden zu viel für einen Montagmorgen.

«Ich sehe nach der Ehefrau», meinte Céleste und lächelte ihm aufmunternd zu. «Sie machen das schon, Bato.»

Während Céleste die enge, knarzende Stiege nach oben ging, überlegte sie, was sie von dem Ehepaar Knopfer wusste. Jean-Marie Knopfer hatte in der Kellerei Fleckenstein gearbeitet. Sie schätzte ihn auf Anfang sechzig. Ursprünglich selbst Weinbauer, hatte er vor einigen Jahren Insolvenz anmelden und seinen Weinberg verkaufen müssen. Seitdem hatte er bei Bertrand Fleckenstein als eine Art Hausmeister gearbeitet. Célestes Großvater Théo, der ebenfalls einen Weinberg bewirtschaftete, hatte ihr davon erzählt. Jean-Marie Knopfer galt allgemein als jähzornig und streitbar – es gab kaum einen im Dorf, mit dem er sich noch nicht angelegt hatte. Etwas Ernsteres war Céleste jedoch bisher nicht zu Ohren gekommen. Sie nahm sich vor, die entsprechenden Register dennoch zu überprüfen. Von seiner Frau wusste Céleste wenig. Sie schien still und zurückhaltend, optisch eher der Typ graues Mäuschen. Céleste schätzte, dass sie neben ihrem polternden Mann nicht viel zu melden gehabt hatte. Aber das waren nur Spekulationen.

Inzwischen war sie an der Wohnungstür angelangt und klopfte. «Hallo? Madame Knopfer, machen Sie bitte auf!», rief sie und hielt dann das Ohr nahe an die massive Holztür, um zu lauschen.

Drinnen blieb alles still. Soweit sie wusste, lebte das Ehepaar allein hier, die Kinder waren längst ausgezogen. Sie klopfte noch einmal, dieses Mal lauter, und als sie ein Geräusch zu hören glaubte, trat sie einen Schritt zurück und wartete.

Die Tür öffnete sich langsam. Eva Knopfer bot ein Bild des Jammers: Noch im Morgenmantel und barfuß, die fahlbraunen, von grauen Strähnen durchzogenen Haare wirr und ungekämmt, stand sie einfach nur da, kreidebleich, mit hängenden Armen. Der Schock, hätte man meinen können. Doch was Céleste dazu veranlasste, scharf die Luft einzuziehen und die Frau vorsichtig am Arm zu nehmen wie ein Kind, das kurz davor ist, etwas Dummes oder Gefährliches zu tun, war die Tatsache, dass Eva Knopfer ein blutiges Messer in der Hand hielt. Außerdem waren ihr rosa Nachthemd und ihr rechtes Bein blutverschmiert.

Céleste wand Eva Knopfer behutsam das Messer aus der Hand und schob sie sanft zurück in die Wohnung. Die Frau ließ es teilnahmslos geschehen. Dann rief Céleste Luc an und bat ihn, die Sanitäter heraufzuschicken.

«Er ist einfach rausgesprungen», murmelte Eva Knopfer, während Céleste sie zu einem Stuhl führte. Die verstörte Frau setzte sich folgsam.

Céleste runzelte die Stirn. «Sie meinen, er ist gefallen, oder?»

Eva Knopfer schüttelte den Kopf, langsam, wie in Trance. «Er ist gesprungen. Einfach so, als ob wir 'nen verdammten Garten vor dem Fenster hätten ...»

«Und die Wunde?», fragte Céleste und deutete auf die Stelle an Eva Knopfers Oberschenkel, wo ein tiefer Schnitt klaffte.

«Das war auch er. Vorher. Also bevor er gesprungen ist», sagte sie und klang noch immer fassungslos. «Er hat mir plötzlich mit voller Wucht das Messer ins Bein gerammt. Es ist sogar stecken geblieben. Ich musste es rausziehen.»

Céleste warf einen Blick auf das Messer. Es war stumpf und nicht sehr spitz, ein Frühstücksmesser, kaum als tödliche Waffe geeignet.

«Warum hat er das getan?», wollte sie wissen. «Haben Sie sich gestritten?»

Die Frau schüttelte den Kopf. «Nicht mehr als sonst auch. Der Teekessel hat ihn genervt. Ich hab ihn vom Herd runtergenommen und wollte gerade das Wasser in die Kanne gießen, da hat er zugestochen ... einfach so.» Sie begann zu lachen, und gleichzeitig liefen ihr Tränen über das Gesicht. «Das ist doch total irre ...»

«Ja, klingt so», bestätigte Céleste und sah sich um. Eine bescheidene Wohnküche mit Gasherd und Küchenzeile, daneben ein Tisch mit vier Stühlen. Er war fürs Frühstück gedeckt.

Auf einem der Teller lag ein aufgeschnittenes Stück Baguette, zur Hälfte mit Butter bestrichen – ein Messer war nirgends zu sehen. Offenbar war das Jean-Maries Platz gewesen.

Céleste hatte keine Gelegenheit, Eva Knopfer weitere Fragen zu stellen, denn in diesem Moment kamen die Sanitäter zur Tür hereingepoltert. Sie erklärte knapp die Situation, und während sie begannen, Eva Knopfers Wunde zu untersuchen, waren in der Ferne bereits die Polizeisirenen der Brigade Criminelle zu vernehmen. Gleich würde Wolfsberger da sein.

Céleste wandte sich an die beiden Sanitäter: «Nehmen Sie sie bitte gleich mit ins Krankenhaus. Sie hat einen Schock erlitten. Und vielleicht ist die Schlagader verletzt...»

Der Sanitäter, der gerade einen Verband anlegte, nickte. «Machen wir.»

Und so kam es, dass Eva Knopfer bereits auf dem Weg ins Krankenhaus war, als Didier Wolfsberger in einem pastellgrün-weiß gestreiften Hemd und blauen Mokassins mit weißen Sohlen die Treppe heraufkam.

Kaum dass er Céleste bemerkte, stöhnte er genervt auf. «Sie schon wieder, Kreydenweiss!»

Ganz so, als hätte sie persönlich Jean-Marie Knopfer aus dem Fenster geworfen, nur um ihn zu ärgern. Céleste hatte keine Lust, sich mit dem Capitaine zu streiten. Nicht an einem Montagmorgen. Eigentlich überhaupt nie.

«Jean-Marie Knopfer, er wohnt hier mit seiner Frau Eva», sagte sie deshalb lediglich und fügte hinzu: «Angeblich ist er während des Frühstücks einfach aus dem Fenster gesprungen.»

Wolfsbergers Blick wanderte langsam von Céleste zu dem offenstehenden Fenster und wieder zurück. «Einfach gesprungen. Während des Frühstücks. Aha...»

«Sagt seine Frau.»

«Und wo ist das arme Frauchen, das zusehen musste, wie sein Mann – einfach mal so, hopp – aus dem Fenster gesprungen ist?»

«Sie ist im Krankenhaus.» Céleste deutete auf das Messer. «Damit hat er sie zuvor angegriffen.»

Wolfsberger warf einen Blick darauf. «Oho, das ist ja mal eine furchterregende Waffe.»

«Er hat ihr das Messer so heftig in den Oberschenkel gerammt, dass es stecken geblieben ist.»

Wolfsberger vergaß vor Verwunderung sein höhnisches Gehabe. «In den Oberschenkel? Wieso das denn?»

«Die Frau sagt, sie habe keine Ahnung. Und ihn können wir ja nicht mehr fragen.»

«Haha.» Wolfsberger verzog das Gesicht. «Sehr witzig, Kreydenweiss.»

«Montags immer», gab Céleste spitz zurück. Dann deutete sie erneut auf das Messer. «Da sind übrigens meine Fingerabdrücke drauf, ich musste es anfassen, um es Frau Knopfer abzunehmen.»

Wolfsberger maß sie mit einem vorwurfsvollen Blick, enthielt sich aber eines Kommentars. Sie schwiegen beide einen Moment, dann platzte es aus ihm heraus: «Das ist doch Schwachsinn, Kreydenweiss.»

«Was meinen Sie?»

«Sie werden doch nicht glauben, was Ihnen diese Frau erzählt hat. Aus dem Fenster gesprungen! Dass ich nicht lache. Sie hat ihn runtergestoßen, als er sich aus dem Fenster gebeugt hat. Wahrscheinlich ist ihr der Alte einfach auf den Zeiger gegangen, wie er so dastand, im Unterhemd ... nicht mehr ganz taufrisch ... und wahrscheinlich hat sie sich die Wunde danach selbst zugefügt, um wie eine arme misshandelte Frau dazustehen und nicht wie eine eiskalte Mörderin. Und Sie sind natürlich so naiv und glauben ihr aufs Wort.»

Céleste musterte ihn ungerührt. «Ich glaube gar nichts, Capitaine. Das ist Ihr Fall. Ich bin hier nur die Gemeindepolizistin.» Sie deutete einen spöttischen Salut an und verließ die Wohnung, ohne dass Didier Wolfsberger noch etwas hätte erwidern können. Im Treppenhaus kam ihr Luc entgegen.

«Alles in Ordnung, Chef?», fragte er beunruhigt. «Ich habe die Frau unten bei den Sanitätern gesehen, sie war voller Blut...»

Céleste nickte. «Eine seltsame Geschichte», meinte sie nachdenklich. «Angeblich ist er einfach gesprungen.»

Sie gingen hintereinander die Stiege hinunter und traten hinaus in den warmen Sonnenschein.

«Was sagt Capitaine Wolfsberger dazu?», wollte Bato wissen.

«Noch nicht viel.» Céleste zuckte mit den Schultern. «Aber für ihn ist jetzt schon klar, wie es abgelaufen sein muss.» Sie berichtete ihm von dem Messer und Capitaine Wolfsbergers Theorie.

Bato hörte ihr schweigend zu, dann meinte er: «Und Sie, Chef?»

«Was ist mit mir?»

«Was denken Sie?»

Céleste blinzelte in die Sonne. «Ich denke, er täuscht sich.»

Bato nickte, Célestes Einschätzung schien ihn weder zu überraschen, noch schien er sie in Zweifel zu ziehen. «Und was tun wir jetzt?»

«Wir? Nichts.»

«Das ist nicht Ihr Ernst!» Bato blieb stehen und sah sie empört an.

«Aber Bato, ich muss mich doch wundern», Céleste warf dem Brigadier einen belustigten Blick zu. «Ungeklärte Todesfälle und blutige Messerstechereien fallen nicht in unseren Zuständigkeitsbereich.»

Bato schüttelte eigensinnig den Kopf. «Stimmt nicht. Sie selbst sagen immer, alles, was in unserem Dorf passiert, liegt in unserer Zuständigkeit.»

Céleste musste sich ein Lächeln verkneifen. Schweigend schlenderten sie zu ihrem altersschwachen Mégane, dann meinte sie beiläufig: «Wir könnten noch mal mit Eva Knopfer sprechen und sie fragen, wie sie zu ihrem Gatten stand. Außerdem könnten wir die Strafregister durchsehen und uns ein bisschen umhören, ob er was auf dem Kerbholz hatte. Und vergessen Sie nicht, Bato, Sandrine ist meine Freundin...»

Sandrine Veilleux war die Gerichtsmedizinerin in Colmar, und wenn Jean-Marie Knopfers Verletzungen Spuren von Fremdeinwirkung aufweisen sollten, dann würde sie es herausfinden.

«Oh. Gut.» Luc Bato machte ein erleichtertes Gesicht. «Ich dachte schon, Sie meinten das ernst.»

Céleste stieg ein. «Sie haben ja etwas von einem Rebellen, Bato.»

«Von einem Rebellen?» Er sah sie überrascht an, während er seine langen Beine in den Fußraum faltete und sich dann gewissenhaft anschnallte. «Das hat mir wirklich noch niemand gesagt.»

Céleste lachte. Auf dem kurzen Weg zurück zur Mairie musterte sie ihren jungen Assistenten noch immer belustigt. Luc war immer für eine Überraschung gut. Mit seiner kräftigen Statur, den großen Händen und dem wettergegerbten Gesicht wirkte er weniger wie ein Polizist als ein Bergbauer aus den

Vogesen, wo er auch tatsächlich herstammte. Seine Familie besaß einen abgelegenen Hof im Munstertal, einer einsamen, rauen Gegend, wo der bekannte Munsterkäse hergestellt wird. Als Luc ihr vor einigen Jahren zugeteilt wurde, frisch von der Polizeischule, hatte sie ihn für einen braven, etwas naiven Jungen gehalten, dem seine Mutter die Wäsche wusch und der stets ein frischgebügeltes Stofftaschentuch bei sich trug. Letzteres stimmte zwar; auch mochte Luc jung und relativ unerfahren sein, aber er lernte schnell, und naiv war er keineswegs. Und wenn es darum ging, Wolfsberger eins auszuwischen, entwickelte er einen geradezu sensationellen Kampfgeist.

In der Mairie erstatteten sie zunächst Dédé Bericht darüber, was sich am Morgen ereignet hatte. Der war auf dem Sprung und lauschte ihnen daher nur mit halbem Ohr. Seine Frau Edith warte, meinte er mit einem gehetzten Blick auf die Uhr, er müsse sie zur Rehaklinik nach Schiltigheim fahren, wo sie wegen ihres neuen Hüftgelenks acht Wochen bleiben werde. Er war schon an der Tür, als ihm noch etwas einfiel: «Und Wolflinger?»

«Wolfsberger», verbesserte ihn Luc gewohnheitsmäßig. Das schlechte Namensgedächtnis des Bürgermeisters war berühmt-berüchtigt.

Dédé winkte ab. «Ja, ja, egal, was meinen Sie, wird der Idiot uns wegen dieser Sache nerven?»

Céleste schüttelte den Kopf. «Ich glaube nicht, Monsieur Le Maire.»

«Aber dass Sie mir informiert bleiben!» Dédé kam ein paar Schritte zurück und fuchtelte mit seinem dicken kurzen Zeigefinger vor den Gesichtern der beiden herum. «Er darf zu keiner Zeit mehr wissen als wir.»

«Natürlich nicht. Wir kümmern uns darum», gab Céleste zurück.

«Sie können sich auf uns verlassen, Monsieur le Maire», ergänzte Bato zackig und stand soldatenstramm.

«Gut, gut!» Dédé zückte ein Taschentuch und wischte sich über die Stirn – eine Angewohnheit, die jeder kannte und die im Dorf entsprechend oft karikiert wurde. Man musste sich nur andeutungsweise über die Stirn streichen, und jedes Kind wusste, wer gemeint war.

«Sie können sich wieder locker machen, Bato», meinte Céleste, nachdem Dédé, nicht ohne einen weiteren nervösen Blick auf die Uhr geworfen zu haben, schließlich zur Tür hinausgeeilt war, und gab ihrem Brigadier einen spöttischen Knuff. «Haben Sie das etwa auch auf Ihrem Seminar gelernt?»

«Ich weiß nicht, was Sie meinen, Chef», gab Bato leicht beleidigt zurück und ging dann so kerzengerade zu seinem Schreibtisch, als hätte er einen Besenstiel verschluckt. «Ich habe eben eine gute Haltung...»

«Ach so, ich dachte schon...» Céleste ließ sich auf ihren Stuhl fallen. Dabei segelten ein paar lose Blätter von einem der unordentlichen Stapel auf ihrem Schreibtisch zu Boden.

Luc Bato hatte kürzlich ein Seminar in Lyon besucht, mit dem schönen Titel: «Bürgerfreundlichkeit und Effizienz: Die Gemeindepolizei, dein Freund und Helfer.» Seitdem war sein Schreibtisch noch penibler aufgeräumt als vorher, und er meldete sich beim Telefonieren immer mit floskelhaften Standardsätzen wie: «Mein Name ist Brigadier Luc Bato, was kann ich für Sie tun?» Das wiederum hatte Céleste zu der giftigen Bemerkung veranlasst, dass sie sich in ihrem Büro vorkomme wie am Drive-in-Schalter eines amerikanischen Fastfood-Restaurants. Doch Luc ließ sich von ihrem Spott nicht beirren. «Freundlichkeit hat noch nie geschadet», meinte er dazu nur und ratterte weiter seine Sprüche herunter.

Mittlerweile ertappte sich Céleste zu ihrem großen Entsetzen schon selbst hin und wieder dabei, wie sie am Telefon einen ähnlichen Callcenter-Tonfall anschlug wie ihr Brigadier.

2

«Ich verstehe das einfach nicht.» Luc schüttelte den Kopf. «Wieso springt jemand an einem Montagmorgen vor den Augen seiner Frau aus dem Fenster? Suizid?»

«Im Schlafanzug? Kann ich mir nicht vorstellen. Außerdem hatte er sich gerade noch ein Stück Baguette geschmiert...»

Bato musterte seine Chefin misstrauisch. «Wollen Sie mich auf den Arm nehmen?»

Céleste schüttelte den Kopf. «Nein. Ganz sicher nicht, Bato. Ich habe das Baguette gesehen. Und Sie haben recht: Warum sollte jemand so etwas tun?»

«Das mit dem Springen kann nicht sein, die Frau hat sich getäuscht. Er muss unglücklich gefallen sein.» Bato überlegte weiter: «Oder aber er wurde tatsächlich gestoßen. Das wäre das Logischste, oder? Er sticht auf seine Frau ein, sie stößt ihn weg, er fällt aus dem Fenster...»

Céleste überlegte. «Aber Eva Knopfers Bestürzung war meiner Meinung nach echt. Sie war völlig fassungslos. ‹Er ist einfach gesprungen›, hat sie gesagt, ‹so als ob wir 'nen verdammten Garten vor dem Fenster hätten.› Das hätte sie doch so nicht formuliert, wenn sie ihn selbst gestoßen hätte, oder? Sie stand schließlich unter Schock. Außerdem: Warum hat er sie überhaupt angegriffen?»

«Er war als jähzornig bekannt», gab Luc zu bedenken. «Und

seine Frau hat doch gesagt, er war genervt wegen des Teekessels.»

«Aber das ist doch kein Grund, seiner Frau aus heiterem Himmel ein Messer ins Bein zu rammen», widersprach ihm Céleste.

«Deshalb war sie ja so wütend. Sie ist auf ihn losgegangen.»

«Frau Knopfer ist ein Fliegengewicht, die ist höchstens eins sechzig groß, reichte ihrem Mann wohl nicht mal bis zur Schulter. Wie sollte die so einen Brocken aus dem Fenster stoßen, noch dazu, wenn sie sich gerade streiten, sie ihn also nicht überrumpeln kann?»

«Und wenn es doch so war, wie Wolfsberger vermutet? Jean-Marie Knopfer steht nichtsahnend am Fenster, sie stößt ihn ... und sticht sich das Messer anschließend selbst ins Bein?», erwog Luc vorsichtig, wohl wissend, dass er sich damit auf gefährliches Terrain begab.

«Blödsinn!», erwiderte Céleste scharf. «Das ist eine richtig tiefe Wunde. So etwas fügt man sich nicht schnell mal selbst zu. Noch dazu mit einem stumpfen Messer. Da hätte sie schon ein scharfes Messer genommen.»

«Ja, da haben Sie auch wieder recht ...» Luc machte ein ratloses Gesicht.

Das Klingeln des Telefons unterbrach ihre Grübeleien. Céleste warf einen Blick auf die Uhr, die über Luc an der Wand hing, schüttelte warnend den Kopf und deutete stumm Essensbewegungen an. Es war bereits Mittagszeit, und ihr knurrte der Magen. Sie hatten den ganzen Vormittag damit verbracht, über die seltsamen Ereignisse des heutigen Morgens nachzudenken, und sie fand, dass es jetzt Zeit zum Essen war.

Doch Luc war von Célestes pantomimischen Anstrengungen gänzlich unbeeindruckt. Er nahm den Hörer ab und sagte sein Sprüchlein auf: «Bonjour, Sie sprechen mit Brigadier Luc Bato von der Police Municipale in Eguisheim, was kann ich für Sie tun?» Er lauschte schweigend, und als er am Ende sagte: «Gut, wir kommen», seufzte Céleste. Mittagessen würde warten müssen.

Luc seufzte ebenfalls, nachdem er aufgelegt hatte. «Es ist mal wieder Rosalie», sagte er.

«Ach je. Dabei dachte ich, sie hätte es endlich im Griff.» Céleste stand auf. «Zu Francine?»

Luc nickte.

Francine Edel betrieb den einzigen Lebensmittelladen in Eguisheim, Le Petit Marché, der nur zwei Häuser von der Mairie entfernt in der Grand'Rue lag. Dieses Mal gingen Céleste und Luc daher zu Fuß. Es war ein Routinegang, wenngleich gesagt werden muss, dass sie ihn in letzter Zeit weniger häufig hatten unternehmen müssen. Jedenfalls nicht wegen Rosalie.

«Jetzt war so lang Ruhe», sagte Céleste bedrückt, «ich dachte eigentlich, sie hätte es geschafft.»

«Vielleicht wurde sie einfach nur lange nicht mehr erwischt», meinte Luc dazu, nüchtern wie immer.

Francine erwartete sie schon. Sie war eine recht korpulente Person mit einem imposanten kastanienbraunen Dutt mitten auf dem Kopf und einem nicht minder imposanten Busen, vor dem sie jetzt ihre feisten Arme verschränkt hielt. Neben ihr stand eine zierliche, unscheinbare Frau um die sechzig in einem angesichts des strahlenden Sonnenscheins etwas unpassend wirkenden Regenmantel. Sie weinte bitterlich.

Rosalie. Man wusste nicht genau, woher sie gekommen war, vielleicht aus Nancy oder Metz, jedenfalls war sie keine gebürtige Elsässerin. Vor einigen Jahren war sie plötzlich da gewesen. War in eine kleine Mietwohnung in der südlichen Rue du Rempart gezogen und hatte seitdem ein zurückgezogenes, stilles Leben geführt. Sie war freundlich zu allen Nachbarn, fütterte deren Katzen und goss die Blumen, wenn sie verreist waren, und ein- bis zweimal im Monat kam sie ins Café du Marché oder in den Fetten Frosch zum Mittagessen. Nach und nach entdeckte man jedoch, dass sie zumindest eine Eigenschaft besaß, die für erhebliche Unruhe im Dorf sorgte: Sie klaute wie ein Rabe. Ließ im Café du Marché Messer und Gabeln mitgehen, nachdem sie einen Toast gegessen hatte, klaute im Restaurant Fetter Frosch, das Célestes Mutter Catherine gehörte, die Speisekarte oder die Dekoration und bediente sich im Tabakladen von Monsieur und Madame Grenier bei den Kreuzworträtselheften, den Kaugummis und den Ansichtskarten.

Besonders gern jedoch klaute sie im Petit Marché von Francine. Nie war etwas Besonderes, nie etwas Teures dabei, und sie war auch nicht wählerisch. Seidenstrumpfhosen und Butterpäckchen, Käse, Weintrauben, Zwiebeln, ein Teesieb, Schokolade, Kochlöffel, Kaffee – und im Sommer immer wieder Flipflops, von denen Francine in der Saison neben der Kasse ein kleines Sortiment anbot. Auch jetzt hob Francine mit hilfloser Geste ein paar geblümte Flipflops hoch, als Céleste und Luc bei ihnen eintrafen. Es hatte Céleste immer gewundert, weshalb Rosalie ausgerechnet diese Schuhe so anziehend fand, denn sie trug nie welche, immer nur, Sommer wie Winter, feste, praktische Schnürschuhe.

«Es tut mir leid», sagte Francine zu Céleste, «aber langsam geht's wirklich nicht mehr.»

Céleste nickte bekümmert. Sie verstand Francine, hatte aber auch keine Lösung parat, mit der sie sich wohlfühlte. Rosalie hatte schon mehrere Verurteilungen wegen Ladendiebstahls auf ihrem Konto, und irgendwann würde einem Richter der Kragen platzen, und er würde sie einsperren. Aber das hätte Rosalie nicht verdient. Wenn sie nicht gerade ihre Mitmenschen bestahl, war sie eine äußerst liebenswürdige, hilfsbereite ältere Dame, die niemandem auf die Nerven ging oder willentlich schadete, was man nicht von allen Mitmenschen behaupten konnte. Céleste konnte sich Rosalie in einer Gefängniszelle nicht vorstellen, und bisher hatten die Richter das gottlob ebenso gesehen. Und auch Francine war dieser Ansicht. Trotz Rosalies regelmäßiger Raubzüge hatte sie es im Gegensatz zu anderen Ladenbesitzern bisher nicht übers Herz gebracht, die alte Dame anzuzeigen. Nicht einmal Hausverbot hatte sie ihr erteilt. Le Petit Marché war nämlich der einzige Lebensmittelladen in Eguisheim, der nächste Supermarkt lag fünf Kilometer entfernt in Colmar, und Rosalie hatte nur ein klappriges Fahrrad ohne Licht und ohne Gangschaltung. Und sie kaufte bei Francine ja auch durchaus regulär ein und bezahlte ihre Ware. Zumindest den größten Teil davon.

Céleste wandte sich an Rosalie. «Was ist passiert? Es lief doch so gut in letzter Zeit?»

Rosalie schluchzte auf. «Ich weiß es nicht...» Sie weinte heftiger.

«Na, na, na!», sagte Francine und tätschelte unbeholfen die Schulter der Ladendiebin. «So schlimm ist es nun auch wieder nicht. Es ist schließlich niemand gestorben.»

Nun blickte Céleste zu Francine: «Möchtest du dieses Mal Anzeige erstatten?»

Die Ladenbesitzerin zögerte. «Ich müsste wohl. Ich meine, ich muss ja auch schauen, wo ich bleibe. Und die Flipflops waren nicht das Einzige heute.»

«Ach!»

Francine zeigte ihnen einen blauen Flakon. «Mein Laden ist zwar keine Parfümerie, aber ganz billig ist das auch nicht.»

Da meldete sich Luc überraschend zu Wort: «Das kenne ich, das benutze ich auch!», sagte er. «Zitrusfrüchte und exotische Hölzer ...» Er verstummte, peinlich berührt, als beide Frauen ihn verdutzt ansahen.

«Ein Aftershave?», wunderte sich Céleste. «Wozu brauchst du das denn, Rosalie?»

Die kleine Frau schluchzte so sehr, dass sie kaum reden konnte. «Eeeeein Gggge ... Ggggescheeehenk.»

Francine seufzte, zog eine Packung Taschentücher aus ihrer Kitteltasche und hielt sie Rosalie vor die Nase. «Jetzt lass man gut sein, machst mir ja den ganzen Laden nass.»

Rosalie zog ein Tuch aus dem Päckchen und schnäuzte sich geräuschvoll. Céleste und Francine warfen sich einen langen Blick zu.

Dann sagte Francine schulterzuckend: «Also gut, Rosalie, ein letztes Mal. Aber echt jetzt. Ich habe keine Lust mehr. Das nächste Mal zeige ich dich an, und du bekommst Hausverbot. Lebenslänglich. Dann musst du für jede Rolle Klopapier nach Colmar fahren ...»

Sie konnte nicht weiterreden, denn Rosalie hatte ihre Hand ergriffen und schüttelte sie so heftig, dass die ganze mächtige Francine bebte. «Danke, Francine. Das werde ich dir nie vergessen. Ich verspreche dir ...»

«Nee, nee.» Francine machte eine unwirsche Handbewegung. «Keine Versprechungen. Jetzt gehen wir zur Kasse, und du bezahlst deinen Kram, und damit basta.»

«Zitrusfrüchte und exotische Hölzer, soso ...», sagte Céleste mit einem Schmunzeln zu ihrem Brigadier, als sie auf dem Weg zurück zur Mairie waren. «Ich wusste gar nicht, dass Sie sich so gut mit Düften auskennen.»

Er zögerte, dann erklärte er mit einem hastigen Seitenblick auf Céleste: «Der Leiter dieses Seminars, auf dem ich war, meinte, ein Mann von Welt zeichnet sich durch gute Schuhe und einen angenehmen Duft aus. Sehen Sie das nicht so, Chef?»

Céleste verkniff sich eine flapsige Erwiderung, als sie sah, dass es ihrem Brigadier vollkommen ernst mit seiner Frage war. Ironie war noch nie Batos Stärke gewesen. Stattdessen musterte sie Batos spiegelblank geputzte Schuhe und nickte. «Doch, doch, da ist schon was dran, Luc. Durchaus. Wobei ich ehrlich gesagt nicht weiß, was ein Mann von Welt eigentlich sein soll.»

Bato überlegte einen Moment, dann meinte er: «Ich eigentlich auch nicht.» Es klang irgendwie erleichtert.

Céleste fand, dass nun definitiv der richtige Zeitpunkt für die Mittagspause gekommen war, und schlug Luc vor, ohne Umwege bei Henri vorbeizuschauen und im Café du Marché eine Kleinigkeit zu essen. «So ein Todesfall macht mich immer hungrig», erklärte sie. Außerdem erhoffte sie sich, in dem von den Dorfbewohnern gern frequentierten Bistro ein paar Informationen über die Knopfers zu erhalten. Henri Breton, der Wirt, der optisch eine gewisse Ähnlichkeit mit einem großen, traurigen Vogel besaß, war nicht nur über alle Maßen neugierig, seine Frau Irène kochte auch noch gut, sodass man zwei Fliegen mit einer Klappe schlagen konnte.

Henri begrüßte sie mit für seine Verhältnisse ausnehmender Freundlichkeit, es kam ihm sogar ein Lächeln über die Lippen. Daraus konnte man schließen, dass er bereits über den Vorfall am Morgen Bescheid wusste und sich Informationen erhoffte, mit denen er bei seinen Gästen ein wenig prahlen konnte.

Sie setzten sich zu ihm an die Bar und bestellten beide das

Mittagsgericht, das zugleich eines von Irènes Spezialitäten war: in Honig und Kräuter eingelegte und mit Speck umwickelte, gebratene Ziegenkäsetaler und Salat. Den Käse kaufte die Köchin bei Albert Epfacher, dem Leiter des Stadtmuseums, der neben seinem nicht sehr arbeitsintensiven Job noch eine kleine Ziegenherde sein Eigen nannte. Wenn man den Gerüchten Glauben schenken durfte, investierte er mehr Zeit in die Pflege der Tiere als seiner Ehe. Der Käse jedenfalls war ein Gedicht, und so wechselten Céleste und Bato während des Essens kein Wort, und auch Henri schwieg, aus Respekt gegenüber Alberts Ziegenkäse.

Das Café war leer, für die Mittagszeit waren sie bereits zu spät. Für eine ganze Weile war folglich nichts anderes im Raum zu hören als ein gelegentliches Klirren des Bestecks auf den Porzellantellern und das leise Krachen, wenn von den großen, knusprigen Baguettestücken, die zum Salat serviert worden waren, etwas abgebrochen wurde. Als Henri schließlich die Teller abräumte, befand er offenbar, dass seine Geduld nun endlich belohnt werden müsse.

«War ja was los heute Morgen», begann er wie beiläufig.

Céleste schwieg. Es war ein Spiel, in dem man nicht zu früh zu viel preisgeben durfte, denn sonst konnte es passieren, dass der eigentlich recht redselige Henri plötzlich verstummte und man selbst zwar viel gesagt, aber kaum etwas erfahren hatte.

«Die Brigade aus Colmar soll da gewesen sein», versuchte es Henri weiter.

«Mmja», gab Céleste vage zurück. «Machst du mir noch einen Kaffee?»

Henri hantierte an der Kaffeemaschine herum, dann sagte er kopfschüttelnd: «Es heißt, Jean-Marie Knopfer soll aus dem Fenster gefallen sein. Das ist aber Blödsinn, oder?»

«Wieso soll das Blödsinn sein?», fragte Bato, der das Spiel mittlerweile auch ganz gut beherrschte.

Henri warf ihm einen konsternierten Blick zu. «Na ja, wer fällt schon am helllichten Tag einfach so aus dem Fenster?»

«Kanntest du Jean-Marie Knopfer gut?», wollte Céleste wissen.

Henri wiegte seinen langen, traurigen Kopf hin und her, was besagte, dass er überlegte. Nach einer Weile gab er zögernd zur Auskunft: «Er war schon so was wie ein Stammkunde. Hat fast jeden Abend auf ein Glas Crémant vorbeigeschaut. Vor allem, seit er seinen Weinberg nicht mehr hatte.»

«Hat er getrunken?»

«Du meinst, ob er Alkoholiker war?»

Céleste nickte.

Henri schüttelte den Kopf. «Ist mir nicht aufgefallen. Bei mir war er nie betrunken.»

«Soll aber ein schwieriger Typ gewesen sein.» Der Einwurf kam wieder von Bato, ebenfalls eher beiläufig, mehr Kommentar als Frage, in einem Ton, der den Wirt sofort zu einer Antwort provozierte.

«Was heißt denn schwierig? Er hatte eben seine eigenen Ansichten. Ist ja nicht verboten, oder, Herr Brigadier?»

«Was waren das denn für Ansichten?», wollte Céleste wissen.

Wieder schwieg Henri eine Weile, dann verkündete er etwas kryptisch: «Ich halte mich aus Diskussionen dieser Art grundsätzlich raus. Ganz schlecht fürs Geschäft, wenn der Wirt in solchen Dingen eine eigene Meinung hat.»

«Was für Dinge?», hakte Bato nach, doch Henri sah ihn nur an und hob vielsagend die Augenbrauen.

«Politik?», tippte Céleste. «Religion?»

«Bringt nur Ärger, wenn man sich da einmischt.» Henri schnalzte traurig mit der Zunge. «Ich sage ja immer, jeder soll denken, was er will, solange er nichts Unrechtes tut ...»

«Was waren das denn nun für Ansichten? War er radikal?»

Henri nahm ein Leinentuch und widmete sich mit Hingabe seinen Gläsern.

«Los, komm schon!» Céleste wurde langsam ungeduldig. «Lass dir doch nicht alles aus der Nase ziehen. Dann verrate ich dir auch, wo sie seine Frau hingebracht haben.»

«Eva?» Henri hob überrascht den Kopf. «Hat sie etwa was damit zu tun? Das kann ich mir nicht vorstellen ...»

Céleste lächelte sanft. «Du wolltest mir sagen, inwiefern Jean-Marie Knopfer schwierig war.»

Henri legte das Handtuch weg. «Er war Kommunist, Anarchist, Atheist, Dummkopf, sucht euch was aus. Knopfer hat bei allem immer das Gegenteil von allen anderen vertreten, hatte Spaß am Provozieren. Er mochte es einfach, zu streiten. Ein Hund, der immer am lautesten von allen bellen wollte.»

«Hat er auch zugebissen?», schaltete sich Bato wieder ein.

«Wie?» Henri schaute ihn aus seinen großen traurigen Augen verständnislos an.

«Na, ob er den Worten auch Taten hat folgen lassen. Ob er aggressiv war, zu Handgreiflichkeiten oder Sachbeschädigungen neigte. Oder können Sie sich vorstellen, dass er seine Frau misshandelt hat?»

Henri lachte kurz auf. «Eva? Niemals. Auch wenn sie aussieht, als ob ein Windhauch sie umblasen könnte, war sie es, die zu Hause die Hosen anhatte. Jean-Marie Knopfer war ein Stänkerer, und es kann sein, dass es auch hin und wieder zu kleineren Handgreiflichkeiten kam, aber seine Frau hat er nie angerührt. Da bin ich mir sicher.»

«Was für Handgreiflichkeiten?», wollte Céleste wissen.

Henri hob in einer Unschuldsgeste beide Hände. «Ich weiß von nichts.»

Céleste sah ihn streng an. «Das kannst du deiner Großmutter erzählen.»

Henri verzog das Gesicht. «Man hat sich erzählt, dass er kürzlich mit ein paar Arbeitern aus der Kellerei aneinandergeraten ist.»

«Aus welchem Grund?»

«Irgendein Blödsinn, wie immer. Gab ein bisschen Gerangel in Julien's Winstub deswegen. Aber er war kein Schläger, wenn ihr das meint. Sicher nicht. Hat eben das Maul ein bisschen zu weit aufgerissen und eins draufgekriegt, aber dann war es auch wieder gut.»

«Sie meinen, Hunde, die bellen, beißen nicht», sagte Luc.

«Genau!» Der Moment war gekommen, da Henri auftrumpfen konnte. Seine hängenden Schultern strafften sich etwas, jetzt, wo er dem Grünschnabel von der Police Municipale erklären konnte, was Sache war: «Ich, ich kenne nämlich meine Pappenheimer, Brigadier.» Henri tippte sich mit dem Zeigefinger unter das rechte Auge. «Schließlich bin ich nicht erst seit gestern Wirt. In dem Geschäft bekommt man mehr Menschenkenntnis, als wenn man nur in seiner hübschen Uniform im Büro rumsitzt und Däumchen dreht.»

«Da könnten Sie recht haben, Monsieur.» Luc nickte gleichmütig, und Céleste bewunderte nicht zum ersten Mal seine Fähigkeit, sich durch nichts so schnell aus der Ruhe bringen zu lassen, wenn man von Leichen und amourösen Angelegenheiten einmal absah.

Sie bezahlten, und als sie schon dabei waren zu gehen, rief ihnen Henri hinterher: «Und? Was ist jetzt mit Eva Knopfer?»

Céleste blieb stehen und drehte sich zu Henri um. «Sie liegt im Krankenhaus. Offenbar hat der bellende Hund doch zugebissen. Oder besser, zugestochen. Mit einem Messer.»

Als sie das Café bereits verlassen hatten, starrte Henri ihnen noch immer mit offenem Mund nach.

3

Zu Luc Batos großer Enttäuschung entwickelte sich Jean-Maries spektakulärer Fenstersturz nicht zu einem ebenso spektakulären Ermittlungsfall für die Police Municipale von Eguisheim. Eva Knopfer blieb bei ihrer Version der Geschichte, wonach ihr Ehegatte völlig unvermittelt aus dem Fenster gesprungen sei, und verneinte überdies jegliche Gewalttätigkeit seinerseits ihr gegenüber, den Vorfall mit dem Frühstücksmesser ausgenommen. Er sei ein rechter Hitzkopf gewesen, habe immer mit allen über alles gestritten, auch mit ihr, das schon, bestätigte sie, aber im Grunde seines Herzens sei er doch ein Lämmchen gewesen. Die Arbeiter der Kellerei Fleckenstein, die Céleste befragte, betätigten, dass es vor einiger Zeit in Julien's Winstub zu einer Auseinandersetzung gekommen sei, in deren Verlauf einer der Arbeiter, ein zorniger junger Kerl aus dem Süden namens Antoine, Jean-Marie einen Faustschlag ins Gesicht verpasst habe. Sie maßen der Sache jedoch keine größere Bedeutung bei. «Er hat dumm dahergeredet», hieß es allgemein mit einem Schulterzucken. Nach dem Schlag sei er nach Hause gegangen, und damit sei wieder Ruhe gewesen.

Sandrine Veilleux, die Gerichtsmedizinerin in Colmar, bestätigte Eva Knopfers Geschichte und erteilte damit zugleich Wolfsbergers Mordtheorie eine glatte Absage. Der Einstichwinkel des Messers in Frau Knopfers Oberschenkel sei dergestalt gewesen, dass sie sich die Verletzung unmöglich selbst zugefügt haben könne. Jemand habe mit großer Kraft von unten nach oben zugestoßen, wahrscheinlich sitzend und nicht sehr präzise gezielt. «Ein mit großer Wucht ausgeführter Hieb von jemandem, der außer sich war vor Wut», so lautete ihre Einschätzung. Jean-Marie Knopfer dagegen wies keine Spuren von Fremdeinwirkung auf, und er war den Verletzungen nach mit den Beinen zuerst auf dem Boden aufgeschlagen, was tatsächlich eher auf einen Sprung als auf einen Stoß schließen ließ. Im Übrigen war er nüchtern gewesen, weder Alkohol noch Medikamente wurden in seinem Blut gefunden.

Die Sache blieb ein Rätsel, doch keines von der Sorte, die weitere Ermittlungen nach sich zog. Der Fall wurde nach dem Obduktionsbericht als Unfall im Jähzorn zu den Akten gelegt, und Jean-Marie Knopfer fand unter großer dörflicher Anteilnahme auf dem Friedhof von Eguisheim seine letzte Ruhe. Die etwas bemühte Grabrede von Abbé Schwarzweiler, der sich einen vielsagenden Bibelspruch – *Ein Hitzkopf schürt Zank und Streit, ein Geduldiger aber schafft Versöhnung* – nicht verkneifen konnte, ließ darauf schließen, dass auch er, obwohl noch nicht allzu lange in der Pfarrei tätig, schon Bekanntschaft mit dem ganz speziellen Charakter des Verstorbenen gemacht hatte. Wie üblich, begoss man den Todesfall anschließend gemeinschaftlich mit Riesling im Fetten Frosch, gönnte sich dazu ein gutes Essen und ging danach zur Tagesordnung über.

Die Wohnung unter dem Dach des alten Fachwerkhauses am Cour Unterlinden beherbergte fortan nur noch Eva Knopfer, die die Fenster zur Straße hinunter jetzt meist geschlossen hielt und sich selten im Dorf blicken ließ. Wenn man sie doch einmal sah, etwa beim Einkaufen oder auf dem Weg zum Friedhof, konnte der genaue Beobachter feststellen, dass sie ihr rechtes

Bein noch ein wenig nachzog, doch das würde sich mit der Zeit geben.

Am Ende waren keine zwei Wochen vergangen, und Jean-Marie Knopfer, Kommunist, Anarchist, Atheist und Dummkopf, war in den Köpfen der meisten Eguisheimer bereits Geschichte.

Céleste hingegen wollte die Sache nicht so recht aus dem Kopf gehen. Dinge, für die sie keine Erklärung fand, hatten die Angewohnheit, sich an ihr festzuhaken wie kleine Kletten, die in den Haaren hängen blieben, wenn man unachtsam durchs Gebüsch streifte – was eine Angewohnheit von Céleste war, die gern abseits der Wege joggte und sich schon ein ums andere Mal verlaufen hatte. Ihr Brigadier hingegen hatte, nachdem seine Enttäuschung darüber verraucht war, dass es nichts weiter zu ermitteln gab, den Fall Jean-Marie Knopfer schnell abgehakt. Bei Luc Bato gab es keine Kletten, und er streifte auch nicht durchs Unterholz, wenn es einen Weg gab, auf dem man gehen konnte. Er liebte Listen und Tabellen und gerade Linien, und wenn etwas erledigt war, machte er neben die Aufgabe einen ordentlichen Haken.

Der Spätsommer zog ins Land und bewies, dass mit ihm noch zu rechnen war: Er bescherte dem gesamten Elsass noch einmal eine ungewöhnlich heftige Hitzewelle. Die Trauben hingen schwer und prall an den Reben und warteten auf die anstehende Lese, und die Winzer rieben sich die Hände. Der Wein in diesem Jahr würde kräftig werden. Vielleicht sogar außergewöhnlich.

Die Mairie und das Büro der Police Municipale lagen wie ausgestorben da. Seit dem ungewöhnlichen Ableben von Monsieur Knopfer hatte sich nichts Nennenswertes mehr ereignet. Eigentlich überhaupt nichts, um genau zu sein. Céleste und ihr

Brigadier schoben Dienst nach Vorschrift und gönnten sich gelegentlich ausgedehnte Mittagspausen im schattigen Gastgarten des Fetten Frosches. Célestes Mutter Catherine hatte nach anfänglichem Misstrauen längst einen Narren an Luc Bato gefressen. Sie betrachtete ihn fast wie einen Schwiegersohn und ließ ihm allerlei Köstlichkeiten aus ihrer Küche zukommen, die Luc mit großem Appetit und ebensolcher Begeisterung vertilgte. Er revanchierte sich mit gewaltigen Stücken Munsterkäse, die er zusammen mit dicken braunen Eiern und kleinen Laiben selbstgebackenen Brotes von seinen Besuchen zu Hause mitbrachte. Hin und wieder war auch ein Fläschchen Schnaps dabei, den sein Vater im Kuhstall heimlich brannte und der dazu geeignet war, noch den größten Schurken auf Erden Halleluja singen zu lassen. So jedenfalls lautete die einhellige Meinung im Dorf über Vater Batos Schnaps, wie Luc jedes Mal nicht ohne Stolz verkündete.

Eines Morgens störte jedoch ein ungewohntes Geräusch die spätsommerliche Ruhe in der Mairie von Eguisheim. Céleste war gerade von ihrem Schreibtisch aufgestanden und hatte sich ein Glas leidlich kaltes Leitungswasser eingegossen. Sie trank ein paar Schlucke und hielt sich dann das kühle Glas gegen die Stirn.

«Ich könnte unser Sommerloch dazu nutzen, endlich einmal Ordnung auf meinem Schreibtisch zu schaffen ...», sagte sie zögernd, nur um diesen ungehörigen Gedanken sofort wieder in den hintersten Winkel ihres Gehirns zu verbannen.

Exakt in diesem Moment ertönte heiseres Hundegebell direkt vor ihrer Bürotür, und die beiden sahen sich verblüfft an. «Was ...», begann Céleste, da wurde auch schon die Tür aufgerissen, und herein kam Dédé – mit einem wütend bellenden Mops an der Leine. Das Tier machte einen ziemlich missmutigen Eindruck, ebenso wie Dédé. Er hatte den beiden Polizisten hin und wieder von dem neuen Familienmitglied im Hause Ginglinger erzählt, doch sie hatten den Hund noch nie zu Gesicht bekommen.

«Kinder, das geht nicht», eröffnete Dédé ihnen, «ich kann das nicht. Dieses Vieh macht mich wahnsinnig.» Er tupfte sich mit seinem Taschentuch die Stirn. Céleste und Luc zogen es vor, zu schweigen und abzuwarten, was noch kommen würde. «Meine Frau ist noch mindestens sechs Wochen auf Reha!» Er sah sich mitleidheischend um, doch weder von Céleste noch von Luc kam die Reaktion, die er offenbar erwartet hatte. «Das halten wir beide nicht aus», fügte Dédé hinzu und sah seine Mitarbeiter so vorwurfsvoll an, als trügen sie Schuld an seinem Problem. Dann blieb sein Blick bei Bato hängen. «Sie, Bato, kennen sich doch mit Tieren aus. Haben Sie nicht einen Bauernhof?»

«Meine Eltern...», gab der Brigadier widerstrebend zu.

«Wunderbar!» Dédé reichte ihm die Hundeleine. Sie war rosa und mit Strasssteinen verziert. «Bitte, kümmern Sie sich doch ein bisschen um ihn. Ich muss heute nach Straßburg, da kann ich ihn nicht mitnehmen...»

«Aber...», begann Luc und warf dem missmutigen Mops einen verhaltenen Blick zu, den dieser mürrisch erwiderte. Immerhin bellte er nicht mehr.

«Das geht nicht», kam Céleste ihrem Brigadier zu Hilfe. «Wir können hier keinen Hund gebrauchen.»

«Bitte! Kreydenweiss, enttäuschen Sie mich nicht!», flehte Dédé regelrecht. «Ich kann ihn nicht allein zu Hause lassen, der stellt mir das ganze Haus auf den Kopf.»

«Was ist denn mit Ihrem Sohn?»

«Léo kümmert sich ohnehin schon viel um ihn. Er geht mit ihm spazieren, morgens und abends. Doch jetzt fängt die

Schule wieder an. Er muss lernen. Und Marie hat eine Hundehaarallergie.»

Céleste schnaubte. Dass Dédés Sekretärin eine Allergie hatte, glaubte sie keine Sekunde lang. Das war eine Ausrede, nichts weiter. «Wie soll das denn gehen?», fragte sie. «Wenn wir einen Einsatz haben...»

«Zurzeit ist doch alles ruhig. Und eigentlich ist er ganz brav. Am Abend nehme ich ihn wieder mit. Es ist doch nur für ein paar Wochen...»

«Wochen? Sagten Sie gerade für ein paar *Wochen*?» Céleste starrte den Bürgermeister entgeistert an. «Ich dachte, nur für heute, weil Sie nach Straßburg fahren.»

Dédés Miene bekam etwas Verzweifeltes. «Bitte, Céleste, Luc, dieser Hund hasst mich...»

Noch bevor Céleste etwas erwidern konnte, fragte Luc: «Wie heißt er denn?»

«Franz.»

«Franz?»

Die verwunderte Gegenfrage kam wie aus einem Mund, und Dédé bemühte sich rasch um eine Erklärung: «Das war nicht unsere Idee. Edith wollte ihn Chouchou nennen, aber der Züchter hat ihn so getauft, und Franz hatte sich schon an seinen Namen gewöhnt, als wir ihn bekommen haben. Er heißt Franz von Guebwiller.»

Céleste hob eine Augenbraue. «Von Guebwiller! Soso. Adelig ist er also auch noch.»

«Da haben wir ihn her, aus Guebwiller...» Dédé war jetzt schweißgebadet, und das lag nicht nur an der Hitze. Er wischte sich wieder mit seinem großen Taschentuch über die Stirn und das Gesicht. «Wenn es nach mir ginge, Kreydenweiss, dann hätte ich aus dem Vieh schon längst Pastete gemacht, das können Sie mir glauben. Aber Edith ...» Er seufzte tief und gewährte mit diesem Seufzer einen aufschlussreichen Einblick in die Machtverhältnisse seiner Ehe. Schließlich war es Luc, der eine Entscheidung traf. Oder auch Franz von Guebwiller selbst, je nachdem, wie man es sehen mochte. Luc bückte sich und kraulte den Hund etwas unschlüssig im Nacken. Der Mops schnaufte und schleckte dann dem Brigadier mit großer Hingabe das Ohr ab. Luc lachte und hob den Mops auf seinen Schoß, Célestes abwehrendes Kopfschütteln ignorierend.

«Na gut, Monsieur le Maire», sagte er. «Lassen Sie ihn hier.»

Als Dédé erleichtert das Büro verlassen hatte, blickte Céleste ihren Brigadier vorwurfsvoll an: «Wie konnten Sie nur, Bato? Franz wird uns permanent auf die Nerven gehen.»

«Er ist unglücklich», meinte Luc achselzuckend. «Und wir haben doch nicht viel zu tun im Augenblick. Haben Sie selbst gesagt.»

«Aber das kann sich ganz schnell ändern.»

Luc stand auf und ging mit dem sich sträubenden Franz im Schlepptau zur Tür.

«Wo wollen Sie denn hin?»

«Eine ordentliche Leine holen. Ich habe noch eine von unseren Hunden im Auto liegen. Mit dem lächerlichen rosa Dings laufe ich nicht durch die Gegend. Das ist erniedrigend. Sogar für einen Mops.»

«Na, wenn Sie es sagen.» Céleste trank einen großen Schluck von ihrem Wasser. «Aber lassen Sie das bloß nicht Dédés Frau hören. Mit Edith Ginglinger ist nicht zu spaßen.»

Als Luc wenig später zurückkam, Franz an einer robusten braunen Leine, die an dem kleinen Hund ein wenig überdimensioniert wirkte, erwartete Céleste ihn schon an der Tür, den Autoschlüssel ihres Dienstwagens in der Hand.

«Wir müssen los. Ein Einsatz.»

«Worum geht's?», wollte Luc wissen, während sie zum Auto liefen.

Céleste zuckte mit den Schultern. «Kann ich nicht genau sagen, es klang ein wenig seltsam, um ehrlich zu sein.» Sie warf einen Blick auf Franz, der auf seinen kurzen Beinen zwischen ihnen hertippelte. «Heute ist irgendwie ein animalischer Tag. Im Wald bei Wettolsheim wurden angeblich zwei Wanderer von einem wilden Tier angegriffen.»

«Ein Reh?»

Céleste und Luc standen ungläubig vor den Wanderern, die den Notruf abgesetzt hatten. Es war ein älteres Ehepaar in nahezu identischer Kleidung, beide trugen olivfarbene Dreiviertelhosen aus Mikrofaser, Bergschuhe mit roten Socken und Polohemden. Während das Hemd des Mannes rot wie seine Socken war, hatte das Polohemd der Frau eine zarte Grünfärbung, die in etwa mit ihrer Gesichtsfarbe korrespondierte. Ihre Augen waren vor Schreck weit aufgerissen, und sie zitterte. Der Mann hatte einen Arm um sie gelegt und tätschelte sie hin und wieder beruhigend.

«Sie sind sich sicher, dass es ein Reh war, das Sie angegriffen hat?», fragte Céleste noch einmal nach. «Könnte es nicht vielleicht ein Wildschwein gewesen sein?»

«Nein, absolut. Wir haben sogar ein Foto!»

Der Mann zückte seine Kamera, die ihm um den Hals hing, und zeigte den beiden Polizisten ein verwackeltes Bild, auf dem zunächst nichts weiter als Bäume zu erkennen waren.

«Und wo soll das Reh sein?» Céleste kniff die Augen zusammen.

«Na hier!» Der Mann vergrößerte das Foto, und tatsächlich

konnte man im Unterholz verschwommen das braune Hinterteil eines Tieres ausmachen.

«Sieht wirklich wie ein Reh aus», meinte Luc vorsichtig.

«Wenn ich es doch sage! Es hat meine Frau angegriffen, regelrecht angesprungen hat es sie!»

Die Frau nickte, und auf ihrer Stirn standen Schweißperlen. «Es wollte mich töten ...»

«Rehe greifen keine Menschen an», widersprach Céleste bestimmt. «Vielleicht hatte es sich erschreckt. Haben Sie was gehört? Einen Hund vielleicht oder ein Motorrad? Hier in der Nähe fahren oft Jugendliche verbotenerweise Motocross.»

Beide schüttelten den Kopf. «Es war ganz still», sagte der Mann. «Wir gingen vollkommen friedlich den Weg entlang, und plötzlich kam dieses Tier aus dem Unterholz gestürmt, direkt auf uns zu. Wie ein Stier in einer Arena! Das war kein Zufall. Dieses Reh wollte uns angreifen, verstehen Sie? Es ist stehen geblieben, hat sich umgesehen und dann direkt auf meine Frau zugehalten.»

«Und dieser irre Blick!» Die blassen Wangen der Frau bekamen jetzt ein wenig Farbe. «Ich konnte das Weiße in seinen Augen sehen, die pure Mordlust ...» Sie atmete heftig, und der Mann zog sie etwas enger an sich heran.

«Is ja gut», murmelte er beruhigend.

«Sind Sie verletzt?», wollte Céleste wissen, der zu der dramatischen Beschreibung des Tathergangs kein vernünftiger Kommentar einfiel. «Sollen wir Sie in ein Krankenhaus bringen?»

Beide verneinten. Sie seien bei ihrer Tochter in Wettolsheim zu Besuch und würden jetzt gern zu ihr fahren. Céleste und Luc ließen sich noch einmal genau die Stelle zeigen, wo das Reh aufgetaucht war, notierten die Namen und Adresse der beiden sowie die der Tochter in Wettolsheim und versprachen einmütig, sich um die Angelegenheit zu kümmern. Erleichtert zog das Paar ab in Richtung Wanderparkplatz.

Als sie außer Hörweite waren, sah Céleste ihren Brigadier zweifelnd an. «Ein Reh, das Menschen angreift? Sie sind doch der Naturbursche, Bato, was halten Sie davon?»

Luc schwieg und sah sich nachdenklich in dem Waldstück um. Sie hatten an der Stelle, die ihnen das Paar gezeigt hatte, umgeknickte Äste und Spuren von Hufen entdeckt, aber das besagte noch nichts. Nach einer Weile stellte er fest: «So etwas habe ich jedenfalls noch nie erlebt.»

Céleste wartete, doch es kam nichts mehr. Ihr Brigadier ging eher sparsam mit Worten um.

«Vielleicht war das Reh verletzt?», mutmaßte sie.

«Aber Wild zieht sich grundsätzlich von den Menschen zurück. Erst recht, wenn es verletzt ist. Es sei denn ...» Er stockte und schüttelte dann den Kopf.

«Es sei denn was?», hakte Céleste nach, doch Luc winkte ab.

«Das war Blödsinn.»

«Sollen wir Franz hier mal ein bisschen herumschnüffeln lassen?», schlug Céleste vor. «Vielleicht findet er eine Spur des Rehs?»

Jetzt war es Luc, der seine Chefin zweifelnd ansah. «Franz ist ein Mops.»

«Ja und?»

«Ich glaube nicht, dass er Fährten lesen kann.»

Doch Céleste war schon zum Auto gegangen und ließ Franz herausspringen. «Such, Franz!», sagte sie aufmunternd, doch der kleine Hund sah sie nur verständnislos an.

«Ich dachte, das können alle Hunde», sagte Céleste enttäuscht, nachdem sie Franz ebenso trotzig wie vergeblich eine Weile herumgeführt hatte, ohne dass er auch nur Anstalten gemacht hätte, in irgendeine Richtung besonders zielstrebig zu schnüffeln.

«Seien Sie mir nicht böse, Chef, aber von Hunden haben Sie keine Ahnung», sagte Luc gutmütig und bückte sich, um den Mops hochzuheben. «Er weiß doch gar nicht, was er suchen soll.» Wie zur Bestätigung leckte ihm Franz das Ohr.

«Na, dafür habe ich ja Sie, Brigadier Bato», erwiderte Céleste leicht verstimmt. «Nicht nur Spezialist in Sachen Bürgerfreundlichkeit, sondern jetzt auch noch Hundeflüsterer.»

Luc nickte, vollkommen ungerührt von Célestes spitzem Ton. «Und nicht zu vergessen, Mann von Welt», fügte er hinzu, deutete auf seine trotz des Spaziergangs im Wald noch immer makellos sauberen Schuhe und kletterte dann mit Franz auf dem Arm in den Mégane.

Céleste blieb stehen. «Witzbold auch noch», murmelte sie ehrlich verblüfft. «Bato, Sie überraschen mich immer wieder...»

Auf dem Rückweg machten sie noch einen Umweg nach Colmar, weil Luc darauf bestand, im Supermarkt Futter für Franz zu besorgen, etwas, an das Dédé in seinem dringlichen Bedürfnis, den Hund loszuwerden, offenbar nicht gedacht hatte. Kaum saßen sie wieder in ihrem Büro, kam Dédés Sekretärin Marie herein.

«Na, du Ärmste, geht's wieder?», fragte Céleste scheinheilig, noch bevor Marie loswerden konnte, was sie auf dem Herzen hatte.

«Wieso?», fragte diese erstaunt.

«So eine Hundehaarallergie ist nicht lustig, habe ich mir sagen lassen.» Sie warf einen vielsagenden Blick auf Franz, der unter Lucs Schreibtisch mit sich und der Welt zufrieden an einem getrockneten Schweineohr herumknurpste.

«Ach so, ja ... ja ...» Prompt hustete Marie ein wenig in die hohle Hand. «Du sagst es. Entsetzlich.»

«Damit ist nicht zu spaßen. Du solltest zum Arzt gehen. Das kann chronisch werden.»

«Ich glaube, das ist nun auch wieder nicht nötig!», gab Marie etwas säuerlich zurück. «Es reicht, wenn ich mich von diesem Tier fernhalte.»

«Er heißt Franz», vermeldete Luc.

«Wie?» Marie sah ihn verständnislos an.

«Das Tier heißt Franz.»

«Ach so, ja, wie auch immer ...» Marie schüttelte ungeduldig den Kopf. «Die Police Municipale von Wettolsheim hat gerade bei mir angerufen. Ihr hattet wohl das Telefon noch umgestellt. Der Brigadier meinte, ihr seid dran. Es geht um Jérémie ...»

«O nein, nicht der auch noch!» Céleste verdrehte die Augen.

Jérémie war eine Art übrig gebliebener Hippie, der mehr oder weniger legal in einer Waldhütte genau auf der Grenze der Gemeinden Eguisheim und Wettolsheim hauste. Nachdem nicht einwandfrei geklärt werden konnte, welche Gemeinde für ihn zuständig war, hatte man sich darauf geeinigt, sich abwechselnd um ihn zu kümmern, falls es notwendig war. So konnte es beispielsweise vorkommen, dass sich Wanderer über Jérémie beschwerten, weil dieser die Angewohnheit hatte, nackt durch den Wald zu laufen; oder aber Jäger, da er – überzeugter Tierschützer, der er war – diese gern bei der Jagd störte, ihre Hunde ablenkte oder falsche Fährten legte, um sie dann, wenn sie in seine Falle getappt waren, zur Rede zu stellen. Im Grunde aber war er harmlos. Deshalb drückten die beiden Gemeinden ein Auge zu und ließen ihn dort draußen gewähren, solange er den Bogen nicht überspannte.

«War er wieder nackt wandern?», fragte Céleste.

«Nicht dass ich wüsste. Er behauptet, angegriffen worden zu sein», sagte Marie.

«Von einem Jäger?», vermutete Céleste grinsend. «Das würde mich nicht wundern.»

«Nein...» Marie hüstelte erneut. «Ich weiß, es klingt seltsam, aber er sagt, es habe einen Anschlag auf ihn gegeben ... ähm ... ausgeführt von einem Reh.»

Céleste richtete sich auf. «Von einem Reh, sagst du?», fragte sie nach und warf Luc einen Blick zu.

«Ja, ich weiß, das klingt bescheuert, aber...», versuchte Marie sich zu rechtfertigen.

«Nein, ganz und gar nicht. Wir fahren sofort hin», unterbrach Céleste sie und stand auf. Luc tat es ihr nach und griff nach seiner Jacke, die über der Stuhllehne hing.

«Meint ihr, da ist was dran?» Marie sah die beiden erstaunt an.

«Vermutlich schon. Das ist schon die zweite gemeldete Rehattacke heute», sagte Céleste. «So was kann man doch nicht erfinden.»

4

Jérémies Hütte war nicht weit von der Stelle entfernt, wo sie vorhin das Wanderehepaar getroffen hatten. Sie mussten nur der Route des Cinq Chateaux' weiter folgen, die von Obermoschwihr über Eguisheim und Wettolsheim nach Wintzenheim durch den Wald führte. Allerdings lag die Hütte nicht direkt an der Straße. Céleste und Luc parkten auf dem Parkplatz, von dem aus auch der Weg zu den drei Exen hinaufführte, jenen Burgruinen, deren drei markante, weithin sichtbare Türme eines der Wahrzeichen von Eguisheim bildeten. Der Weg hinauf zu den Ruinen war eine von Célestes bevorzugten Joggingstrecken. Jetzt gingen sie jedoch nicht die Forststraße entlang, sondern folgten einem schmalen Trampelpfad in Richtung Südwesten. Franz wackelte schnaufend hinterher, hopste schwerfällig über Wurzeln und Äste und machte einen recht genervten Eindruck. Spaziergänge durch Wald und Feld schienen nicht gerade Edith Ginglingers bevorzugte Beschäftigung zu sein.

Céleste bedachte ihn mit einem abschätzigen Blick. «Deine Kondition lässt ein wenig zu wünschen übrig, Franz von Guebwiller. Ich glaube, ein kleines Fitnessprogramm könnte nicht schaden.»

Sie liefen etwa eine Viertelstunde durch den lichten Mischwald, der sich von den Ausläufern der Vogesen bis hinauf zum Grand Ballon erstreckte. Es war drückend heiß, und die Luft war erfüllt vom Waldgeruch. Das Licht flirrte durch die Kronen der hohen Bäume, und irgendwo klopfte ein Specht.

«Wenn wir von hier aus ungefähr sechs Stunden in der gleichen Richtung weitergingen, kämen wir direkt zu mir nach Hause», sagte Luc unvermittelt, während gerade einen Ast beiseiteschob.

«Sechs Stunden!» Céleste blieb stehen und wischte sich mit dem Handrücken den Schweiß von der Stirn. «Das wäre nicht nur für Franz zu viel des Guten.»

«Na ja, nicht jetzt, viel zu heiß, aber wenn man im Morgengrauen aufbricht ...», meinte Luc nachdenklich. «Es gibt einen sehr schönen Wanderweg. Er führt direkt an unserem Hof vorbei.»

«Na, wunderbar ...», antwortete Céleste sarkastisch, «dann können Sie ja in Zukunft Ihre Eltern zu Fuß besuchen.»

Luc überlegte eine Weile, dann sagte er: «Das wäre doch ein wenig umständlich, finden Sie nicht?»

«Ach, tatsächlich?» Céleste musste lachen. Ihr Brigadier war manchmal einfach unglaublich.

Jetzt nickte er, vollkommen ernst. «Ich nehme ja immer meine Wäsche mit nach Hause, und wenn ich am Sonntag mal wieder Käse für Ihre Mutter mitbringe, dann wäre das schon recht viel Gepäck ...» Er überlegte und fügte noch hinzu: «Außerdem könnte es sein, dass dann die frischgewaschene Wäsche am Ende noch nach Käse riecht.»

Céleste klopfte ihm auf die Schulter. «Lassen Sie's gut sein. Es gibt ja zum Glück auch noch eine Straße in Ihr Dorf am Ende der Welt.»

Sie hatten jetzt die Senke erreicht, wo Jérémies Hütte stand. Selbstgemalte Warnschilder mit frech grinsenden Totenköpfen sollten nichtsahnende Besucher davon abhalten näher zu kommen. Der Einsiedler hatte einen etwas merkwürdigen Humor. Céleste und Luc blieben kurz stehen und blickten hinab: Idyllisch an einem plätschernden Bach gelegen, stand das kleine, verwitterte Holzhaus mit dem moosbewachsenen Schindeldach zwischen zwei hohe Buchen gezwängt und verschmolz fast mit seiner Umgebung. Céleste ging es wie jedes Mal, wenn sie hierherkam. Sie fand es wunderschön, romantisch, fast wie aus einem Märchen – von den grinsenden Totenköpfen einmal abgesehen – und wusste gleichzeitig, dass sie es in dieser Abgeschiedenheit und ohne jeden Komfort keine drei Tage aushalten würde. Nun war Jérémie den Errungenschaften der modernen Welt zwar nicht vollkommen abgeneigt, er besaß immerhin ein Handy, und hinter dem Haus brummte ein kleiner Generator vor sich hin, doch eine Wasserversorgung gab es nicht.

Sie wollte gerade rufen, da kam Jérémie schon um die Ecke seiner Hütte. Er trug nur ein Unterhemd und eine abgewetzte, braune Lederhose und hielt eine Axt in der Hand, die er jetzt lässig über die Schulter legte, und blickte ihnen erwartungsvoll entgegen. Sein Alter war schwer zu schätzen, vermutlich irgendwas zwischen fünfzig und sechzig, womöglich war er aber auch schon älter. Groß und hager, wie er war, mit Stoppelbart und dünnem grauem Pferdeschwanz, zerfurchtem Gesicht und einem zerknautschten Lederhut auf dem Kopf, wirkte er ein wenig wie die Karikatur eines Trappers aus einem alten Italowestern.

«Endlich», knurrte er, als sie ihn erreicht hatten. «Wenn man euch mal braucht...»

«Ich wüsste nicht, wann du uns schon mal gebraucht hättest, Jérémie», sagte Céleste trocken. «Du bist doch normalerweise froh, wenn du keinen von uns siehst.»

«Kann schon sein», gab Jérémie zu und kniff überrascht die Augen zusammen, als er Franz bemerkte. «Polizeihund?» Er lachte knarzend. «Hebt den kleinen Klops lieber hoch», warnte er dann. «Nicht dass noch was passiert.»

«Meinst du, der Hund wird auch von deinem Reh angegriffen?», fragte Céleste.

«Man weiß nie», gab Jérémie mit kryptischer Miene zurück und bedeutete ihnen mit einer Handbewegung, ihm zu folgen. Luc hob Franz auf den Arm, was ihm ein beifälliges Nicken einbrachte.

«Unheil liegt in der Luft», verkündete Jérémie düster, während sie um die Hütte herumgingen. «Schweres Unheil ...»

«Was ist denn passiert?», fragte Céleste, unbeeindruckt vom Orakelton des hageren Mannes. Sie kannte seine ständigen Prophezeiungen und trostlosen Zukunftsvisionen schon.

Jérémie antwortete nicht. Sie waren jetzt an der Vorderseite seiner Behausung angekommen.

«Schaut euch das an», meinte er nur und deutete auf den recht chaotisch wirkenden, mit allerlei seltsamen Gerätschaften zugestellten Vorplatz. Dort lag, unmittelbar vor dem einzigen Fenster, ein Reh. Das Fensterglas war kaputt, und die Scherben glitzerten grünlich im unruhigen Sonnenlicht, das durch die Blätter drang. Das Reh hatte den Kopf seltsam verdreht und starrte die drei aus leeren Augen an. Franz begann panisch zu bellen.

Trotz der Hitze fröstelte Céleste. Das tote Reh vor dem leeren Fensterloch bildete zusammen mit den rostigen Gerätschaften, die Jérémie aus irgendeinem Grund zusammengetragen hatte, und den aus Federn, Ästen und Knochen gebastelten Traumfängern und seltsamen Amuletten, die vom Vordach hingen, eine bizarr anmutende Szenerie, die den idyllischen Eindruck von der anderen Seite des Hauses zerstörte. Untermalt wurde das Ganze vom heiseren Bellen des Hundes, das mehr wie ein Keuchen klang. Wie im Märchen, hatte Céleste gerade noch gedacht, und jetzt fiel ihr auf, dass das womöglich treffender war, als sie es sich vorgestellt hatte: Entpuppten sich nicht gerade im Märchen die idyllischsten Plätze als Tore in andere, gefährliche Welten, und waren nicht die nettesten Zeitgenossen in Wahrheit Menschenfresser? Womöglich war auch Jérémie keineswegs so harmlos, wie sie alle glaubten.

«Hast du das Reh getötet?», fragte sie leiser als beabsichtigt und warf einen unbehaglichen Blick auf die Axt, die Jérémie noch immer geschultert hatte.

«Nein, Madame Bulle. Ich töte keine Lebewesen.»

«Aber warum liegt es tot vor deiner Hütte? Und was soll das Gefasel von einem Anschlag?»

Jérémie hob die Axt, und Céleste zuckte unwillkürlich zusammen. Mit einem kräftigen Schlag hieb er das Werkzeug in den Hackstock neben ihnen. «Kommt mit rein», sagte er. «Ich muss euch was zeigen.»

Sie folgten ihm ins Innere der Hütte. Hier war es erheblich kühler als draußen, und sie brauchten eine Weile, um sich an das Dämmerlicht zu gewöhnen. Céleste war noch nie hier gewesen. Ihre bisherigen Gespräche mit Jérémie hatten immer nur draußen vor der Hütte, meist sogar oberhalb der Senke, stattgefunden, und Céleste hatte stets das Gefühl gehabt, Jérémie mochte es nicht, wenn man ihm und seinem Refugium zu nahe kam. Umso mehr erstaunte es sie jetzt, dass er sie hereinbat.

Sobald sich ihre Augen an das diffuse Licht gewöhnt hatten, sah Céleste sich neugierig um. Die Hütte bestand aus einem einzigen Raum und war spartanisch eingerichtet. Es gab einen Gasherd, der an eine Campinggasflasche angeschlossen war, ein paar rohgezimmerte Regale, auf denen Geschirr, Nahrungsmittel und eine Menge Bücher versammelt waren, einen Tisch vor dem Fenster, mit Papier und Glasscherben übersät, einen Stuhl und eine Art Empore mit Leiter, auf der sich das Bett befand. Von der niedrigen Decke baumelten auch hier seltsame Objekte aus Federn, dazu Kräuterbündel, und an den Wänden hingen Zeichnungen und einige Holzmasken. Céleste trat näher, erkannte Skizzen von Tieren und Landschaften und immer wieder Bäume. Eine geübte Hand hatte sie gezeichnet, mit gutem Sinn für Proportionen und Perspektive. Die Masken dagegen waren äußerst schlicht geschnitzt, nur die rudimentärsten Formen, und hatten etwas Archaisches, Entrücktes an sich. Es waren Tiermasken, Céleste erkannte einen Wolf, einen Bären und etwas, das aussah wie ein großer Vogel.

Jérémie war Célestes Blick gefolgt. «Man hat viel Zeit hier draußen», sagte er. «Vor allem im Winter.» Dann ging er zum Tisch, fegte mit der Handkante vorsichtig die Scherben beiseite und zog eines der großformatigen Papiere aus dem Durcheinander heraus. «Hier!», er deutete mit einem Finger darauf, «das habe ich vor ein paar Tagen geträumt.»

Luc und Céleste kamen näher. Es war eine weitere Zeichnung, schnell ausgeführt, mit wenigen Strichen, nichtsdestotrotz verstörend: Tiere, eine ganze Menge Tiere, dazwischen auch menschenähnliche Wesen mit Tierköpfen, schienen sich zusammengerottet zu haben. Sie fletschten die Zähne, hoben Klauen mit spitzen Krallen und wirkten feindselig und aggressiv.

«Ich würde sagen, das war ein ziemlicher Albtraum», sagte Céleste.

«Kannst du laut sagen.» Jérémie nickte. «Vor allem aber war es ein Klartraum.»

«Was soll das heißen?», meldete sich erstmals Luc zu Wort, den Mops immer noch im Arm.

«Klarträume unterscheiden sich von anderen Träumen», sagte Jérémie. «Sie enthalten reale Botschaften.»

Céleste hob skeptisch die Brauen. «Ach! Botschaften von wem?»

«Vom Unterbewusstsein. Das weiß viel mehr als unser Alltagsbewusstsein.»

Céleste seufzte. «Ja, das ist ja schön, dass du so etwas träumst, aber was hat das mit dem Reh zu tun? Ist es dir etwa im Traum erschienen?»

Jérémie deutete auf das Bild, auf dem tatsächlich ein Reh zu sehen war.

«Okay. Und was ist die Botschaft?»

«Dass es so weit ist. Der Tag ist gekommen.»

«Welcher Tag?», fragte Luc stirnrunzelnd.

Céleste musste ein Lächeln unterdrücken, als sie die zutiefst skeptische Miene ihres Brigadiers sah. Luc Bato hatte noch nie mit Jérémie gesprochen, kannte ihn nur vom Hörensagen, und Gerede von Traumbotschaften, Visionen und Klarträumen mussten seinem tabellarischen, nüchternen Verstand entschieden gegen den schnurgeraden Strich gehen.

Jérémie musterte ihn derweil mit einer Mischung aus Verachtung und Mitleid, die er normalerweise für ignorante Wanderer reserviert hatte. Diese Bagage, die die unsichtbaren Feuerlinien, die sich angeblich durch den Wald zogen, nicht zu spüren vermochte und gedankenlos an Kraftorten und heiligen Stätten vorübertrampelte.

«Der Tag», wiederholte er dann langsam und überdeutlich,

wie wenn er zu einem Kleinkind oder einem sehr alten, fast tauben Menschen sprechen würde, «der Tag, an dem die Kreatur zurückschlägt.»

«Aha.» Céleste und Luc sahen sich an. «Ich dachte immer, es sei das Imperium, das zurückschlägt», spottete Céleste und musste kichern.

Jérémie maß sie mit einem strafenden Blick. «Die Zeichen waren deutlich für die, die sie sehen wollten. Die Kreaturen sammeln sich, die Natur erstarkt, um uns zu bestrafen für alles, was wir ihr angetan haben.»

«Und was, bitte, hat das mit dem Reh zu tun?», wiederholte Céleste ungeduldig ihre Frage. Zwar konnte sie Jérémie im Grunde ganz gut leiden, zu viel von seinem esoterischen Geschwafel ertrug sie jedoch nicht. Zudem ärgerte sie sich, dass sie sich von der seltsamen Atmosphäre vor der Hütte und Jérémies Axt hatte erschrecken lassen. Es war eigentlich nicht ihre Art, so ängstlich zu sein. «Wie ist das Tier vor deine Hütte gekommen, und warum sagst du, du seist angegriffen worden? Sollte es eine Drohung sein? Will dich jemand einschüchtern? Hast du Feinde?»

«Die Kreatur...»

«Schluss damit!» Céleste schnitt ihm mit einer knappen Geste das Wort ab. «Spuck's einfach aus, ohne das ganze Wortgeklingel drum rum.»

Jérémie seufzte schwer. «Mann, ihr habt wirklich keinen Sinn für die wichtigen Dinge. Muss man so sein, wenn man Bulle wird?»

«Unbedingt.»

«Also gut. Ich saß hier am Tisch, hab mir meine Zeichnungen angesehen und einen Kräutertee getrunken. Dann hebe ich den Kopf, schaue zum Fenster hinaus und sehe das Reh. Es steht vor

«Tollwut?» Céleste sah Luc erstaunt an. «Ich dachte, die gibt es bei uns gar nicht mehr?»

«Ich weiß.» Luc hob die Schultern. «Aber es wäre eine logische Erklärung.»

Céleste überlegte, und nach einer Weile sagte sie: «Sie haben recht. Es wäre eine Erklärung. Und vor allem eine, die wahrscheinlicher ist als eine Traumbotschaft.» Sie überlegte kurz und zog dann ihr Handy aus der Hosentasche.

«Wir müssen dem Amtstierarzt Bescheid sagen.»

Céleste erreichte Dr. Steinheimer, der sich bereit erklärte, gleich zu kommen.

Luc erbot sich, mit Franz zum Parkplatz zurückzugehen und dort auf den Arzt zu warten, doch bevor er losmarschierte, blieb er, anscheinend plötzlich verunsichert, noch einmal stehen. «Kann ich Sie mit diesem schrägen Kerl überhaupt alleine lassen, Chef?»

Céleste maß ihn mit einem langen Blick. «Glauben Sie etwa, ich kann nicht auf mich selbst aufpassen?»

Luc beeilte sich zu verschwinden. Victor Steinheimer hatte seine Praxis in Wettolsheim, es würde also nicht lange dauern, bis er, von Luc geleitet, an Ort und Stelle einträfe.

Jérémie nutzte derweil die gemeinsame Wartezeit, um Céleste ein wenig mehr an seiner speziellen Sicht der Dinge teilhaben zu lassen. Ihren Einwand, dass es sich womöglich um Tollwut handeln könne, wischte er mit einer Handbewegung beiseite. «Leere Begriffe, die die Menschen der Natur verpassen. Alles, was nicht in die Norm passt, wird zur Krankheit gemacht. Was ist das schon, Tollwut? Doch nichts anderes als Raserei, Tollheit, rasende Wut.»

«Es ist ein Virus», wandte Céleste ein. Viel mehr wusste sie auch nicht.

Doch Jérémie hörte gar nicht zu. Mit einer weiten Geste deutete er auf die Bäume ringsum. «Schau dich um, Madame Bulle. Das hier, was dir wie ein naturbelassener Wald vorkommt, ist nichts als Blödsinn. Es ist etwas Gemachtes, Erzwungenes, Künstliches. Ausgeholzt, bearbeitet, eingezäunt. Durchwandert von Idioten, jeden Tag, die glauben, Wildnis vor Augen zu haben.» Er spuckte auf den Boden und kratzte sich dann an seinem stoppeligen grauen Bart. «Wir leben in einem domestizierten Zeitalter. Alles, was uns wild und gefährlich erschienen ist, haben wir ausgerottet oder unterworfen. Jeder Grashalm wird abgeschnitten, jedes Stück Land wird gerodet, wir teilen unsere Welt ein in Nutztiere und Schädlinge, in Nutzpflanzen und Unkraut. Was meinst du, wie lange geht das noch gut?»

Da Céleste keine Antwort auf diese ohnehin rein rhetorische Frage gab, fuhr Jérémie unverdrossen fort: «Die Welt ist aus dem Gleichgewicht geraten, Madame Bulle. Man sieht es und spürt es überall, doch keiner will es wahrhaben. Und das, was wir Wahnsinn nennen, ist nur der Versuch der Wildnis, die Dinge wieder ins Lot zu bringen. Komm mir also nicht mit Tollwut...»

Céleste atmete auf, als sie durch die Bäume Luc zusammen mit dem Amtstierarzt zu Jérémies Hütte heruntersteigen sah. Sie kannte Victor Steinheimer, hatte schon öfter mit ihm zu tun gehabt, da der Police Municipale auch die Funktion einer Gesundheitspolizei zukam und sie sich daher auch um Angelegenheiten wie Seuchenschutz, öffentliche Hygiene und den Schlachthof zu kümmern hatte. Sie mochte den Tierarzt, der immer tadellos gekleidet war, meist sogar eine Fliege trug und einen absolut unbestechlichen Charakter hatte. Sie schätzte ihn auf Anfang sechzig, kurz vor der Rente, ein Gentleman der alten Schule, der im Kofferraum seines Landrovers immer hohe grüne Gummistiefel und einen grauen Kittel dabeihatte, um seine Kleidung zu schonen. Auf ihn konnte man Lucs Theorie, dass ein Mann von Welt immer saubere Schuhe zu tragen hatte, zweifellos anwenden. Auch jetzt kam er in Gummistiefeln herbeigestapft, unter dem Kittel lugte der Kragen eines blütenweißen Hemdes hervor. Sein kurzer Bart war grau wie der von Jérémie, allerdings erheblich gepflegter.

Dr. Steinheimer agierte wie üblich knapp und sachlich. Er schüttelte Céleste lächelnd die Hand, nickte Jérémie kurz zu und umrundete dann das tote Reh mehrere Male langsam und mit aufmerksamer Miene.

«Tollwut bei Wildtieren hat es bei uns schon seit fast zwanzig Jahren nicht mehr gegeben ...», murmelte er nachdenklich und ging dann plötzlich auf Höhe der Hinterläufe des Tieres in die Knie.

«Da.» Er winkte Céleste und Luc mit zwei Fingern, sie sollten näher kommen, und deutete dann, ohne das Reh zu berühren, auf eine frischverheilte Wunde oberhalb des rechten Hinterlaufs.

«Was ist das?», fragte Céleste.

«Ein Biss.» Dr. Steinheimer zog Gummihandschuhe aus der Tasche seines Kittels und streifte sie über.

«Von einem Fuchs?», wollte Céleste wissen, doch der Tierarzt schüttelte den Kopf.

«Zu groß. Das war mit ziemlicher Sicherheit ein Hund. Ich tippe auf Schäferhund oder etwas in der Art.» Er erhob sich aus der Hocke und klopfte sich seine ohnehin makellos sauberen Hosen ab. «Ich lasse das Tier abholen und untersuchen», sagte er. Dann holte er aus seiner Arzttasche eine Plastikplane, die er entfaltete, über das Reh breitete und sorgfältig mit Steinen beschwerte. «Sie werden gleich kommen, aber sicher ist sicher. Falls es sich um Tollwut handeln sollte, ist das Tier hoch ansteckend», warnte er mit einem scharfen Blick auf Jérémie. «Lyssaviren überleben in Kadavern bis zu drei Monate lang. Bereits durch eine Berührung kann man sich infizieren.»

«Das ist doch nur das Verdummungsgerede der Impfstoffhersteller», zeterte Jérémie unvermittelt los, der Dr. Steinheimers Untersuchung mit misstrauischem Schweigen verfolgt hatte. «Sie wollen uns weismachen, dass alles gut ist, solange wir uns nur brav impfen lassen. Gegen die wilde Kreatur gibt es aber keinen Impfstoff!»

Dr. Steinheimer maß Jérémie mit einem kühlen Blick. «Ach ja? Vielleicht sollten Sie diese Meinung noch einmal überdenken und sich wenigstens vorsorglich impfen lassen. Wenn die ersten Symptome auftreten, ist es nämlich zu spät. Diese Krankheit ist absolut tödlich. Es gibt keine Heilung.»

«Nur über meine Leiche», gab Jérémie wild zurück und trat ein paar Schritte vom Tierarzt weg, so als fürchtete er, von diesem hinterrücks geimpft zu werden.

Doch Dr. Steinheimer schüttelte nur gelassen den Kopf. «Na, na, na. Das wollen wir doch nicht hoffen, Monsieur.»

«Was?»

«Na, das mit der Leiche.» Dr. Steinheimer lächelte.

Jérémie sah ihn zornig an, sagte aber nichts mehr. Céleste meinte, auch so etwas wie Unsicherheit in seinem Blick erkennen zu können.

Der Tierarzt bot an, bei dem Reh zu bleiben, bis es abtransportiert wurde. Er schien Jérémie nicht über den Weg zu trauen. «Wer weiß, was er mit dem Tier anstellt», murmelte er Céleste leise zu.

«Das ist alles nur Theater», gab Céleste ebenso leise zurück.

«Jérémie ist vielleicht ein bisschen gaga, aber sicher nicht lebensmüde.»

Trotzdem bestand Dr. Steinheimer darauf zu warten. «Am Ende klaut er sich noch eine Trophäe oder so», vermutete der alte Tierarzt und deutete mit erhobenen Brauen auf die zahlreichen Amulette und Traumfänger, die von Jérémies Vordach baumelten. Als Céleste ungläubig auflachte, meinte er nur: «Alles schon vorgekommen, meine Liebe. Manche Leute sind so verrückt, das kann man sich gar nicht vorstellen.»

5

Dr. Steinheimer rief Céleste bereits am nächsten Tag an, um ihr mitzuteilen, dass sich ihr Verdacht erhärtet hatte: Was auch immer Jérémie glauben mochte, den Untersuchungen zufolge war das Reh eindeutig an Tollwut gestorben. Auch die Vermutung, dass das Reh von einem Hund gebissen worden war, hatte sich bestätigt, sodass man davon ausgehen musste, dass sich im Wald zwischen Eguisheim und Wettolsheim ein tollwütiger Hund herumtrieb.

Nachdenklich legte Céleste auf. «Wie sind Sie eigentlich so schnell auf Tollwut gekommen, Bato?», fragte sie ihren Brigadier.

Luc, der gerade damit beschäftigt war, eine Statistik auszufüllen über die Alkoholverstöße im Straßenverkehr innerhalb des letzten Quartals, hob den Kopf. «Oh, ich weiß eine ganze Menge darüber», bekannte er und fügte dann etwas verlegen hinzu: «Tollwut war der Schrecken meiner Kindheit.»

«Tatsächlich?», wunderte sich Céleste. «Aber Tollwut ist schon seit Jahren kein Thema mehr bei uns. Soweit ich weiß, gilt sie in Europa als ausgerottet.»

«In Frankreich offiziell seit 2001», antwortete Luc so prompt, als hätte er es irgendwo abgelesen. «Da war ich zehn.»

«Woher wissen Sie das so genau?» Céleste wunderte sich immer mehr. Sie hatte keine Ahnung, was in der Welt passiert war, als sie zehn gewesen war, geschweige denn, dass sie wüsste, welche Krankheiten es damals gegeben hatte oder nicht. Was die Tollwut anbelangte, so konnte sie sich nur vage an die Warnungen ihrer Mutter und ihres Großvaters erinnern: keine zutraulichen Füchse streicheln oder toten Tiere anfassen.

«Meine Großmutter hat damals in einer Kirche eine Dankesmesse lesen lassen», erläuterte Luc. «Ihr Vater, also mein Urgroßvater, ist nämlich an der Tollwut gestorben, als sie noch klein war. Sein eigener Hund hatte sich angesteckt und ihn gebissen.»

«Oh.»

«Als wir noch klein waren, hat sie mir und meiner Schwester jeden Abend davon erzählt. Es war sozusagen ihre Gute-Nacht-Geschichte.» Er verzog das Gesicht zu einer Grimasse. «Und als ob das nicht gereicht hätte, noch eine Menge anderer Schauermärchen dazu.»

«Erzählen Sie», forderte Céleste ihn neugierig auf. «Ich kenne kaum Schauermärchen.»

Jetzt wandte sich Luc endgültig von seiner Arbeit ab. «Le Loup-Garou...», sagte er mit düsterer Stimme, rollte mit den Augen und bog seine großen Hände zu Krallen. «Er schleicht bei Vollmond um die Häuser und holt sich die Kinder, die bei Einbruch der Dunkelheit nicht im Haus sind...»

«Ein Werwolf, der Kinder stiehlt?» fragte Céleste verblüfft nach und schauderte. «Gott sei Dank hat mir niemand so etwas erzählt.»

Luc lächelte. «In unserer Gegend hat man noch sehr lange an Werwölfe geglaubt. Vor knapp hundertfünfzig Jahren wurde auf dem Kirchplatz unseres Dorfs sogar ein Wolf gehängt. Angeblich hatte sich ein gesuchter Vergewaltiger und Mörder in das Tier verwandelt, um zu entkommen. Man glaubte damals,

Werwölfe könnten ihre Tierhaut je nach Bedarf nach innen oder nach außen tragen und so in Menschen- oder Tiergestalt erscheinen.»

Céleste schüttelte den Kopf. «Das kann doch niemand mehr ernsthaft geglaubt haben.»

«Wenn ich's Ihnen sage! Es gibt sogar ein kleines Bild in unserer Kirche, das den gehängten Wolf zeigt.»

«Und was hat dieses Schauermärchen mit der Tollwut und Ihrem Urgroßvater zu tun?», wollte Céleste wissen.

«Die Tollwut könnte eine Erklärung für den alten Werwolfsglauben sein. Man konnte sich früher die Verwandlung harmloser Haustiere und sogar Menschen in rasende Bestien oder Wahnsinnige nicht anders erklären. Und dann...» Er verstummte nachdenklich.

«Ja?», hakte Céleste nach, doch es war vergeblich. Der Brigadier sprach nicht aus, was ihm offensichtlich gerade durch den Kopf ging. Es dauerte eine ganz Weile, während der nur das kehlige Schnarchen von Franz zu hören war, der in einem rosa-weißen Körbchen neben Batos Schreibtisch schlief.

Endlich sagte Luc: «Die Tollwut und die Werwolfgeschichten sind schließlich zum buchstäblichen Teufelswerk verschmolzen. Viele Leute bei uns haben geglaubt, es wäre der Leibhaftige selbst, der in die Menschen fährt und sie zu Bestien macht...» Als er Célestes ungläubigen Blick sah, fügte er wie zur Rechtfertigung hinzu: «Nun ja, es war eben eine andere Zeit.» Er griff in den Kragen seines Hemds und zog ein Kettchen heraus, an dem ein Anhänger baumelte. «Das war das Geschenk meiner Großmutter zur Taufe.»

Neugierig warf Céleste einen Blick auf die kleine goldene Münze an Lucs Halskette: ein Hirschgeweih mit einem strahlenden Kruzifix in der Mitte.

«Das ist das Symbol für Saint-Hubert, den Schutzpatron der Jäger und Hunde. Sie hat es von einem Priester weihen lassen. Es soll auch gegen die Tollwut schützen, nicht so gut wie ein Hubertusschlüssel, aber immerhin...»

«Alle Achtung, Luc.» Céleste lächelte. «Mit Ihnen und Saint-Hubert an meiner Seite bin ich ja in dieser Sache bestens geschützt.»

Luc ließ seinen Schutzpatron wieder unter dem Hemd verschwinden und rückte seinen gestärkten Hemdkragen gerade. «Das sind Sie sowieso, Chef. Ich passe auf Sie auf, auch ohne den heiligen Hubertus», gab er ernst zurück, und Céleste glaubte ihrem jungen Brigadier aufs Wort. Wenn es darauf ankäme, würde Luc Bato sie ritterlich beschützen, keine Frage, Emanzipation hin oder her.

Um ihre Rührung zu verbergen, warf sie einen Blick auf die Notizen, die sie während ihres Telefonats mit Dr. Steinheimer geschrieben hatte. «Es macht mir Sorgen, dass wir nicht wissen, woher dieser tollwütige Hund gekommen ist. Nachdem wir den Teufel als Ansteckungsursache wohl ausschließen können, muss er sich irgendwo anders infiziert haben. Es muss einen Ausgangspunkt für die Erkrankung geben, und solange wir nicht wissen, wo oder was er ist, könnte noch mehr passieren.» Sie biss sich auf die Lippen. «Und wir wissen noch nicht mal, wo wir nach diesem Hund suchen sollen, geschweige denn nach dem Ansteckungsherd.»

«Wahrscheinlich ist der Hund schon tot», vermutete Luc und warf einen Blick auf den noch immer schnarchenden Franz. «Die Tiere leben nicht mehr sehr lange, wenn die Krankheit einmal ausgebrochen ist.»

Céleste nickte. «Ein bis fünf Tage nach Ausbrechen der Symptome», las sie von ihren Notizen ab. «Trotzdem müssen wir ihn so schnell wie möglich finden. Sie haben ja gehört, was Dr. Steinheimer gesagt hat. Sogar der Kadaver eines Tiers ist noch drei Monate ansteckend.» Sie klopfte mit ihrem Stift auf den Notizblock. «Dr. Steinheimer meinte, der Biss wäre etwa drei bis vier Wochen alt. Die Inkubationszeit von der Ansteckung bis zum Ausbruch beträgt zwischen zwei und vierundzwanzig Wochen. Das ist ein elend langer Zeitraum. Es könnten noch viel mehr Tiere krank oder gefährdet sein, auch Haustiere.» Jetzt warf Céleste einen Blick auf den selig schlummernden Franz. «Wir müssen die Leute informieren.»

«Das wird für ziemlich viel Unruhe sorgen», warnte Luc. «Heutzutage lässt ja niemand mehr sein Haustier gegen Tollwut impfen.»

«Dann wird es höchste Zeit», erklärte Céleste, und Luc nickte.

Während sie den Flur entlang zum Büro des Bürgermeisters gingen, sagte Luc vorsichtig: «Als ich Ihnen das mit der Teufelstheorie meiner Großmutter erzählt habe, da ist mir etwas aufgefallen.»

Céleste sah ihn an. «Das hatte ich mir schon gedacht.»

«Wieso?»

«Sie haben so ein Gesicht gemacht.»

«Was für ein Gesicht denn?» Luc runzelte besorgt die Stirn. Der Umstand, dass man an seiner Miene womöglich seine Gedanken ablesen konnte, schien ihn zu beunruhigen.

«So ein Denkergesicht eben.»

Luc sah sie misstrauisch an. «Nehmen Sie mich auf den Arm, Chef?»

Céleste lächelte. «Würde mir nie einfallen. Ich schätze Ihre Ideen sehr. Falls Sie die Güte haben, Sie mir zu verraten.»

«Ich weiß nicht, ob es wichtig ist, aber ich finde ...» Luc

zögerte, suchte nach Worten, und wieder wartete Céleste geduldig. Sie wusste aus Erfahrung, dass es keinen Sinn hatte, ihn zu drängen. «Vielleicht ist es albern, aber die Theorie meiner Großmutter hat mich an Jérémie erinnert. Zwar hat es nichts mit dem Teufel zu tun, aber er hat sich mit dieser Geschichte von der Strafe der Natur auch so eine seltsame Theorie zurechtgelegt...» Wieder verstummte er.

«Ja?», ermunterte ihn Céleste. «Was wollen Sie mir damit sagen?»

«Ich glaube, dass mehr hinter dieser Krankheit steckt als eine normale Virusinfektion.»

«Wie um Himmels willen meinen Sie das, Bato?», wollte Céleste überrascht wissen.

Luc überlegte und sagte dann bedächtig: «Ich denke, dass an diesen Theorien was Wahres dran ist. Also nicht, dass ich an den Teufel oder die Strafe der Natur glaube, aber ich halte die Tollwut für eine Krankheit, die offenbar zu jeder Zeit die tiefsten und dunkelsten Ängste der Menschen zum Vorschein bringt, ob es nun Werwölfe sind, der Teufel oder das Ende der Zivilisation.» Er warf Céleste einen Blick zu und fragte unsicher: «Lachen Sie mich jetzt aus, Chef?»

«Nein. Sicher nicht.» Céleste schüttelte langsam den Kopf. «Ich finde das, was Sie da sagen, ziemlich unheimlich.» Sie hatten Dédés Büro erreicht und blieben stehen. «Hoffen wir mal, dass nicht noch mehr Eguisheimer auf solche Gedanken kommen, Bato», sagte sie und klopfte energisch an die Tür des Bürgermeisters, «sonst ist hier tatsächlich bald der Teufel los.»

Zunächst war der Teufel in Dédés Büro los. Als der Bürgermeister von dem tollwütigen Reh erfuhr, sprang er wie von einer Tarantel gestochen von seinem Stuhl auf. «Wie konnten Sie nur Franz einer solchen Gefahr aussetzen?», rief er entsetzt und fuhr sich über die spiegelnde Glatze. «Wenn das meine Frau erfährt...»

«Wir wussten doch vorher nichts davon», rechtfertigte sich Luc. «Außerdem habe ich ihn die ganze Zeit auf dem Arm gehalten. Er ist nicht einmal in die Nähe des Rehs gekommen.»

«Aber auf dem Weg zu diesem Menschen? Durch den Wald? Vielleicht hat er etwas gefressen, an etwas geschnuppert... mon dieu...» Dédé lief aufgeregt in seinem Büro hin und her. «Er könnte schon angesteckt sein!»

Céleste, die bis dahin geschwiegen hatte, schüttelte den Kopf. «Nein, Monsieur le Maire. Ganz sicher nicht.»

«Können Sie mir das garantieren, Kreydenweiss?»

«Bei unserem Einsatz hat er sich jedenfalls nicht angesteckt. Im Übrigen habe ich von Anfang an gesagt, dass es nicht gut ist, während der Arbeit Kindermädchen für einen Hund spielen zu müssen.»

«Aber...» Der Bürgermeister unterbrach sich, als es erneut an der Tür klopfte. «Ja, bitte?» Er wischte sich rasch mit seinem Taschentuch über die glänzende Stirn.

Es war Marie, seine Sekretärin, und sie wirkte beunruhigt. «Monsieur le Maire, es gibt einen Auflauf...», begann sie.

«Einen Auflauf? Was für einen Auflauf?», fragte Dédé verständnislos.

«Henri Breton hat gerade angerufen. Das ist der Wirt aus dem Café du Marché...»

«Ich kenne Henri! Was will er denn?»

«Er sagt, ein Verrückter steht auf dem Dorfplatz und predigt den Untergang der Welt.»

Céleste und Luc sahen sich an. «Das kann nur Jérémie sein», meinte Céleste.

«Jérémie?», fragte Dédé nach. «Der aus dem Wald, der mit der Tollwut?»

«Ja. Er glaubt nicht, dass die Tollwut ein Virus ist, er glaubt, die Natur bestraft uns», erklärte Céleste.

«Stoppen Sie den Idioten!», forderte Dédé unwirsch. «Er macht mir ja die Leute verrückt.»

«Und Franz?», wagte Luc zu fragen. «Sollen wir den mitnehmen?»

«Bloß nicht!», rief Dédé. «Unterstehen Sie sich! Ich werde ihn holen...» Er lief so schnell auf seinen kurzen Beinen aus dem Büro, als gelte es, Franz vor dem unmittelbar bevorstehenden Tod zu bewahren.

Marie sah ihm verblüfft nach. «Was hat er denn?»

Céleste lächelte ein wenig boshaft. «Ich schätze, deine Hundeallergie wird dir jetzt nichts mehr nützen.»

«Wieso, was meinst du damit?», wollte Marie wissen, doch Céleste brauchte nicht mehr zu antworten, denn Dédé kehrte bereits zurück. Er hatte das Körbchen unter den Arm geklemmt, und Franz trottete an der Leine hinter ihm her.

«Marie, machen Sie bitte einen Termin beim Tierarzt. Franz braucht eine Tollwutimpfung. Jetzt sofort!», wies er seine Sekretärin an und drückte ihr die Leine in die Hand. «Fahren Sie am besten gleich hin. Und falls meine Frau anruft, kein Wort zu ihr. Sie darf sich nicht aufregen.»

«Aber meine All...», protestierte Marie, doch Dédé schnitt ihr mit einer ungeduldigen Geste das Wort ab.

«Das wird Sie schon nicht umbringen.»

Unauffällig verließen Céleste und Luc das Büro des Bürgermeisters, holten sich ihre Uniformjacken und Mützen und machten sich in ihrem Mégane auf den Weg zum Marktplatz, um zu sehen, was es mit dem «Auflauf» auf sich hatte.

der Hütte, unruhig, atmet schwer, dreht sich um sich selbst, als wollte es einen Entschluss fassen, dann nimmt es Anlauf und springt mit voller Wucht gegen das Fenster. Fast wäre es mitten auf dem Tisch gelandet, doch es reißt sich noch einmal herum, will erneut auf mich losgehen und fällt dann einfach um. Tot.»

Céleste und Luc starrten ihn an.

Äußerst zufrieden über die Wirkung seiner Worte, verschränkte Jérémie die Arme vor seiner hageren Brust. «So war's und nicht anders.»

Céleste räusperte sich. «Du willst damit sagen, das Reh hat deine Hütte angegriffen? Mit voller Absicht? Es ist gegen das geschlossene Fenster gesprungen und dann tot umgefallen?»

Als Jérémie nickte, schüttelte Céleste den Kopf. «So etwas habe ich noch nie gehört.»

Luc zupfte Céleste am Ärmel. «Kommen Sie mal mit, Chef.»

Sie gingen nach draußen. Luc lief voraus, machte einen äußerst großen Bogen um das tote Tier und umfasste dabei den Mops in seinem Arm noch etwas fester. In sicherer Entfernung blieb er stehen.

«Was ist los, Bato?», wollte Céleste erstaunt wissen. «Haben Sie es etwa mit der Angst zu tun bekommen?»

Luc schüttelte den Kopf. «Das ist doch nur Gerede. Ich glaube, ich weiß, warum das Reh sich so merkwürdig verhalten hat. Ich habe es mir heute Vormittag bei den Wanderern schon gedacht, aber da war ich mir nicht sicher, ich meine, sie gilt schließlich seit Jahren als ausgerottet, aber das hier...» Er schüttelte erneut den Kopf. «Es gibt keine andere Erklärung.»

«Was gilt als ausgerottet? Wovon sprechen Sie, Bato?»

«Von der Tollwut. Und ich denke, dieser Klarträumer da weiß das selbst ganz genau. Deshalb hat er mir auch geraten, Franz auf den Arm zu nehmen.»

«Sie können Marie nicht ausstehen, oder?», wollte Luc wissen, während sie die kurze Strecke durch die Grand'Rue fuhren.

Céleste schüttelte den Kopf. «Nein.»

«Warum nicht? Sie ist doch ganz nett ...»

«Täuschen Sie sich nicht, Luc. Haben Sie sie mal Mandarinen schälen sehen?»

Als Luc sie verständnislos ansah, begann Céleste mit spitzen Fingern und übertrieben künstlichen Bewegungen an einer unsichtbaren Frucht herumzuzupfen. «Sie hat Angst, sich beim Essen die Finger schmutzig zu machen.»

«Ja, und?»

«So etwas ist mir suspekt. Diese Art Menschen halten sich auch aus allem anderen raus. Man kann ihnen nicht trauen.»

«Aha.» Luc warf seiner Chefin einen skeptischen Blick zu. «Interessante Theorie.»

«Glauben Sie mir nicht?»

«Doch ... doch ...»

«Müssen Sie auch gar nicht. Ist nur ein Rat von mir.» Céleste lächelte und hob in gespieltem Ernst einen Zeigefinger: «Hüten Sie sich vor Menschen, die Mandarinen mit spitzen Fingern schälen.»

Luc nickte gehorsam. «Werde ich tun, Chef.»

Der Auflauf, von dem Henri berichtet hatte, entpuppte sich als Ansammlung von höchstens zehn, zwölf Eguisheimern und ein paar Touristen, die auf dem Marktplatz standen und eher belustigt als beunruhigt Jérémie lauschten. Der hatte sich breitbeinig auf dem Rand des Papst-Leon-Brunnens postiert und schwadronierte mit lauter, sich überschlagender Stimme über die gequälte wilde Kreatur und die Bestie Mensch: «Der Tag ist gekommen, an dem wir ernten werden, was wir gesät haben», rief er gerade, als Céleste und Luc näher kamen.

«Ja, Weinernte ist bald!», rief einer der Zuhörer, und die anderen lachten.

Jérémie warf seinem Publikum einen finsteren Blick zu. «Noch lacht ihr, ihr Narren. Aber nicht mehr lange. Das tollwütige Reh war erst der Anfang! Sie werden aus den Wäldern kommen und in eure Häuser dringen. Sie werden euch den Tod bringen, und es wird keine Rettung geben ... für niemanden!»

«Jetzt ist gut, Jérémie», rief Céleste. «Komm da runter!»

«Für niemanden!», wiederholte der hagere Mann, ohne Céleste zu beachten. Dann griff er in den ausgefransten Stoffbeutel, den er sich umgehängt hatte, holte etwas Dunkles, Pelziges heraus und warf es mit den Worten «Die Tollwut wird euch alle vernichten!» unter die Leute. Eine junge Frau kreischte auf, als das Ding sie mitten im Gesicht traf.

Luc war mit zwei Schritten bei Jérémie, packte ihn am Arm und zog ihn vom Brunnen herunter. «Hören Sie mit dem Blödsinn auf», sagte er ruhig, jedoch mit unmissverständlicher Autorität in der Stimme. Er hielt ihn fest, während Céleste das Wurfgeschoss unter die Lupe nahm. Es war ein totes Eichhörnchen.

«Nicht anfassen!», warnte sie die Umstehenden.

Ein angstvolles Raunen ging durch die Leute, und die Frau, die getroffen worden war, schluchzte hysterisch. Sie hatte einen blonden Pferdeschwanz, trug kurze Hosen und ein Top mit Spaghettiträgern und begann jetzt hektisch in ihrem Gesicht und an ihren nackten Armen zu wischen und zu reiben. Ihr Begleiter, ein etwa gleichaltriger Mann in Bermudas und T-Shirt, versuchte vergeblich, sie zu beruhigen. Als es ihm nicht gelang, wandte er seine Aufmerksamkeit Jérémie zu. «Sind Sie irre?», brüllte er ihn an. «Wollen Sie uns alle umbringen?»

«Nicht ich. Die Entscheidung ist längst gefallen», gab Jérémie finster zurück. «Ihr alle seid dem Untergang geweiht!»

Die Anwesenden kommentierten diese Aussage mit erregtem Gemurmel. Von einigen waren laute Proteste in Richtung Jérémie zu hören, und sie klangen teils ziemlich aggressiv, doch man konnte spüren, dass seine Worte die gewünschte Wirkung nicht verfehlt hatten: Die Belustigung war einer diffusen Beunruhigung gewichen, die auch deutlich an den Gesichtern der Umstehenden zu erkennen war. Auch wenn Prophezeiungen und Weltuntergangsszenarien keinen Platz in der heutigen Zeit zu haben schienen, Jérémies Worte waren bei dem einen oder anderen schon sehr viel tiefer gesickert, als dieser selbst es für möglich gehalten haben mochte.

«Bringen Sie diesen verdammten Idioten weg, Bato!», sagte Céleste leise zu Luc. «Sonst lynchen sie ihn am Ende noch.» Sie holte ihr Handy aus der Tasche und rief erneut Dr. Steinheimer an, während sie mit der anderen Hand die Leute auf Abstand hielt – auch wenn das im Grunde gar nicht nötig gewesen wäre. Wie von selbst bildete sich ein respektvoller Kreis um sie und das tote Eichhörnchen, das, obwohl es so winzig und vermeintlich harmlos auf dem Kopfsteinpflaster lag, mit einem Mal etwas Unheilvolles ausstrahlte.

Die Zeit, bis Dr. Steinheimer eintraf, das Tier in einen Plastikbeutel steckte und mitnahm, kam Céleste wie eine Ewigkeit vor. Luc hatte Jérémie inzwischen in ihr Auto verfrachtet und stand jetzt neben ihr, um sie zu unterstützen. Die Menge, die sich auf dem Marktplatz versammelt hatte, war größer geworden. Es schien sich in Windeseile herumgesprochen zu haben, dass ein Verrückter mit tollwütigen Tieren um sich warf, und die Stimmung war entsprechend aufgeheizt. Während die junge Frau nur noch leise vor sich hin wimmerte, redete sich ihr

Freund immer mehr in Rage, und seine Schilderung des Vorfalls wurde zunehmend dramatischer, je öfter er sie zum Besten gab. Céleste war froh, dass sie Jérémie aus der Schusslinie gebracht hatten – gut möglich, dass die Leute am Ende tatsächlich auf ihn losgegangen wären.

Sie versuchte, die Frau zu beruhigen, wiederholte, was Dr. Steinheimer gesagt hatte: «Es ist absolut unwahrscheinlich, dass ein Eichhörnchen mit Tollwut infiziert ist, das hat uns der Tierarzt versichert...»

«Wollen Sie uns verarschen?», schrie der junge Mann. «Das ist doch Schönrednerei! Sie lügen uns an, weil Sie keine schlechte Presse wollen. Aber das können Sie vergessen!»

Céleste ignorierte ihn, so gut es ging, und ließ sich stattdessen von der Frau Personalien und Telefonnummer geben, was diese ein wenig ablenkte. Sie hieß Françoise Schneck und wohnte in Colmar. Am Ende gab Céleste ihr noch ihre Visitenkarte. «Wir werden Sie informieren, sobald wir ein Ergebnis vom Amtstierarzt haben», versprach sie. «Sie können mich aber auch jederzeit anrufen und nachfragen.»

«Schluss jetzt!» Der Mann legte einen Arm um seine Freundin und zog sie von Céleste weg. «Diesen Mist hören wir uns nicht länger an. Wir fahren sofort nach Colmar ins Krankenhaus. Und der Wahnsinnige kommt in den Knast, das schwöre ich!»

Céleste sah ihnen nach, wie sie über den Platz davongingen, und seufzte. Sie konnte ihnen ihre Wut und vor allem ihre Angst nicht verdenken. Sie selbst hatte es beim Anblick des toten Rehs und auch jetzt wieder verspürt. Luc hatte recht: Die Tollwut brachte tiefe, uralte Ängste zum Vorschein, die weit über die Angst vor einer normalen Krankheit hinausgingen. Obwohl Céleste ein recht rational denkender Mensch war, konnte sie noch immer etwas von dem tiefem Grauen der Menschen aus früheren Zeiten fühlen, die noch nichts von Viren und Bakterien wussten, keine Impfungen kannten und Krankheiten wie Naturgewalten hilflos ausgeliefert waren. Teufelswerk und Strafe der Natur unterschieden sich dabei nicht großartig – Jérémie hatte in jedem Fall ganze Arbeit geleistet.

«Ich fresse einen Besen, wenn dieses Eichhörnchen Tollwut hatte», sagte Luc, während sie gemeinsam zurück zum Auto gingen.

«Was macht Sie da so sicher?», fragte Céleste. «Dr. Steinheimer hat zwar gesagt, das komme ausgesprochen selten vor, sei aber nicht ausgeschlossen.»

«Haben Sie nicht gesehen, dass Jérémie das Tier mit bloßen Händen angefasst hat? Das hätte er nie getan, wenn er sich nicht sicher gewesen wäre, dass das Tier eines natürlichen Todes gestorben ist. Sie haben es doch selbst gesagt, Chef.»

«Was denn?», frage Céleste verblüfft.

«Jérémie ist vielleicht ein bisschen irre, aber ganz sicher nicht lebensmüde.»

Sie fuhren mit dem heftig protestierenden Jérémie, den Luc vorsorglich mit Handschellen an dem Haltegriff über dem Fenster im Fond ihres alten Mégane fixiert hatte, zurück auf die Wache. Die Mairie war verwaist, weder Dédé noch Marie waren in ihren Büros. Nach einigem unschlüssigem Hin und Her beschlossen sie, Jérémie in die Ausnüchterungszelle neben ihrem Zimmer zu sperren, bis sie entschieden hatten, was weiter zu tun war. Céleste konnte sich nicht erinnern, wann sie die Zelle jemals bestimmungsgemäß benutzt hatten, und für Luc war es ohnehin das erste Mal, dass während seines Dienstes jemand in Verwahrung genommen wurde.

Der Raum war inzwischen längst als Rumpelkammer zweckentfremdet worden, und so mussten sie zuerst zwei alte Bürostühle, einen defekten Drucker, eine Schreibtischlampe, eine eingegangene Zimmerpflanze und diverse Schachteln mit Altpapier und Krimskrams in ihrem Zimmer zwischenlagern, bevor sie Jérémie dort unterbringen konnten. Dieser war inzwischen recht kleinlaut geworden und behauptete mit weinerlicher Stimme, bei verschlossenen Türen und gemauerten Wänden Depressionen zu bekommen.

«Du kannst es auch positiv sehen», meinte Céleste trocken, bevor sie die Tür abschloss, «hier drinnen wirst du wenigstens vor der wilden Kreatur verschont. Was ist dagegen schon so eine kleine Depression?» Sie achtete nicht weiter auf seine Proteste, sondern ging zurück in ihr nunmehr vermülltes Büro, wo Luc sie mit sorgenvollem Blick erwartete.

«Was machen wir denn jetzt mit ihm, Chef?», fragte er. «Ist das überhaupt erlaubt? Dürfen wir ihn einfach so einsperren?»

«Dürfen wir.» Céleste balancierte einen Pappschachtelturm, der auf ihrem Stuhl stand, auf das Fensterbrett und ließ sich dann in den Stuhl fallen. «Gefährdung der öffentlichen Sicherheit.» Sie überlegte. «Gefährliche Körperverletzung. Oder zumindest der Versuch. Und sicher noch ein paar Dinge, die mir gerade nicht einfallen.»

«Aber dann müssten wir doch auch Capitaine Wolfsberger informieren...» Lucs Miene wurde noch besorgter. Immer wieder schaute er zu der geschlossenen Arresttür hinüber, hinter der jetzt Stille herrschte.

«Blödsinn. Einen Teufel müssen wir. Sie haben doch selbst gesagt, dieses Vieh hatte wahrscheinlich gar keine Tollwut. In dem Fall müssen wir ihn ohnehin bald wieder laufen lassen.»

Sie fuhr sich unwirsch durch die Haare und stopfte ein paar widerspenstige Strähnen, die sich gelöst hatten, zurück in ihren dichten, dunklen Zopf. «Was für ein gottverdammter Mist, den Jérémie da veranstaltet. Vielleicht sollten wir ihn gleich in die Psychiatrie stecken?»

«Aber Chef, ich weiß nicht, ob das richtig ist ...», versuchte es Luc erneut.

«Jetzt machen Sie sich nicht ins Hemd, Bato!», fuhr ihn Céleste ungeduldig an. «Wir sind für die öffentliche Sicherheit und die Gesundheit der Bevölkerung verantwortlich. Wollen Sie warten, bis Jérémie noch ein Eichhörnchen wirft? Oder selbst jemanden beißt, durchgeknallt, wie er ist?»

«Nein, aber ...»

«Was haben Sie dann für ein Problem?»

Luc rutschte unbehaglich auf seinem Stuhl hin und her. Nach einigem Zögern bekannte er: «Ich fühle mich einfach nicht wohl bei dem Gedanken, jemanden einzusperren, Chef.»

Céleste sah ihn einen Moment lang verblüfft an, dann lachte sie auf. «Ich würde sagen: Augen auf bei der Berufswahl, Bato.»

Der Brigadier schüttelte eigensinnig den Kopf. «Ich bin zur Police Municipale gegangen, um Leuten zu helfen, nicht, um sie einzusperren. Dafür ist die Kriminalpolizei zuständig.»

Céleste beugte sich vor und sagte schärfer als beabsichtigt: «Ihre Menschenfreundlichkeit in allen Ehren, Luc, aber ich habe keine Lust, mir diesen Widerling von Wolfsberger ans Bein zu binden, wenn es nicht unbedingt notwendig ist. Und er wird auch nicht begeistert sein, wenn wir ihn wegen dieser Geschichte anrufen und sich herausstellt, dass das verdammte Eichhörnchen an Altersschwäche gestorben ist. Dann haben wir nämlich nur noch einen ortsbekannten Verrückten, der

Schwachsinn schwafelt und versucht, damit die Leute zu verunsichern. Und das fällt tatsächlich allein in unsere Zuständigkeit.»

«Und das tollwütige Reh? Das haben wir doch auch noch», ergänzte Luc leise, eingeschüchtert wie immer, wenn seine Chefin laut wurde.

Céleste ließ sich in ihren Stuhl zurücksinken und seufzte. «Und das Reh. Natürlich. Wie könnte ich das vergessen?»

Sie schwiegen eine Weile, dann meinte Céleste in versöhnlichem Tonfall: «Heute werden wir jedenfalls kein Ergebnis von Dr. Steinheimer mehr bekommen. Sie können Schluss machen und nach Hause gehen, Luc. Ich bleibe da und passe auf unseren Gefangenen auf.»

«Aufpassen? Aber ... die ganze Nacht?», fragte Luc ungläubig.

«Haben Sie eine bessere Idee? Wir können ihn ja nicht allein hier in der Mairie lassen. Am Ende dreht er wirklich noch durch und rennt mit dem Kopf gegen die Wand.»

Luc sah sie beschämt an. «Daran hatte ich noch gar nicht gedacht.»

Céleste lächelte. «Wir sind es beide nicht gewohnt, Gäste in unserer Zelle zu beherbergen. Ich hatte heute eigentlich auch etwas anderes vor.»

Mit Bedauern blickte sie auf ihr Handy, auf dem eine Nachricht von Yves darauf wartete, beantwortet zu werden. Ihr Gelegenheitsliebhaber aus dem Nachbarort hatte sie gefragt, ob sie Lust habe, mit ihm gemeinsam zu Abend zu essen. Und dann ... Die vielsagenden Pünktchen am Ende hatten ihr mehr Appetit gemacht als die Aussicht auf ein gutes Abendessen. Seit mehr als zwei Jahren war sie mit Yves locker liiert, und wenn es nach ihr ginge, durfte das ruhig so weitergehen. Ihre langjährige

Beziehung zu Max, einem deutschen Journalisten aus Freiburg, war schon vor einer ganzen Weile an einem Punkt angelangt, an dem es trotz aller Verbundenheit, die die beiden füreinander empfanden, weder vor- noch zurückging. Weder wollte Céleste nach Deutschland ziehen und ihre Arbeit in Eguisheim aufgeben, noch war umgekehrt Bereitschaft zu einem Ortswechsel zu erkennen. Sie liebten sich, doch sie wussten beide, dass es keinen Sinn hatte, einander Vorschriften zu machen, solange keiner willens war, an der Situation etwas zu ändern.

Luc war Célestes Blick auf ihr Handy nicht entgangen. Sofort wurde seine Miene distanzierter. Auch wenn sie nie darüber sprachen, wusste Céleste, dass er ihr lockeres Liebesleben zutiefst missbilligte. Sie hatte jedoch noch nie das Bedürfnis verspürt, sich vor irgendjemandem dafür zu rechtfertigen. Schon gar nicht vor ihrem jungen Brigadier. Die Liebe war eben kompliziert, viel komplizierter, als sich Luc, der unverbrüchlich an die große, einzige und wahre Liebe glaubte, bisher vorstellen konnte. Aber wie käme Céleste dazu, ihm diesen Glauben zu nehmen?

«Wenn Sie eine Verabredung haben, Chef, dann kann auch ich auf Jérémie aufpassen», ließ er verlautbaren.

«Kommt gar nicht in Frage, Luc.» Sie tippte eine Nachricht an Yves in ihr Handy und verschickte sie mit einem Achselzucken. «Die Arbeit geht vor.»

Luc schwieg einen Augenblick, dann sagte er: «Dann bleibe ich auch da.»

«Das ist doch Unsinn», widersprach Céleste. «Wir müssen uns doch nicht zu zweit die Nacht um die Ohren schlagen. Gehen Sie nach Hause, Bato.»

«Er ist unser gemeinsamer Gefangener, und wir passen auf ihn auf. Ich lasse Sie mit diesem Waldschrat nicht allein. Wer weiß, was dem noch einfällt.» Er lockerte den Kragen seines steifgebügelten hellblauen Uniformhemds mit dem Emblem der Tricolore auf der Brusttasche und krempelte die Ärmel nach oben.

«O.k., wie Sie meinen.» Céleste sparte sich weitere Widerworte. Wenn sich Luc Bato etwas in den Kopf gesetzt hatte, konnte er stur wie ein Ochse sein. Nach einer Weile sagte sie: «Haben Sie Hunger, Luc?»

Er blickte auf. «Ja», gestand er schließlich. «Und wie.»

Céleste nickte. «Ich auch. Ich hole uns was von meiner Mutter aus dem Fetten Frosch.»

«Oh. Aus dem Fetten Frosch.» Lucs Miene hellte sich auf. «Soll ich gehen?», erbot er sich.

«Nein, ich bin gleich wieder da.» Céleste schnappte sich ihre Jacke. «Besondere Wünsche?»

Luc schüttelte den Kopf. «Ich liebe alles, was Ihre Mutter kocht», sagte er. Doch als sie schon fast aus der Tür war, rief er sie zurück: «Chef?»

Céleste blieb stehen. «Ja?»

«Wir sollten Jérémie auch etwas mitbringen.»

Céleste hob die Brauen. «Sie wollen dem Waldschrat auf Staatskosten ein Abendessen aus dem Fetten Frosch kredenzen?»

«Na ja ...» Luc zuckte verlegen mit den Schultern. «Er wird doch sicher auch hungrig sein. Und die Zeiten von Wasser und Brot sind ja eigentlich vorbei.»

«Wobei wir nicht mal Brot hätten, so schlecht auf Gäste vorbereitet, wie wir hier sind.» Dann lächelte Céleste. «Sie haben recht, Bato. Ich bringe ihm was mit.»

6

Auch wenn das Restaurant ihrer Mutter nicht weit von der Mairie entfernt lag, fuhr Céleste mit dem Auto, damit das Essen auf dem Rückweg nicht kalt wurde. Das hieß, verbotenerweise mitten durch die Altstadt zu fahren. Aber immerhin handelte es sich hierbei ja um so etwas wie einen Einsatz. Umso verdutzter war sie, als ihr keine zweihundert Meter vom Fetten Frosch entfernt jemand entgegentrat und mit einem Winken bedeutete anzuhalten. Es war Brigitte Lebac, die Angestellte der Verkehrsüberwachung.

«Hier darfst du nicht fahren», sagte Brigitte, ohne sich lange mit Begrüßungsfloskeln aufzuhalten.

Brigitte war eher der herbe Typ. Herzlichkeit oder der Austausch von Höflichkeiten waren ihre Sache nicht. Sie stand inmitten einer kleinen Gruppe Frauen, die offenbar gerade auf dem Weg in die Kirche waren. Als Céleste unter ihnen Hortense erkannte, fiel ihr ein, dass heute Dienstag war – der Tag, an dem Luc immer Chorprobe hatte. Hortense, eine hübsche junge Frau, drall, blond und sommersprossig, sang mit dem Brigadier im Kirchenchor, und sicher wäre er auch hier gewesen, wenn er nicht heute Abend mit seiner Chefin verrückte Wanderprediger hätte beaufsichtigen müssen. Céleste kannte Hortense nur vom Sehen, aber von Lucs gelegentlichen Erzählungen, wusste sie, dass sie aus dem Nachbarort stammte und Gärtnerin war.

Außerdem ahnte sie, dass Luc ein Auge auf sie geworfen hatte. Bisher allerdings ohne Erfolg, wobei Céleste noch nicht hatte herausfinden können, ob es an Hortenses Desinteresse oder an Lucs unglaublicher Schüchternheit in solchen Dingen lag. Sie tippte eher auf Letzteres.

Neben Hortense stand Nicolette Pelletier, die Angestellte aus der Bäckerei Kempf, die ebenfalls ein hübsches Gesicht hatte, aber mindestens doppelt so breit war wie Hortense, was wahrscheinlich darauf zurückzuführen war, dass es in der Boulangerie von Claire Kempf so viele unwiderstehliche Köstlichkeiten gab. Die vierte Frau in der Runde sah dagegen aus, als könnte sie ohne Probleme jeder noch so süßen Verführung widerstehen. Valérie Crummenacker war etwa in Brigitte Lebacs Alter, Mitte fünfzig, dunkelhaarig, klein und sehr schlank. Sie engagierte sich ehrenamtlich in verschiedenen Organisationen und auch in der Kirche. Zweimal im Jahr kam sie deswegen in der Mairie vorbei, kurz vor Weihnachten und im Frühjahr, um Spenden zu sammeln. Céleste kannte die stille, freundliche, immer ein wenig distanziert wirkende Frau nur flüchtig.

Céleste sah auf die Uhr. Es war kurz vor halb acht. «Hast du kein Leben, Brigitte?», fragte sie säuerlich. «Du hast doch schon längst Feierabend.»

«Du auch», kam es prompt von Brigitte zurück. «Und als nicht berechtigte Privatperson ist es dir untersagt, hier mit dem Auto entlangzufahren.»

«Willst du mich jetzt verhaften?», fragte Céleste spöttisch.

Brigitte warf ihren Begleiterinnen einen kurzen Blick zu und sagte dann steif: «Ich wollte dich nur darauf hinweisen, dass du mit diesem Verhalten kein Vorbild...»

«Jetzt halt mal die Luft an», unterbrach Céleste sie unwirsch. «Siehst du hier irgendwen, für den ich als Vorbild taugen könnte? Für diese Rolle wäre Luc Bato viel besser geeignet als ich. Und wegen ihm bin ich hier. Ich muss ihn verpflegen, er hat nämlich eine wichtige, hochoffizielle Aufgabe zu erfüllen.» Aus den Augenwinkeln sah Céleste, wie Hortense interessiert den Kopf hob.

«Hat es etwa mit dieser Verhaftung heute auf dem Marktplatz zu tun?», fragte Brigitte misstrauisch.

«Kann schon sein», gab Céleste geheimnisvoll zurück. Es war klar, dass das ganze Dorf bereits davon wusste. Die drei anderen Frauen rückten gespannt näher.

«Ich habe gehört, ein Verrückter soll mit blutigen Tieren um sich geworfen haben», sagte Nicolette schaudernd. «Ist das wahr?»

«Es war nur ein Eichhörnchen, und blutig war es auch nicht», gab Céleste freundlich zur Auskunft.

«Aber es war tollwütig, nicht wahr?», trumpfte jetzt Brigitte auf. «Ich habe mit Marie gesprochen, und die weiß es von Dédé: Ihr habt kürzlich ein tollwütiges Reh im Wald bei diesem Verrückten gefunden. Und jetzt noch das Eichhörnchen...»

«Das steht noch nicht fest», korrigierte Céleste.

«Tollwütig?» Nicolette riss angstvoll die Augen auf. «Die Tollwut gibt es doch gar nicht mehr hier bei uns.»

Valérie Crummenacker schwieg, doch auch sie blickte erschrocken und fuhr sich mit der Hand nervös an den Hals. Nur Hortense schien gelassen zu bleiben. Sie musterte Céleste lediglich mit einer gewissen Neugier, wartete, was noch kommen würde.

«Pah, das denkt man nur!», gab Brigitte an Nicolette gewandt zurück. «Die Tollwut ist wieder da. Und dieser Verrückte aus dem Wald ist schuld daran. Er hat sie von wer weiß woher eingeschleppt und will uns alle damit töten!»

Hortense sah sie kopfschüttelnd an. «Das ist doch Blödsinn, Brigitte.»

Hortense war Céleste augenblicklich sympathisch. «Da haben Sie recht, Mademoiselle...»

«Grimaud. Hortense Grimaud.» Die junge Frau lächelte und entblößte eine Lücke zwischen den beiden Schneidezähnen, was ihr zusammen mit den Sommersprossen etwas ungemein Spitzbübisches gab.

Céleste erwiderte das Lächeln und nickte zustimmend. «Ausgemachter Blödsinn.» Sie warf Brigitte einen scharfen Blick zu. «Und du solltest so einen Quatsch auch nicht herumerzählen.»

Brigitte presste die Lippen aufeinander und schwieg.

«Aber das mit der Tollwut stimmt?», wollte Valérie Crummenacker wissen.

Céleste nickte. «Das Reh hatte tatsächlich Tollwut. Mehr wissen wir noch nicht. Aber es besteht kein Grund zur Beunruhigung.»

In dem Moment begannen die Kirchenglocken zu läuten, und die praktische Hortense warf ihren Begleiterinnen einen auffordernden Blick zu. «Schluss jetzt mit den Gruselgeschichten, die Chorprobe fängt gleich an.»

Brigitte nickte zustimmend, und die vier Frauen setzten sich in Bewegung. Im Gehen wandte sich Hortense noch einmal an Céleste. «Dann kommt Luc also heute nicht zur Probe?»

Céleste schüttelte den Kopf. «Tut mir leid. Wir müssen noch arbeiten.»

«Grüßen Sie ihn von mir.» Hortense lächelte.

Céleste sah den Frauen noch einen Augenblick lang nach, dann startete sie den Wagen wieder und fuhr langsam die wenigen Meter weiter durch die verbotene Straße zu dem kleinen, windschiefen Fachwerkhaus, in dem sich das Restaurant ihrer

Mutter befand. Fast völlig zugewachsen von wildwuchernden Weinreben, warf La Grenouille Grasse, der Fette Frosch, sein heimeliges Licht aus den kleinen Fenstern einladend auf das Kopfsteinpflaster, und Céleste spürte, wie ihr Magen erwartungsvoll zu knurren begann.

Keine halbe Stunde später kam sie mit einem großen Weidenkorb voller Köstlichkeiten wieder in der Mairie an. Umsichtig hatte Luc bereits seinen eigenen Schreibtisch freigeräumt – was definitiv die bessere Wahl gewesen war. Das Durcheinander auf Célestes Schreibtisch umzuplatzieren hätte nicht nur länger gedauert, sondern auch den Unmut von Céleste heraufbeschworen, da dies die spezielle Ordnung in dem Chaos, die nur sie selbst und das auch nicht immer durchblickte, hoffnungslos zerstört hätte. Ihr reichte schon die Putzfrau, die es nicht lassen konnte, beim Staubwischen immer wieder Papierstapel umzuschichten und herausfallende Zettel, anstatt sie liegen zu lassen, irgendwohin zu stopfen, wo sie dann auf geheimnisvolle Weise im Nirwana verschwanden.

Céleste packte bedächtig aus, was ihre Mutter fürsorglich eingepackt hatte: drei große, knusprige Flammkuchen mit Zwiebeln, Sauerrahm und Speck, zusätzlich in Alufolie gewickelt, damit sie warm blieben; eine Paté en croûte, Fleischpastete in Blätterteig; knuspriges, frisches Brot; dazu Mettwurst und ein großes Stück Munsterkäse, Schinken und mehrere Paar Knacks; und als Nachspeise einen halben, üppig gezuckerten Kougelhupf. Auch an Teller und Besteck hatte sie gedacht sowie an drei kleine, dickwandige Weingläser und eine Flasche kalten Muscat, von dem das Kondenswasser perlte.

«Alkohol?» Luc sah seine Chefin zweifelnd an. «Ich weiß nicht, ob das so gut ist, wir sind doch im Dienst...»

«Das ist kein Alkohol», widersprach Céleste nicht sehr logisch, aber sehr elsässisch. «Das ist nur Wein zum Essen.» Sie füllte eine leere Plastikflasche, die sie aus ihrer Schreibtischschublade kramte, am Wasserhahn mit frischem Leitungswasser auf und stellte sie zu der Weinflasche auf den Schreibtisch. «Sie können ja mischen, Luc.»

Luc schüttelte empört den Kopf. «Muscat mischt man doch nicht, Chef. Da kann ich ja gleich Wasser trinken.»

Sie schenkte ihnen jeweils ein kleines Glas Wein ein und musterte dann das üppige Abendessen unschlüssig. «Wie machen wir das jetzt mit Jérémie?»

«Wie meinen Sie?»

«Sollen wir ihm etwas davon auf einem Teller einfach in die Zelle reinstellen? Es gibt ja nicht mal einen Tisch.»

Sie sahen sich an. Nach einer Weile nickte Céleste und ging nach nebenan, um Jérémie zum Essen zu holen. Er musste nur versprechen, keinen Blödsinn zu machen und nicht zu versuchen abzuhauen, und das tat er.

Luc platzierte ihn neben sich und warf ihm einen warnenden Blick zu. «Auch wenn ich gerade mit essen beschäftigt bin, ich bin trotzdem immer noch schneller und stärker als Sie.»

Jérémie winkte ab. «Geschenkt. Ich habe einen Kohldampf, kann ich euch sagen, da ist mir alles andere egal.» Er packte sich ein großes Stück Fleischpastete auf den Teller und umkränzte es liebevoll mit zwei Knackwürsten.

Céleste schenkte ihm Wein ein. «Müsstest du nicht eigentlich Vegetarier sein, so als überzeugter Tierschützer?»

Jérémie nahm einen kräftigen Schluck, wischte sich den Mund mit dem Handrücken ab und meinte: «Ich halte es da so wie Buddha.»

«Und wie wäre das?», wollte Luc wissen.

«Er war Vegetarier aus Ehrfurcht vor dem Leben, doch wenn er eingeladen war, hat er auch Fleisch gegessen.»

«Ach.» Luc hob die Brauen.

«Ja. Weil man seine Gastgeber nicht beleidigt.» Jérémie hob sein Glas und sagte spöttisch: «Also auf die Gastfreundschaft der Police Municipale von Eguisheim.»

«Wäre gut, wenn du in anderen Angelegenheiten auch so pragmatisch wärst», gab Céleste trocken zurück und wickelte sich einen Flammkuchen aus. Der Duft von heißen Zwiebeln und Speck erfüllte den nüchternen Raum der Wache.

«Was meinst du damit, Madame Bulle?» Jérémie sah sie aus unschuldigen, blauen Augen an.

«Sie wissen genau, was wir meinen», wies ihn Luc zurecht. «Dieses Gerede von der Tollwut und der Strafe der Natur.»

«Das Reh hatte die Tollwut, oder etwa nicht?» Jérémie hatte die Fleischpastete und die Knackwürste in Windeseile verdrückt und schmierte sich jetzt ein Brot mit Mettwurst.

«Aber das Eichhörnchen nicht», entgegnete Luc.

«Ach, das wisst ihr schon?» Jérémie lächelte.

«Wo hattest du es her?», wollte Céleste wissen. «Du hast es doch nicht selbst getötet, oder?»

«Niemals. Ich sagte doch schon, das Leben ist mir heilig.» Er biss in sein Mettwurstbrot und kaute bedächtig. «Die ist gut. Richtig gut.»

«Wo kam es also her?», hakte Céleste nach.

Jérémie zuckte mit den Achseln und wollte nach seinem Weinglas greifen, doch Luc hielt es fest. «Woher?»

«Oho, ganz neue Methoden hat die Polizei», spöttelte Jérémie, «Folter durch Weinentzug. Das kann einem auch nur hierzulande einfallen.» Er zog seine Hand zurück und ging übertrieben verängstigt hinter seinen Armen in Deckung. «Also gut, wenn ihr es auf diese brutale Art aus mir herauspressen wollt: Ich habe es in einer Falle gefunden.» Er ließ die Arme sinken. «Jungs aus dem Dorf stellen immer wieder Eichhörnchenfallen im Wald auf. Verdammte Bagage. Ich kenne alle ihre Plätze und zerstöre die Fallen, aber manchmal geht mir eine durch die Lappen, und es erwischt so ein armes Tierchen.» Er sah Luc an. «Ich kann euch die Stellen zeigen. Und die Falle, in der das Eichhörnchen gefangen wurde, habe ich noch in meiner Hütte.»

Luc gab den Wein frei. «Sie wussten also von Anfang an, dass von dem Eichhörnchen keine Gefahr ausgeht, und haben trotzdem so getan, als wäre es infiziert?»

Wieder zuckte Jérémie mit den Schultern. «War doch irgendwie klar, oder? Ich hätte das Tier doch sonst nicht mit bloßen Händen angefasst.»

«Der jungen Frau war das nicht klar. Sie hat sich zu Tode erschrocken», sagte Céleste wütend. «Und ich bin mir sicher, sie wird eine schlaflose Nacht haben.»

«Dumme Pute. Kann ich doch nichts dafür, wenn die Leute so dämlich sind und alles glauben, was man ihnen erzählt. Die Zivilisation hat sie verdorben, verdummt und verroht, alle miteinander...»

«Hör auf!», unterbrach ihn Céleste unwirsch. «Sag mir lieber, warum du das machst.»

«Was mache ich denn?»

«Stell dich nicht dümmer, als du bist. Warum faselst du was von der Strafe der Natur, wo du doch genau wusstest, dass das Reh die Tollwut hatte?»

«Das ist doch ein und dasselbe.» Jérémies Blick wanderte erstaunt von Céleste zu Luc und wieder zurück. «Versteht ihr denn immer noch nicht? Die Tollwut *ist* die Strafe der Natur. Es sind nur wir, die ein lächerliches Virus daraus machen wollen, weil wir glauben, dass wir sie dann unter Kontrolle hätten. Haben wir aber nicht. Die Natur wird sich zurückholen, was ihr zusteht, und ich versuche nur, das den Menschen begreiflich zu machen.»

«Und dazu lügst du?»

«Ich lüge nicht!», empörte sich Jérémie.

«Ach. Wie würdest du deinen Auftritt auf dem Marktplatz dann nennen?»

«Ich habe nur gesagt, wie es sein *wird*.»

«Aber das Eichhörnchen...»

«Ich habe nie behauptet, dass das Eichhörnchen Tollwut hat. Das haben sich die Leute von ganz allein dazugedacht.» Er sah Céleste spöttisch lächelnd an. «Madame Bulle, du warst doch auch eine derjenigen, die das geglaubt haben, oder etwa nicht?»

Céleste gab keine Antwort. Jérémie hatte recht. Er mochte verschroben sein, seltsame Ansichten und fragwürdige Methoden haben, selbige unter die Leute zu bringen, doch er war kein Idiot. Ganz und gar nicht.

Luc stand auf. «Das reicht jetzt.» Er packte Jérémie am Arm. «Zeit, schlafen zu gehen.»

«He!», protestierte der. «Ich hatte noch gar keinen Kougelhupf...»

Céleste gähnte und sah auf die Uhr. Es war halb zehn. Jérémie hatten sie zurück in die Zelle gesperrt und nicht nur mit der Plastikflasche Wasser, sondern – nach kurzem Zögern – sogar auch noch mit einem Stück Kuchen versorgt. Dann hatten sie ihm eine gute Nacht gewünscht und die Tür verriegelt.

«Jetzt aber ab nach Hause, Bato», befahl sie.

Luc rührte sich nicht von der Stelle. Er sah Céleste finster an.

«Was ist?», fragte sie erstaunt.

«Wie können Sie sich von diesem Kerl nur immer ‹Madame Bulle› nennen lassen?», platzte er heraus. «Das ist doch respektlos!»

Céleste lächelte. «Finden Sie? Immerhin sagt er Madame.»

«Im Ernst, Chef, das geht nicht.» Luc zog seine dunklen Brauen missbilligend zusammen.

«Lassen Sie das mal meine Sorge sein. Ich weiß mir nötigenfalls schon Respekt zu verschaffen.» Céleste tätschelte ihm den Arm und begann, die Reste ihres Abendessens wieder zurück in den Korb zu räumen. «Gehen Sie nach Hause, Luc, damit wenigstens einer morgen fit ist.»

«Kommt gar nicht in Frage, Chef», protestierte Luc und schüttelte stur den Kopf.

Céleste verdrehte die Augen und sagte dann wie beiläufig: «Ach, fast hätte ich's vergessen, ich soll Sie von Hortense Grimaud grüßen.»

«Wie? Mich? Wieso...» Lucs Ohren liefen rot an.

«Sie hätten doch heute Chorprobe gehabt. Ich habe sie auf dem Weg dorthin getroffen, und sie fragte mich, ob Sie heute nicht kämen. Ich sagte ihr, dass Sie einen wichtigen Einsatz hätten, was sie sichtlich beeindruckt hat.»

«Oh. Ja... aber...» Das Rot von Lucs Ohren vertiefte sich.

Céleste sah ein weiteres Mal auf die Uhr. «Der Chor geht nach der Probe doch immer noch in den Fetten Frosch. Wenn Sie sich ein bisschen beeilen...» Sie drückte ihm den Korb mit dem Geschirr in die Hand, und Luc hatte keine Einwände mehr.

Céleste warf noch einen letzten Kontrollblick in die Zelle, wo Jérémie auf der Pritsche lag und mit offenem Mund schnarchte, dann ging sie zurück zu ihrem Schreibtisch und begann, ihre Papierstapel zu sortieren und abzuheften.

Dort, in ihrem Stuhl schlafend, die Beine auf einem makellos leeren, spiegelblank geputzten Schreibtisch abgelegt, fand Luc sie, als er am nächsten Morgen in der Mairie eintraf.

Wie erwartet bestätigte die tierärztliche Untersuchung Jérémies Aussage: Das Eichhörnchen war nicht mit Tollwut infiziert gewesen. Dr. Steinheimer hatte sich sogar die Mühe gemacht, die tatsächliche Todesursache herauszufinden, was ebenfalls Jérémies Schilderung entsprach. Das Tier war durch einen Genickbruch umgekommen.

Céleste informierte die junge Frau, die zur Zielscheibe des tierischen Geschosses geworden war, und sie konnte deren Erleichterung förmlich durchs Telefon spüren. Danach hängte sie eine entsprechende Mitteilung in den Glaskasten im Foyer der Mairie. Auch die Zeitung berichtete über den Vorfall, jedoch eher zurückhaltend auf Seite vier: Dort war nur die Rede von einem ortsbekannten, geistig leicht Verwirrten, der auf dem Dorfplatz demonstriert und eine Colmarerin dabei mit einem toten Eichhörnchen beworfen hatte.

Jérémie wurde nach der Entwarnung durch Dr. Steinheimer entlassen, und Céleste gab ihm noch einen dringenden Rat mit auf den Weg: Wenn er das nächste Mal das Bedürfnis verspüren sollte, die Bevölkerung über den nahenden Weltuntergang zu informieren, dann solle er dies doch bitte in Wettolsheim tun, dort wäre man schließlich ebenso zuständig wie sie. Anschließend fuhr sie ihn zurück zu seiner Hütte und ließ sich von ihm noch die Falle zeigen, in der er das Eichhörnchen gefunden hatte. Es war ein rostiges, brutales, ja geradezu bösartiges Ding, das man kaum anfassen mochte. Céleste fragte sich, welche Jugendlichen aus Eguisheim wohl das grausame Bedürfnis verspüren mochten, damit wehrlose kleine Tiere zu fangen. Bei dem Anblick konnte sie Jérémies Zorn durchaus verstehen.

Sie bat ihn, sie das nächste Mal sofort zu informieren, wenn er wieder eine Falle finden sollte, sie würde dafür sorgen, dass den Tätern das Fallenstellen gehörig verging. Jérémie, ungewohnt sanftmütig, gab ihr sein Wort. Dann verabschiedete er sie mit einem «Salut, Madame Bulle», lobte noch einmal augenzwinkernd die ausgezeichnete Verpflegung bei der Police Municipale und verschwand in seiner Hütte.

Nachdenklich lief Céleste durch den Wald zurück zu ihrem Auto. Es war schwül, ein Gewitter lag in der Luft, und die Stechmücken umschwirrten sie wie eine wütende Wolke. Außer dem Summen der Insekten war kein Laut zu hören – der weiche Waldboden verschluckte jeden Schritt, und die Bäume standen unbeteiligt im vormittäglichen Sonnenlicht. Die Stimmung hatte etwas Abwartendes, ja fast Lauerndes, fand Céleste und fröstelte trotz der Wärme. Sie blieb stehen und sah sich in dem weiten, stillen Mischwald um. Kein Weg, kein Schild weit und breit, Jérémies Hütte war längst in der Senke verschwunden, und für einen Moment konnte man meinen, man befände sich inmitten einer menschenleeren Wildnis.

Irgendwo in den Wipfeln der Bäume, versteckt vom dichten Laub, begann ein Vogel zu rufen. Eindringlich wiederholte sich der seltsam klagende Laut, ohne dass Céleste genau hätte sagen können, aus welcher Richtung er kam. Plötzlich hatte sie das beunruhigende Gefühl, der Ruf könne eine Warnung sein. Warnten sich Vögel nicht gegenseitig vor herannahenden Gefahren? Doch was für eine Gefahr? Was mochte sich hinter den dichten Baumstämmen verstecken? Langsam ging sie weiter und achtete dabei auf jeden Schritt. In ihrem Nacken begann es zu kribbeln, und sie widerstand nur mühsam der Versuchung, sich umzudrehen. Hier war nichts. Nur Wald.

Oder war es etwas ganz anderes, was sie plötzlich so furchtsam werden ließ? Mit einem Mal beschlich sie der Verdacht, dass diese rätselhafte Sache mit der Tollwut noch nicht abgeschlossen war, dass die Ereignisse der letzten Tage vielmehr nur die Ouvertüre für etwas viel Größeres gewesen sein könnten, das darauf wartete hervorzukommen.

Sie lief weiter, erreichte den Waldrand, und der Ruf des einsamen Vogels wurde leiser. Als sich die Bäume lichteten und den Blick auf den Parkplatz freigaben, auf dem ihr Auto verlassen in der Sonne brütete, atmete sie unwillkürlich auf. Irgendwo hinter ihr grollte bereits der Donner.

Céleste stieg in den Wagen und warf einen prüfenden Blick in den Rückspiegel. Die Stechmücken hatten ganze Arbeit geleistet: Sie hatte zwei rot leuchtende Stiche auf der Stirn. Ihr Blick wanderte im Spiegel von ihrem Gesicht zurück zum Wald, der grün und reglos hinter ihr lag. Darüber türmten sich Gewitterwolken. Ihr Unbehagen schrumpfte auf einen kleinen, kaum spürbaren schwarzen Punkt in ihrem Bewusstsein zusammen, und sie schämte sich ein wenig, dass sie sich von ihren seltsamen Gedanken so hatte verunsichern lassen. Es waren nur Bäume. Und ein schräger Vogel, der sich einen Spaß daraus machte, die Leute zu erschrecken. Jérémie war wirklich begabt im Schüren von Ängsten, stellte sie mit widerwilliger Bewunderung fest. Wenn er sich nicht entschieden hätte, ein einsames, abgeschiedenes Leben im Wald zu führen, wäre er ein guter Sektenführer geworden. Oder Politiker. Sicher recht erfolgreich.

Sie startete den Wagen. Zeit, in den Alltag zurückzukehren und sich statt um Ahnungen lieber um die realen Dinge zu kümmern. Als sie den Parkplatz verließ, durchzuckte bereits ein Blitz die rasch aufgezogenen Wolken, und mit dem darauf folgenden Donnerschlag begann es zu regnen.

Bei den Eguisheimern verblassten die seltsamen Ereignisse schon bald zu Anekdoten, verschwanden hinter den Alltäglichkeiten im Dorf, die die Aufmerksamkeit der Bewohner beanspruchten. Der Hund, der das Reh gebissen hatte, wurde trotz anfänglich intensiver Suche durch Freiwillige – vor allem Jäger – nicht gefunden, schließlich stellte man die Suche ein. Luc nahm sich erneut Dédés Mops an. Er könne nicht mitansehen, wie lieblos die ständig demonstrativ hustende Marie das arme Tier behandle, erklärte er, und Céleste widersprach nicht. Menschen, die Mandarinen mit spitzen Fingern schälten, war eben nicht zu trauen, und so war es wohl auch nicht richtig, ihnen einen Hund zu überlassen. Dédé war mit dieser Regelung ebenfalls zufrieden, immerhin war der Hund jetzt geimpft; und im Übrigen schien das tollwütige Reh ein unerklärlicher Einzelfall gewesen zu sein, der keine weiteren Maßnahmen erforderte.

Während die letzten Tage des Sommers in sonnenbeschienener Eintönigkeit vergingen, war man fast geneigt zu glauben, die ganze Sache sei dem überreizten Gehirn eines Verrückten entsprungen. Man wollte nicht weiter darüber nachdenken, denn ein anstehendes Großereignis beanspruchte inzwischen das ganze Dorf: das große Weinfest, das immer Ende September stattfand und das dieses Jahr zum ersten Mal ein besonderes Motto erhalten hatte.

Dédé, der auch Vorsitzender des Eguisheimer Heimatvereins war, hatte in Zusammenarbeit mit Albert Epfacher, dem Leiter des Stadtmuseums, und Armand Straub, einem mittlerweile pensionierten Musiklehrer, der als langjähriger Leiter des Kirchenchores so etwas wie ein Urgestein des Eguisheimer Kulturlebens war, einen Beschluss gefasst: Das Weinfest sollte dieses Jahr in ein Mittelalterfest verwandelt und um einen Mittelaltermarkt ergänzt werden. Das sei im Moment groß in Mode, überall im Elsass gebe es Mittelalterfeste und Mittelaltermärkte, und die Leute, Touristen wie Einheimische, liebten diese Art von Veranstaltungen.

Céleste war Dédés euphorischen Ausführungen mit gemischten Gefühlen gefolgt. Sie interessierte sich zwar selbst für die Geschichte ihres Dorfes, veranstaltete hin und wieder sogar Führungen im Stadtmuseum, für Kostümierungen und die Art Firlefanz, die solche Feste immer begleiteten, hatte sie jedoch wenig übrig. Vor einiger Zeit hatte Dédé einmal die Idee gehabt, sie solle ihre Museumsführungen doch in einem historischen Kostüm abhalten, und sie hatte sich dazu überreden lassen. Doch dann war genau an dem Tag vor dem Stadtmuseum eine Leiche gefunden worden, und von da an war die Sache kein Thema mehr gewesen. Céleste, die privat keinen einzigen Rock und kein einziges Kleid im Schrank hängen hatte, würde beim Weinfest jedenfalls nicht in Mieder und bauschigen Röcken herumlaufen. Und auf gar keinen Fall würde sie sich noch einmal so einen bescheuerten Hut aufsetzen, wie ihn Dédés Ansicht nach die Damen in dieser Region früher getragen hatten, was Céleste allerdings stark bezweifelte.

Im Gegensatz zu Céleste war Luc von der Mittelalteridee sehr angetan. Vor allem von dem Projekt, das der Bürgermeister mit Armand Straub zum Höhepunkt des Festes ausgeheckt hatte: die Vorführung eines kleinen Theaterstücks sowie ein Auftritt des Chors. Céleste vermutete, dass weniger das Mittelalter als die Aussicht auf mehr Probenabende mit Hortense der Grund für Lucs Begeisterung war, und sie bemühte sich ihm zuliebe, ihren mangelnden Enthusiasmus nicht allzu deutlich zu zeigen. So sagte sie auch zu, als Luc sie eines Abends zur Bürgerversammlung in die Kirche einlud, wo das Lied- und Theaterprojekt vorgestellt werden sollte.

7

Als sich Céleste nach Dienstschluss auf den Weg zur Kirche machte, begann sie diese allzu leichtfertig gemachte Zusage bereits zu bereuen. Céleste und Kirche waren im Grunde unvereinbare Gegensätze. Ihre ganze Familie war traditionell kirchenkritisch eingestellt, ihr rebellischer Großvater gar fühlte sich in der direkten Nachfolge Voltaires, dessen antikirchliche Haltung mit dem Ausspruch *écrasez l'infâme* Berühmtheit erlangt hatte. Opa Théo war ein glühender Verehrer Voltaires, «dem König der Aufklärung und Wegbereiter der Revolution», wie er nicht müde wurde zu betonen.

Er hatte Céleste schon als kleinem Kind Zitate von Voltaire gepredigt, während sie zusammen auf seinem Weinberg Erde geharkt und Reben gestutzt hatten. Genauer gesagt, hatte Opa Théo geharkt und gestutzt, und Céleste hatte den Schmetterlingen zugesehen, die über die Weinstöcke getaumelt waren, Weintrauben genascht und sich auf den Moment gefreut, da ihr Großvater sein Werkzeug beiseitelegen und sagen würde: «Was meinst du, Knöpfchen, Zeit, was zu essen, oder?»

Bei diesen Gelegenheiten kam meist auch Voltaire zu seinem Recht. Opa Théo verfügte über einen wahren Schatz an Zitaten, was Céleste damals völlig selbstverständlich vorgekommen war. Zwar verstand sie nicht einmal die Hälfte von dem, was ihr Opa da sagte, doch Voltaire gehörte zu den Tagen auf dem Weinberg dazu wie Schmetterlinge, Knackwurst und Orangina. Am Ende ihrer Pause stand ihr Großvater dann jedes Mal auf mit den Worten: «Komm, Knöpfchen, lass uns unser Glück besorgen, in den Garten gehen und arbeiten», und Céleste hatte schon damals vermutet, dass es sich auch hierbei um ein Zitat von Monsieur Voltaire, dem König der Aufklärung, handeln musste.

Als sie sich jetzt der Kirche näherte, kamen ihr ganz andere, weniger schmeichelhafte Zitate und Sprüche ihres Großvaters und des Königs der Aufklärung in den Sinn. Zwar hegte sie bei weitem nicht die gleiche Antipathie gegen die Kirche wie ihr Großvater, wohl aber gegen solche Veranstaltungen wie Bürgerversammlungen, die im besten Fall nur langatmig und ermüdend waren, meist jedoch in nervtötende Streitereien zwischen den immer gleichen Wichtigtuern mündeten. Sie hoffte, Luc würde das Zeichen ihres guten Willens, das sie mit ihrer Teilnahme setzte, auch zu schätzen wissen.

Ein Großteil der Eguisheimer hatte sich bereits in der Kirche versammelt, als Céleste auf einer der hinteren Bänke Platz nahm. Man hatte statt des Gemeindesaals die Kirche als Treffpunkt gewählt, um bei der Gelegenheit gleich eine Kostprobe des Kirchenchors zum Besten geben zu können. Der Chor hatte sich um den Altar versammelt, und nach einigem Suchen entdeckte Céleste Luc unter den Männern, die rechts hinten standen. Hortense stand in einem himmelblauen Kleid mit herzförmigem Ausschnitt ganz links neben Nicolette Pelletier und Claire Kempf, Nicolettes Chefin aus der Bäckerei, wie Nicolette auch sie mit einem guten Resonanzkörper gesegnet. Davor stand Valérie Crummenacker, deren schmale Gestalt gegenüber den beiden ausladenden Bäckerfrauen fast kindlich wirkte.

Armand Straub, ein großer Mann mit wehendem, schlohweißem Haar und rotem Gesicht, begrüßte die Anwesenden in der ihm eigenen jovialen Art und fing mit Begeisterung in der Stimme an, seine Pläne zu erläutern. Kernstück der Darbietung sollten Lieder aus den Carmina Burana sein, aufgelockert durch kurze Spielszenen, die sich, passend zum Weinfest, an die Inhalte der Lieder, vor allem an die Spott- und Sauflieder, anlehnten, wie er mit einem süffisanten Lächeln anfügte. Zur Demonstration gab der Chor ein Stück zum Besten, das mit beifälligem Applaus bedacht wurde.

Als der Applaus verebbt war, stand Abbé Schwarzweiler auf, der neben dem Chor im Altarraum gesessen und als Einziger nicht geklatscht hatte, und wollte wissen, worum es in den Spielszenen denn nun genau gehe.

Céleste, die sich während des Chorgesangs entspannt zurückgelehnt und sich dabei wieder einmal über die unerwarteten Talente ihres Brigadiers gewundert hatte, dessen klangvoller Bariton deutlich herauszuhören gewesen war, richtete sich auf. Etwas an der Stimme des Priesters, der erst ein knappes Jahr in der Gemeinde war und den Céleste bisher nur vom Sehen kannte, ließ erahnen, dass nun doch Ungemach drohte und es nicht bei einer gefälligen Präsentation der Sangeskünste des Chors bleiben würde. Abbé Schwarzweiler, ein schlanker, schwarzhaariger Mann Ende vierzig, war auf eine etwas düstere Art gutaussehend. Sein asketisches, scharfgeschnittenes Gesicht wurde von einer kühnen Adlernase dominiert, und der Blick aus seinen dunklen Augen wirkte immer ein wenig arrogant, so als sehe er auf sein Gegenüber herab. Da sein hochfahrendes, unnahbares Wesen diesem Blick durchaus entsprach, war er in der Gemeinde nicht besonders beliebt, und viele Eguisheimer trauerten noch immer dem alten Abbé nach, der sich im letzten Jahr in den wohlverdienten Ruhestand verabschiedet hatte.

Armand Straub musterte den Priester einen Moment lang

irritiert, dann blätterte er in den Papieren, die er in der Hand hielt, und sagte: «Ich hatte Ihnen doch die Zusammenfassung zukommen lassen. Es soll eine Art Schäferspiel werden, eine Pastourelle – eine junge Hirtin wird verführt...»

«Von einem Geistlichen, wie ich Ihren Informationen entnehme», vervollständigte der Abbé und tippte mit dem Zeigefinger heftig auf ein Blatt, das er in den Händen hielt.

Armand Straub nickte. «Es gibt sehr viele Lieder in den Carmina Burana zu diesem Thema, also...»

Mit einer harschen Handbewegung schnitt ihm Abbé Schwarzweiler das Wort ab. «Das geht nicht.»

Armand Straub hob seine buschigen, weißen Augenbrauen. «Und warum nicht? Wer könnte wohl etwas dagegen haben?»

«Ich.» Abbé Schwarzweiler musterte den Älteren zornig. «Ich kann nicht verstehen, wieso Sie nicht selbst darauf gekommen sind, Monsieur Straub. Sie leiten doch einen Kirchenchor. Die Betonung liegt dabei auf *Kirche*. Er soll zum Lob Christi singen, einzig und allein darum geht es. Und Sie suchen sich solche Lieder aus! Die vor Gotteslästerungen nur so strotzen...», er schüttelte den Kopf. «Und dann noch, als Gipfel der Provokation, ein Theaterstück über die Unzucht eines Geistlichen, das... das... ist absolut unmöglich!»

«Das ist europäisches Kulturgut», widersprach Armand Straub, jetzt nicht minder erzürnt. «Diese Lieder sind weltberühmt, sie werden seit Hunderten von Jahren gesungen...»

«Mag sein. Aber nicht von meinem Kirchenchor. Ende der Diskussion. Diese Aufführung wird es hier so nicht geben.»

«Aber...» Armand Straub versagte vor Entrüstung die Stimme.

Abbé Schwarzweiler ließ die Fassungslosigkeit seines Chorleiters kalt. Kühl entgegnete er: «Entweder Sie singen mit Ihrem

Chor andere Lieder, christliche Lieder, die sich im europäischen Kulturgut ja wohl ebenso finden lassen werden, oder ...»

«Oder was?» Armand Straub hob das Kinn. Sein Gesicht war noch röter als gewöhnlich, es hatte bereits einen leichten Stich ins Violette angenommen. Er wandte sich dem hochgewachsenen, ungefähr halb so alten Priester mit den streng gescheitelten schwarzen Haaren nun direkt zu. Sein massiger Körper straffte sich, die Haltung wurde aufrechter, und die Stimme hatte einen drohenden Unterton bekommen. In der Kirche war es mucksmäuschenstill. Man hätte eine Stecknadel fallen hören können, so atemlos lauschten die Eguisheimer dem Disput der beiden.

«... oder ich enthebe Sie der Leitung des Kirchenchors», sagte Abbé Schwarzweiler.

«Entheben?» Armand Straub schnappte nach Luft. «Entheben wollen Sie mich?», schrie er, nun endgültig aus der Fassung gebracht. «Sie? Ein dahergelaufener Pfaffe? Ich habe den Chor schon geleitet, da haben Sie noch in die Windeln geschissen.»

Ein Raunen ging durch die Gemeinde, eine Frau stöhnte wie unter Schmerzen auf. Abbé Schwarzweiler schwieg. Seine Lippen waren zu einem weißen Strich zusammengepresst.

Armand Straub riss dem Priester das Blatt aus der Hand. «Dieses Projekt wird wie geplant stattfinden, und Sie werden nichts daran ändern können. Rein gar nichts. Das verspreche ich Ihnen!» Mit diesen Worten verließ er eilends die Kirche, seine weißen, fedrigen Haare wippten zornig im Takt seiner schweren Schritte. Die Tür fiel schallend hinter ihm ins Schloss und ließ bedrücktes Schweigen zurück. Céleste nutzte die Gelegenheit und stahl sich ebenfalls hinaus.

Vor der Tür empfing sie ein warmer, unsteter Wind. Nach den schwülen, gewitterlastigen Tagen der letzten Woche würde sich das Wetter zum Wochenende hin ändern, so die

Vorhersage, aber noch war die Luft wie elektrisch aufgeladen, und über der Place d'Église zuckte Wetterleuchten. Armand Straub lief in Richtung Stadttor, Céleste konnte seinen weißen Schopf gerade noch entdecken, dann war er zwischen den Häusern verschwunden. Er musste gerannt sein – Céleste konnte ihn verstehen. Ihr wäre nach diesem Zusammenstoß mit dem Priester auch danach gewesen, Dampf abzulassen. Diese Bürgerversammlung war wider Erwarten alles andere als langweilig verlaufen und hatte in ihr Lust auf ein kühles Glas Weißwein und eine kleine Abendmahlzeit geweckt.

Sie ging um die Kirche herum in Richtung des Fetten Frosches und dachte dabei über das Verhalten des Priesters nach. Warum hatte er wohl so einen theatralischen Auftritt gewählt, um seine Bedenken zu äußern? Wenn ihm Armand Straub schon vorab den Inhalt des Theaterstücks hatte zukommen lassen, hätte er auch vor der Versammlung im Vertrauen mit dem Chorleiter sprechen können. So aber hatte es zum Streit eskalieren müssen, den das halbe Dorf mitbekam. Das hatte Abbé Schwarzweiler mit voller Absicht getan, dessen war sich Céleste sicher. Er hatte einen Eklat gewollt. Es war der Versuch einer Machtdemonstration gewesen.

Hinter ihr wurden Stimmen laut. Offenbar war die Bürgerversammlung beendet. Sie spürte ihren Magen leise knurren und beschleunigte den Schritt.

Der Fette Frosch, der um diese Uhrzeit, noch dazu an einem Freitag, gerammelt voll war, empfing sie mit vertrauten Gerüchen und Geräuschen. Sie war in diesen schiefen, alten Räumen mit den alters- und rauchgeschwärzten Deckenbalken aufgewachsen, hatte zwischen den Tischen gespielt und später ihre Hausaufgaben gemacht.

Als Erstes warf Céleste einen Blick in die kleine Küche: Catherine, die üppigen roten Haare im Nacken zu einem Knoten geschlungen, und ihr Koch Jean-Baptiste hatten alle Hände voll zu tun. Es dampfte aus vielen Töpfen, und in einer großen Pfanne brutzelte Fleisch. Céleste grüßte nur kurz und zog sich dann wieder zurück. Das Abendessen konnte warten, bis es ruhiger war.

Sie nickte Lucie zu, die hinter der Theke stand, Weinkaraffen befüllte und diese zusammen mit den Gläsern und Wasserflaschen auf ihrem Tablett arrangierte. Die Kellnerin erwiderte Célestes Gruß mit einem fröhlichen «Salut!».

Lucie Pouliotte arbeitete seit einem guten halben Jahr im Fetten Frosch. Catherine hatte sie eingestellt, nachdem die junge Frau einen schweren Unfall erlitten hatte und in einen Mordfall verwickelt worden war. Nach dem Krankenhausaufenthalt war ihr auch noch ihre Stelle im Supermarkt gekündigt worden. Sie stammte aus Mulhouse, war kaum zwanzig und immer guter Laune. Ihre ehemals pink gefärbten, stachelig kurzen Haare waren mittlerweile blond, was wohl ihrer natürlichen Haarfarbe entsprach, und das Ausleben ihrer Vorliebe für schrille Kleidung beschränkte sie nach einigen Interventionen durch Catherine (wenn es um das Restaurant ging, war Catherine sehr streng) mittlerweile auf ihre Freizeit. Im Fetten Frosch trug die junge Frau einen schlichten schwarzen Rock, der allerdings recht kurz geraten war, und eine züchtige weiße Bluse.

Céleste schenkte sich ein Glas Riesling ein und setzte sich an den Katzentisch neben dem Eingang, der nicht für Gäste vorgesehen war. Nach ihrem Besuch bei der Bürgerversammlung war ihr wieder klargeworden, weshalb sie sich von Kirchendingen lieber fernhielt: Sie verabscheute diese Art der Bevormundung zutiefst. Dabei war Abbé Schwarzweiler doch noch relativ jung – man sollte meinen, er wäre aufgeschlossener und toleranter in weltlichen Dingen. Aber wahrscheinlich war genau das Gegenteil der Fall. Sie hoffte jedenfalls, dass es Armand Straub gelingen würde, sich durchzusetzen. Entgegen ihren anfänglichen Vorbehalten gegenüber einem Mittelalterfest schien ihr diese Carmina-Burana-Sache inzwischen eine recht vergnügliche Angelegenheit zu werden. Sie würde Luc Bato gerne Sauf- und Fresslieder singen hören.

Sie hatte gerade erst einen Schluck Wein getrunken, da kam ihre Mutter auf einen Sprung aus der Küche. «Kommst du mit raus? Ich brauche eine Zigarette.» Catherine wischte sich mit dem Handrücken erschöpft eine Strähne aus dem Gesicht.

Sie setzten sich auf die Bank vor dem Küchenfenster, Catherine zündete sich eine Zigarette an und rauchte schweigend ein paar Züge.

«Und wo kommst du her?», wollte sie schließlich wissen. «Ich dachte, du wärst bei deinem...»

«Yves», sagte Céleste mit einer gewissen Schärfe in der Stimme.

Catherine weigerte sich beharrlich, sich die Namen der beiden Männer im Leben ihrer Tochter zu merken. Yves nannte sie immer nur «deinen Typen» oder «deinen Liebhaber», während Max für sie nur «der Deutsche» war. Es ging ihr dabei nicht darum, Célestes etwas spezielles Liebesleben zu bewerten, moralische Urteile waren Catherine fremd; es ging ihr vielmehr darum zu demonstrieren, wie vollkommen egal ihr Männer waren, ganz gleichgültig, um wen es sich dabei handelte. Seit Emile, ihre große Liebe und Célestes Vater, sie beide verlassen hatte und auf Nimmerwiedersehen verschwunden war, hatte Catherine mit Männern und der Liebe abgeschlossen. Seit über fünfundzwanzig Jahren.

Doch auch wenn Céleste ein gewisses Verständnis für ihre

Mutter aufbrachte, dachte sie nicht im Traum daran, sich ein Beispiel an ihr zu nehmen. Sie ging daher gar nicht auf Yves ein, sondern erzählte ihrer Mutter von der Bürgerversammlung in der Kirche. Als sie Armand Straubs Entgegnung zitierte, lachte Catherine auf.

«In die Windeln geschissen? Das hat Armand gesagt? Das ist wieder mal typisch.» Sie nahm einen weiteren Zug von ihrer Zigarette und kicherte leise in sich hinein.

«Kennst du ihn gut?», fragte Céleste neugierig.

«Wen? Den Priester oder Armand?»

«Beide.»

«Armand ist der ältere Bruder von Joseph Straub, mit dem bin ich in die Schule gegangen. Wir kennen uns seit über fünfzig Jahren. Den Priester kenne ich nicht. Er war noch nie hier beim Essen, was ja schon einiges sagt. Der alte Abbé kommt jetzt noch, wo er schon in Rente ist, jeden Sonntag vorbei, um seine Portion Baeckeofe zu essen. Aber ich weiß, dass Armand und Abbé Schwarzweiler im Clinch liegen, seit der ins Dorf gekommen ist. Er ist ein Betonkopf, sagt Armand immer, und offenbar hat er recht.» Sie lachte wieder und schüttelte dann den Kopf. «Carmina Burana verbieten wollen, auf so eine Schnapsidee kann nur ein Pfaffe kommen.» Sie drückte die Zigarette aus und stand auf. «Ich muss wieder rein. Soll dir Jean-Baptiste einen Flammkuchen bringen?»

«Nur, wenn es gerade geht.»

«Flammkuchen geht immer.» Catherine lächelte und drückte ihrer Tochter zwei Küsse auf die Wangen. Sie roch wie immer warm und angenehm nach Essen, vermischt mit ihrem Parfüm, das sie verwendete, seit Céleste denken konnte – ein Duft, der so typisch für ihre Mutter war, dass ihn Céleste auf der ganzen Welt wiedererkannt hätte.

Céleste streckte die Beine aus, trank noch einen Schluck Wein und wartete auf ihren Flammkuchen. Über ihr am Himmel zuckte ein Blitz, und der Donner grollte. Es braute sich etwas zusammen.

Das Klingeln des Telefons riss sie am nächsten Morgen aus dem Schlaf. Es war erst kurz vor acht, und ein Telefonanruf an einem Samstag um diese Zeit war schon recht ungewöhnlich. Noch ungewöhnlicher war aber, dass ihr Großvater am Apparat war. Er telefonierte äußerst selten, eigentlich nie; seiner Ansicht nach war schon der Festnetzanschluss in seinem Haus eine überflüssige Anschaffung gewesen, konnte man doch auch einfach bei demjenigen vorbeischauen, mit dem man reden wollte. Ein Handy zu besitzen war jenseits seiner Vorstellungskraft.

Umso beunruhigter war Céleste, als sie seine Stimme in der Leitung hörte. Sie waren für heute Vormittag am Weinberg verabredet.

«Ist was passiert?», fragte sie alarmiert.

«Nee. Bei mir ist alles gut. Aber Maurice war gerade da. Er ist beunruhigt wegen einer Patientin und meinte, du würdest dir das vielleicht gerne ansehen ...»

«Warum ich?»

«Hat er nicht gesagt. Aber er meinte, es wäre dringend.»

«Du meinst, jetzt gleich?»

«Ja. Er fährt hin und würde dich mitnehmen. Genauer gesagt ist er schon auf dem Weg zu dir.»

«Wohin denn eigentlich?» Céleste richtete sich auf und gähnte.

«Ins Krankenhaus nach Colmar.»

«Aber kann das nicht warten, bis ...» Ich gefrühstückt habe, wollte Céleste sagen, doch ihr Großvater unterbrach sie: «Nein. Maurice meint, es könnte sein, dass sie bald stirbt.»

Das Krankenhaus in Colmar befand sich in der Rue de la Liberté und war ein moderner, verspiegelter Flachbau inmitten eines Parks. Maurice Schupfer, Opa Théos alter Freund, fuhr direkt zu den Ärzteparkplätzen am Hintereingang des Gebäudes. Er war Arzt, jedoch seit vielen Jahren im Ruhestand, was ihn nicht daran hinderte, noch immer einige seiner alten Patienten zu behandeln. Sehr zum Leidwesen seines Sohnes Laurent, der die Praxis übernommen hatte. Maurice hatte sich für diese Zwecke sogar noch ein kleines, inoffizielles «Beratungszimmer» in der Praxis ausbedungen. Auf Lebenszeit.

Offenbar gehörte auch Rosalie Bernard, Eguisheims diebische Elster, zu seinen Patienten, und genau um sie ging es an diesem Morgen, wie Céleste inzwischen erfahren hatte. Sie konnte sich nicht vorstellen, weshalb Rosalie, die sie bis vor kurzem noch putzmunter durchs Dorf hatte radeln sehen, plötzlich im Sterben liegen sollte, und war tief betroffen.

«Was fehlt Rosalie denn überhaupt?», wollte Céleste wissen, als er einparkte. «Und warum soll ausgerechnet ich mir das ansehen?»

«Wirst du gleich sehen», sagte Maurice. «Im Krankenhaus meinten sie ja zunächst, es wäre was Psychisches. Sie war schon öfter ambulant dort, wegen Depressionen und ihrer Klauerei. Aber ich habe denen gleich gesagt, dass das Schwachsinn ist. Sie ist zu mir gekommen, weil sie sich irgendwie krank gefühlt hat, ihr war übel, sie musste sich übergeben und konnte Licht nicht ertragen. Das ist doch nichts Psychisches.» Er schnaubte verächtlich. «Alles Nichtskönner. Fachidioten. Sesselfurzer.»

«Warum hast du sie denn ins Krankenhaus einweisen lassen? Wegen der Übelkeit?» Céleste verstand noch immer nicht, worum es ging, und vor allem, was *sie* hier sollte. Noch vor dem Frühstück.

«Nein, wegen des Wassers.»

«Wegen des Wassers? Was meinst du?»

Sie waren inzwischen ausgestiegen. Maurice Schupfer, klein und mit nur wenigen verbliebenen grauen Haaren, lief schnellen Schrittes voraus. Er war, wie Opa Théo auch, noch äußerst rüstig für sein Alter, was nach Ansicht der beiden auf den regelmäßigen Weinkonsum immer vormittags um halb elf im Café du Marché zurückzuführen war. Céleste beeilte sich, ihm zu folgen.

«Was war jetzt mit dem Wasser?»

«Ich habe ihr eine Kopfschmerztablette gegeben und dazu ein Glas Wasser, da hat sie es mir aus der Hand geschlagen und ist auf mich losgegangen. Laurent hat es gehört und kam herein, um nachzusehen, was los war, da hatte sie mich bereits an der Gurgel gepackt.» Er demonstrierte Céleste, was er damit meinte, packte sich selbst mit beiden Händen am Hemdkragen und verdrehte theatralisch die Augen.

Céleste sah ihn ungläubig an. «Rosalie? Unsere Rosalie? Das glaube ich nicht.»

«Das hab ich auch gedacht. Aber so war es. Laurent musste sie von mir wegreißen und festhalten, sie hat gekeucht und geschrien, war wie von Sinnen.» Wieder demonstrierte er den Vorgang und gab dabei eine sehr eindrucksvolle Vorstellung eines Wahnsinnigen. Einige Passanten, die ihnen auf dem Weg zum Eingang entgegenkamen, musterten ihn argwöhnisch. Er lächelte ihnen zu, zupfte sich sein Hemd zurecht und strich sich über seine spärliche Haarpracht. Mit einigem Stolz in der Stimme sagte er zu Céleste: «Ich gebe zu, ich war sehr überrascht, ich kenne so etwas nur aus dem Studium, und das ist ja schon eine Weile her, aber für mich war die Sache damit ziemlich schnell klar.»

«Und was war dir klar?»

Sie hatten jetzt den Eingang erreicht. Maurice stieß die Glastür auf und ließ Céleste charmant den Vortritt. «Na, Tollwut!»

Céleste blieb stehen. «Du willst damit sagen, Rosalie hat die Tollwut?» Sie sah den alten Herrn misstrauisch an. «Das ist nicht dein Ernst, oder?»

Maurice maß sie mit einem empörten Blick. «Sehe ich so aus, als würde ich mit so was Witze machen? Aber es wundert mich nicht, dass du so reagierst. Laurent hat mir auch nicht geglaubt, und das Krankenhaus ebenfalls nicht. Sie meinten, es würde sich um eine Psychose handeln, und haben sie in die psychiatrische Abteilung gesteckt.» Er schüttelte betrübt den Kopf. «Dilettanten, alle zusammen.»

«Was macht dich so sicher?», wollte Céleste wissen. Auch wenn Maurice schon Rentner war, war er im Dorf als Arzt äußerst beliebt und galt als ein guter Diagnostiker. Mehr als einem Patienten hatte er das Leben gerettet, der wegen vermeintlicher Magenbeschwerden zu ihm gekommen war, tatsächlich aber einen Herzinfarkt erlitten hatte.

«Während meines Praktikums im Krankenhaus in Straßburg gab es einmal einen Fall von Tollwut. Da war ein Mann, den ein Fuchs ins Gesicht gebissen hatte. Keine schöne Sache. Wir Studenten durften den Fall beschreiben. Der Mann hatte die gleichen Symptome: zuerst unspezifische Beschwerden wie Übelkeit, Kopfschmerzen, Lichtempfindlichkeit, dann Aggressivität und Wasserscheu...»

«Wasserscheu?», fragte Céleste interessiert nach. «Was heißt das?»

«Die Muskeln im Rachenbereich werden gelähmt, sodass man nicht mehr schlucken kann. Das verursacht Panik vor Wasser, sogar vor dem eigenen Speichel, und das verstärkt die Aggression. Daher kommt auch der Ausdruck, jemand hat Schaum vorm Mund, wenn er besonders aggressiv ist. Tollwutinfizierten Tieren tropft meist der Speichel aus dem Mund, was sie noch ansteckender macht. Der Speichel ist nämlich hoch infektiös.» Er schüttelte nachdenklich den Kopf. «Es muss eine unglaubliche Qual sein...»

Céleste musterte den alten Arzt mit einer Mischung aus Bewunderung und Staunen. Sie kannte Maurice Schupfer seit ihrer Kindheit, und er war ihr immer eher wie ein lieber Onkel als ein echter Mediziner vorgekommen, doch jetzt wurde ihr klar, dass der Eindruck täuschte. Bevor er der gemütliche, mit ihrem Opa weintrinkende Dorfdoktor und schließlich Rentner wurde, war er ein wissbegieriger Student und ein junger, engagierter Arzt gewesen. Und er hatte noch heute sehr viel mehr davon in sich, als man auf den ersten Blick glauben mochte.

Jetzt hob er den Kopf und sah sie mit traurigem Triumph in der Miene an. «Heute Morgen hat mich die Klinik angerufen: Rosalies Zustand hat sich in der Nacht rapide verschlechtert, und sie ist auf die Intensivstation verlegt worden. Sie ziehen nun auch meine Diagnose in Betracht und haben ihr vorsorglich Rabies-Hyperimmunglobulin und Interferon verabreicht – das sind Maßnahmen bei Tollwutverdacht. Aber es wird nichts mehr helfen.» Er ging zum Aufzug und drückte den Knopf. «Einmal ausgebrochen, ist Tollwut tödlich. Immer.»

Rosalie lag klein und zerbrechlich in dem viel zu groß wirkenden Krankenhausbett. Ihr Gesicht war mit Ausnahme von zwei roten Flecken auf den Wangen ausgezehrt, aschfahl und eingesunken, die Lider über den geschlossenen Augen flatterten unruhig. Die erschreckend dünnen Arme waren mit Manschetten an das Bett fixiert, und um sie herum piepsten die Apparate.

Maurice Schupfer musterte die kleine, regungslos im Bett liegende Frau für eine Weile stumm, dann wandte er sich an die Krankenschwester, die sie begleitet hatte, und sagte leise: «Die Manschetten können Sie ihr abnehmen. Sie wird nicht mehr aufwachen.»

Die Schwester zögerte. «Da muss ich erst den Arzt fragen.»

«Tun Sie das. Aber warten Sie nicht zu lange. Sie soll nicht ans Bett gefesselt sterben.»

Sie gingen nach draußen, und Céleste sah den alten Arzt bedrückt an. «Wird sie wirklich sterben? Gibt es keine Hoffnung mehr?»

Er schüttelte den Kopf. «Das ist das letzte Stadium. Paralyse, man nennt es auch ‹stille Wut›. Sie wird wohl an Herz-Kreislauf-Versagen sterben; Ursache ist die Entzündung des Gehirns durch die Tollwutviren.»

Als der behandelnde Arzt kam und mit Maurice über Rosalie zu sprechen begann, bedeutete Céleste dem alten Herrn, dass sie unten auf ihn warten würde. Sie wollte nicht noch mehr traurige Details hören. Es reichte ihr auch so schon.

Zurück auf dem Vorplatz des Krankenhauses, sog sie tief die Luft ein. Es war über Nacht ein wenig abgekühlt, die schwüle Hitze der letzten Tage hatte sich verflüchtigt, und die klaren, frischen Septembertage hielten allmählich Einzug. Sie konnte es noch immer nicht glauben – Rosalie, die im ganzen Dorf als diebische, aber liebenswerte, leicht skurrile ältere Dame bekannt war, sollte an Tollwut sterben? Wie konnte das sein? Sie sehnte sich nach einem Kaffee und ging noch einmal zurück in die Eingangshalle, um sich nach einem Automaten umzusehen. Wo mochte sich Rosalie angesteckt haben? War sie auch von diesem unbekannten Hund gebissen worden wie das Reh? Aber wann und wo? Man würde das alles untersuchen müssen. Und der Hund musste schleunigst gefunden werden.

Der Kaffee war stark und bitter und damit genau das Richtige für diesen Morgen. Céleste ging wieder nach draußen und setzte sich auf eine Parkbank. Der frische Wind fuhr durch die in Reih und Glied gepflanzten Bäume und trieb kleine weiße Wölkchen über den tiefblauen Himmel. Spatzen hüpften herum. Ein fröhlicher Spätsommermorgen. Währenddessen starb Rosalie, und sie konnten nichts tun als zuzusehen.

Es dauerte fast eine halbe Stunde, bis Maurice Schupfer wieder zu ihr stieß. Schweigend gingen sie zurück zum Auto.

«Sie haben eine Speichelprobe genommen», sagte er. «Doch Gewissheit bekommen wir erst durch eine Untersuchung des Hirngewebes, wenn sie...» Er sprach nicht weiter.

Rosalie starb in der Nacht von Samstag auf Sonntag, ohne das Bewusstsein wiedererlangt zu haben. Ihr Körper wies zumindest nach oberflächlicher Betrachtung keine Bisswunden oder überhaupt irgendeine Wunde auf. Auf Anordnung von Céleste wurde Rosalie in die Gerichtsmedizin gebracht, um von Dr. Veilleux untersucht zu werden. Bereits am Sonntagmorgen telefonierte Céleste mit ihrer Freundin und berichtete ihr, was sie von Maurice Schupfer wusste. Sie gab ihr Adresse und Telefonnummer von Dr. Steinheimer und riet ihr, sich mit dem Tierarzt in Verbindung zu setzen.

Als sie aufgelegt hatte, wusste sie, dass Sandrine ihren Sonntag damit verbringen würde, erst einmal sämtliche Fachliteratur zu wälzen, die greifbar war. Sandrine war trotz ihres recht düsteren Berufes eine sehr lebenslustige Person, die auch noch ein Leben neben der Arbeit kannte, doch wenn sie von seltsamen Krankheiten, merkwürdigen Todesfällen und rätselhaften Verletzungen erfuhr, verbiss sie sich wie ein Terrier so lange in den Fall, bis sie jedes Detail, jede noch so kleine Information dazu, ausgegraben hatte. Wenn also jemand herausfinden konnte, wie sich Rosalie mit der Tollwut angesteckt hatte, dann war es Sandrine Veilleux.

Nach ihrem Telefonat mit Sandrine saß Céleste unschlüssig an ihrem Küchentisch und überlegte, was sie mit dem angebrochenen Sonntag anfangen sollte. Luc war übers Wochenende zu seinen Eltern gefahren, und abgesehen davon, dass seine Handyverbindung dort oben in den Bergen nur sehr sporadisch funktionierte, mochte sie ihm auch nicht das Wochenende verderben. Er würde es noch früh genug erfahren.

Sie war aber auch nicht in der Stimmung, irgendetwas zu unternehmen, als ob nichts vorgefallen wäre. Rosalies zerbrechliche, vom Fieber ausgemergelte Gestalt, ihre mageren Hände in den Fixierungsmanschetten wollten ihr nicht aus dem Kopf. Dabei wusste sie kaum etwas über die Frau. Hatte sie Familie gehabt? Sie hatte Maurice danach gefragt, wollte wissen, ob jemand zu benachrichtigen sei, doch soweit er wusste, hatte Rosalie wohl ganz allein gelebt. Diese Information verstärkte Célestes traurige Stimmung nur noch. Wenn man ganz allein auf der Welt war, kümmerte es niemanden, ob man lebte oder starb. Oder wie man starb. Niemand würde sich erinnern. Niemand würde Rosalies Grab besuchen, außer vielleicht ein paar Nachbarn, wenn sie ohnehin auf dem Friedhof waren, um die Blumen ihrer eigenen Angehörigen zu gießen.

Céleste stand auf, um sich ihre Uniform anzuziehen. Sie konnte hier nicht untätig herumsitzen und darauf warten, dass es Montag würde. Es gab etwas, das sie tun konnte.

8

Rosalie Bernard hatte wie Céleste auch in der Rue du Rempart gewohnt, allerdings im südlichen Teil, also mehr oder weniger am anderen Ende des kleinen Ortes. Auch hier war die Gasse entlang der ehemaligen Stadtmauer eng, krumm und kopfsteingepflastert, gesäumt von windschiefen Fachwerkhäusern, die sich in allen Farben leuchtend aneinanderdrängten und gegenseitig zu stützen schienen. Das Haus, in dem sich Rosalies Wohnung befand, war fliederfarben gekalkt, und neben dem Eingang stand ein ganzes Regiment von Geranientöpfen. Der erste Stock kragte über die Gasse, und auch dort hingen üppige Blumenkästen voll mit fetten rosa und roten Geranien.

Neben *Rosalie Bernard* stand noch *Josiane & Paul Piroué* am Türschild, und Céleste vermutete, dass das die Hausbesitzer waren. Sie klingelte, und eine rundliche blonde Frau um die vierzig öffnete. Auf Célestes Nachfrage bestätigte sie, Josiane Piroué und Rosalie Bernards Vermieterin zu sein. Um ihre Beine strich ein dicker roter Kater, der Céleste misstrauisch musterte. Céleste erklärte den Grund ihres Hierseins, und die Frau machte ein betroffenes Gesicht.

«Tot, sagen Sie? Das kann doch gar nicht sein. Sie war doch bis vor kurzem noch putzmunter. Woran ist sie denn gestorben?»

«Das steht noch nicht ganz sicher fest», wich Céleste aus.

«Haben Sie einen Schlüssel zu ihrer Wohnung? Ich würde mich dort gern ein bisschen umsehen.»

Madame Piroué nickte und verschwand im Hausflur. Der Kater setzte sich auf die Türschwelle und begann, sich zu putzen, ohne jedoch Céleste dabei aus den Augen zu lassen.

«Sie hat oben unterm Dach gewohnt», meinte Josiane Piroué, als sie wenig später zurückkam und Céleste den Schlüssel reichte. «Rosalie war eine sehr angenehme Mieterin, hat keinen Lärm gemacht, und wenn wir weg waren, hat sie unseren Filou gehütet und die Blumen gegossen.» Sie hob den dicken Kater auf den Arm. Er begann sofort zu schnurren.

«Ein hübsches Tier», meinte Céleste und musterte den Kater prüfend. Er sah eindeutig friedlich und gesund aus. «Ist er geimpft?»

«Wieso? Was meinen Sie?», fragte Madame Piroué, sofort ein wenig alarmiert. «Sind Sie etwa vom Veterinäramt? Ich dachte, es ginge um Rosalie ...»

«Ja, geht es auch. Ich meine nur, es gab doch einen Aufruf von uns in der letzten Zeit, wegen dieses Rehs. Das haben Sie doch sicher mitbekommen.»

«Sie meinen, wegen der Tollwut?»

Als Céleste nickte, winkte die Frau ab. «Wir haben Filou bereits geimpft, als er noch ein kleines Kätzchen war. Sie können den Pass sehen. Das war für uns selbstverständlich. Tollwut war ja früher was ganz Schreckliches, wir Kinder wurden immer gewarnt, nur ja nicht fremde Tiere anzufassen und im Wald vorsichtig zu sein. Jetzt ist das kaum ein Thema mehr. Irrtümlicherweise, scheint's.» Sie kniff die Augen zusammen. «Hat man eigentlich diesen Hund gefunden, nach dem Sie haben suchen lassen?»

Céleste schüttelte den Kopf. «Leider nicht.»

«Ist ja schon eine komische Sache. Und dann noch dieser Verrückte aus dem Wald ...»

«Kann ich den Impfpass mal sehen?»

«Sie nehmen's aber genau», murmelte die Frau und verschwand mit Filou in der Wohnung. Es dauerte eine Weile, bis sie ohne Kater, aber mit einem dünnen Büchlein zurückkam und es gleich aufschlug. «Hier, sehen Sie, das war die Impfung, und da sind die vorgeschriebenen Auffrischungen.»

Céleste nickte und gab ihr den Impfpass zurück. «Alles in Ordnung.» Sie deutete nach oben. «Ich sehe mich dann mal um.»

Madame Piroué nickte. «Soll ich mitgehen?»

«Nein, danke. Ich melde mich bei Ihnen, wenn ich noch Fragen habe.»

Rosalies Wohnung bestand aus zwei Zimmern und einem winzigen Bad, alle Räume gingen von einem kurzen, dunklen Flur ab. Céleste betrat das erste Zimmer, das offenbar als Wohnzimmer diente, allerdings mit einer Küchenzeile ausgestattet war. Weil durch die beiden kleinen Fenster nur wenig Tageslicht drang, musste Céleste die Deckenlampe einschalten. Gegenüber der Küchenzeile, unter der Dachschräge mit dicken, dunklen Balken, standen ein geblümtes Sofa, ein niedriger Tisch und eine Kommode mit Fernseher. Alles war penibel aufgeräumt und sauber. Céleste musterte die kleinen Porzellanfigürchen auf dem Fernseher und auf den Fenstersimsen, öffnete vorsichtig die Kommodenschubladen und warf einen Blick hinein: In der oberen Schublade fand sie ein altmodisches Nagelnecessaire, eine Lesebrille im Etui, Kontoauszüge, aus denen ersichtlich war, dass Rosalie eine bescheidene Rente bezogen hatte, Werbebriefe, Rabattmarken, eine Aufforderung zur Zahnreinigung, einige Rechnungen aus einer Apotheke, die

Nebenkostenabrechnungen der letzten Jahre, ein Nasenspray, eine Sonnencreme, den Mietvertrag über die Wohnung und eine kaputte Männerarmbanduhr mit Lederband.

Die zweite Schublade war voll mit Fotoalben. Céleste nahm sie heraus und blätterte eines nach dem anderen durch. Alle zeigten sie eine um einiges jüngere Rosalie mit einem Mann, groß, dunkelhaarig, attraktiv, mit einem breiten Lachen. Offenbar ihr Ehemann. Es gab ein Hochzeitsalbum von 1977, viele Alben von Urlauben in Paris, der Bretagne, England, irgendeinem Ort am Meer und immer wieder Fotos von einem Haus auf dem Land zwischen Weizenfeldern. Die Alben endeten 1995 mit einer Todesanzeige. Céleste überflog die wenigen Zeilen: *«Mein über alles geliebter Franck... nach kurzer, schwerer Krankheit...»* Als einzige Hinterbliebene war Rosalie angegeben. Keine Kinder. Keine Eltern. Céleste klappte das letzte Album zu und legte es wieder zurück zu den anderen. Ein ganzes Leben, das in eine Schublade passte. Was sich nach 1995 ereignet hatte, hatte offenbar keinen Eingang mehr in ein Album gefunden. War der Erinnerung vielleicht nicht wert gewesen.

Céleste stand auf und öffnete eines der Fenster. Warme Luft strömte in das kühle, schattige Zimmer. Auf dem Dach waren die Spatzen zu hören, die zeterten und stritten. Céleste atmete ein paarmal tief ein, dann wandte sie sich um und ging hinaus in den Flur, um das Schlafzimmer zu inspizieren. Bereits beim Öffnen der Tür war etwas anders. Sie ließ sich schwer aufschieben, was daran lag, dass der Platz dahinter mit Gerümpel vollgestellt war.

Céleste blieb an der Türschwelle stehen und betrachtete fassungslos das überbordende Chaos in dem Raum, das noch schlimmer wirkte, nachdem man vorher das penibel aufgeräumte Wohnzimmer gesehen hatte. Dieser Raum war kein

Schlafzimmer, er war eine Höhle. Genauer gesagt, eine Räuberhöhle. Hier hatte Rosalie die Beute ihrer Raubzüge verstaut. Oder besser: gestapelt, um das schmale Bett herum aufgebaut wie Türme, die vom Fußboden bis zur Dachschräge reichten, krumme Wächter, die an den Wänden lehnten und den Kleiderschrank umzingelten. Es gab ungefähr fünfzig Paar Flipflops in allen Farben und Größen, Berge von Seidenstrumpfhosen, Zeitschriftenstapel, noch verpackte Bettwäsche, mehrere Familienpackungen Toilettenpapier, Bücher, Seidenblumen, Spielzeug, Stofftiere, Sonnenbrillen, Hüte – kurz gesagt: ein ganzes Warenlager. Sogar das Fenster war zur Hälfte zugestellt.

Céleste betrat den Raum vorsichtig, stieg über Verlängerungskabel, die noch in Plastik verpackt waren, Pappschachteln mit Besteck, Teller, die nicht zusammenpassten, und erreichte schließlich das Bett. Es war frisch bezogen, rosa geblümt, und ein Nachthemd, ebenfalls in Rosa, lag sorgfältig zusammengelegt auf der Bettdecke. Auf dem Nachttisch, der als einzige ebene Fläche frei von Diebesgut geblieben war, standen ein eifrig tickender Wecker, eine Nachttischlampe und ein gerahmtes Foto von Rosalies Mann. Céleste ging in die Knie, um unter das Bett zu sehen, fand weitere Flipflops und eine mit Gummiband verschlossene Schachtel. Sie zog sie heraus, löste das Gummiband und hob den Deckel an. Ein Kerzenleuchter lag darin. Sie runzelte die Stirn und nahm ihn heraus. Er bestand aus massivem Silber, schwer, schlicht und hoch, mit einem spitzen Dorn für eine einzelne Kerze. Wo mochte Rosalie den gestohlen haben? Alles andere in dem Raum war mehr oder weniger wertloser Plunder, der Leuchter aber sah einigermaßen kostbar aus. Céleste verschloss die Schachtel wieder und stand auf. Sie würde den Leuchter mit in die Mairie nehmen. Vorsichtshalber, nicht dass er auf wundersame Weise verschwand.

Zwar hatte sie keinen Grund, an der Vertrauenswürdigkeit der Vermieterin zu zweifeln, aber man wusste ja nie.

Als sie die Tür des Schlafzimmers hinter sich schloss, atmete Céleste unwillkürlich auf. Sie fragte sich, ob Rosalie wohl einen guten Schlaf gehabt hatte, inmitten all der gestohlenen Dinge. Sie selbst hätte das Gefühl gehabt, zu ersticken.

Zurück im Wohnzimmer, stellte sie die Schachtel auf dem Couchtisch ab, schloss das Fenster und ließ den Blick ein letztes Mal durch den kleinen, schrägen Raum schweifen. Sie versuchte, sich Rosalie vorzustellen, wie sie hier gelebt hatte. War sie einsam gewesen? Unglücklich? Oder hatte sie – auf ihre Art – so etwas wie Frieden gefunden? Céleste dachte an das Schlafzimmer und bezweifelte es. Rosalie hatte versucht, eine Leere zu füllen. Verzweifelt, zwanghaft. Es war ihr nicht gelungen. Und dennoch war sie jeden Morgen aufgestanden, hatte sich in ihrem rosa Nachthemd einen Kaffee gekocht, oder, nein, Tee … Célestes Blick war auf den Wasserkocher gefallen, auf die englischen Teedosen, die sorgfältig aufgereiht auf dem Bord über dem Herd standen. Sie verharrte mitten in der Bewegung.

«Ein rosa Nachthemd … Tee …», murmelte sie und kam sich vor, als erlebte sie ein Déjà-vu. Nein. Das konnte nicht sein. Das war ganz und gar unmöglich. Undenkbar. Und dennoch … Plötzlich in Eile, packte sie die Schachtel mit dem Kerzenleuchter und verließ die Wohnung.

Eva Knopfer war zum Glück zu Hause. Sie begrüßte Céleste überrascht und ein wenig misstrauisch: «Sie? Ist etwas passiert?»

Als Céleste verneinte und meinte, nur ein paar Fragen zu haben, bat Eva Knopfer den unangekündigten Besuch zögernd herein. Die kleine Wohnung hatte sich verändert, seit Céleste sie das letzte Mal gesehen hatte – oder vielleicht kam es ihr auch nur so vor. Wohnungen, in denen gerade etwas Schlimmes passiert war, strahlten für gewöhnlich etwas Düsteres, Trauriges aus. Auch wenn sie noch so hübsch und fröhlich eingerichtet sein mochten, verrieten sie doch, dass dem ersten Eindruck nicht zu trauen war und Schmerz hinter der bunten Fassade lauerte. Mit der Zeit jedoch verflüchtigte sich diese Aura, wie auch die Erinnerungen an das Unglück verblassten. Meistens zumindest. In Eva Knopfers Wohnung jedenfalls erinnerte nichts mehr an Schmerz oder Trauer. Die Wände schienen frisch gestrichen, erstrahlten in einem zarten Gelb, und auf dem Tisch standen Blumen. Es roch nach Kuchen.

«Wie geht's Ihnen?», fragte Céleste.

«Gut.» Eva Knopfer lächelte und senkte dann schnell den Blick, so als ziemte es sich nicht, sich so wenige Wochen nach dem Tod ihres Mannes wohlzufühlen. «Meine Kinder kommen heute zu Besuch», fügte sie leise, wie zur Entschuldigung, hinzu. «Und die Enkel. Wir ... ich habe vier.»

«Ich habe nur noch eine kurze Frage zum Unfallhergang», sagte Céleste.

«Wieso?» Eva Knopfer hob den Kopf. «Ich dachte, das ist alles längst geklärt.»

«Ja, schon, aber ...» Céleste unterbrach sich, zuckte mit den Schultern und sagte, was sie in solchen Fällen immer sagte und was nie stimmte: «Routine.»

Und wie fast immer reichte dieses kleine Wort, um Eva Knopfer zu beruhigen. Routine, das kannte man. Da kam man nicht aus.

«Was wollen Sie wissen?»

«Sie sagten damals, Ihren Mann habe der Teekessel genervt.

Können Sie mir das noch einmal genau beschreiben? Wie verlief dieser Morgen? Was genau hat Ihr Mann getan und gesagt?»

Eva Knopfer überlegte. «Er war ziemlich gereizt. Also nicht, dass das etwas Besonderes gewesen wäre, Jean-Marie war eigentlich immer gereizt, aber irgendwie ...» Sie verstummte.

«War er anders als sonst?»

«Nicht wirklich, aber dass ihn das Pfeifen so wütend gemacht hat, hat mich schon ein wenig gewundert. Ich meine, ich mache jeden Morgen Tee, und jeden Morgen pfeift dieses Ding.» Sie überlegte und fuhr dann langsam fort: «Sogar die Sonne hat ihn genervt. Als wir aufgewacht sind, wollte er, dass ich die Vorhänge im Schlafzimmer zulasse.» Sie sah Céleste verwundert an. «Wenn ich so darüber nachdenke, das kam mir schon recht seltsam vor. Ich meine, es ist doch etwas Schönes, wenn einem die Morgensonne ins Gesicht scheint, bevor man aufsteht, oder? Aber er hat den Kopf weggedreht und geschrien: ‹Mach den verdammten Vorhang wieder zu!›»

«Und dann? Am Frühstückstisch?»

«Er hat ein Baguette aufgeschnitten und wie immer dick mit Butter beschmiert, während ich den Teekessel vom Gas genommen habe. Und dann habe ich das Wasser in die Kanne gegossen – also, ich wollte ...» Sie verstummte wieder.

«Und in dem Moment ist er auf Sie losgegangen?»

«Es kam so plötzlich. Ich war völlig überrascht. Er hat nichts gesagt, nur gestöhnt, ganz seltsam klang das, und dann steckte dieses Messer in meinem Bein, und ich habe auch geschrien ...» Sie rieb sich mit beiden Händen heftig über das Gesicht. «Er war völlig von Sinnen. Das ist es, was ich mir immer wieder denke. An diesem Morgen war er aufgewacht und hatte plötzlich den Verstand verloren.» Sie zögerte, suchte nach den richtigen Worten. «Wissen Sie, Madame Kreydenweiss, Jean-Marie war immer schon ein jähzorniger Mann. Ständig war er wütend, immer hat er sich über alles aufgeregt, mit jedem gestritten. Ich habe viel über diese Geschichte nachgedacht und mich gefragt, wie zum Teufel so etwas passieren konnte…» Ein wenig schamhaft, so als wäre es ihr peinlich, solche Gedanken zu haben, fügte sie schließlich hinzu: «Es war, als ob dieser Zorn, den er in all den Jahren in sich getragen hatte, endgültig die Oberhand gewonnen hätte. Als ob er den eigentlichen Jean-Marie, den netten, lieben, der auch lachen konnte und sich um seine Enkel kümmerte, ausgelöscht hätte. Davon war nichts mehr übrig. Nur noch die Wut. Ich habe es in seinen Augen gesehen, bevor er gesprungen ist. Da war nur noch Wut. Und Verzweiflung. Ich glaube, er hat es gewusst. Dass diese irrsinnige, alles zerstörende, plötzliche Wut ihn besiegt hat. Deshalb ist er gesprungen. Er hat es nicht mehr ausgehalten.»

Céleste bedankte sich und wünschte Eva Knopfer noch einen schönen Sonntag mit ihren Kindern und den Enkeln. Doch als sie die Wohnung verließ, kam es ihr so vor, als hätte das frische Gelb an den Wänden ein wenig von seiner Strahlkraft eingebüßt, als sei der Schmerz zurückgekommen, und sie fühlte sich schuldig.

«Du willst *was* tun?» Sandrine starrte Céleste ungläubig an. «Das ist nicht dein Ernst.»

«Mein vollkommener Ernst.»

Céleste und Sandrine saßen vor dem Café Au Croissant Doré in der Rue des Marchands in Colmar. Céleste hatte Sandrine angerufen, nachdem sie die Wohnung von Eva Knopfer verlassen hatte. Wie erwartet, war Sandrine mit Recherchen über Tollwuterkrankungen beim Menschen beschäftigt gewesen, doch sie hatte sich gern überreden lassen, eine kleine Pause einzulegen. Sie hatten sich in dem Café verabredet; das um die Ecke von Sandrines Wohnung lag.

Die Gerichtsmedizinerin stammte wie Céleste aus Eguisheim, wohnte aber schon seit Jahren im wenige Kilometer entfernten Colmar. Auch wenn die Stadt mit ihren knapp siebzigtausend Einwohnern nicht so groß wie Straßburg oder Mulhouse war, so konnte man hier doch anonymer leben als in Eguisheim mit seinen nicht einmal zweitausend Bewohnern. Sie habe einfach keine Lust mehr gehabt, sich ständig Pathologenwitze anzuhören, hatte Sandrine dazu einmal erklärt, und Céleste konnte sie gut verstehen. Auch wenn sie sich in Eguisheim recht wohlfühlte, genoss sie es auch, wenn sie einmal nicht von jedem Menschen auf der Straße als Polizistin, Tochter von Catherine und Enkelin von Théo erkannt wurde, sondern einfach nur Céleste war.

Von Pathologenwitzen blieb Sandrine dennoch nicht verschont, denn ihr junger Assistent behelligte sie regelmäßig und ungefragt mit den neuesten Exemplaren. So kam auch Céleste immer wieder in den Genuss von fragwürdigen Späßen, die, obwohl eigentlich nicht lustig, sie doch immer wieder zum Lachen brachten, während sie Sandrine lediglich ein Kopfschütteln entlockten.

«Herr Doktor, wohin bringen Sie mich?»
«Ins Leichenschauhaus.»
«Aber ich bin doch noch nicht tot!»
«Wir sind ja auch noch nicht da!»

Das war der heutige Witz, den Sandrine zum Besten gab, bevor sie beide ernst wurden, um über Rosalie und nun auch Jean-Marie Knopfer zu sprechen.

«Die Staatsanwaltschaft wird einer Exhumierung von Knopfer nie zustimmen. Und Wolfsberger wird dich auslachen», unkte Sandrine und versuchte so vorsichtig in ihrer Tasse Kaffee zu rühren, dass der Berg Sahne darauf nicht überschwappte.

«Ich muss Wolfsberger und die Staatsanwaltschaft gar nicht fragen, denn es geht nicht um eine Straftat.» Céleste schob sich ein großes Stück Apfeltarte mit Schmandguss in den Mund. «Es geht um die Gesundheit und die Sicherheit der Eguisheimer Bevölkerung. Und dafür sind allein wir zuständig. Außerdem hat Eva Knopfer ein Recht zu erfahren, ob ihr Mann Tollwut hatte. Sie denkt nämlich, er sei wahnsinnig geworden. Wahnsinnig vor Wut.»

«Sie wird trotzdem nicht begeistert sein, wenn du ihr mit einer Exhumierung kommst», warnte Sandrine. «Das wird einen riesigen Wirbel geben.»

«Vielleicht gelingt es uns ja, das Ganze diskret über die Bühne zu bekommen.»

«In Eguisheim?» Sandrine lachte auf. «Du machst Witze.»

Céleste seufzte. «Ich fürchte, du hast recht. Aber jetzt warten wir erst mal das Ergebnis deiner Untersuchung bei Rosalie ab.»

Sandrine nickte und rührte nachdenklich in ihrer Tasse. «Ein wirklich unheimliches Virus, sage ich dir. Fast könnte man meinen, es hätte eine eigene Intelligenz.»

«Wie meinst du das?» Céleste runzelte die Stirn. «Komm du mir nicht auch noch mit Verschwörungstheorien wie Jérémie.»

Sandrine wedelte Célestes Einwand mit einer Handbewegung beiseite. «Das ist gar nicht nötig. Das Virus selbst ist schon bösartig genug. Es breitet sich nicht über das Blut aus, sondern über die Nervenbahnen, klettert das zentrale Nervensystem entlang bis ins Gehirn und vermehrt sich dort explosionsartig. Außerdem sorgt es noch dafür, dass es sich großflächig verbreitet und möglichst viele andere Lebewesen ansteckt. Es wandert nämlich zu den Speicheldrüsen, lässt so den Speichel hochinfektiös werden und lähmt gleichzeitig den Schluckreflex der infizierten Tiere, damit ihnen der Speichel aus dem Maul tropft und sich so überall verteilt. Ist das nicht absolut genial?» Als Sandrine Célestes empörten Blick sah, fügte sie noch hinzu: «Also, ich meine natürlich, aus Sicht des Virus.»

Céleste hob eine Augenbraue: «Erstaunlich, wie du dich in das Seelenleben eines Virus einfühlen kannst. Wusste gar nicht, dass du so empathisch bist.»

Sandrine lachte ihr kehliges, raues Lachen. «Apropos empathisch. Ich habe schon mit dem Amtstierarzt, diesem Dr. Steinheimer telefoniert. Hat eine sehr sympathische Stimme. Wie sieht er denn aus?»

«Der ist zu alt für dich. Er ist älter als meine Mutter.»

«Ältere Männer haben auch ihren Reiz.» Sandrine grinste und leckte demonstrativ ihren Löffel ab, und Céleste wunderte sich nicht zum ersten Mal, wie es Sandrine immer wieder gelang, von einem Moment auf den anderen von den grausigen Details ihrer Arbeit zu einem Spaß umzuschwenken, wobei sie auch vor anzüglichen Witzen nicht zurückschreckte. Vielleicht war das eine Art Bewältigungsprogramm? Vielleicht trainierte man so etwas schon im Studium? Céleste jedenfalls war froh, dass ihr bei ihrer Arbeit bei der Police Municipale bisher ein gutes Abendessen und ein Glas Wein immer genügt hatten, um abzuschalten. Yves natürlich nicht zu vergessen. Und Max.

Sie verabschiedeten sich kurze Zeit später, und Sandrine versprach, sich so schnell wie möglich Rosalies anzunehmen und Bescheid zu geben.

Noch immer etwas rastlos fuhr Céleste zurück nach Eguisheim. Im Gegensatz zu Sandrine fand sie dieses Virus nicht spannend, sondern immer unheimlicher, je mehr sie darüber erfuhr. Doch mehr noch als die Details des Krankheitsverlaufs beunruhigte sie, dass sie nicht wusste, woher es plötzlich gekommen war. Es musste einen Herd geben, und den hatten sie noch nicht gefunden. Sollte sich bewahrheiten, was Maurice Schupfer befürchtete und woran Céleste, wenn sie ehrlich zu sich war, auch nicht mehr ernsthaft zweifelte, nämlich dass Rosalie tatsächlich an der Tollwut gestorben war, nahm die Sache eine völlig andere Dimension an.

Fast wünschte sie sich, der alte Arzt wäre nicht darauf gekommen, und sie selbst hätte nicht die Parallelen zu Jean-Marie Knopfers seltsamem Verhalten gezogen. Dann hätte sie jetzt nicht über eine Exhumierung nachdenken müssen, die womöglich das ganze Dorf in Panik versetzte.

9

Am Montagmorgen erzählte Céleste ihrem Brigadier von den Ereignissen des Wochenendes, und wie erwartet, reagierte Luc Bato äußerst betroffen auf den Tod von Rosalie. Als sie ihm außerdem ihren Plan unterbreitete, Jean-Marie Knopfer exhumieren und ebenfalls auf Tollwut untersuchen zu lassen, kniff er die dunklen Augen zusammen und dachte erst einmal eine Weile nach, bevor er seinen Kommentar dazu abgab. Sein Gesicht war sonnenverbrannt, und die Haut auf der Nase schälte sich. Offenbar hatte er das ganze Wochenende mit Arbeiten auf dem Hof seiner Eltern verbracht.

«Wolfsberger wird uns auffressen», sagte er schließlich und fügte nach einer weiteren Pause hinzu: «Wenn das nicht vorher schon Dédé erledigt.»

Céleste nickte. Luc hatte mehr gesagt, als sie zu hoffen gewagt hatte. Er hatte «uns» gesagt, und das bedeutete, dass er ohne Wenn und Aber mit von der Partie war, auch für den Fall, dass es Ärger geben sollte. Und es würde Ärger geben. Dessen war sie sich sicher. Sie stand auf.

«Dann werde ich mir den ersten dicken Brocken gleich mal vornehmen und mit Dédé reden. Und dann mit Eva Knopfer.»

Luc machte ein mitleidiges Gesicht. «Viel Glück, Chef.»

An der Tür blieb sie noch einmal stehen und schnupperte

irritiert. «Riechen Sie das auch, Luc? Hier stinkt es irgendwie, oder?»

Luc gab keine Antwort. Als Céleste sich zu ihm umdrehte, sah sie, dass sein ohnehin schon sonnengebräuntes Gesicht noch einen Ton dunkler geworden war und seine Ohren rot leuchteten.

«Luc?» Céleste ging zu seinem Schreibtisch und schaute ihn streng an. «Wir hatten doch ausgemacht, dass dieser Käse nicht mehr in unser Büro kommt, oder?»

Luc wand sich ein wenig. «Schon, Chef. Aber ich hatte heute Morgen keine Zeit mehr, zu mir nach Hause zu fahren und ihn in den Kühlschrank zu legen. Und im Auto ist es zu warm.» Er öffnete seinen Sportrucksack und holte einen kleinen, runden Munsterkäse heraus. Interessanterweise war er mit einer Schleife umwickelt.

«Ein Geschenk?», fragte Céleste ironisch und rümpfte die Nase. Sie mochte Munsterkäse – essen, aber nicht riechen.

«Ja ...» Verlegen drehte Luc den Käse in seinen großen Händen. «Wir haben doch morgen wieder Chorprobe, und ich dachte, ich bringe Hortense ...»

«Der Käse ist für Hortense?» Céleste verzog skeptisch das Gesicht. «Ich weiß nicht, ob das so romantisch ist, Luc. Vielleicht sollten Sie Ihre Wahl noch einmal überdenken. Schenken Sie ihr doch besser Pralinen. Oder Parfüm?»

«Nie im Leben!» Luc schüttelte fast entrüstet den Kopf. «Sie wird sich über den Käse viel mehr freuen. Ganz sicher. Als ich sie neulich im Fetten Frosch getroffen habe, Sie wissen schon, an dem Abend, als wir Jérémie bei uns hatten und ich das Geschirr zurückgebracht habe, hat sie nämlich gerade Käse gegessen. Aber nicht irgendeinen. Meinen Käse! Und ich habe mit ihr lange darüber gesprochen, und sie meinte, er sei ganz wunderbar.» Er nickte wie zur Bekräftigung. «Hortense Grimaud ist eine besondere Frau, Chef, die kann man nicht mit Pralinen oder Parfüm beeindrucken.»

Céleste musterte ihren Brigadier einen Moment lang halb amüsiert, halb verblüfft, dann zuckte sie mit den Schultern. «Wenn Sie meinen, Luc.» Womöglich hatte er ja recht, und für Hortense war ein Laib Munsterkäse das romantischste Geschenk, das sie sich vorstellen konnte. «Aber geben Sie ihn ihr nicht während der Chorprobe», riet sie. «Es könnte sein, dass die anderen Chormitglieder nicht den gleichen Sinn für Romantik haben wie Sie und Hortense. Vielleicht müssen Sie am Ende noch den einen oder anderen wiederbeleben...»

«Jetzt übertreiben Sie aber, Chef.»

Céleste grinste. «Aber nur ein bisschen.»

Dédé begann bereits zu schwitzen, als Céleste das Wort Exhumierung das erste Mal aussprach.

«Was wollen Sie tun, Kreydenweiss? Eine Leiche ausgraben? Sind Sie wahnsinnig geworden?» Er warf einen hilfesuchenden Blick auf die Wand hinter sich, wo das gerahmte Bild des Präsidenten neben der Trikolore hing, als hoffte er, von ihm Rückendeckung zu bekommen. «Das geht doch nicht...»

«Warum nicht?»

«Weil... so etwas macht man einfach nicht!» Dédé schüttelte den Kopf. «In meiner ganzen Amtszeit hat es so etwas noch nicht gegeben und bei meinem Vorgänger sicher auch nicht. Was glauben Sie, was die Leute sagen werden?»

«Die brauchen es ja nicht zu erfahren. Es steht schließlich nicht in der Zeitung. Wir machen es ganz diskret.»

Dédé schnaubte. «Diskret. Hier in Eguisheim. Das glauben Sie doch selbst nicht, Kreydenweiss.»

Ähnlich hatte sich auch Sandrine geäußert. Doch im Gegensatz zu Dédé waren Céleste die Leute ziemlich egal. Sie wollte Gewissheit haben. Deshalb griff sie ohne schlechtes Gewissen zu einer Notlüge: «Die Witwe kann nicht mehr schlafen, Monsieur le Maire. Sie kann diese Ungewissheit nicht länger ertragen.»

«Sie hat denselben Verdacht wie Sie?», fragte Dédé verblüfft.

«Nicht ganz. Sie weiß nicht, was ihrem Mann gefehlt hat. Sie meint, er sei von Dämonen besessen gewesen.» Céleste kreuzte unter dem Tisch unauffällig die Finger. Es war nur eine kleine Lüge. Immerhin hatte Frau Knopfer gemeint, der Zorn habe von ihrem Mann Besitz ergriffen, das konnte man schließlich auf diese Weise uminterpretieren.

«Dämonen? Mon Dieu!» Dédé griff sich an den Kopf. «Hatten wir nicht erst diesen verrückten Waldschrat, der etwas von der Strafe der Natur gefaselt hat?»

«Jérémie, ja.» Céleste nickte. «Es ist nicht gut, wenn solche Gerüchte im Ort kursieren, Monsieur le Maire.»

Dédé schüttelte langsam den Kopf. «Nein, gar nicht gut.»

«Wir müssen dem entgegentreten.»

«Sie haben recht. Entschieden entgegentreten. Das ist unsere Pflicht.» Er hob das Kinn. «Ich werde die Aktion persönlich überwachen. Sie können ganz beruhigt sein, Kreydenweiss, wir machen den Leuten klar, wie wichtig es ist, Gewissheit zu haben. Sie sollen sich an die Fakten halten, statt dummem Aberglauben nachzuhängen.»

«Das ist gut, Monsieur le Maire.» Céleste stand auf. «Danke für Ihre Unterstützung.»

Dédé machte ein fast staatsmännisches Gesicht. «Das ist doch selbstverständlich. Wenn es um unser Dorf geht, müssen wir zusammenhalten.»

«Wo ist denn Franz heute Morgen?», wollte Céleste noch wissen, als sie sich bereits zum Gehen wandte.

«Er ist mit Marie spazieren.»

«Mit Marie? Und ihre Allergie?»

«Ist ganz plötzlich besser geworden, stellen Sie sich vor!» Dédé lächelte. «Sagen Sie's nicht weiter, aber ich glaube, Marie war ein wenig eifersüchtig auf Sie beide wegen Franz. Sie meinte, sie könne sich mindestens so gut um einen mürrischen Mops kümmern wie die Polizei.»

Nun musste nur noch die bislang ahnungslose Eva Knopfer von der Notwendigkeit der Aktion überzeugt werden, was aufgrund von Célestes kleiner Schwindelei die heikelste Angelegenheit war. Was, wenn Eva Knopfer eine Exhumierung rundheraus ablehnte? Sich beschwerte? Womöglich bei Dédé? Dann hätte Céleste ein Problem. Zum Glück kam es nicht so weit. Als Céleste Eva Knopfer von Rosalies Tod und ihrem Verdacht erzählte, reagierte diese ausgesprochen vernünftig, ja fast erleichtert über die Aussicht, auf diese Weise womöglich eine Erklärung für das seltsame Verhalten ihres Mannes zu erhalten.

«Aber ich muss da nicht dabei sein, oder?», fragte sie mit bangem Blick. «Das wäre mir zu gruselig.»

«Nein, natürlich nicht. Wir informieren Sie, sobald die Untersuchungsergebnisse da sind, und dann wird Ihr Mann wieder begraben.»

Eva Knopfer nickte, und ihr Blick glitt ins Leere. «Das ist schon unheimlich, finden Sie nicht?»

«Was meinen Sie?»

«Wenn mein Mann tatsächlich Tollwut hatte, und diese Rosalie hat sie, wie Sie vermuten, auch gehabt, wo kam die

Krankheit denn dann her? Wo haben sich die beiden angesteckt?» Sie hob ruckartig den Kopf. «Und habe ich sie dann womöglich auch? Werde ich auch sterben?» Plötzlich blitzte Panik in ihren Augen auf.

An diese Möglichkeit hatte Céleste noch gar nicht gedacht, wie sie ehrlicherweise zugeben musste. Sie wusste noch viel zu wenig über dieses Virus und seine Verbreitung, aber es war natürlich möglich. Immerhin hatte Jean-Marie sie mit seinem Frühstücksmesser verletzt. Konnte damit das Virus übertragen worden sein? Céleste hatte keine Ahnung.

«Wenn sich der Verdacht bei Ihrem Mann bestätigt, müssen Sie sich in jedem Fall vorsorglich impfen lassen», sagte sie. «Das Ergebnis wird schon bald da sein, hat mir die Gerichtsmedizinerin bestätigt. Es gibt da sehr gute Schnelltests.»

«Impfen ... ach so, ja, natürlich ...» Eva Knopfer nickte vage, dann murmelte sie, mehr zu sich selbst als an Céleste gewandt: «Als ob man sich gegen Wahnsinn impfen lassen könnte.»

Céleste fröstelte unwillkürlich. Da war sie wieder, diese merkwürdige, irrationale, alte Angst vor einer Krankheit, die so viel mehr zu sein schien als einfach nur ein Virus unter vielen.

Am nächsten Tag bestätigte Sandrine, was im Grunde alle schon wussten: Rosalie Bernard war tatsächlich an Tollwut gestorben. Die Nachricht verbreitete sich wie ein Lauffeuer im Dorf, ohne dass irgendjemand hätte sagen können, wie das zugegangen war. Doch es verwunderte auch niemanden. Solche Dinge ließen sich nicht geheim halten.

Bei den Eguisheimern saß der Schock über diesen Todesfall tief, um einiges tiefer als vor wenigen Wochen, als Jean-Marie Knopfer zu Grab getragen worden war. Das hatte natürlich mit der außergewöhnlichen Todesursache zu tun, aber nicht nur.

Es lag auch an Rosalie Bernard selbst. Fast jeder in Eguisheim hatte sie auf die eine oder andere Weise gekannt, auch wenn sie, soweit Céleste bisher wusste, keine engen Freunde gehabt hatte. Ihr seltsamer, so unerwarteter Tod bestürzte alle. Man konnte sich die Sache nicht erklären, konnte nicht einfach zur Tagesordnung übergehen, wusste nicht, was man davon halten sollte. Es gab viel Gerede, bei Henri im Café, in Julien's Winstub und auch im Fetten Frosch, doch niemand wusste etwas Konkretes. Céleste und Luc hielten sich bedeckt, ebenso Dédé.

Und so blieb den Eguisheimern nichts anderes übrig, als das Bekannte wieder- und wiederzukäuen: das tollwütige Reh und den Verrückten aus dem Wald mit seinem Eichhörnchen, einen angeblichen Hund, der bisher nicht gefunden worden war. Doch auch hier kam man nicht weiter. Niemand konnte sich vorstellen, wie und wo sich ausgerechnet eine ältere Dame eine solche Krankheit hatte einfangen können. Céleste kamen Zweifel, ob es angesichts dieser unruhigen Stimmung im Dorf wirklich angebracht war, nun auch noch Jean-Marie Knopfer exhumieren zu lassen, aber gleichzeitig wusste sie, dass es keine Alternative gab. Man konnte diesen Verdacht nicht einfach so wegwischen und so tun, als ob er nie da gewesen wäre.

Am Tag der Exhumierung von Jean-Marie Knopfer regnete es in Strömen. Dieser Umstand und der extra frühe Termin um sieben Uhr morgens ließen Céleste hoffen, dass die Aktion möglichst unbemerkt bleiben würde. Doch diese Hoffnung wurde gründlich enttäuscht. Madame Grenier, Alphonse Greniers Gattin, war nämlich um diese Zeit bereits auf dem Friedhof. Sie kam fast jeden Tag, bei Wind und Wetter, und sie blieb immer eine gute Dreiviertelstunde, bevor sie sich auf den Weg zu ihrem Zeitschriftenladen machte, den ihr Mann allmorgendlich pünktlich um acht öffnete. Sie brauchte das. Meist sagte sie sich, es wäre die frische Luft, die kurze Fahrt mit dem Rad von der Rue du Muscat zum Friedhof in der Rue de Mahlsbach, doch im Grunde war es mehr als das. Es war etwas Lebensnotwendiges. Ein Aufschub, ein kurzes, befreiendes Aufatmen zwischen dem schweigsamen routinierten Frühstück mit ihrem Mann und der Aussicht auf den gemeinsamen Tag im Zwielicht ihres muffigen, dunklen Ladens. Sie liebte es, am frühen Morgen die schnurgeraden Wege des kleinen Friedhofs abzulaufen, an den spitzkegeligen Buchsbäumen vorbei, und dabei immer wieder einen Abstecher nach links und rechts zu machen, um die Gräber derjenigen zu besuchen, die sie gekannt hatte. Inzwischen kannte sie jeden Winkel des Friedhofs, als wäre es ihr eigener Garten. Sie wusste, wer in Eguisheim das Grab seiner Angehörigen pflegte und wer nie kam, und sie hatte es sich zur Pflicht gemacht, sich um letztere selbst zu kümmern. Sie zupfte hier und dort ein bisschen Unkraut, goss matte Blumen oder brachte neue und zündete erloschene Kerzen wieder an.

So auch heute. Sie stand gerade vor einem ihrer Lieblingsgräber – ein gewisser Guillaume de Buehl lag darin seit mehr als einem halben Jahrhundert, und er war nur dreißig Jahre alt geworden. Doch damit nicht genug: Seine Gattin Estelle war ihm, erst vierundzwanzigjährig, ein halbes Jahr später nachgefolgt. Alma Grenier stellte sich vor, dass sie an gebrochenem Herzen gestorben war. Sie sah ein junges, gutaussehendes, unsterblich ineinander verliebtes Paar vor sich, das das Schicksal auseinandergerissen und im Tod schließlich wieder vereint hatte, und brachte ihnen ständig frische Blumen und eine Kerze mit.

Das Anzünden wurde an diesem Morgen allerdings durch den heftigen Regen erschwert, immer wieder ging das kleine Grablicht aus. Während Madame Grenier zum wiederholten

Mal den Docht gerade bog, die Wassertropfen wegwischte und ein Streichholz anriss, bemerkte sie eine merkwürdige Prozession ein paar Gräber weiter. Unter Schirmen versteckt, gingen mehrere Leute hinter einem kleinen Bagger her. Madame Grenier, die äußerst kurzsichtig war, aber sich weigerte, eine Brille aufzusetzen, kniff angestrengt die Augen zusammen. Das konnte keine Beerdigung sein, dessen war sie sich ziemlich sicher. Abgesehen davon, dass man zu einem solchen Anlass nicht mit einem Bagger anrückte – diese Arbeiten wurden aus Pietätsgründen natürlich vorher erledigt –, wusste Madame Grenier über jede einzelne Beerdigung auf diesem Friedhof Bescheid. Jeden Morgen, wenn sie ankam, warf sie als Erstes einen Blick auf die Tafel neben dem Haupteingang, wo die Begräbnisse angekündigt wurden. Alma Grenier liebte Beerdigungen und verpasste nur dann eine, wenn sie im Laden absolut unabkömmlich war, zum Beispiel an Tagen der Inventur, oder wenn ihr Mann einen auswärtigen Termin hatte, was jedoch so gut wie nie vorkam.

    Beerdigungen hatten etwas so Erhabenes, fand sie. Und oft waren sie sogar regelrecht dramatisch. Im Grunde war jedes Begräbnis ein kleines Theaterstück, und man brauchte nicht einmal eine Eintrittskarte, um alle Emotionen hautnah miterleben zu dürfen. Beerdigungen und deren Dramatik, die unausgesprochenen Tragödien, die Madame Grenier dabei erahnte, waren ihre eigentliche Seelennahrung; mit deren Hilfe überstand sie die Tage, die stumpf und grau zwischen Kugelschreibern, Feuerzeugen, Zeitschriften und Ringbuchblöcken versickerten. Sie bildeten den emotionalen Gegenpol zum leeren Alltag, ja mehr noch, sie waren eine Art Katharsis. Die Tränen, die sie auf diesen Beerdigungen aus Mitgefühl für die mehr oder weniger unbekannten Trauernden vergoss, spülten für kurze

Zeit den staubtrockenen Geruch nach Papier und stumpfer Eintönigkeit ab, der ihr jeden Morgen Übelkeit verursachte, wenn sie den Laden betrat und ihren besserwisserischen, pedantischen Mann dabei beobachtete, wie er mit den immer gleichen Bewegungen die Plastikbänder an den Zeitungspaketen aufsäbelte, um sie dann in kleine, exakt zehn Zentimeter lange Stücke zu zerschneiden, damit sie besser in den Müllbeutel passten.

Madame Grenier vergaß das Grablicht für Guillaume und Estelle de Buehl, das noch immer nicht brannte, richtete sich auf und ging ein paar Schritte in Richtung der nass glänzenden Schirme, die sich jetzt um ein Grab versammelt hatten. Der Bagger setzte sich in Bewegung, und sein Brummen tönte laut und unpassend über den stillen Friedhof. Rosalie kam ihr in den Sinn. Womöglich war es ihre Beerdigung? Sollte sie etwa in aller Stille in einem jener Gräberfelder verscharrt werden, die für die Toten vorgesehen waren, die weder über Geld noch Angehörige verfügt hatten? Rosalie Bernard war ihre Freundin gewesen – mehr oder weniger heimlich, denn ihr Mann hatte der Dame wegen ihrer Diebstähle schon vor langer Zeit Hausverbot erteilt –, und Madame Grenier wusste, dass Rosalie nicht viel Geld und keine Verwandten gehabt hatte. Aber so wenig, dass es nicht einmal für ein ordentliches Begräbnis reichte, würde es wohl nicht gewesen sein? Außerdem waren die Armengräber etwas weiter links von der Stelle, wo jetzt der Bagger zugange war.

Sie ging näher heran, erkannte unter den vermeintlichen Trauergästen Céleste Kreydenweiss und ihren jungen Brigadier, ja, und daneben, unverkennbar, die kleine rundliche Gestalt des Bürgermeisters – was ihr sagte, dass es sich um etwas Offizielles handeln musste.

Als sie nahe genug war, um den Grabstein zu erkennen, an dem sie schon so oft vorbeigekommen war, wurde gerade der Sarg herausgehoben. Es war das Grab von Jean-Marie Knopfer, daran bestand kein Zweifel. Alma Grenier blieb überrascht stehen. Was hatte das wohl zu bedeuten? Auch auf Jean-Maries Beerdigung war sie gewesen, obwohl sie ihn nicht sonderlich geschätzt hatte, aber sie mochte seine Frau Eva, die immer die Zeitung bei ihr kaufte und ein bisschen mit ihr schwatzte. Deshalb hatte es sich auch so gehört, zur Beerdigung ihres Mannes zu gehen, selbst wenn sich die emotionale Nahrung in diesem Fall in Grenzen gehalten hatte – kaum jemand hatte wirklich geweint, und auch Eva Knopfer war äußerst gefasst gewesen. Ungläubig hatte sie den Sarg angestarrt und immer wieder den Kopf geschüttelt, so als wäre es ganz unvorstellbar, dass darin ihr doch immer vor Zorn und Wut und Widerspruchsgeist strotzender Ehemann still und stumm liegen und begraben werden sollte. Fast schien sie seinen Protest zu erwarten, einen seiner sprichwörtlichen Wutausbrüche. Doch der Sarg sank still und ohne Komplikationen in das offene Grab. Jean-Marie Knopfer protestierte nicht mehr. Es war vorbei.

Und jetzt wurde er wieder ausgegraben. Im Beisein der Polizei, des Bürgermeisters und einer elegant gekleideten Frau mit kastanienbraunen Haaren, die Anweisungen gab und immer wieder Fotos machte. Was hatte das nur zu bedeuten? Madame Grenier vergaß ihre anerzogene Zurückhaltung und ging raschen Schrittes auf die Gruppe zu. Schließlich betrachtete sie den Friedhof als so etwas wie ihr erweitertes Wohnzimmer, insofern hatte sie auch das Recht zu erfahren, was hier vor sich ging.

Céleste bemerkte nicht gleich, wer da mit wippendem Regenschirm auf sie zugeschritten kam. Zu sehr war sie in Gedanken an Jean-Marie Knopfers Tod und die Frage versunken, ob sie mit der Exhumierung tatsächlich richtig gehandelt hatte oder ob sie nicht doch Gespenstern nachjagte. Gespenstern, die womöglich Jérémie mit seinem albernen Geschwätz gerufen hatte. Dieser letzte Gedanke war ihr besonders unangenehm, nahm sie doch nicht ohne Stolz für sich in Anspruch, eine recht nüchterne Person zu sein, die sich von Spekulationen und Gerüchten in ihrer Arbeit nicht beeinflussen ließ. Aber das hier war etwas anderes, ermahnte sie sich. Das hier hatte nichts Spekulatives an sich. Es handelte sich um eine konkrete Gefährdungslage, die angesichts des Todes von Rosalie Bernard nicht geleugnet werden konnte.

«Was machen Sie denn da?»

Die entrüstete Frage riss sie aus ihren Überlegungen. Madame Grenier stand neben ihr und sah sie empört an. Der grün gemusterte Regenschirm, von dem das Wasser in kleinen Bächen tropfte, verlieh ihrem schmalen Mausgesicht einen ungesund fahlen Schimmer. Ihre spitze Nase schien vor Erregung zu zittern.

Céleste verkniff sich nur mit Mühe einen resignierten Seufzer. Genau diese Frage hatte sie vermeiden wollen. Sie hatte – wider alle Vernunft – gehofft, ihre Aktion würde nicht, oder zumindest nicht so schnell, bemerkt werden. Nicht, bevor das Ergebnis der Untersuchung feststand. Diese Hoffnung hatte sich mit Madame Greniers Auftauchen und ihrer – durchaus nachvollziehbaren – Frage zerschlagen. Sie hätte es wissen müssen, in Eguisheim ließ sich nichts geheim halten. Nicht einmal um sieben Uhr morgens, wenn der Himmel alle Schleusen auf einmal öffnete und man eigentlich keinen Hund auf die Straße jagte.

Madame Grenier würde sich nicht so ohne weiteres abwimmeln lassen. Sie war eine resolute Person, obwohl ihr Äußeres das auf den ersten Blick nicht vermuten ließ. Céleste beschloss, sich zunächst auf das Offensichtliche zu beschränken.

«Die Leiche von Jean-Marie Knopfer muss exhumiert werden», sagte sie.

«Das sehe ich», erwiderte Madame Grenier trocken. «Aber warum? Das ist doch die Frage.»

Céleste nickte. Das war tatsächlich die Frage. Sie überlegte noch, wie viel sie der Frau preisgeben sollte, ohne die Gerüchteküche noch stärker anzuheizen, da sagte Madame Grenier mit einem vorwurfsvollen Unterton in der Stimme: «Ich dachte schon, Sie verscharren hier ganz heimlich still und leise Rosalie. Das hätte ich Ihnen übelgenommen.»

«Rosalie? Wie kommen Sie denn darauf?», wunderte sich Céleste.

«Weil sie tot ist», gab Madame Grenier spitz zurück. Auch sie beherrschte das Spiel, sich auf das Offensichtliche zu beschränken.

Doch Céleste spielte nicht mit. Sie schwieg.

Alma Grenier wartete ein bisschen, doch als von Céleste nichts kam, fuhr sie zornig fort: «Niemand kann mir sagen, ob die Leiche schon freigegeben ist und wann die Beerdigung sein wird. Rosalie war meine Freundin, und ich muss schon sagen, auch wenn sie nicht viel Geld hatte und gelegentlich mal etwas stibitzt hat, hat sie doch ein ordentliches Begräbnis verdient.»

«Rosalie war Ihre Freundin?» Jetzt hatte Madame Grenier das Interesse der Polizistin geweckt. Céleste erinnerte sich, dass Monsieur Grenier, ganz im Gegensatz zur Supermarktbesitzerin Francine, bereits beim ersten kleinen Diebstahl in seinem Laden stocksteif und eisenhart auf einer formellen Strafanzeige bestanden hatte. Soweit sie sich erinnern konnte, hatte Rosalie damals eine Schneekugel mit bunten Fachwerkhäusern und der Aufschrift *Das schöne Elsass* mitgehen lassen.

«Allerdings war sie das.» Madame Grenier hob das Kinn, das ebenso spitz wie ihre Nase war. «Was dagegen?»

Céleste schüttelte den Kopf. «Ich dachte nur, weil Ihr Mann...»

«Ach, die Anzeige.» Madame Grenier machte eine wegwerfende Handbewegung. «Meinem Mann geht es immer ums Prinzip. Ich habe ihm damals vorgerechnet, was es kosten würde, wenn wir den Laden für einen Tag schließen müssten, weil wir sicher beide als Zeugen vor Gericht aussagen müssten. Da ist er ganz blass geworden und hat die Anzeige gegen Rosalie zurückgezogen.» Sie lächelte freudlos. «Mein Mann ist nämlich nicht nur ein alter Rechthaber, er ist auch ein Geizkragen.»

Céleste hielt es für klüger, keinen Kommentar abzugeben, und sagte stattdessen nur: «Ich gebe Ihnen Bescheid, sobald die Leiche freigegeben ist.»

«Man sagt, Rosalie ist an der Tollwut gestorben. Stimmt das?», fragte Madame Grenier.

«Woher haben Sie denn diese Information?», wollte Céleste wissen.

«Die Tochter einer Kundin von uns arbeitet bei Dr. Schupfer in der Praxis als Arzthelferin, und da hat sie gehört, wie der alte Monsieur Schupfer am Telefon darüber gesprochen hat.»

«Aber von der Verschwiegenheitspflicht hat die Tochter Ihrer Kundin offenbar noch nie etwas gehört?»

«Schon, aber es hat ja der alte Monsieur Schupfer gesagt. Der ist nicht ihr Arbeitgeber», gab Madame Grenier schlagfertig zurück.

Céleste verzichtete darauf, mit Madame Grenier über diese Logik zu diskutieren. Es war wie immer: Niemand, wirklich niemand, hatte auch nur den Anflug eines schlechten Gewissens, wenn es darum ging, Gerüchte, Vermutungen und Geheimnisse weiterzutragen.

«Es stimmt also?», hakte Madame Grenier unverdrossen nach. «Rosalie hat tatsächlich die Tollwut gehabt?»

Céleste nickte widerstrebend. «Ja.»

Madame Grenier griff sich erschüttert an die Brust. «Die Ärmste. Was für ein schrecklicher Tod.»

«Sie kennen sich damit aus?», fragte Céleste interessiert.

«Ich? Nein, nein», wehrte Madame Grenier ab. «Nicht wirklich. Ich habe zwar Krankenschwester gelernt, aber von der Tollwut weiß ich nur aus Erzählungen. Die Tollwut war früher eine echte Bedrohung, vor allem natürlich auf dem Land. Raserei nannte man es. Macht Tiere und Menschen zu Ungeheuern ...» Sie schluckte, und in ihren Augen schimmerten Tränen. «O mein Gott, die arme Rosalie ... entschuldigen Sie, ich ... ich habe der Kundin nicht so recht glauben wollen, als sie es erzählt hat, aber jetzt ...» Sie zog ein Taschentuch aus ihrer Manteljacke und schnäuzte sich. «Das ist wirklich grauenhaft.»

Céleste dachte an die ausgezehrte Gestalt in dem Krankenbett, die kaum noch etwas mit der rotwangigen kleinen Frau mit dem wachen Blick gemein gehabt hatte, die einmal Rosalie Bernard gewesen war. Madame Grenier hatte recht: Es war grauenhaft.

Inzwischen hatte man den Sarg auf einen Transportwagen gehoben. Der Fahrer des Transporters sprach gerade mit der Gerichtsmedizinerin.

Céleste wandte sich mit einem entschuldigenden Lächeln an Madame Grenier. «Entschuldigen Sie bitte, aber ich muss mich hier weiter kümmern. Wenn Sie jetzt bitte nach Hause gehen würden...»

«Aber was ist denn nun mit Jean-Marie?» Trotz ihrer Erschütterung über Rosalies schlimmen Tod ließ sich Madame Grenier offenbar nur höchst ungern auf diese Weise wegschicken. Sie stopfte ihr Taschentuch zurück in die Manteltasche, und da Céleste bereits bei Sandrine und dem Transporter stand, knöpfte sie sich stattdessen Dédé vor. «Monsieur le Maire, sagen Sie mir doch, was passiert hier?»

Doch Dédé tat so, als bemerke er sie nicht, und vertiefte sich stattdessen in ein scheinbar wichtiges Gespräch mit Luc. Madame Grenier blieb also nichts, als den Rückzug anzutreten. Sie wandte sich gerade zum Gehen, als sich zwei Männer schnellen Schrittes dem offenen Grab näherten. Madame Grenier, deren Nase nicht nur spitz war, sondern auch besondere Ereignisse, Ungemach und spannende Neuigkeiten erspüren konnte wie ein Seismograph ein kommendes Erdbeben, verharrte mitten im Schritt.

Beim Anblick des wütend herbeistapfenden Capitaine Wolfsberger verdrehte Céleste die Augen. Er trug einen hellen Trenchcoat, elegante dunkelblaue Hosen und hatte sein schon etwas schütter werdendes Haar mit einer üppigen Portion Gel nach hinten gestriegelt. Ein paar Schritte hinter ihm lief der junge Lieutenant Vasarely, vergeblich bemüht, mit dem Stechschritt seines Chefs mitzuhalten. Er trug einen Schirm, den er sowohl über sich als auch über seinen Chef zu halten versuchte.

«Das darf doch nicht wahr sein ...», murmelte Céleste ihrer Freundin zu. «Wer hat denn den so schnell auf den Plan gerufen?»

«Ich war's nicht!» Sandrine hob beide Arme in einer

Unschuldsgeste. «Eher würde ich mir die Zunge abbeißen.»
Sandrine Veilleux teilte Célestes Abneigung gegenüber dem Chef der Colmarer Brigade Criminelle.

«Was ist das schon wieder für eine Scheiße!», brüllte Wolfsberger ihnen bereits von weitem entgegen.

«Das ist seine Lieblingsbegrüßung, wenn er Luc und mir begegnet», flüsterte Céleste.

Sandrine lachte leise auf. «Zu mir sagt er immer ‹Mdmmmme›, so als ob ihm bei diesem Wort die Zähne zusammenkleben würden.»

Luc bemerkte Wolfsberger erst jetzt und erstarrte vor Schreck. Wolfsberger beachtete Luc jedoch gar nicht, er steuerte sofort auf Céleste zu.

«Sie überschreiten Ihre Kompetenzen, Kreydenweiss. Das wird ein Nachspiel haben. Ich lasse Sie rauswerfen. Sie können fortan in Ihrem verschlafenen Nest hier die Straßen kehren.»

Bevor Céleste etwas erwidern konnte, was sie sehr gerne getan hätte, trat Dédé wieselflink und mit einem jovialen Lächeln auf den Lippen zwischen die beiden. «Oh, Capitaine Wolflinger, was für eine Überraschung! Was verschafft uns die Ehre Ihrer Anwesenheit?»

Aus den Ohren des Capitaines schien es vor unterdrückter Wut zu rauchen, während er Dédés dargebotene Hand schüttelte und mit gepresster Stimme sagte: «Monsieur le Maire. Ich heiße Wolfsberger.»

«Ja, ja, Wolfsberger, stimmt. Wissen Sie, wir haben hier in unserem verschlafenen Nest so selten mit der Kriminalpolizei zu tun, da ist es schwierig, sich die Namen der einzelnen Beamten zu merken, nicht wahr?» Dédé lachte vergnügt, und sein runder Bauch wippte dabei.

Wolfsbergers Miene wurde noch ein wenig verkniffener.

Noch ein solcher Scherz, und der Capitaine würde wohl vor Wut platzen.

«Was ist hier los, Monsieur le Maire?», sagte er mit gefährlich leiser Stimme und warf einen Blick in die Runde.

«Oh, das war nur eine Exhumierung», sagte Dédé, so lässig, als handelte es sich um sein tägliches Geschäft. «Das habe ich angeordnet.»

«Sie? Das liegt überhaupt nicht in Ihrer Zuständigkeit. Man hätte den Ermittlungsrichter informieren müssen. Ich habe im Fall Knopfer ermittelt und zweifelsfrei festgestellt, dass es sich um einen Unfall gehandelt hat. Die Sache ist längst abgeschlossen!»

«Aber das steht außer Frage, Capitaine. Niemand zieht Ihre Ermittlungsergebnisse in Zweifel», sagte Dédé beflissentlich.

«Nicht?» Nun war Wolfsberger ehrlich verblüfft. «Aber... warum...»

«Es geht um den Seuchenschutz, Capitaine. Wir hatten kürzlich ein Aufflammen der Tollwut in unserer Gegend, und wir müssen – im Interesse der Witwe und der übrigen Bevölkerung – sicherstellen, dass hier nichts übersehen wurde. Sie verstehen?»

Wolfsberger verstand offensichtlich kein Wort. «Tollwut?», fragte er unsicher nach.

«Ja, ja, ganz richtig, es gab da ein tollwütiges Reh, das mehrere Menschen tätlich angegriffen hat, sowie ein Eichhörnchen, das auf eine Touristin geworfen wurde und in Verdacht stand, tollwütig zu sein. Sie haben sicher darüber in der Zeitung gelesen. Das hat die Witwe aufgebracht, Sie verstehen, in der Trauer greift man nach jedem Strohhalm. Und dann war da noch die arme Rosalie. Wissen Sie, das ist, also das war unsere diebische Elster, eine ganz liebe Person, eigentlich. Die Leute sind beunruhigt. Das lag natürlich auch an Jérémie, der ist ein Spinner, im Grunde ist ja auch Wettolsheim für ihn zuständig, aber das wollen sie einfach nicht einsehen. Doch wenn die Leute erst einmal verunsichert sind ... Kurz und gut, wir mussten als Gesundheitsbehörde entsprechende Maßnahmen ergreifen, das verstehen Sie doch sicher?»

Céleste musterte ihren Bürgermeister mit amüsierter Bewunderung. Dédé war ein wahrer Meister darin, Fragen, die er nicht beantworten wollte, so geschickt und umständlich zu umgehen, dass der Fragende am Ende selbst nicht mehr sagen konnte, was er eigentlich hatte wissen wollen. Wolfsberger erging es da nicht anders als etwa ungebetenen Presseleuten, die mit Dédé zu tun hatten.

Der Capitaine blickte etwas verwirrt drein, und sein Interesse erlosch zunehmend. «Ein Eichhörnchen? Diebische Elster? Und wer ist Jérémie?»

«Was das Eichhörnchen anbelangt, so hat sich unser Verdacht gottlob nicht bestätigt, offenbar ist die Virusübertragung auf Eichhörnchen sehr selten. Wäre ja ganz schlecht für den Tourismus gewesen, wenn sich herumgesprochen hätte, dass man in Eguisheim mit tollwütigen Eichhörnchen beworfen wird, nicht wahr?» Dédé lachte. «Es gibt dazu ein amtstierärztliches Gutachten. Wenn es Sie interessiert, kann ich es Ihnen zukommen lassen.»

Wolfsberger schüttelte den Kopf. Er wirkte plötzlich etwas erschöpft. Seine Wut schien angesichts Dédés Redeschwall verpufft zu sein. «Danke, nein. Eichhörnchen sind nun wirklich nicht mein Fachgebiet. Nichts für ungut, Monsieur le Maire.»

Dédé nickte verständnisvoll. «Aber nein, natürlich nicht, Capitaine, das verstehe ich. Lassen Sie sich nicht aufhalten. Das Verbrechen wartet nicht.»

Fast schien es, als hätte es Dédé mit dem letzten Satz nun doch übertrieben. Wolfsberger blieb noch einmal stehen, öffnete den Mund, doch dann überlegte er es sich anders und herrschte stattdessen seinen Lieutenant an, der die ganze Zeit schweigend neben ihm gestanden und den Regenschirm gehalten hatte: «Nehmen Sie das verdammte Ding weg, Vasarely, es regnet doch längst nicht mehr.»

Dann trollten sich die beiden. Bedeutend langsamer, als sie gekommen waren.

Madame Grenier schloss ebenfalls ihren Schirm. Im Gegensatz zu den beiden Kriminalbeamten hatte sie es nun recht eilig, den Friedhof zu verlassen. Sie musste so schnell wie möglich in ihren Laden. Mochte ihr Mann ruhig stundenlang Plastikbänder zu kleinen Stücken schnipseln, sie würde einstweilen die Kundschaft mit den neuesten Nachrichten aus erster Hand versorgen.

10

Erwartungsgemäß verbreiteten sich die Nachrichten von der Exhumierung Jean-Marie Knopfers und des weiteren Tollwutverdachts ebenso schnell wie die vom Tod Rosalie Bernards. Madame Grenier leistete gute Arbeit und versah das Ganze noch mit allerlei dramatischen Ausschmückungen und eigenen Interpretationen. Das Telefon in der Mairie stand den ganzen Tag nicht still – doch niemand erfuhr etwas. Marie war von einem ungewöhnlich energischen Dédé dazu abkommandiert worden, sämtliche Anrufe in dieser Sache abzuwimmeln. Und sie reagierte mit unerschütterlicher Gelassenheit in der kühlen Stimme auf jede Anfrage, und war sie auch noch so hartnäckig, stets mit dem gleichen Satz: «Ich bin nicht befugt, Ihnen Auskunft zu geben.»

Um sich ganz dieser wichtigen Aufgabe widmen zu können, gab sie Franz wieder in Lucs Obhut, was beide, den Hund und den Brigadier, sichtlich erfreute.

Sandrine meldete sich dieses Mal bereits am späten Nachmittag. Sie erzählte Céleste etwas von einem schnellen, hochsensitiven Verfahren, auf das sie ein befreundeter Arzt gebracht hatte, der beim Militär arbeitete. Es kam bei Auslandseinsätzen in heißen Ländern zur Anwendung, zum Beispiel in Afghanistan, wenn ein Tollwutverdacht rasch bestätigt oder ausgeschlossen werden musste.

«Und das Beste daran ist, es funktioniert auch bei stark autolytischen Proben», berichtete Sandrine begeistert und präzisierte auf irritierte Nachfrage von Céleste: «Das heißt, wenn sich das Gewebe schon zersetzt hat. Es war ja ziemlich warm in letzter Zeit, und da ...»

«Verstehe schon», unterbrach Céleste sie schnell. So genau musste sie das nicht wissen.

«Stell dir vor, ich habe tatsächlich welche gefunden», verkündete Sandrine triumphierend.

«Was gefunden?»

«Lyssaviren.»

«Und das heißt ...»

«Die lösen die Tollwut aus. Es waren noch welche in Knopfers Gehirn festzustellen. Fäulnis und Verwesung lassen sie im Gegensatz zu frischer Luft nur sehr langsam inaktiv werden. Chapeau, Céleste, du hattest recht.»

Céleste wusste nicht, ob sie sich darüber nun freuen sollte. «Jean-Marie Knopfer hatte also ganz sicher die Tollwut?»

«Sag ich doch. Wenn er nicht aus dem Fenster gesprungen wäre, wäre er ein paar Tage später an einer Gehirnentzündung oder an Organversagen gestorben.»

«Und wie könnte er sich infiziert haben?»

«Da fragst du mich zu viel. Offensichtliche Wunden hatte er keine. Also bis auf die Verletzungen, die vom Fenstersturz herrührten. Das hatte ich ja schon bei der ersten Untersuchung festgestellt.»

Céleste bedankte sich und legte auf.

Sie brauchte Luc nichts zu sagen, er hatte ohnehin jedes Wort des Telefonats hören können. «Das ist nicht gut», sagte er, und Céleste schien es, als sei er ein wenig blasser als sonst. «Gar nicht gut.»

Diese Nachricht war tatsächlich höchst beunruhigend. Zwei Menschen, die innerhalb der letzten Wochen an Tollwut erkrankt und gestorben waren, und sie hatten keine Ahnung, wie und wo sie sich angesteckt haben mochten.

«Wie kann so etwas sein?», fragte Céleste ratlos. «Wo kam dieses Virus denn her? Wo haben sich die beiden angesteckt? Diese Erreger fliegen doch nicht in der Luft rum wie Schnupfenviren.»

Luc, der Franz auf seinem Schoß hatte und hinter den Ohren kraulte, dachte eine Weile nach, dann sagte er: «Sie müssen wohl beide Kontakt mit dem Hund gehabt haben, der auch das Reh gebissen hat.»

«Jean-Marie Knopfer und Rosalie? Mehr oder weniger zur gleichen Zeit? Das wäre doch ein großer Zufall.» Céleste schüttelte den Kopf. «Ich glaube nicht einmal, dass sie sich kannten. Wo und wann sollen die beiden denn diesem ominösen Hund begegnet sein?»

«Es könnte auch noch ein weiteres, von diesem Hund infiziertes Tier geben», schlug Luc vor. «Vielleicht eine Katze in Rosalies Nachbarschaft?»

«Aber wo sind diese Viecher jetzt?», fragte Céleste ungeduldig. «Die müssen doch irgendwo sein? Nach Ausbruch der Krankheit leben sie nicht mehr lange, sagte Dr. Steinheimer.»

«Irgendwo im Wald», vermutete Luc. «Tiere verkriechen sich, wenn es ihnen schlechtgeht. Das Waldgebiet ist groß, vielleicht finden wir sie nie.»

Céleste sah ihren Brigadier eine Weile nachdenklich an, dann sagte sie: «Da stimmt was nicht.»

Luc nickte. «Sehe ich auch so.»

«Sie auch?», fragte Céleste überrascht. «Und was stimmt Ihrer Meinung nach nicht?»

«Das weiß ich noch nicht», gab Luc nach kurzem Zögern zu. «Es ist vielleicht nicht gut, zu viel herumzuspekulieren. Die Leute sind ohnehin schon ganz verrückt wegen dieser Sache.»

Céleste nickte. «Solange wir nichts anderes wissen, müssen wir von einem Biss durch ein infiziertes Tier ausgehen. Und das ist es auch, was wir kommunizieren, damit die Leute nicht noch mehr Panik bekommen.» Sie zögerte, warf Franz einen besorgten Blick zu, der sich unter Lucs kraulenden Händen lang auf dessen Oberschenkeln ausgestreckt hatte, und sagte dann: «Aber was denken Sie wirklich, Luc?»

«Es ist nichts Konkretes...», wich er aus.

«Sie haben sich Gedanken gemacht. Ich sehe es Ihrer Nasenspitze an.»

«Ich habe mir ein paar Fragen gestellt», präzisierte Luc. «Aber es gibt keine Antworten darauf.»

«Dann lassen Sie mich wenigstens an Ihren Fragen teilhaben», schlug Céleste vor.

Luc richtete sich ein wenig in seinem Stuhl auf, was Franz mit einem unwilligen Schnaufen kommentierte. «Frage eins, die wir uns schon die ganze Zeit stellen: Tollwut gilt als ausgerottet, also wo kommt dieses Virus plötzlich her? Frage zwei: Es gibt keine Bisswunden, keine Verletzungen; also auf welche Weise wurde die Krankheit übertragen?» Er machte eine kurze Pause, und Céleste ahnte, dass sie nun der entscheidenden Frage näher kamen. Schließlich sagte er bedächtig: «Frage drei: Tollwut befällt bei uns überwiegend Wildtiere, vor allem Füchse, in der Folge dann Hunde und Katzen, aber sehr selten Menschen, und die auch nur, wenn sie Kontakt mit solchen Tieren haben. Warum haben wir hier dann zwei Menschen mit Tollwut, die auf den ersten Blick nichts mit Tieren zu tun hatten? Und ein Reh? Warum aber keinen Hund, keine Katze, keine Füchse?»

Luc sah Céleste unsicher an. «Verstehen Sie, was ich meine? Es ist doch eher untypisch, dass sich gleich zwei Menschen anstecken, bevor man überhaupt weiß, woher das Virus gekommen ist.»

Céleste nickte langsam. «Was wollen Sie mir damit sagen, Luc?»

«Sie werden mich auslachen, Chef.»

«Mir ist nicht nach Lachen zumute, Luc.»

«Also gut.» Luc warf einen Blick irgendwo ins Nirgendwo, als müsste er sich einer Sache besinnen, die sehr weit hergeholt war. Und als er anfing zu sprechen, begriff Céleste, dass die Sache, von der er sprach, tatsächlich weit hergeholt war. Sehr weit. Sie stammte aus einer anderen Zeit, ja, im Grunde aus einer anderen Welt. «Ich musste an meine Großmutter denken», begann er. «Und an die alten Geschichten um den Loup-Garou.»

«Den gehängten Werwolf? Ich bitte Sie ...», wandte Céleste unvorsichtigerweise ein.

Luc verstummte augenblicklich und warf ihr einen gekränkten Blick zu. «Jetzt lachen Sie doch.»

«Nein! Sehen Sie mich lachen?» Céleste sah ihn auffordernd an. «Reden Sie weiter.»

«Ich habe also über diese alte Geschichte nachgedacht und festgestellt, dass es eine Gemeinsamkeit mit unseren Fällen gibt.»

«Es gibt eine Gemeinsamkeit zwischen dem Werwolf aus Ihrem Dorf und Rosalie und Jean-Marie Knopfer? Da bin ich aber gespannt.» Céleste verbot sich jegliche Ironie in der Stimme, sie war jetzt tatsächlich gespannt, worauf Luc hinauswollte.

«Ja. Die Absicht.» Luc sah Céleste halb unsicher, halb triumphierend an.

«Die Absicht?», wiederholte Céleste verständnislos. «Was meinen Sie damit?»

«Ein Virus infiziert wahllos, zufällig, nicht zielgerichtet, das ist uns heute ohne jeden Zweifel klar. Die Leute damals, die dieses medizinische Wissen noch nicht hatten, meinten jedoch, die Menschen würden von der Tollwut absichtlich getötet. So entstand auch der Werwolfsglaube. Man hat dieser Krankheit ein Gesicht gegeben. Und auch wenn man im Grunde genommen den Teufel dahinter vermutet hat, so hat man ihr doch eigentlich menschliche Eigenschaften zugeschrieben. Da war also ein Mensch, der sich in ein Tier verwandelte. Vom Teufel besessen. Er tötete mit Absicht und Willen. Es gab keinen Zufall mehr.»

Céleste starrte ihn an. Es dauerte eine ganze Weile, bis sie die Tragweite dessen begriff, was Luc ihr auf seine etwas umständliche Art und Weise sagen wollte. Kurz bevor das Schweigen im Raum unerträglich wurde, sagte sie leise: «Sie meinen, Jean-Marie Knopfer und Rosalie könnten mit Absicht getötet worden sein?»

Luc lächelte schüchtern. «Der Gedanke ist mir gekommen, ja.»

Céleste sah ihn leicht irritiert an. «Aber wie ... wie soll das gehen?»

Ratlos zuckte der Brigadier mit den Schultern. «Ich sagte ja, ich habe mir Fragen gestellt, Antworten habe ich noch keine.»

Céleste dachte eine Weile nach, dann sagte sie langsam: «Dieser Gedanke ist zwar komplett verrückt, aber auch irgendwie nicht so ganz abwegig...»

«Also glauben Sie auch, dass es so gewesen sein könnte, Chef?», fragte Luc erleichtert.

«Glauben ist vielleicht nicht das richtige Wort», schränkte Céleste ein. «Aber ich lache Sie jedenfalls nicht aus. Wir behalten Ihre Geschichte im Hinterkopf, bis uns etwas Schlaues dazu einfällt, in Ordnung?»

Als Luc nickte, beugte sie sich über ihren Schreibtisch und drohte dem Brigadier mit dem Finger. «Das muss aber unter uns bleiben, Bato. Wenn diese Geschichte Wolfsberger zu Ohren kommt, lässt er uns in die Klapsmühle einweisen.»

Luc sah seine Chefin empört an und wiederholte dann aus tiefer Überzeugung, was Sandrine heute Morgen auf dem Friedhof zum Thema Informationsfluss in Richtung Capitaine Wolfsberger schon gesagt hatte: «Eher würde ich mir die Zunge abbeißen.»

Als die Kirchenglocken von St. Peter und Paul sechs Uhr läuteten, beschloss Céleste, dass sie für heute genug gegrübelt hatten, und schickte Luc in den wohlverdienten Feierabend. Immerhin waren sie schon seit sieben Uhr am Morgen im Dienst. Es war noch ein schöner Tag geworden. Die morgendlichen Regenwolken hatten sich verzogen und die Abendsonne verlieh den krummen rotbraunen Dächern des Dorfes einen goldenen Schimmer. Schwalben flogen hoch am Himmel und versprachen weiterhin gutes Wetter. Es zog Céleste nach draußen. Die Mairie befand sich nämlich in einem alten Haus mit dicken Mauern, sodass selbst bei hellem Sonnenschein ohne künstliches Licht immer Dämmerung herrschte. Céleste beschloss, zu Yves nach Rouffach zu fahren. Sie konnten in einem Bistro an der hübschen Place de la République eine Kleinigkeit essen, noch ein wenig in der Abendsonne sitzen und über nichtssagende Dinge plaudern oder einfach nur friedlich dem Treiben auf dem Platz zusehen. Mit einem Glas kaltem Riesling würde es ihr gelingen, alle Gedanken an Rosalie und Jean-Marie, an Leichenöffnungen, Tollwutviren und Lucs seltsame Werwolf-Theorien fortzuspülen. Wenigstens bis morgen.

Doch gerade, als sie gehen wollte, klingelte das Telefon. Céleste, die Klinke bereits in der Hand, blieb stehen, unschlüssig, ob sie abheben sollte oder nicht, doch dann gewann ihr Pflichtbewusstsein die Oberhand.

Zu ihrer Überraschung war es Jérémie. Er meinte, wenn «Madame Bulle» noch Interesse hätte, einen der brutalen Eichhörnchenjäger auf frischer Tat zu ertappen, möge sie doch vorbeikommen. Er habe eine weitere Falle mit einem toten Eichhörnchen gefunden und vermute, dass der Täter heute Abend kommen und es holen würde. Sie verabredeten sich am Wanderparkplatz in der Nähe seiner Hütte. Céleste beruhigte ihren bereits leicht knurrenden Magen mit einem Stück Schokolade, von der sie immer eine Notration in der Schreibtischschublade hatte, und machte sich auf den Weg.

Die Sonne war noch längst nicht untergegangen, doch im Wald herrschte bereits diffuses Zwielicht, und der leuchtende Abendhimmel über den Wipfeln schien in eine andere Welt zu gehören. Tiefe Schatten lagen zwischen den Bäumen und ließen das Unterholz dichter aussehen, als es tatsächlich war. Jérémie, der sie wie verabredet am Parkplatz erwartet hatte, führte sie zu einem umgestürzten Baum und bedeutete ihr, sich dahinter zu verstecken. Flüsternd erklärte er ihr, wo sich die Falle befand. Céleste konnte in der angezeigten Richtung nichts erkennen. Die Stelle war nur wenige Meter vom Waldrand entfernt, mehrere hohe Fichten standen eng beieinander und ließen kaum Licht eindringen.

Sie warteten fast eine Stunde. Eine Stunde, in der Célestes

Magen so laut zu knurren begann, dass sie schon befürchtete, nicht nur Jérémie, sondern auch der unbekannte Fallensteller könnten es hören, sodass Letzterer gar nicht erst näher käme. Doch dann, der Himmel über ihnen hatte sein Abendleuchten inzwischen eingebüßt, näherte sich ein Schatten. Eine kleine, eher rundliche Gestalt in einem Kapuzenpulli schlich sich zögernd heran, sah sich immer wieder ängstlich um, stolperte über Wurzeln und Äste und machte dabei einen ziemlichen Lärm.

«Kein Profi», flüsterte Jérémie Céleste grimmig zu. «Den haben die Mistkerle vorgeschickt. Irgendein Idiot, der unbedingt dabei sein will.» Er bedeutete Céleste, noch abzuwarten.

Nach ein paar unsicheren Schritten blieb der Unbekannte stehen, blickte sich noch ein letztes Mal um und ging dann in die Knie.

Als Céleste sich zu Jérémie umwenden wollte, war dieser fort. Leise wie ein Fuchs hatte er sich an den Unbekannten herangeschlichen und stand jetzt hinter ihm, etwa eine Armlänge entfernt. Verärgert kroch Céleste aus der Deckung des umgestürzten Baumes. Es war nicht Jérémies Aufgabe, den Fallensteller zu stellen. So war das nicht abgesprochen gewesen. Aber seit wann konnte man mit Jérémie überhaupt irgendetwas absprechen?

Sie wollte gerade rufen, da packte Jérémie den Unbekannten in einer Art Überraschungsangriff von hinten am Kragen. Ein Schrei zerriss die Dämmerstille des Waldes. Irgendwo flatterte ein Vogel auf, und dann war ein heftiges Klatschen zu hören. Einmal. Zweimal. Céleste rannte los und war nach wenigen Schritten bei den beiden Kontrahenten angelangt. Sie packte Jérémie, der dem anderen gerade eine dritte Ohrfeige verpassen wollte, am Arm.

«Hör auf, Jérémie!» Sie schaltete ihre Taschenlampe ein und richtete sie auf Jérémies Opfer, das sich schützend die Arme vors Gesicht geschlagen hatte.

Es war ein Junge, nicht älter als zwölf, dreizehn, klein und rundlich mit dicken Pausbacken, und auf der einen zeichnete sich nun flammend rot Jérémies große knochige Hand ab. Céleste entfuhr ein Ausruf ungläubiger Überraschung, und sie ließ die Lampe sinken. Sie kannte den Jungen. Es war Léo Ginglinger. Der Sohn des Bürgermeisters.

«Léo? Was treibst du denn hier?»

Der Junge wimmerte nur.

Céleste packte ihn am Arm und schüttelte ihn ein wenig. «Los, red schon. Warum zur Hölle tust du so etwas?» Sie deutete mit dem Fuß auf das tote Eichhörnchen.

«Das war ich nicht», sagte er mit weinerlicher Stimme und fügte hinzu: «Bitte sagen Sie meinem Vater nichts davon.»

«Das kannst du aber so was von knicken.» Céleste fühlte, wie die Wut zurückkehrte, die sie beim Anblick der brutalen Falle schon einmal verspürt hatte. «Hast du nichts Vernünftigeres zu tun, als kleine Tiere zu ermorden?» Sie holte ihr Handy aus der Jackentasche.

«Was machen Sie da?», fragte Léo bang.

«Ich rufe deinen Vater an. Er soll dich abholen.»

«Bitte nicht!» Jetzt weinte der Junge wirklich. «Er wird mich umbringen!»

Céleste ließ die Hand sinken. Ganz gegen ihren Willen rührte sie die offenkundige Verzweiflung des Jungen an. «Warum machst du so was?», wiederholte sie und schüttelte den Kopf. «Ist das cool?»

«Die anderen ...», begann Léo, dann verstummte er abrupt und biss sich auf die Lippen.

Céleste und Jérémie, der schweigend neben ihr gestanden und Léo nicht aus den Augen gelassen hatte, warfen sich einen Blick zu. Jérémie hatte recht gehabt: Léo war nur ein Handlanger.

«War das eine Mutprobe? Wolltest du deinen Freunden etwas beweisen?», fragte Céleste weiter.

Léo schwieg.

Céleste seufzte. Sie wusste von Dédé, dass Léo es nicht immer leicht in der Schule hatte. Als Sohn des Bürgermeisters und ebenso klein, rund und unsportlich wie dieser war er ständig die Zielscheibe von Spott und Hänseleien.

«Du kannst es uns ruhig sagen, Léo. Das ist kein Petzen. Im Gegenteil, das ist mutig.»

Léo zögerte, dann murmelte er mit gesenktem Kopf: «Sie sagen, ich würde mich sowieso nicht trauen, was Verbotenes zu machen, weil mein Vater der Bürgermeister sei. Sie sagen, ich bin eine Pussy.» Seine Schuhe bohrten sich in den weichen Waldboden. «Die nennen mich Franz.»

«Franz?» Céleste hob erstaunt die Brauen. «Wieso das denn?»

«Wegen unseres Hundes. Sie sagen, er sieht genauso aus wie ich, nur hübscher. Wenn sie mich sehen, fangen sie an zu bellen.» Er demonstrierte es, indem er hoch und künstlich bellte – es klang jämmerlich.

Jérémie schnaubte empört. «Ich glaube, diese Bürschchen gehören mal gehörig übers Knie gelegt.»

Léo rieb sich mit der Hand über die gerötete Wange und schwieg.

«Woher hattest du die Fallen?», fragte Céleste nach einer Weile.

«Sie gehören mir nicht. Ich hab sie nicht aufgestellt. Ich sollte nur die ... ähm ... Beute holen.» Er warf einen verzagten Blick auf das tote Eichhörnchen zu seinen Füßen.

«Na, dann sollen sie die jetzt mal schön selbst holen. Ich werde da sein.» Jérémie schlug sich mit der Faust in die flache Hand.

«Halt dich zurück», warnte Céleste. «Es sind Kinder.»

«Pah. Kleine Mistkerle sind das. Nichts anderes.»

Sie gingen zu dritt zurück zum Parkplatz, und Léo holte sein Fahrrad, das er in einem Gebüsch abgestellt hatte.

«Und was machen Sie jetzt mit mir, Madame?», fragte er bedrückt.

«Ich fahre dich nach Hause. Dann kannst du selbst überlegen, was du deinem Vater sagst und was nicht», erklärte Céleste und öffnete die Wagentür. «Steig ein.»

«Danke», murmelte der Junge und kletterte ungeschickt in das Polizeiauto.

Céleste hob das Fahrrad in den Kofferraum und schärfte Jérémie noch einmal ein, die Finger von den Jungs zu lassen, falls er überhaupt einen von ihnen erwischen sollte.

Der zuckte gleichmütig mit den Schultern. «Da sei mal unbesorgt, Madame Bulle. Wegen der kleinen Kröten bring ich mich nicht in Schwierigkeiten. Wobei ...» Ein freches Grinsen überzog sein hageres Gesicht. «... die Verpflegung letztens bei euch war nicht schlecht. Wenn ihr auch noch eine warme Dusche hättet, könnte ich es mir fast überlegen.»

Céleste drohte ihm mit dem Finger und stieg dann ein.

Sie waren bereits auf dem Rückweg nach Eguisheim, als Léo unvermittelt sagte: «Ich mag Tiere, Madame. Ich finde es schlimm, wenn sie getötet werden.»

«Ach ja? Und wie passt das mit den Fallen zusammen?»

«Das war ... ich ... ich war im Wald, da hab ich sie getroffen. Eric und Joel, die beiden gehen in meine Klasse. Joel ist aber schon älter, er ist sitzengeblieben. Sie hatten zwei tote Eichhörnchen dabei und wollten mir nicht sagen, woher sie die hatten. Weil ich ja der Sohn vom Bürgermeister bin und sie verpetzen würde. Dabei hab ich das noch nie gemacht. Ich hab ihnen geschworen, dass ich nichts sage, aber sie haben mir nicht geglaubt. Erst als ich gesagt habe, ich mache mit...» Er verstummte. Nach einer Weile fügte er hinzu: «Dabei haben sie mir so leidgetan, die Eichhörnchen. Genau wie der tote Hund.»

Céleste stieg so abrupt auf die Bremse, dass es quietschte. «Welcher tote Hund?»

«Am Waldrand liegt ein toter Hund. Jemand hat ihn dort begraben, aber ich habe ihn gefunden, das heißt, eigentlich hat Franz ihn gefunden... Das war ziemlich gruselig, aber leidgetan hat er mir trotzdem.» Er verstummte, als Céleste einen herzhaften Fluch ausstieß.

«Sag mal, hast du nichts von unserem Aufruf mitbekommen?», herrschte sie ihn an. «Hat dir dein Vater nichts davon gesagt?» Sie blickte in ein erschrockenes, ganz und gar ahnungsloses Gesicht. «Also nicht.» Sie seufzte. «Was hattest du denn überhaupt im Wald zu suchen?»

«I... ich geh da manchmal mit Franz spazieren...», stotterte der Junge verschreckt. «Ich darf eigentlich nicht allein in den Wald, aber mir ist das lieber, als durch das Dorf zu gehen. Ich stecke Franz in meinen Rucksack und fahre mit dem Rad hin. Da kann uns niemand sehen und auslachen. Aber jetzt, nachdem ich Joel und Eric dort getroffen habe, werde ich mir einen neuen Platz suchen.»

«Findest du denn die Stelle wieder, wo der Hund liegt?», wollte Céleste wissen.

Léo nickte, jetzt mit schüchternem Eifer. «Ist nicht weit weg von der Falle.»

Céleste wendete den Mégane und fuhr zurück auf den Parkplatz.

Léo führte Céleste einen schmalen Pfad am Waldrand entlang. Es war nun schon erheblich dunkler als vorhin, die Schatten zwischen den Bäumen waren schwarz und undurchdringlich. Sie kamen an der Stelle vorbei, wo die Falle ausgelegt war, und Céleste fragte sich, ob Jérémie wohl irgendwo auf der Lauer lag, um die eigentlichen Übeltäter doch noch zu erwischen. Wenn dem so war, gab er sich jedenfalls nicht zu erkennen. Céleste spähte zwischen den Bäumen hindurch, versuchte, etwas zu erkennen, eine flüchtige Bewegung vielleicht, doch da war nichts. Nur Stille.

Ein paar Meter weiter blieb Léo stehen und deutete auf eine kleine Senke. «Da.»

Céleste leuchtete mit ihrer Taschenlampe in die Mulde. Außer einem Haufen Blätter war nichts zu erkennen. Vorsichtig stieg sie hinunter.

«Sie müssen auf die andere Seite gehen», riet ihr Léo, der oben am Rand stehen geblieben war. «Da ist der Kopf.»

Tatsächlich fiel der Strahl von Célestes Lampe ein paar Schritte weiter auf den Kopf eines toten Hundes, vermutlich eines Schäferhundes. Die Augen starrten leer, das Maul mit den gelblichen Zähnen war leicht geöffnet, das stumpfe Fell mit Erde bedeckt. Céleste schluckte ein paar Mal, dann machte sie kehrt und ging zu Léo zurück. «Hast du den Hund angefasst?», fragte sie.

Léo schüttelte den Kopf. «Bin doch gar nicht runtergegangen.»

«Und Franz?»

«Der auch nicht. Er war an der Leine. Ich hab ihn immer an der Leine, weil ich Angst habe, dass er mir davonläuft. Er hat nur gebellt wie ein Verrückter. Und da hab ich den Kopf gesehen.» Er deutete auf den Weg, der um die Mulde herum eine Kurve machte. «Ich bin von da gekommen.»

Céleste lief den Weg in der von Léo angezeigten Richtung ab und leuchtete dann mit der Taschenlampe zurück und in die Senke. Tatsächlich konnte man von dort, wenn man aufmerksam war, den Kopf zwischen den Blättern sehen. Und von dort sah sie auch, was Léo gemeint hatte, als er gesagt hatte, der Hund sei begraben worden: Er lag nicht nur zufällig unter einem Haufen Blätter verborgen, sondern etwas tiefer im Boden, und auf seinem Körper war die Erde aufgeschichtet wie zu einem Grabhügel. Die Blätter waren offenbar zum Schluss darüber verteilt worden, um das Grab zu verdecken. Es war nicht tief, und vermutlich hatte irgendwann ein Tier dort gebuddelt, sodass der Kopf wieder zum Vorschein gekommen war.

Céleste warf einen Blick auf ihr Handy: schwaches Signal. Luc ging nach dem zweiten Klingeln an den Apparat.

«Bato, rufen Sie bitte Dr. Steinheimer und Sandrine Veilleux an», sagte sie schnell und ohne sich mit einer Erklärung aufzuhalten. Nach kurzem Zögern fügte sie hinzu: «Ich glaube, wir haben Ihren Loup-Garou gefunden.»

Céleste und Léo setzten sich derweil auf einen umgestürzten Baum in der Nähe der Senke und warteten auf Luc und die beiden anderen. Céleste hatte ihrem Brigadier die Stelle genau beschrieben. Erst wenn er und die anderen hier waren, würde sie Léo nach Hause fahren. Bis dahin wollte sie den toten Hund keine Sekunde mehr aus den Augen lassen.

Jérémie kam ihr in den Sinn. Wie konnte es sein, dass er, der diese Ecke des Waldes besser als seine Westentasche kannte, den toten Hund nicht bemerkt hatte? Zumal die Eichhörnchenfalle nur wenige Schritte davon entfernt lag? Er streifte tagein, tagaus hier umher, kannte jeden Strauch und jeden Baum, ihm entging nichts, was im Wald passierte. Und da sollte ihm nicht aufgefallen sein, dass jemand hier einen Hund begraben hatte? In seiner unmittelbaren Umgebung? Theoretisch war das natürlich möglich. Auch ein Waldschrat wie Jérémie konnte nicht überall gleichzeitig sein.

Oder aber es verhielt sich ganz anders, und die Sache war ihm keineswegs entgangen. Vielleicht hatte er jemanden sogar beobachtet? Wusste längst, was hier ruhte? Céleste spähte durch die Bäume in den Wald hinein, der jetzt in völliger Dunkelheit dalag. Irgendwo knackte ein Ast, und in den Baumkronen war ein leises Flattern zu hören, dann herrschte wieder Stille. Welche Gründe könnte Jérémie in diesem Fall haben, Céleste und Luc nichts von dem toten Hund zu berichten? Er hatte sie ja auch wegen des Rehs kontaktiert. Kannte er den Totengräber womöglich? Oder – und bei diesem Gedanken wurde es Céleste unbehaglich zumute – war er es am Ende sogar selbst gewesen? Spielte er ein Spiel mit ihnen, das sie noch nicht im Entferntesten durchschauten? Sie schüttelte den Kopf. Nein. Nicht Jérémie. Sie kannte ihn seit vielen Jahren, das sah ihm nicht ähnlich.

«Sollen wir vielleicht deinen Vater anrufen, damit er sich keine Sorgen macht?», fragte Céleste und warf einen Blick auf den dicklichen Jungen, der schweigsam neben ihr saß, die Hände in den Taschen seiner Sweatshirtjacke vergraben.

Er schüttelte den Kopf. «Mein Vater meint, ich wäre bei Freunden, DVDs schauen. Er weiß nicht ...» Er brach ab und versank wieder in Schweigen.

«Du meinst, er weiß nicht, dass du gar keine Freunde hast?», brachte Céleste den Satz zu Ende. Die kurze Bewegung des Kopfes konnte man als Nicken deuten.

«Du lügst ihm was vor? Erfindest irgendwelche Geschichten?»

«Ich mein das ja nicht böse. Aber mein Vater macht sich sonst Sorgen», versuchte Léo zu erklären. «Er will immer wissen, was ich so den ganzen Tag mache, ob ich jemanden treffe und so. Ich nenne ihm dann eben ein paar Namen ...»

«Kenn ich.» Céleste nickte und eine wohlbekannte, alte Traurigkeit überkam sie. «Meine Mutter hatte auch immer Sorge, weil ich als Kind so eine Außenseiterin war. Ich hatte sogar eine eingebildete Freundin», sagte sie. «Sie hieß Flora.»

«Flora? Das ist aber ein doofer Name», sagte Léo.

Céleste lächelte in die Dunkelheit. «Stimmt. Aber sie war trotzdem meine beste Freundin. Sie konnte ja nichts für ihren doofen Namen.»

«Warum hatten Sie denn keine anderen Freunde?», wollte Léo wissen. «Waren Sie auch dick?»

«Nein. Im Gegenteil. Ich war viel zu groß für mein Alter und dürr wie ein Strich. Meine Mitschüler nannten mich Hopfenstange. Und ich fürchte, ich war auch nicht besonders liebenswürdig», sagte Céleste nach kurzem Zögern. «Mein Vater hat mich und meine Mutter verlassen, als ich acht war. Er ist einfach verschwunden und nie wiederaufgetaucht. Das hat mir sehr weh getan, und ich war furchtbar zornig. Auf meine Mutter, meinen Vater und die ganze Welt. Ich habe einem Mitschüler, der einen dummen Witz gemacht hat, sogar mal einen Schneidezahn ausgeschlagen.»

«Echt?» Léo blieb der Mund offen stehen.

Céleste lächelte. «Muss man nicht nachmachen, Léo.»

«Und Flora? Ihre Freundin?»

«Die war die Einzige, die mich verstand. Sie war stark und konnte sehr böse werden, wenn jemand ungerecht zu mir war. Das fand ich gut.» Céleste sah nach oben. Am Himmel begannen die ersten Sterne zu leuchten.

«Und dann?», wollte Léo wissen, ganz gefangen in Célestes Geschichte. «Was ist mit Flora passiert? Oder gibt es sie immer noch?»

«Nein. Es gibt sie schon lange nicht mehr. Als ich etwa in deinem Alter war, habe ich mit Kickboxen angefangen. Und irgendwann hat sich Flora dann von mir verabschiedet.»

«Kickboxen?» Léos Stimme klang ungläubig. «Das ist doch nur was für Jungs.»

«Hat meine Mutter auch gesagt. Aber das stimmt nicht. Es gibt eine Menge guter Kickboxerinnen. Und es ist allemal besser, als seinen Mitschülern die Zähne auszuschlagen.»

Léo schwieg. Nach einer Weile sagte er: «Kann ich das auch lernen?»

«Klar.» Céleste stand auf und spähte in Richtung Parkplatz. «Du kannst alles lernen, was du willst.»

In diesem Moment entdeckte sie kleine tanzende Lichter von Taschenlampen, die ihr signalisierten, dass Luc und die anderen unterwegs zu ihnen waren. Sie knipste ihre eigene Taschenlampe an und winkte. «Hierher!»

11

Luc Bato hatte sowohl Sandrine als auch den Tierarzt erreicht. Sie kamen alle drei hintereinander den Pfad entlang, ihre Taschenlampen wippten im Takt ihrer Schritte auf und ab. Céleste überkam ein Anflug schlechten Gewissens. Hatte sie womöglich überreagiert, indem sie sie noch nach Feierabend hierhergebeten hatte? Schließlich waren sie und Luc Bato mit Sicherheit die Einzigen, die heute – und vielleicht überhaupt jemals – über so etwas Wahnwitziges wie absichtliches Infizieren mit Tollwut nachdachten. Den beiden anderen würde eine solche Theorie wohl eher wie ein schlechter Scherz vorkommen. Hätte es also nicht bis morgen warten können?

Sandrine wirkte jedoch nicht genervt. Im Gegenteil, eher vergnügt. Als Céleste sich bei ihr für die späte Störung entschuldigte, winkte sie ab.

«Weißt du, wie oft ich in meinem Beruf einen Außentermin habe? So gut wie nie. Ich darf immer nur brav in meinem Kellerloch warten, bis mir eine Leiche auf den Tisch gelegt wird. Und heute durfte ich gleich zweimal an die frische Luft! Glaub mir, Céleste, ich wäre auch für einen toten Spatz gekommen.»

Auch Dr. Steinheimer, wie immer korrekt gekleidet und in Gummistiefeln, schien eher angetan von der ungewöhnlichen Aufgabe. Er begrüßte Céleste und sah sich neugierig um. «Wo liegt denn der Hund begraben?» Gutgelaunt lachte er über seinen kleinen Scherz.

Céleste deutete auf die Senke, und die drei Neuankömmlinge stiegen vorsichtig hinab. Céleste blieb oben neben Léo stehen. «Was meint ihr, ist das ein Schäferhund? Und wie lange liegt der schon da?», fragte sie nach einer Weile.

«Auf die Schnelle ist das schwer zu sagen, ich würde mal auf ein paar Tage tippen, höchstens eine Woche.» Sandrine wandte sich zu Dr. Steinheimer: «Was meinen Sie?»

Er lächelte. «Sie sind die Spezialistin, Madame. Aber ich bin geneigt, Ihnen recht zu geben.»

«Erst seit einer Woche?», wunderte sich Céleste. «Das ist seltsam, er müsste doch schon viel länger tot sein, oder?»

«Wenn das der Hund ist, der das Reh gebissen hat, ja», bestätigte der Tierarzt. «So lange überlebt kein tollwütiges Tier.»

«Warten wir's ab», meinte Sandrine. «Ich werde ihn erst mal untersuchen.»

Céleste sah auf die Uhr. «Wir fahren jetzt», sagte sie, zu Léo Ginglinger gewandt, und der Junge seufzte.

«Kann ich nicht noch ein bisschen dableiben?», bettelte er.

Céleste schüttelte den Kopf. «Du hast dich jetzt lange genug im Wald herumgetrieben.» Doch gerade als sie sich zum Gehen wandte, rief Sandrine nach ihr.

«Céleste, kommst du mal?» Ihre Stimme klang seltsam.

Céleste bedeutete Léo zu warten und stieg zu den anderen in die Senke. Sandrine und Dr. Steinheimer knieten vor dem Kopf des Hundes und leuchteten mit der Lampe auf dessen Stirn.

«Sieh dir das an», sagte Sandrine. Auf der Stirn des Tieres befand sich ein seltsames, halbkreisförmiges Zeichen. Die Haut schien verbrannt zu sein.

«Was ist das?», fragte Céleste.

«Sieht aus wie ein Brandmal», antwortete Sandrine, und der Tierarzt nickte.

«Ein Brandmal? Auf der Stirn?» Céleste schüttelte ratlos den Kopf. «Was hat das zu bedeuten?»

«Ich weiß, was das ist», sagte Luc unvermittelt hinter ihnen. «Ein Hubertusmal.»

«Was ist das?», fragte Sandrine stirnrunzelnd, und auch Céleste hatte keine Ahnung, wovon ihr Brigadier sprach.

Nur Dr. Steinheimer schien zu begreifen. Er nickte langsam. «Ja, das könnte sein.»

Luc griff in den Kragen seines Hemdes und zog die Kette mit dem geweihten Anhänger heraus. Saint-Hubert, erinnerte sich Céleste. Der Schutzpatron gegen die Tollwut.

«Ich hatte Ihnen doch von meiner Großmutter erzählt, Chef», begann er, verlegen wie immer, wenn ihm die ungeteilte Aufmerksamkeit galt.

Céleste nickte.

«Und ich hatte Ihnen auch gesagt, dass nach Ansicht meiner Großmutter nur ein Hubertusschlüssel noch besser gegen Tollwut und, ähm ... Dämonen hilft.»

Wieder nickte Céleste, allerdings etwas zögerlicher. Sie erinnerte sich an das Gespräch, hatte jedoch keine Ahnung, was ein Hubertusschlüssel sein könnte, und sie hatte damals auch nicht nachgefragt.

«Wir haben noch so einen alten Schlüssel zu Hause. Es ist eine Art Brenneisen und wurde in einer Kirche geweiht. Man hat damit früher den Tieren, bei denen man Tollwut vermutete, ein glühendes Mal auf die Stirn gebrannt, in der Hoffnung, damit die Krankheit abzuwenden, und um andere davor zu warnen.» Er verstummte für einen Moment, dann fügte er hinzu: «Angeblich hat man es auch bei Kindern so gemacht, die von Füchsen gebissen wurden.»

«Bei Kindern?» Sandrine runzelte die Stirn. «Das sind doch Schauermärchen, oder?»

«Ich kenne einen Mann bei uns im Dorf, er ist schon sehr alt, der hat eine Narbe auf der Stirn, die fast die gleiche Form hat», widersprach Luc.

Eine ganze Weile herrschte Schweigen, dann richtete sich Sandrine auf und meinte mit Blick auf den dunklen Wald, der wie eine Wand vor ihnen stand: «Da geht was ganz und gar nicht mit rechten Dingen zu.»

Céleste nickte. «Wir sollten die Spurensicherung kommen lassen.»

Sandrine warf ihr einen belustigten Blick zu. «Du meinst, Wolfsberger hebt auch nur den kleinen Finger wegen eines toten Hundes? Brandmal hin oder her, er wird dich auslachen. Bestenfalls.»

Céleste nickte. «Das ist mir klar. Aber wir sollten es wenigstens versucht haben.»

Das Telefongespräch mit dem Capitaine aus Colmar verlief genau so, wie sie es vermutet hatten. Wolfsberger lachte sie aus. Mit ätzendem Spott in der Stimme gab er Céleste den Rat mit auf den Weg, sich eine andere Abendbeschäftigung zu suchen, als tote Haustiere auszugraben. «Vielleicht suchen Sie sich einen Liebhaber? Dann kommen Sie nicht auf so dämliche Gedanken.» Damit legte er auf.

Céleste zuckte gleichmütig mit den Schultern. «War zu erwarten gewesen.» Sie schob ihr Handy zurück in die Jackentasche und wandte sich an Dr. Steinheimer: «Können Sie den Hund so vorsichtig wie möglich bergen?»

Der Tierarzt hatte schon seinen Rucksack von den Schultern

genommen und zog eine Plane und eine Schaufel heraus. «Kein Problem. Wenn Dr. Veilleux ein Augenmerk darauf hat?» Er lächelte der Gerichtsmedizinerin zu, die sein Lächeln strahlend erwiderte. «Aber gern, Herr Kollege.»

Céleste drehte sich zu Bato um. «Luc, ich fahre jetzt den Jungen nach Hause.»

«Das kann ich doch machen, Chef», erbot sich Luc.

Céleste schüttelte den Kopf. «Nein, das erledige ich selbst. Wir sehen uns morgen.»

Dédé wohnte in der Rue des Cigognes, nur wenige Schritte von der Altstadt entfernt, in einem neugebauten, rosa gestrichenen Haus mit weißen Säulen am Eingang. Die Bäume im Garten waren von unten mit kleinen Lampen beleuchtet, und neben dem Kiesweg thronte ein kitschiges Storchenpärchen aus Keramik, wohl als Anspielung an die Adresse gedacht – Storchenstraße.

Céleste führte die Gestaltung des etwas skurril wirkenden Entrees des Hauses Ginglinger auf den Einfluss Edith Ginglingers zurück, ganz sicher war sie jedoch nicht. Was die Einrichtung seines Büros oder die Auswahl seiner Kleidung betraf, zeigte Dédé nämlich mitunter ebenfalls befremdliche Anwandlungen von Geschmacksverirrung.

Céleste klingelte, während sich Léo mit hängendem Kopf und eingezogenen Schultern hinter ihr zu verstecken suchte. Dédé öffnete ihnen kauend und in Pantoffeln die Tür. Auf seinem Bauch hatte sich eine stattliche Anzahl Brotkrümel verteilt.

«Kreydenweiss? Was ...» Als er Léo erblickte, schluckte er hastig den letzten Bissen hinunter und wischte sich den Mund ab. «Léo? Ist was passiert?»

«Nein, keine Sorge», sagte Céleste.

«Papà...», begann Léo kleinlaut.

Céleste schob den Jungen in Richtung seines Vaters. «Léo hat uns bei der Arbeit geholfen.»

«Was? Aber ... wie ...?» Dédé sah verwirrt vom einen zum anderen. «Welche Arbeit meinen Sie, Kreydenweiss?»

«Er hat uns auf einen toten Hund im Wald aufmerksam gemacht», erklärte Céleste. «Das Tier ist vermutlich der Auslöser der Tollwut.»

«Wie bitte? Aber ... was hattest du denn im Wald zu suchen?»

Céleste winkte ab. «Jungs sind eben so. Immer auf Abenteuersuche. Er war sehr umsichtig. Hat uns genau zu der Stelle geführt. Sie können stolz auf Ihren Sohn sein, Monsieur le Maire.»

Léo sah sie mit großen Augen an.

Céleste klopfte ihm auf die Schulter und zwinkerte ihm dabei unmerklich zu, dann wandte sie sich wieder an den verdutzten Bürgermeister: «Schönen Abend noch. Und grüßen Sie mir Franz.»

Als Céleste nach Hause kam, müde und mit einem hohlen Gefühl im Magen, fand sie im Kühlschrank nichts bis auf ein Stück Käse. Sie war nicht zum Einkaufen gekommen. Und um bei ihrer Mutter im Fetten Frosch vorbeizuschauen, war es schon zu spät. Sie goss sich ein Glas Rotwein ein, setzte sich mit Holzbrett und Messer bewaffnet auf ihren von Kletterpflanzen überwucherten Balkon und begann, den dürren Käse in kleine Würfel zu schneiden. Im Grunde war ihr der Hunger ohnehin vergangen.

Die Entdeckung im Wald schlug ihr schwer aufs Gemüt.

Wenn sich Sandrines Vermutung bestätigte und der Hund tatsächlich nicht länger als eine Woche im Wald gelegen hatte, bedeutete das, dass ihn jemand begraben hatte, obwohl ihm bekannt gewesen sein musste, dass sie nach einem tollwütigen Tier suchten. Und nicht nur das: Er hatte ihn darüber hinaus auch noch gebrandmarkt, hatte ihn mit einem alten Schutzzeichen gegen die gefürchtete Krankheit versehen. Warum? Hatte er geglaubt, damit seinen Hund retten zu können? Sollte es tatsächlich Menschen hier im Dorf geben, die noch immer an solchen Spuk glaubten? Und wenn ja, woran glaubten sie wohl sonst noch? An Dämonen? Den Teufel? Sie dachte an Lucs Überlegungen, dass sie es bei den beiden Todesfällen mit einer absichtlichen Ansteckung zu tun haben könnten, und grübelte noch eine Weile darüber nach. Dann griff sie zum Telefon und wählte Sandrine Veilleux' Nummer.

In dieser Nacht schlief Céleste schlecht. Sie wurde von schwarzen Hunden mit glühenden Augen gejagt, stolperte schwerfällig durch einen schier endlosen Wald, fiel über Wurzeln und Steine und hatte das Gefühl, von einer Art Lähmung erfasst zu werden, die nach und nach von ihrem ganzen Körper Besitz ergriff. Sie wollte schneller laufen, doch es ging nicht. Am Ende lag sie auf dem Waldboden, den Geruch nach Pilzen und modrigem Laub in der Nase und unfähig, sich zu bewegen. Das Bellen der hetzenden Hunde wurde lauter und lauter, und schließlich fiel ein Schuss, von dem Céleste nicht wusste, ob er sie oder einen der Hunde getroffen hatte.

Als kurz darauf der Wecker klingelte, fühlte sie sich wie erschlagen. Mühsam kroch sie aus dem Bett und stellte sich unter die Dusche. Das heiße Wasser weckte ihre Lebensgeister nur langsam. Dafür meldete sich ihr leerer Magen umso energischer. Sie beschloss daher, diesen Tag, der wahrscheinlich ohnehin nicht viel Angenehmes bringen würde, mit einem Frühstück im Café du Marché zu beginnen.

Nach zwei noch warmen Brioches mit Erdbeermarmelade, einem fluffigen Schinkenomelett mit Weißbrot und zwei Tassen Café au Lait an einem stillen Fensterplatz war sie gewappnet, sich den Anforderungen des Tages zu stellen. Mit einem Winken verabschiedete sie sich von Henri, der beleidigt hinter dem Tresen seines zu dieser frühen Stunde noch nahezu leeren Cafés stand und so tat, als wäre er unglaublich beschäftigt. Er nahm es ihr persönlich übel, dass sie mit keiner Silbe zu den «unglaublichen» Vorkommnissen im Dorf hatte Stellung nehmen wollen.

«Die Leute sterben wie die Fliegen, und was macht die Polizei?», hatte er mit einer anklagenden Geste in Richtung Marktplatz hinaus gefragt, so als ob es dort nur so wimmelte von dahinsiechenden Kreaturen. Doch Céleste hatte nicht reagiert. So früh am Morgen war sie nicht in der Lage, sich mit Henri auseinanderzusetzen, der, sobald sie auch nur den kleinsten Kommentar abgab, nicht mehr lockerließ, bis er alles erfahren hatte. Mit leerem Magen konnte man dieses Spiel nicht spielen. Zumindest sie nicht. Mit leerem Magen war Céleste zu gar nichts zu gebrauchen. Das war schon immer so gewesen. Im Grunde hatte Opa Théo schon recht, wenn er sie mit seiner stets hungrigen Streunerkatze Manouche verglich. Auch Céleste brauchte regelmäßige Mahlzeiten, sonst konnte sie für nichts garantieren. Jetzt, nachdem ihr Magen mit einer zufriedenstellenden Menge an Eiern und Brioches gefüllt war, hob sich ihre Stimmung gleich um ein paar Grad.

Sie trat auf den Marktplatz hinaus, der ruhig im frühen Morgenlicht dalag. Die prachtvollen Blumenkästen voller Geranien und Pelargonien an den Fenstern und rund um den Papst-Leo-Brunnen leuchteten in allen Farben, und das Wasser plätscherte freundlich. Sie schlenderte über den Platz und bog dann, einem plötzlichen Entschluss folgend, wieder in die Rue du Rempart ein. Es konnte nicht schaden, noch ein paar Worte mit Madame Grenier zu wechseln, befand sie. Immerhin war die Rosalies Freundin gewesen.

Nach dem gestrigen Fund würde ohnehin kein Stein mehr auf dem anderen bleiben. Sie hatte sich fest vorgenommen, jeden einzelnen Menschen, der mit den beiden Opfern in Verbindung gestanden hatte, genauestens unter die Lupe zu nehmen. Auch wenn sie noch keine Ahnung hatte, wie und ob sich Lucs Theorie von der absichtlichen Infizierung überhaupt als richtig erweisen würde, wollte sie nichts unversucht lassen. Da konnte sie auch gleich mit Madame Grenier beginnen.

Ihr Weg durch die holprige, märchenhaft verwinkelte Gasse führte sie wieder an dem Haus vorbei, in dem Rosalie gewohnt hatte. Auf der Schwelle des Hauses saß jemand. Als Céleste näher kam, sah sie, dass es sich um Madame Piroué handelte, Rosalies Vermieterin, die mit gesenktem Blick auf der unteren Stufe zwischen den Geranientöpfen kauerte.

Céleste blieb stehen. «Guten Morgen, Madame», sagte sie. Ihr Blick fiel auf den Schoß der Frau. Dort lag ihr roter Kater, seltsam lang und reglos ausgestreckt.

Die Frau hob den Kopf, und Céleste sah, dass sie weinte. Ihre Augen waren rot und verquollen, und noch immer liefen ihr Tränen über die Wangen. Mit einer schwerfälligen Bewegung wischte sie sie ab. «Ach, Sie», sagte sie nur und senkte den Blick wieder. «Schauen Sie nur, was Sie angerichtet haben mit Ihren ... *Ermittlungen*.»

Céleste ging neben der Frau in die Knie und musterte das

reglose Tier. Der Kopf hing in einem seltsamen Winkel seitlich herab, die Augen waren weit geöffnet. Offenbar war sein Genick gebrochen. Ein Frösteln kroch ihren Nacken hoch, und sie wandte den Blick ab. «Was ist passiert?», fragte sie leise.

«Sie haben ihn erschlagen.»

«Wer?»

Die Frau zuckte mit den Schultern. «Die Nachbarn vermutlich, was weiß ich? Heute Morgen lag er so vor meiner Tür.»

«Aber warum?»

«Aus Angst vor der Tollwut. Schließlich hat Rosalie in diesem Haus gelebt.»

«Aber Ihr Kater war doch gesund!»

Die Frau schnaubte verächtlich. «Meinen Sie, da fragen die vorher lange? Seit gestern, seit Sie Jean-Marie wieder ausgegraben haben, ist überall im Dorf der Teufel los. Die Leute drehen komplett durch. Meine Freundin lässt ihre Katzen gar nicht mehr aus dem Haus aus Angst, dass sie sie umbringen. Sie klettern bei ihr zu Hause schon die Vorhänge hoch.» Sie streichelte das rote Fell des Tieres, dann prophezeite sie: «Filou wird nicht das einzige getötete Tier hier im Dorf bleiben.»

Als Céleste weiterging, hatte der sonnige Morgen seinen freundlichen Schimmer eingebüßt. Das Omelett lag ihr wie ein Klumpen im Magen, und sie hatte einen bitteren Geschmack im Mund.

Die Rue du Rempart war ungewöhnlich still, Céleste begegnete keinem Menschen. Niemand kam ihr entgegen, keiner goss die Blumen, niemand war auf dem Weg zur Arbeit. Es schien, als wagte sich keiner aus dem Haus, solange die weinende Frau mit ihrem toten Kater dort auf der Schwelle saß.

Während Céleste langsam durch die wie ausgestorben wirkende Gasse ging, kam es ihr vor, als blickten ihr die Bewohner durch die kleinen, mit adretten Vorhängen geschmückten Fenster der schiefen Häuser anklagend hinterher, als wäre sie persönlich dafür verantwortlich, dass man zu solch drastischen Maßnahmen hatte greifen müssen. Mit jedem Schritt, der auf dem Kopfsteinpflaster widerhallte, wurde Céleste wütender. Wütend auf die Dummheit der Menschen und wütend auf ihr eigenes Versagen. Sie hatte einen Fehler gemacht, als sie Jean-Marie Knopfer gestern so überstürzt und ohne Vorwarnung hatte ausgraben lassen. Sie hatte die Wirkung unterschätzt, die diese Aktion auf die Menschen im Dorf haben würde, die Angst unterschätzt, die sich breitmacht, wenn Gerüchte, Vermutungen und unerklärliche Vorkommnisse aufeinandertreffen. Sie hatte zu gären begonnen, diese Angst, und war in beunruhigend kurzer Zeit zu einem explosiven Gebräu aus kaum unterdrückter Panik und irrationalem Zorn geworden. Und dabei wussten die Menschen noch gar nichts von dem Hundegrab im Wald, nichts von dem Brandmal und was es bedeuten mochte. Doch, korrigierte sich Céleste, während sie sich mit grimmiger Miene dem kleinen Zeitschriftenladen näherte. Einer, einer wusste sehr wohl davon.

Madame Grenier stand hinter dem Tresen und warf Céleste einen erschrockenen Blick zu, als diese durch die Ladentür trat.

«Oh, Polizei! Ist schon wieder was passiert?»

«Wieso?», fragte Céleste. «Sollte es?»

«Nnnnein.» Madame Grenier fasste sich nervös an ihre spitze Nase und ließ dann die Hand wieder sinken. «Ich dachte nur, weil sie so aufgebracht wirken, Madame Kreydenweiss.»

«Ich bin aufgebracht», gab Céleste zurück. «Ich komme nämlich gerade aus der Rue du Rempart, und was glauben Sie, wen ich dort getroffen habe?»

«Ich wweiß nicht...»

Madame Grenier warf einen unsicheren Blick nach links neben sich, und Céleste bemerkte erst jetzt, dass dort ihr Gatte am Boden hockte, eine Schere in der Hand, und mit konzentrierten Bewegungen schwarze Plastikbänder in kurze, gleich lange Streifen schnitt. Er beachtete weder seine Frau noch den Besuch in seinem Laden.

Céleste wandte ihre Aufmerksamkeit wieder Madame Grenier zu. «Die Vermieterin Ihrer Freundin Rosalie.»

«Madame Piroué?»

Céleste nickte. «Sie sitzt vor dem Haus und hat ihren toten Kater auf dem Schoß. Jemand hat ihm das Genick gebrochen. Aus Angst vor der Tollwut. Dabei war der Kater geimpft.»

«Oh.» Der kleine Mund von Madame Grenier öffnete sich zu einem vollkommenen Rund.

In diesem Moment tauchte der ebenfalls runde, dicke rote Kopf ihres Mannes hinter dem Tresen auf. «Meine Frau hat damit nichts zu tun!», sagte er in herrischem Tom.

«Tatsächlich?» Célestes Mundwinkel kräuselten sich spöttisch. «Habe ich etwas in dieser Richtung gesagt?»

«Man weiß ja, wie die Polizei denkt», konterte er.

«So? Weiß man das?», gab Céleste trocken zurück. «Ich wäre allerdings nicht auf den Gedanken gekommen, dass sich Ihre Frau nachts aus dem Haus schleicht und Katzen erschlägt. Aber Sie trauen ihr das zu?»

«Ich? Natürlich nicht.» Monsieur Greniers Kopf wurde noch röter. «Wie kommen Sie darauf...»

«Halt den Mund, Alphonse», sagte Madame Grenier.

«Aber Alma, das können wir uns doch nicht gefallen lassen...»

«Was kann ich für Sie tun, Madame Kreydenweiss?», fragte Alma Grenier, ohne ihren Mann weiter zu beachten.

Céleste musterte die spitznasige, kleine Frau, die jetzt, nachdem sie sich offenbar von dem Schreck erholt hatte, wieder sehr beherrscht wirkte, und stellte fest, dass Madame Grenier entschieden mehr Grips hatte als ihr Ehemann.

«Ich hätte gerne die Tageszeitung», sagte sie. Während ihr Madame Grenier ein Exemplar des *L'Alsace* reichte und die Münzen entgegennahm, fügte Céleste noch hinzu: «Und ich wollte mit Ihnen über Rosalie sprechen.»

Madame Grenier nickte, nicht im Geringsten überrascht. «Möchten Sie einen Kaffee?», fragte sie mit einem Seitenblick auf ihren wieder in die Knie gegangenen Mann.

Obwohl Céleste gerade zwei Tassen getrunken hatte, bejahte sie. «Gern.»

Sie folgte Alma Grenier nach hinten, wo sich an den eigentlichen Laden ein weiterer enger Raum anschloss, eine Mischung aus Warenlager und Kaffeeküche. Die Wände waren bis zur Decke mit Regalen zugestellt, in denen sich graue Plastikcontainer in unterschiedlichen Größen stapelten, alle säuberlich beschriftet mit *BIC blau* oder *BIC schwarz*, *Schreibhefte Clairefontaine* und *Oxford, liniert, kariert, blanco;* außerdem große Container mit Postkarten, die nach Motiven geordnet waren: *Brunnen, Marktplatz, Schloss,* und weitere nach Schlagworten wie *Wein, Landschaft, nostalgisch, pittoresk;* eine Aufschrift lautete *Besonders!*, fett unterstrichen und mit Ausrufezeichen versehen.

«*Besonders?*», fragte Céleste und deutete auf den Container.

«Ach, das sind Karten mit dummen Sprüchen, Sie wissen schon, *Dicke Grüße aus dem Elsass* mit nackten Brüsten vor Fachwerkhäusern darauf.» Madame Grenier goss schwarzen Kaffee aus einer Thermoskanne in zwei zierliche Tassen mit Goldrand und Blümchenmuster. «Waren früher der Renner, bei Klassenfahrten von Jugendlichen, Vereinsausflüglern und so. Heutzutage kauft ja kaum mehr jemand Postkarten. Nur Alphonse will es nicht wahrhaben, er bestellt immer wieder neue. Ich werde einmal in einem Sarg voller Postkarten begraben werden.» Sie deutete mit dem Kinn zu einer weiteren Tür im Raum, die von Regalen ummauert war wie die Pforte zu einem Burgverlies. «Wir können uns nach draußen setzen.»

Die Tür führte in einen winzigen, schmucklosen Hinterhof, der auf allen vier Seiten von schiefen Fachwerkmauern umgeben war. Ein Regiment von Müllcontainern stand aufgereiht an der gegenüberliegenden Wand wie abmarschbereite Soldaten. Alma Grenier hatte sich jedoch offensichtlich Mühe gegeben, ein wenig Fröhlichkeit in die Tristesse zu bringen. Neben der Tür standen drei bonbonfarbene Bistrostühle aus Plastik und ein kleiner Tisch, alles umringt von großen Blumentöpfen, in denen Cosmea, Löwenmäulchen und Rosen blühten.

«Hübsch», sagte Céleste, während sie auf den zierlichen Stühlen Platz nahmen.

«Nun ja», Alma Grenier zuckte mit den Schultern. «Man tut, was man kann.» Sie trank einen Schluck Kaffee und fragte dann ohne Umschweife: «Was wollen Sie denn über Rosalie wissen?»

«Sie meinten gestern auf dem Friedhof, sie wäre Ihre Freundin gewesen?»

Madame Grenier nickte. «Ja. Das stimmt. Ich mochte sie sehr. Sie war eine liebenswürdige Person, auch wenn sie immer wieder diesen Unfug machte...» Sie rieb sich verstohlen über die Augen. «Es war wie ein Zwang, wissen Sie. Sie konnte nichts dafür.»

«Hatte sie viele Freunde? War sie ein geselliger Mensch?»

«Gesellig würde ich sie wohl nicht nennen, nein. Im Gegenteil. Ich glaube, sie war sehr einsam. Ihr Mann ist schon vor einiger Zeit gestorben, und sie hat das nie wirklich verwunden. Deshalb hat sie vermutlich auch geklaut. Sie wollte dieses Loch stopfen, das einfach nicht verheilen wollte.» Sie klopfte sich mit der flachen Hand sacht auf die Brust.

Céleste dachte an die Wohnung, die Fotoalben, die sie gefunden hatte, und nickte zustimmend. «Warum hat sie eigentlich immer Flipflops gestohlen?», fragte sie, als ihr die Stapel frischverpackter Schuhe im Schlafzimmer einfielen.

Alma Grenier lächelte wehmütig. «Ach, die Flipflops. Rosalie sagte immer, Flipflops zu tragen würde sie glücklich machen. Sie mochte das Geräusch, das die beim Gehen machen, und meinte, das Gefühl nackter Füße würde sie an Urlaube, an Strand und Meer erinnern. An Zeiten, die leicht und sorglos waren.» Sie schüttelte betrübt den Kopf. «Dabei hat sie nie welche getragen. Niemals, nicht einmal zu Hause in ihrer Wohnung. Im Grunde wusste sie wahrscheinlich, dass sich das Gefühl von Glück und Leichtigkeit mit ein Paar Schuhen nicht zurückholen lässt.»

Céleste schwieg betroffen. Diese Geschichte berührte sie noch tiefer als die Fotoalben in Rosalies Wohnzimmerschrank, die nur bis ins Jahr 1995 reichten. Nach einer Weile fragte sie: «Hatte sie irgendwelche Hobbys? Mochte sie beispielsweise Tiere?»

«Sie hat immer die Katze ihrer Vermieter gehütet, wenn die im Urlaub waren. Diesen roten Kater, der, wie Sie sagten...» Sie schüttelte den Kopf. «Wie furchtbar! Weiß man denn, wer das getan hat?»

«Madame Piroué vermutet, dass es einer der Nachbarn war.»

«Grundgütiger! Valérie hat recht, die Menschen werden immer verkommener.»

«Wer ist Valérie?»

«Ach, Sie kennen sie sicher, Valérie Crummenacker. Sie singt auch im Chor und arbeitet viel ehrenamtlich für die Kirche.»

Céleste nickte. «War Valérie Crummenacker auch eine Freundin von Rosalie?»

«Rosalie hat ihr manchmal bei der Blumendekoration für die Kirche geholfen. Für Hochzeiten und Taufen und so. Valérie kümmert sich regelmäßig darum, wissen Sie, sie bestellt die Blumen bei Hortense Grimaud, der Gärtnerin, die ebenfalls im Chor singt. Rosalie hatte ein gutes Händchen in solchen Dingen. Aber es war eher eine oberflächliche Bekanntschaft. Rosalie hatte eben nichts zu tun, sie brauchte eine Beschäftigung. Eine Aufgabe. Wie jeder Mensch.» Madame Grenier blickte zur Tür, die in den Laden führte, und zuckte resigniert mit den Schultern. Ganz offensichtlich war dies nicht die Aufgabe, die sie sich für ihr Leben vorgestellt hatte. «Und nach dieser Sache war es dann ja auch vorbei.»

«Nach welcher Sache?»

Alma Grenier zögerte. «Ich weiß nicht, ob ich das sagen soll. Man soll schließlich keine Gerüchte in die Welt setzen.»

Fast hätte Céleste gelacht. Nach allem, was man sich im Dorf von Alma Grenier erzählte, war Gerüchte in die Welt setzen eine ihrer Lieblingsbeschäftigungen. Neben ihrer notorischen Vorliebe für Beerdigungen. Letzteres hatte ihr sogar den wenig schmeichelhaften Spitznamen *la pleureuse*, das Klageweib, eingebracht.

«Sie können ganz offen mit mir reden», beruhigte Céleste ihre Gesprächspartnerin.

Madame Grenier warf ihr einen betrübten Blick zu. «Rosalie hat es nämlich nicht verdient, dass schlecht über sie geredet wird, nachdem sie ... nachdem sie ...» Sie stockte und wischte sich erneut über die Augen, doch dann siegte ihr Bedürfnis zu reden über ihre selbstauferlegte Zurückhaltung, und sie sagte: «Sie ging sehr oft in die Kirche, besonders gern mochte sie den Chor. Aber dann, ganz plötzlich, wollte sie nicht mehr hin.»

«Und warum?»

«Ich weiß es nicht. Sie wollte mit mir nicht darüber reden. Valérie meinte, Rosalie hätte wahrscheinlich eine Auseinandersetzung mit Abbé Schwarzweiler gehabt. Er hätte ihr gegenüber so was erwähnt. Vielleicht hing es damit zusammen. Jedenfalls war es vom einen Tag auf den anderen vorbei mit den Kirchenbesuchen und den Chorkonzerten und dem Blumenschmuck.»

«Und was war, Ihrer Meinung nach, der Grund? Haben Sie eine Vermutung?»

Alma Grenier zögerte, dann sagte sie leise: «Vielleicht hatte sie wieder etwas...» Sie verstummte.

«Sie meinen, Rosalie hat in der Kirche etwas gestohlen?»

Alma Grenier nickte. «Könnte schon sein.»

Céleste dachte an den silbernen Kerzenleuchter, den sie in der Schachtel unter Rosalies Bett gefunden hatte. Gut möglich, dass der aus der Kirche stammte.

«Wie lange ist das her?», fragte sie.

Alma Grenier überlegte. «Muss jedenfalls vor dem 14. Juli gewesen sein. Es gab am Nationalfeiertag wie immer ein großes Sommerkonzert oben auf dem Schlosshof, da wollte sie schon nicht mehr mitgehen. Es hat mir sehr leidgetan, denn Armand, der Chorleiter, hatte uns ausdrücklich eingeladen, aber sie ist stur geblieben.»

Céleste erinnerte sich an das Konzert, das jedes Jahr mit für Eguisheimer Verhältnisse großem Pomp und Trara stattfand und natürlich, wie es sich für den Nationalfeiertag gehörte, mit

Champagner begossen und einem Feuerwerk gekrönt wurde. Plötzlich fiel ihr das Aftershave wieder ein, das Rosalie vor ein paar Wochen bei Francine gestohlen hatte.

«Gab es vielleicht einen Mann in Rosalies Leben?», fragte sie.

Alma Grenier sah sie verwundert an. «Einen Mann? Rosalie? Ich bitte Sie, wie kommen Sie denn darauf?»

«Sie wollte jemandem ein Aftershave schenken. Vielleicht einem Mann aus dem Kirchenchor?»

Madame Grenier lachte laut auf. «Wer soll das bitte sein? Jerôme Dopfer? Albert Epfacher? Oder gar der dicke Jean-Pierre Jocher, unser Postbote? Die sind doch alle verheiratet. Oder meinen Sie gar Ihren jungen, hübschen Brigadier? Der könnte Rosalies Sohn sein. Außerdem hat er nur Augen für die blonde Gärtnerin aus Wettolsheim. Nein, Madame, nichts für ungut, aber da sind Sie völlig auf dem Holzweg!»

Céleste musste Alma Grenier recht geben, das erschien auch ihr ziemlich abwegig. Der Empfänger des Aftershaves musste wohl woanders zu suchen sein – falls das überhaupt von Bedeutung war. Sie beschloss, das Thema zu wechseln: «Wissen Sie, ob Rosalie und Jean-Marie Knopfer sich kannten?»

Madame Grenier stutzte kurz, dann schüttelte sie den Kopf. «Höchstens vom Sehen. Wie man sich eben so kennt, in einem Dorf wie diesem.»

«Sie hätten sich in der Kirche treffen können.»

«Jean-Marie und Rosalie? Nie im Leben!» Sie lachte wieder auf. «Jean-Marie war ein ausgesprochener Kirchenhasser. Eher hätte er sich mit dem Leibhaftigen persönlich eingelassen, als freiwillig einen Fuß über die Schwelle eines Gotteshauses zu setzen. Ich weiß das von seiner Frau Eva, die kommt regelmäßig zu mir in den Laden.»

Céleste nickte. Henri Breton hatte etwas Ähnliches über Jean-Marie zu vermelden gewusst.

«Und hat Eva Knopfer Rosalie gekannt?»

«Eva? Nicht besser als jeder andere im Dorf, glaube ich.» Madame Grenier hob den Kopf und warf Céleste einen scharfen Blick zu. «Hat sich Ihr Verdacht bestätigt? Ist Jean-Marie tatsächlich auch an Tollwut gestorben?»

«Die Untersuchungen weisen darauf hin», gab Céleste vage zurück.

«Aber ... das ... das ...» Madame Greniers blassgraue Augen weiteten sich, als ihr langsam dämmerte, was das bedeutete. «Wie kann denn so etwas sein? Wo um Himmels willen haben die beiden sich diese furchtbare Krankheit geholt?»

«Das wissen wir noch nicht», gab Céleste offen zu. «Wir gehen gerade sämtlichen Hinweisen nach, und es wäre daher hilfreich zu wissen, ob die beiden Kontakt miteinander hatten.»

«Kontakt? Was soll das heißen, Kontakt?» Madame Greniers Nasenspitze färbte sich rosa vor Aufregung. «Ich hatte auch Kontakt mit Rosalie! Wir haben zwei Tage, bevor sie krank wurde, noch zusammen hier gesessen. Sie hatte eine Tarte au framboises gebacken. Kann es sein, dass ich auch ...»

«Nein, da müssen Sie sich keine Sorgen machen. Auf diese Weise verbreitet sich das Virus nicht», sagte Céleste, während sie die Tasse abstellte und aufstand. Es war Zeit, endlich in die Mairie zu kommen, Luc würde sich schon wundern, wo sie so lange blieb. «Und es wäre auch gut, wenn Sie nichts dergleichen im Dorf verbreiten würden, Madame. Und auch sonst nichts mehr, bitte. Ein toter Kater reicht.»

Alma Grenier war ebenfalls aufgestanden. «Nein, nein, natürlich nicht», versicherte sie mit einem Anflug von Schuldbewusstsein. «Sie können sich auf mich verlassen, Madame Kreydenweiss.»

Ihre Nase war noch immer gerötet, und sie sah ein wenig mitgenommen aus, was Céleste ihr nicht verdenken konnte. Fast gegen ihren Willen stellte sie fest, dass ihr die kleine Frau mit der spitzen Nase entgegen all der gehässigen Nachrede eigentlich ganz sympathisch war.

12

Als Céleste die Mairie erreichte, schlug die Kirchturmuhr neun. Ihre Müdigkeit vom Morgen und auch der Zorn, der sie beim Anblick des toten Katers erfasst hatte, waren nach dem Gespräch mit Alma Grenier einer merkwürdigen Unruhe gewichen. Sie hatte das Gefühl, handeln zu müssen, keine Zeit mehr verlieren zu dürfen, doch hatte sie keinen blassen Schimmer, was genau es war, das da in ihrem Unterbewusstsein so zur Eile mahnte. Es kam ihr vor, als bewege sich eine unaufhaltsame Katastrophe auf sie zu, und sie hatten nichts in der Hand, um sie abzuwenden.

Luc sprang wie elektrisiert von seinem Stuhl auf, als Céleste eintrat. «Chef! Endlich!», rief er so erleichtert, als wäre sie auf einer Polarexpedition als verschollen gemeldet gewesen.

«Guten Morgen, Luc.» Céleste sah ihn irritiert an. Etwas stimmte nicht mit ihrem Brigadier, und sie kam nicht gleich darauf, was es war. Doch dann fiel es ihr auf: Er trug kein Uniformhemd, sondern ein weißes, kurzärmeliges T-Shirt zur dunkelblauen Hose der Police Municipale und wirkte überhaupt ein wenig derangiert. Wangen und Kinn waren von dunklen Bartstoppeln bedeckt, und seine kurzen Haare standen ihm zu Berge.

«Was ist los?», fragte sie. Sie hatte Luc Bato in der Mairie noch nie ohne Uniform gesehen. Und noch nie unrasiert. «Ist etwas passiert?»

«Passiert ist gar kein Ausdruck!» Er ließ sich zurück auf seinen Stuhl fallen. «Ich habe Sie angerufen, um kurz nach sieben, aber niemand hat abgehoben!» Er sah sie vorwurfsvoll an.

«Um kurz nach sieben? Da stand ich unter der Dusche und war dann bei Henri frühstücken.» Sie tastete die Taschen ihrer Uniformjacke ab und fluchte leise. Offenbar lag ihr Handy noch zu Hause auf dem Nachttisch. «Was gab es denn schon so früh zu bereden?»

«Ein Notruf ist eingegangen, Chef. Nachdem ich Sie nicht erreicht habe, bin ich direkt von meiner Wohnung aus hingefahren. Es war eine recht ... blutige Angelegenheit.» Luc bückte sich und zog sein hellblaues Uniformhemd aus einer Plastiktüte neben dem Schreibtisch, und Céleste schluckte. Das Hemd war voller Blut.

Plötzlich fielen ihr ihr wirrer Traum wieder ein und der Schuss, den sie gehört hatte. War das womöglich gar kein Traum gewesen?

«Ein Schuss?», fragte sie langsam.

«Woher wissen Sie das, Chef?» Luc sah sie fast erschrocken an.

«Ich meine, heute Morgen so etwas gehört zu haben. Ist jemand tot?»

Luc schüttelte den Kopf. «Nein. Das heißt, doch. Ein Hund. Hugo Filipier hat den Hund von Bertrand Fleckenstein erschossen. Und jetzt sind beide im Krankenhaus. Also, Bertrand und Hugo. Der Hund natürlich nicht.»

Céleste setzte sich. «Könnten Sie mir das Ganze bitte von Anfang an erzählen, Luc?»

Luc nickte und begann noch einmal ganz von vorne.

Hugo Filipier war, und darauf legte er großen Wert, ein Spross alten elsässischen Landadels, angeblich ein entfernter Nachfahre von Cuno de Berckheim, Landvogt im Unterelsass im dreizehnten Jahrhundert. So genau ließ sich das nicht mehr nachprüfen, und es interessierte im Grunde genommen auch niemanden in Eguisheim, doch es war der Grund, weshalb Hugo Filipier den einzigen echten Adelssitz sein Eigen nennen durfte, der zur Gemeinde Eguisheim gehörte: La Maison des Chevaliers de Eguisheim, von allen nur «La Maison» genannt. Der graue, alte Kasten lag am südwestlichen Rand von Eguisheim, umgeben von einem riesigen, verwilderten Park. Hugo Filipier war Junggeselle mit wechselnden Geliebten. Womit er sein Geld verdiente, war indes unklar. Irgendetwas mit Aktien, hieß es.

Worüber hingegen alle genau Bescheid wussten, war seine besondere Leidenschaft: die Jagd. Er lief fast ausschließlich in löchrigen, flaschengrünen Wollpullovern und schmuddeligen Cordhosen herum, und auf seiner – ebenfalls grünen – Wachsjacke prangte ein Button mit der Aufschrift *J'aime la chasse* – Ich liebe die Jagd. Zudem war er Vorsitzender des elsässischen Landesverbands der Partei der Fischer und Jäger, die sich die Verteidigung der ländlichen französischen Traditionen gegen sämtliche subversive Kräfte, allen voran die EU, zum Ziel gesetzt hatte. Der Herbst war seine große Zeit. Jedes Jahr pünktlich zum Ende der Schonzeit organisierte er eine allgemeine Jagd, und als nicht jagender Eguisheimer Bürger tat man gut daran, sich an diesem blutigen Wochenende nicht in den Wald zu begeben, wenn man nicht Gefahr laufen wollte, mit einem Wildschwein verwechselt und erschossen zu werden.

Besagter Hugo Filipier hatte sich also an diesem Morgen auf den Weg durch die Weinberge in den Wald gemacht, um das Terrain für das näher rückende Jagdwochenende zu sondieren. Céleste und Luc – der Hugo genau wie sie selbst nicht besonders leiden konnte – waren sich einig, dass er sich dabei bestimmt vorkam wie ein Graf, der seine Ländereien abschreitet. Er hatte die Abkürzung durch den Weinberg von Bertrand Fleckenstein genommen, der neben Jerôme Dopfer der größte Winzer am Ort war. Dort war ihm ein «gefährlich» aussehender Hund vor die Flinte gelaufen, so hatte er es jedenfalls Luc Bato noch vor Ort geschildert, was nicht ganz einfach gewesen sein musste, da ihm zu dem Zeitpunkt bereits mehrere Zähne ausgeschlagen waren. Hugo Filipier hatte, wie die anderen Eguisheimer auch, die Tollwutfälle sowie die zahlreichen darum herumgesponnenen Vermutungen und Gerüchte nicht nur mitbekommen, er war auch einer der Jäger gewesen, die sich nach dem Vorfall mit dem Reh an der vergeblichen Suche nach dem tollwütigen Hund beteiligt hatten. Nun sah er seine Zeit gekommen, die Eguisheimer Bevölkerung von dem grassierenden Übel zu befreien. Ohne zu zögern, streckte er den Hund mit einem gutgezielten Schuss nieder. Allerdings handelte es sich bei dem Tier keineswegs um eine tollwütige Bestie, wie er allzu leichtfertig angenommen hatte, sondern um Gaston, Bertrand Fleckensteins geliebten Grand-Griffon-Rüden.

Mit Selbigem hatte sich der Winzer, wie fast jeden Morgen, in seine Weinberge aufgemacht, um nach dem Rechten zu sehen. Es gehörte zu seinem morgendlichen Ritual, vor der eigentlichen Arbeit bedächtig zwischen den Reben hindurchzuspazieren und die eine oder andere Traube vorsichtig prüfend in der Hand zu wiegen, während Gaston, die Nase auf dem Boden, den verlockenden Duftstoffen von Mäusen und anderem Getier folgte, die diese während der Nacht hinterlassen hatten.

Als der Schuss fiel und Bertrand Fleckenstein seinen Hund nur wenige Meter von ihm entfernt tot zu Boden sinken sah, stürzte er sich in rasender Wut auf Hugo, und es kam zu einer wilden Prügelei, in deren Verlauf Hugo Filipier zwei Schneidezähne und einen überkronten Eckzahn verlor und Bertrands Nase mehrmals gebrochen wurde. Ein Nachbar, durch den Schuss geweckt, alarmierte die Polizei, und die Sache endete damit, dass Luc Bato um kurz nach sieben zwei heftig blutende Männer mit vollem Einsatz seines Körpers trennte, ein Gewehr sicherstellte und den Krankenwagen rief.

«Wir können froh sein, dass es nicht noch einen Toten gegeben hat», schloss Luc seinen Bericht und deutete auf das gefährlich aussehende Jagdgewehr, das in der Ecke der Amtsstube lehnte. «Das ist ein Selbstlader. Es hätte sich leicht ein zweiter Schuss lösen können, während die beiden aufeinander eingeprügelt haben.»

Céleste seufzte. «Zwei getötete Tiere sind schon Katastrophe genug.» Sie erzählte Luc von dem erschlagenen Filou, und er schüttelte den Kopf.

«Die Leute sind komplett verrückt geworden», stellte er fassungslos fest.

Dieser Einschätzung der Lage war im Grunde nichts hinzuzufügen, und eine ganze Weile sagte keiner der beiden ein Wort. Dann meinte Luc: «Und wie geht's jetzt weiter? Was sollen wir tun?»

«Eines darf jedenfalls unter keinen Umständen passieren», sagte Céleste. «Niemand darf auch nur den leisesten Wind von unserer Absichtstheorie bekommen, solange wir nicht einen handfesten Beweis dafür haben.»

«Sie glauben also tatsächlich auch, dass an der Theorie was dran sein könnte?»

Céleste nickte nachdenklich. «Der tote Hund, das Grab, das Hubertuszeichen – das ist in jedem Fall ein Hinweis darauf, dass hier nicht nur Zufall im Spiel ist.»

Luc schloss für einen Moment die Augen, dann sagte er tonlos: «Es muss ein Wahnsinniger sein, ein Irrer, ein Teufel ...»

«Langsam, Luc.» Céleste hob beschwichtigend die Hand. «Bevor wir überlegen, wer so etwas tun könnte, müssen wir erst einmal herausfinden, wie man überhaupt Menschen mit Tollwut ansteckt.»

«Und wie finden wir das heraus?»

«Indem wir zum Mittagessen gehen.»

«Äh ... Chef?» Luc sah sie irritiert an.

«Nach dem Vorfall mit dem Hund gestern im Wald habe ich am Abend noch Sandrine angerufen und ihr von unserem Verdacht erzählt, und sie meinte, sie würde darüber nachdenken. Deshalb treffen wir uns heute um eins mit ihr und Dr. Steinheimer im Fetten Frosch.»

Tatsächlich hatte Sandrine Céleste als Erstes gefragt, ob sie zu viele Horrorfilme gesehen hätte. Doch Céleste hatte nicht lockergelassen, und so hatten sie sich für heute Mittag verabredet, um gemeinsam über die Sache nachzudenken. Sandrine hatte darauf bestanden, dass auch Dr. Steinheimer hinzugezogen würde, und Céleste hatte, etwas widerwillig, zugestimmt. Sandrine war ihre Freundin, und sie vertraute ihr, Dr. Steinheimer jedoch kannte Céleste zu wenig, um abschätzen zu können, wie er reagieren würde und ob er ebenso verschwiegen war wie Sandrine. Noch mehr Gerede konnten sie jetzt am allerwenigsten gebrauchen. Auf der anderen Seite sah sie ein, dass die Meinung eines Tierarztes natürlich hilfreich war.

«Fahren Sie in Ihre Wohnung, Luc, und ziehen Sie sich erst einmal um. Glauben Sie, Sie schaffen es, vor dem Treffen noch zu Ihren Eltern zu fahren und den Hubertusschlüssel zu holen?»

Luc sah auf die Uhr. «Kein Problem», sagte er. «Ich brauche nicht länger als eine gute halbe Stunde nach Hause.»

Céleste nickte. «Wunderbar. Und dann erzählen Sie den beiden heute Mittag alles, was Sie mir erzählt haben. Von dem gehängten Loup-Garou und Ihrer Großmutter.»

«Aber das sind doch nur alte Märchen», wandte Luc zweifelnd ein. «Keine Beweise.»

«Das ist alles, was wir haben. Und außerdem ...» Céleste zögerte kurz und fügte dann hinzu: «Wenn an dieser These wirklich was dran ist, werden es genau solche Geschichten sein, die uns am Ende nicht nur eine Erklärung, sondern auch die nötigen Beweise liefern.»

Luc erwiderte nichts mehr. Er sah seine Chefin einen Moment lang schweigend an, dann nickte er knapp, packte sein Hemd zurück in die Plastiktüte und verließ das Büro.

Céleste beschloss, die Zeit bis zum Mittag zu nutzen und noch ein paar Dinge in Erfahrung zu bringen. Vielleicht, so musste sie sich jedoch ehrlicherweise eingestehen, wollte sie aber auch nur Dédé und seinen Fragen aus dem Weg gehen – zumindest so lange, bis sie klarer sah. Sie würde sich eine Strategie überlegen müssen, wie die Öffentlichkeit am angemessensten zu informieren war, um noch mehr solche Vorfälle wie heute Morgen zu vermeiden. Doch zuerst musste sie sich einigermaßen sicher sein. Zumindest so sicher, wie man in dieser Sache sein konnte.

Im Pfarramt sagte man ihr, Abbé Schwarzweiler sei in der Kirche zu finden. Der schlichte Sandsteinbau der Kirche St. Peter und Paul empfing sie mit ehrwürdiger Stille. Durch die bunten

Glasfenster drang in langen Streifen das vormittägliche Sonnenlicht, und die Apsis leuchtete in freundlichem Gelb. Céleste ging den Mittelgang bis zum Altar nach vorne, doch von Abbé Schwarzweiler keine Spur. Es roch nach Kerzenwachs und Blumen. Offenbar hatte es am Wochenende eine Hochzeit oder eine Taufe gegeben. Entlang der Kirchenbänke waren noch kleine Blumensträußchen angebracht, und der Altar war mit einem Bukett aus Rosen geschmückt. Céleste musste an Hortense denken, die die Kirche mit Blumen aus ihrer Gärtnerei versorgte. Auch sie musste also Rosalie gekannt haben. Vielleicht sollte sie Luc zu ihr schicken, um sie ein wenig auszufragen. Es wäre eine gute Gelegenheit für ihn, mit seiner Angebeteten ins Gespräch zu kommen. Falls er in Hortenses Gegenwart einen vernünftigen Satz herausbrachte und sich dann auch noch merken konnte, was sie antwortete.

Céleste bemerkte eine Frau, die sich an den Kirchenbänken zu schaffen machte, und ging auf sie zu. Es war Valérie Crummenacker, und sie war damit beschäftigt, den Blumenschmuck zu entfernen. Neben ihr stand ein großer Weidenkorb, in dem schon einige der kleinen Sträußchen lagen.

Als Céleste sie grüßte, schrak die kleine Frau auf. «Oh, guten Tag, Madame...»

«Kreydenweiss.» Céleste lächelte sie an. «Ich suche Abbé Schwarzweiler.»

«Den Abbé? Ja, der müsste jeden Moment kommen. Vielleicht ist er auch schon oben.» Sie deutete mit der Schere zur Empore. «Er spielt um diese Zeit immer Orgel.»

«Dann werde ich mal nachsehen, danke.» Céleste wollte sich gerade umdrehen, doch dann blieb sie, einem plötzlichen Impuls folgend, stehen. «Darf ich Sie noch etwas fragen? Es geht um Rosalie Bernard. Sie haben sie auch gekannt, nicht wahr?»

Valérie Crummenacker nickte, und ihr Blick verdüsterte sich. «Natürlich. Die arme Frau. Sie hat sich mit mir immer um die Blumendekoration gekümmert. Hatte ein Händchen dafür.» Sie schnitt mit der Schere ein weiteres Sträußchen ab und drehte es nachdenklich zwischen den Fingern. «Lavendel und Rosen», sagte sie leise. «Symbole für Treue und Liebe.»

«Sehr hübsch», sagte Céleste.

«Sehen Sie den Spruch?» Valérie Crummenacker reichte Céleste den Strauß und rollte dabei einen kleinen Zettel aus, der zwischen Blättern befestigt war. «‹Liebe ist stark wie der Tod›», las sie laut. «Das war die Idee des Brautpaars. Sie haben sich das Hohe Lied Salomos als Thema für die Predigt ausgesucht. Ist das nicht wunderschön?» Ihr Lächeln machte ihre etwas strengen Züge weicher und sanfter.

Céleste wollte erwidern, sie sei nicht besonders bibelfest, doch in dem Moment begann unvermittelt die Orgel zu spielen. Es war ein feierliches, fast pathetisches Stück. Die Musik erfüllte den gesamten Kirchenraum und machte eine weitere Konversation unmöglich.

«Dann werde ich mal schnell zum Abbé raufgehen», sagte Céleste laut und wollte Valérie das Sträußchen zurückgeben, doch die wehrte ab.

«Behalten Sie's doch. Die Blumen tun mir immer so leid, wenn ich sie abnehmen muss. Sie sind ja noch fast ganz frisch.»

«Danke. Das ist sehr nett.» Céleste steckte das kleine Bukett vorsichtig in die Außentasche ihrer Jacke, verabschiedete sich von der zierlichen Frau und stieg die steile Wendeltreppe zur Empore hinauf.

Wie erwartet, saß Abbé Schwarzweiler an der Orgel, oder besser, er kauerte davor, mit krummem Rücken, eingezogenen Schultern und geschlossenen Augen. Leidenschaftlich und sanft zugleich flogen seine Hände über die Tasten, die Bewegungen hatten etwas Schamloses an sich, wie die Berührung einer Geliebten. Sein Oberkörper wiegte beim Spiel ekstatisch vor und zurück, von rechts nach links wie eine Weide im Wind, und seine Füße tanzten über die Pedale.

Céleste hatte nicht viel Ahnung von Musik, erst recht nicht von Orgelmusik, doch schien es ihr, als sei der Priester ein recht guter Organist. Zumindest mangelte es ihm nicht an Hingabe. Sie wartete, bis er das Stück beendet hatte und die Hände erschöpft sinken ließ. Für ein paar Augenblicke saß er einfach nur da, und sein heftiger Atem klang in der plötzlichen Stille unnatürlich laut.

Sie räusperte sich. «Guten Morgen, Abbé Schwarzweiler», sagte sie und fühlte sich dabei, als hätte sie ihn in einer sehr intimen Situation überrascht.

Der Priester empfand das offenbar ebenso. Er fuhr herum wie eine Natter, und seine gerade eben noch so verzückte Miene verschwand in Sekundenbruchteilen hinter einer hochmütigen Maske.

«Wer sind Sie? Was wollen Sie hier?», herrschte er Céleste an. Erst dann fiel ihm offenbar ihre Uniform auf, und seine Haltung verlor ein wenig an Aggressivität. «Polizei?», fragte er misstrauisch.

«Céleste Kreydenweiss, Chef de Police von Eguisheim. Im Pfarramt hat man mir gesagt, ich würde Sie hier finden. Können wir einen Augenblick miteinander sprechen? Ich hätte ein paar Fragen.»

«Fragen?» Abbé Schwarzweiler fuhr sich mit der Zungenspitze über die Lippen und stand langsam auf. «Was für Fragen denn?»

«Es geht um Rosalie.»

«Rosalie? Wer ist das?»

«Rosalie Bernard. Die ältere Dame, die am Sonntag verstorben ist. Sie kannten Sie doch sicher. Sie hat Madame Crummenacker beim Dekorieren der Kirche geholfen.»

Er stutzte, dann meinte er vage: «Ja, ja ... natürlich, ich hatte ihren Vornamen nicht präsent. Was wollen Sie denn wissen? Soweit ich gehört habe, ist sie an einer Tollwutinfektion verstorben. Sehr tragisch.»

«Genau. Um den Ansteckungsweg zurückverfolgen zu können, müssen wir ihre Gewohnheiten möglichst genau rekonstruieren. Auch im Interesse der Mitbürger. Das verstehen Sie doch sicher?» Céleste gab sich Mühe, ein möglichst entwaffnendes Lächeln auf ihr Gesicht zu zaubern, auch wenn es ihr angesichts der Unnahbarkeit dieses Mannes schwerfiel. Selten hatte sie eine so heftige Abneigung gegen jemanden empfunden, den sie kaum kannte, wie gegen diesen hochmütigen Priester.

Abbé Schwarzweiler gab keine Antwort. Stattdessen begann er, seine Noten zusammenzuräumen.

«Man sagte mir, Rosalie war bis vor kurzem ein häufiger Gast in der Kirche?»

«Gast?» Der Geistliche hob eine Augenbraue. «Sie war oft in der Messe, wenn Sie das meinen, ja. Wie viele andere Eguisheimer auch. Sie dagegen habe ich hier noch nie gesehen. Braucht die Polizei keinen göttlichen Beistand?»

«Ach, ist mir noch nie abgegangen», sagte Céleste leichthin. «Ich verlasse mich lieber auf den Beistand meines Brigadiers, Luc Bato, den kennen Sie sicher auch. Er singt bei Ihnen im Chor. Das müsste für uns beide reichen.»

Abbé Schwarzweiler musterte sie kühl. «Spott ist die Waffe der Hilflosen, Madame», sagte er. Und nach kurzem Zögern fügte er noch hinzu: «Das ist im Übrigen nicht *mein* Chor. Monsieur Straub leitet ihn.»

«Armand, ja, stimmt, ich weiß. Ich war bei der Bürgerversammlung dabei. Ging ja hoch her zwischen Ihnen beiden.»

«Ist das auch Gegenstand Ihrer *Rekonstruktion*?» Er setzte das Wort mit einer Geste seiner langen, schmalen Finger in Anführungszeichen.

«Nein. Es sei denn, Rosalie wäre auch an den Vorbereitungen für das Singspiel beteiligt gewesen?»

«Es wird kein Singspiel geben», blaffte der Priester, «und diese Dame war schon seit längerem mit nichts mehr befasst, was diese Kirche betrifft.»

«Sehen Sie, genau darüber wollte ich mit Ihnen sprechen. Über diese, sagen wir ... unerfreuliche Begegnung zwischen Ihnen und ...»

Abbé Schwarzweiler starrte sie entgeistert an. «Wer hat Ihnen davon erzählt?» Seine Stimme war kalt vor Wut.

«Das tut nichts zur Sache.» Célestes Lächeln war jetzt verschwunden. Dieser Mensch ging ihr gehörig auf die Nerven. «Sie täten gut daran, mit mir zusammenzuarbeiten, Monsieur.»

«Ich wüsste nicht, was unsere ‹Begegnung›, wie Sie es nennen, mit der Erkrankung dieser Frau zu tun hat», gab Abbé Schwarzweiler brüsk zurück. «Oder glauben Sie etwa, sie wurde in meiner Kirche von einer tollwütigen Fledermaus gebissen? Als Strafe Gottes sozusagen?» Er verzog seinen schmalen, schön geschwungenen Mund zu einem ironischen Lächeln. «Wenn Sie mich jetzt entschuldigen würden. Ich habe zu tun.»

«Welchen Grund könnten Sie wohl haben, mir die Ursache Ihrer Auseinandersetzung mit Rosalie Bernard zu verschweigen?», fragte Céleste, ohne auf seinen Versuch einzugehen, sich durch Flucht aus der Affäre zu ziehen. Sie stand direkt vor der Treppe, und wenn er sie nicht zur Seite schieben wollte, musste er stehen bleiben. «Das finde ich durchaus bemerkenswert.»

Abbé Schwarzweiler blieb stehen. «Das ist doch Unsinn!» Überraschenderweise ruderte er sofort zurück. «Nichts daran ist bemerkenswert. Die Sache war nur höchst unerfreulich, für beide Seiten ...»

«Ich höre», sagte Céleste.

«Also gut.» Er legte bedächtig seine blassen Finger aneinander, bis sie ein spitzes Dreieck bildeten, das in Célestes Richtung zeigte. «Das Ganze ist etwa zwei Monate her. Ich hatte den dringenden Verdacht, dass Madame Bernard etwas aus der Kirche gestohlen hat, und habe sie deswegen zur Rede gestellt. Das war alles.»

«Und? Hat sie?»

«Ich bin mir sicher, aber ich kann es nicht beweisen. Sie ist meiner Bitte, ihre Tasche zu öffnen, nicht nachgekommen. Monsieur Straub ist dazwischengegangen und hat sie in Schutz genommen.»

«Armand Straub war auch dabei?»

«Tun Sie doch nicht so, von ihm haben Sie doch diese Information!», schnappte der Priester wütend. «Er kam gerade in die Kirche und mischte sich natürlich sofort ein, obwohl ihn das gar nichts anging. Monsieur Straub lässt keine Gelegenheit aus, mich in ein schlechtes Licht zu rücken. Dabei wusste doch jeder, dass diese dreiste Person alles mitnahm, was nicht niet- und nagelfest war.»

«Wissen Sie auch, was es gewesen sein könnte, das Rosalie entwendet hat?»

«Selbstverständlich. Ein silberner Kerzenleuchter.» Er deutete hinunter in den Kirchenraum. «An den beiden Seitenaltären stehen normalerweise jeweils zwei kleine Leuchter. Als ich an besagtem Tag in die Kirche kam, stand diese Frau direkt vor dem Altar der Madonna im Rosenhag, und mir fiel sofort auf, dass einer der Leuchter fehlte. Sie hatte eine große Tasche dabei, und ich bin mir sicher, wenn ich nicht zufällig gekommen wäre, wäre der zweite Leuchter auch verschwunden. Und am Ende vielleicht sogar noch unsere Schreinmadonna, Gott bewahre.» Angesichts dieser Möglichkeit schloss er für einen Moment die Augen. «Sie stammt aus dem 14. Jahrhundert, müssen Sie wissen, ein unbezahlbarer Kulturschatz.»

Das wusste Céleste sehr wohl. Und nicht nur das, sie kannte die ganze Geschichte der Kirche, doch Abbé Schwarzweiler, das verriet sein überheblicher Ton, schien ganz selbstverständlich davon auszugehen, dass die ungebildete Polizei von derlei Dingen keine Ahnung hatte. Céleste ließ ihn in dem Glauben. Sie trat lässig einen Schritt beiseite und nickte ihm zu. «Danke, Abbé Schwarzweiler. Das war's schon. Sie haben mir sehr geholfen.»

Der Priester warf ihr einen fast beleidigten Blick zu und stapfte ohne ein weiteres Wort davon. Céleste wartete einen Augenblick, dann folgte sie ihm die Wendeltreppe hinunter. Unten angekommen, fiel gerade die Kirchentür mit einem harten Schlag ins Schloss. Abbé Schwarzweiler hatte es offenbar sehr eilig.

Nachdenklich verließ Céleste die Kirche. Sie hatte dieser Auseinandersetzung zwischen Rosalie und dem Priester zunächst keine größere Bedeutung beigemessen, hatte sich im Grunde nur ein genaueres Bild von der alten Dame machen wollen, doch nach diesem Gespräch zeigte sich das Ganze in einem anderen Licht. Abbé Schwarzweiler war es auffällig unangenehm gewesen, darüber zu sprechen. Er schien regelrecht entsetzt darüber zu sein, dass sie davon wusste. Doch das ergab keinen Sinn – er hatte doch nicht annehmen können, dass diese Auseinandersetzung ein Geheimnis bleiben würde. Er selbst hatte den Streit Valérie Crummenacker gegenüber erwähnt; Alma Grenier und natürlich Armand Straub, der ja selbst dabei gewesen war, wussten davon. Was also hatte ihn an ihrer Frage so in Panik versetzt? Irgendetwas stimmte da nicht, doch Céleste kam nicht darauf, was es war. Im Übrigen beschäftigte sie die Frage, wie das alles mit Rosalies Tod zusammenhängen mochte.

Die Antwort auf die zweite Frage traf sie wie ein Schlag: überhaupt nicht. Es gab keinen vernünftigen Grund, eine Verbindung zwischen den beiden Dingen herzustellen.

Inzwischen hatte sie, ohne darauf zu achten, den Marktplatz erreicht und blieb unvermittelt stehen. Die Sonne strahlte vom herbstblauen Himmel und tauchte die bunten Fassaden, die Dächer und sogar die Pflastersteine in jenes besondere Licht, das es nur zu dieser Jahreszeit gab. Wenn die beiden Vorfälle mit Filou und Gaston am Morgen nicht gewesen wären, hätte man die Atmosphäre ganz und gar friedlich nennen können.

Céleste sah Nicolette Pouliotte in der Bäckerei, wie sie mit einer Kundin sprach und ihr ein Baguette reichte. Die Metzgerei, die seit kurzem einen neuen Besitzer hatte, nachdem die Zincks im letzten Jahr wegen Betrugs verurteilt worden waren, hatte bunte Wimpel an die Markise gehängt, und es gab frische Würste im Sonderangebot. Der neue Metzger hieß Paul Chalignac, war klein und rund und stammte aus der Auvergne. Julien's Winstub war noch geschlossen.

Im Café du Marché dagegen herrschte um diese Zeit bereits

reger Betrieb. Dort versammelten sich pünktlich um halb elf die alten Herren des Dorfes, darunter auch Célestes Großvater Théo und sein Freund Maurice Schupfer, zu einem Gläschen Wein vor dem Mittagessen, um Klatsch und Tratsch auszutauschen und über Politik zu schimpfen. Man würde Einschätzungen abgeben, was die Qualität des diesjährigen Weins betraf, über das anstehende Weinfest und die Wetteraussichten plaudern und sich fragen, ob die allgemeine Pirschjagd in diesem Jahr stattfinden konnte, nachdem Hugo Filipier so dämlich gewesen war, heute Morgen Bertrands Hund zu erschießen. Wahrscheinlich würde man noch einige Vermutungen über die Tollwut anstellen, doch diese Geschichte würde bald von anderen Nachrichten überlagert werden, spätestens dann, wenn bekannt wurde, dass der vermutliche Auslöser – der verscharrte Hund – gefunden worden war. Das Gedächtnis eines Dorfes bestand aus solchen Geschichten, kleinen und großen Aufregern, tragischen und komischen Begebenheiten. Sie wurden alle miteinander verwoben, in Schichten aufeinandergelegt, verknüpft, weiter ausgeschmückt, verziert und immer wieder neu eingefärbt. So würde irgendwann eine Geschichte über die rätselhaften Tollwutfälle in die Chronik des Dorfes eingehen. Ein Rätsel, das, vielleicht nie ganz gelöst, nur noch eines von vielen war, Teil dieses bunten, dichten Gewebes.

Während das Leben um sie herum seinen gewohnten gemächlichen Gang nahm und die erschreckenden Bilder des Hundegrabs und der erschlagenen Katze auf dem Schoß der weinenden Frau ein wenig verblassten, wurde Céleste plötzlich klar, dass sie sich verrannt hatte. Wolfsberger würde sich zu Recht totlachen, wenn er davon Wind bekäme, wie sie um jeden Preis versuchte, aus diesen beiden tragischen Todesfällen in ihrem Dorf zwei Morde zu konstruieren. «Wohl Heimweh nach der Mordkommission, Kreydenweiss?», würde er höhnen. «Gehen Sie woanders spielen.»

Céleste nahm ihre Uniformmütze ab, fuhr sich durch die Haare und knöpfte dann langsam ihre dunkelblaue Jacke auf. Es war warm geworden. Ein wunderschöner, sonniger Tag. Gemütlich schlenderte sie über den Platz und bog dann nach rechts in die Grand'Rue in Richtung Mairie ein. Sie hatte vorgehabt, vor dem Mittagessen noch bei Eva Knopfer vorbeizuschauen, um auch über Jean-Marie ein wenig mehr zu erfahren, aber sie sah ein, dass dies sinnlos war. Was sollte sie da herausfinden? Wozu sollte es gut sein? Beim gemeinsamen Mittagessen im Fetten Frosch würde sie die Sache für abgeschlossen erklären. Sie war Gemeindepolizistin, zum Teufel noch mal! Es war nicht ihre Aufgabe, herumzulaufen und herauszufinden, wer wen angelogen, wer mit wem, wann und warum gestritten hatte, solange keine Störung der öffentlichen Ordnung oder aber eine Straftat vorlag. Und hier gab es weder das eine noch das andere, mit Ausnahme von Rosalies Diebstählen, doch Rosalie war tot.

Céleste wurde klar, dass ihre «Ermittlungen» nichts anderes als ein hilfloser Versuch waren, irgendeinen vernünftigen Grund für diese Todesfälle zu finden. Er erschien ihr so absurd, ja, vollkommen aberwitzig, dass man in der heutigen Zeit, mitten in einem zivilisierten Land, fast unbemerkt an dieser archaischen Krankheit sterben konnte und es nur einem längst pensionierten Arzt und den mehr oder weniger zufälligen Überlegungen einer Dorfpolizistin zu verdanken war, dass die Todesursache überhaupt ans Licht kam.

Je länger sie darüber nachdachte, desto besser verstand sie die einstige Angst der Menschen vor dieser unerklärlichen Krankheit. Sie und Luc waren beide in die Falle getappt, von der sie geglaubt hatten, sie hätten sie durchschaut. Sie hatten auch nicht glauben wollen, dass es zufällige Infektionen gewesen waren, und hatten angefangen, über Vorsatz und Absicht nachzudenken. Von diesem Punkt aus war es zum Dämonenglauben vergangener Jahrhunderte nicht mehr weit.

Céleste lachte bitter auf. Sie würde Max die Geschichte erzählen, vielleicht konnte er einen Artikel darüber schreiben. Über die Finten und Haken, die das Unterbewusstsein manchmal schlug, und wie alte Ängste auch noch so aufgeklärte und vermeintlich rationale Menschen mitunter am Wickel packten. Sie war kurz davor gewesen, sich komplett lächerlich zu machen. Und ihren braven Brigadier, der gerade unterwegs war, um ein altes, rostiges Brandeisen zu holen, gleich mit.

13

Céleste kam etwas früher als die anderen im Fetten Frosch an. In ihrer Ungeduld angesichts des Entschlusses, die Sache zu beenden, hatte sie es nicht mehr lange an ihrem Schreibtisch ausgehalten. Ihre Mutter hatte ihnen einen Tisch im Nebenzimmer gedeckt. Der frühere Vorratsraum mit den dicken Wänden und winzigen Fenstern bot gerade einmal Platz für einen langen Tisch und wurde hin und wieder vom Gemeinderat oder Vereinen für Besprechungen genutzt. So konnte man das Nützliche mit dem Angenehmen verbinden und blieb trotzdem unter sich.

«Ich habe gratinierte Schleien, Fasan in Sauerkraut und Wildente in Rotweinsoße auf der Wochenkarte», zählte Catherine auf. «Ansonsten könnt ihr natürlich auch das Übliche haben, Baeckeofe, Flammkuchen, Quiche, Zwiebelkuchen, ach ja, und zwei Portionen Pâté Lorraine habe ich noch.»

«Mal sehen», sagte Céleste lustlos. Ganz entgegen ihrer Natur hatte sie heute keinen besonderen Appetit.

Ihrer Mutter fiel das sofort auf. «Was ist los? Bist du krank?»

Céleste schüttelte den Kopf. «Nur viel Arbeit. Hast du eine Zigarette?»

Catherine zog eine zerknautschte Schachtel aus der Tasche ihrer Kochschürze und musterte ihre Tochter aus zusammengekniffenen Augen. «Wirklich alles in Ordnung?»

«Ja, doch.» Céleste winkte ab. «Alles gut.»

«Ich muss gehen, mich umziehen, gleich ist das ganze Restaurant voll», sagte Catherine, strich sich die Haare aus der Stirn und knotete ihre fettverspritzte Schürze auf. Im Gehen lächelte sie ihrer Tochter noch einmal zu. «Bis später.»

Céleste nahm sich eine Zigarette aus der Schachtel und das Feuerzeug und ging nach draußen in den Garten.

Als sie zurückkam, waren Dr. Steinheimer, Sandrine Veilleux und Luc Bato bereits um den Tisch versammelt. Luc las gerade irgendetwas von der Rückseite eines gerahmten Bildes vor, das er in den Händen hielt, und die anderen beiden lauschten aufmerksam. Der Hubertusschlüssel, ein verrosteter Metallstab mit einem halbkreisförmigen Ornament an der Spitze, lag neben ihm. Céleste blieb in der Tür stehen.

«Die Gerechtigkeit Gottes kann nicht hinnehmen, dass die Unschuld unglücklich ist. Euer Unglück kann also nur aus euren Sünden entstanden sein.» Luc machte eine kurze Pause, dann fügte er hinzu: «Deuteronomium, 32,24: Den Zahn der Raubtiere lasse ich auf sie los.»

Céleste trat ein und setzte sich. Nachdem sie sich begrüßt hatten, wandte sie sich an Luc: «Was haben Sie da vorgelesen?»

Luc zeigte ihr ein gerahmtes Hinterglasbild, das ziemlich alt sein musste und nicht besonders kunstvoll gefertigt war. Darauf war die Szene des gehängten Loup-Garou dargestellt. Mit schauerlich nach oben gedrehten Augen und heraushängender Zunge hing der tote Wolf an einem Galgen.

«Das ist das Bild aus der Kirche, von dem ich Ihnen erzählt habe, Chef», sagte Luc eifrig an Céleste gewandt. «Der Abbé war so freundlich, es mir zu überlassen. Auf der Rückseite hat der damalige Pfarrer ein Zitat des Bischofs von Mende hinzugefügt. Das hat dieser angeblich gesagt, als die Bestie von Gévaudan gefasst wurde.» Als er die verständnislosen Gesichter der anderen sah, fügte er verlegen hinzu: «Sie kennen doch sicher die Geschichte vom Monsterwolf, sie wurde sogar verfilmt.»

Dr. Steinheimer nickte langsam. «Ja, natürlich. Der Pakt der Wölfe.»

«Genau.» Luc lächelte ihm zu, erleichtert, dass er nicht alles allein erklären musste.

Und tatsächlich begann der Tierarzt den anderen zu erläutern: «Im Zentralmassiv hat Mitte des 18. Jahrhunderts ein angeblich riesiger Wolf viele Menschen getötet, besonders Frauen und Kinder. Man konnte nie restlos klären, was tatsächlich dahintersteckte. Die Hypothesen reichen von einem normalen Wolfsrudel über aus Afrika eingeschleppte Hyänen oder Löwen bis zu Werwölfen.»

Luc fügte hinzu: «Die Bevölkerung vermutete, dass dämonische Kräfte am Werk wären, und die Kirche gab der sündhaften Bevölkerung die Schuld an den Überfällen.»

Jetzt nickte auch Sandrine. «Stimmt. Ich erinnere mich. Das war eine der Schauergeschichten in meiner Kindheit.»

Auch Céleste kannte diese Geschichte. Und sie wusste nicht, was sie dazu sagen sollte. Mit dem Entschluss, ihre Thesen fallen zu lassen, konnte sie jetzt nicht herausplatzen, wo Luc bereits mit Dämonen und Werwölfen so eindrucksvoll den Anfang gemacht hatte. Das hätte ihren Brigadier brüskiert, und das wollte sie auf keinen Fall. Also beschloss sie, zunächst abzuwarten. Irgendwann würde das Gespräch unweigerlich zu der Frage gelangen, was das alles mit dem toten Hund und den Tollwutfällen zu tun hatte. Dann würde man weitersehen.

Zunächst aber bestellten sie. Sandrine entschied sich für die gratinierten Schleien und Dr. Steinheimer für den Fasan. Luc blieb bodenständig und bestellte eine Portion Baeckeofe.

Céleste wählte nach kurzer Überlegung nur einen Salat. Sandrine und Luc sahen sie irritiert an.

«Bist du krank?», fragte Sandrine.

Céleste verdrehte die Augen. «Du redest schon wie meine Mutter. Kann man nicht mal nur einen Salat bestellen, ohne dass einem eine Krankheit angedichtet wird?»

«Man schon, aber du nicht», konterte Sandrine und grinste spöttisch. «Ich werde es in meinem Kalender vermerken: Es gibt Schleie, Ente, Fasan – und Céleste Kreydenweiss entscheidet sich für Salat.»

Céleste funkelte sie an und schwieg.

Während sie auf das Essen warteten, erzählte Sandrine, dass sie noch gestern Nacht zusammen mit Dr. Steinheimer den Hund untersucht hatte, zum einen aus Neugierde, zum anderen, um lästigen Fragen ihrer Mitarbeiter aus dem Weg zu gehen. «Ich habe ihn dann erst mal ins hinterletzte Kühlfach gelegt, damit ihn niemand entdeckt.»

«Und was haben Sie herausgefunden?», wollte Luc wissen, doch in dem Moment wurde das Essen gebracht, und Sandrine schüttelte den Kopf.

«Später. Wir wollen uns doch den Appetit nicht verderben lassen.»

Als Céleste die Köstlichkeiten sah, die ihre Mutter den anderen auftischte, ärgerte sie sich ein wenig über ihre eigene Bestellung. Immerhin kam der Appetit doch mit dem Essen, und so ein duftendes Stück Fasan oder auch die wunderbar knusprig gebackenen Schleien wären nicht zu verachten gewesen. Während des Essens schwiegen sie, jeder auf sein Mahl konzentriert. Nur Céleste stocherte lustlos in ihrem Salat herum und war um einiges früher fertig als die anderen. Dann schließlich, als die Teller abgeräumt waren, trat eine erwartungsvolle Stille ein, und Dr. Steinheimer warf Sandrine einen auffordernden Blick zu.

Sandrine nickte und sagte zu Céleste und Luc gewandt: «Also ich muss sagen, ich fand eure Idee, dass jemand absichtlich mit Tollwut töten könnte, zunächst vollkommen idiotisch.»

Céleste räusperte sich und sagte: «Hör zu, Sandrine, vielleicht sollte ich da was relativieren ...» Sie warf Luc einen schuldbewussten Blick zu, doch Sandrine winkte ab.

«Warte, Céleste. Wir waren bei ‹idiotisch› stehen geblieben. Ich habe dann mit meinem äußerst liebenswürdigen Kollegen Dr. Steinheimer darüber gesprochen, und auch er fand eure Idee ziemlich abwegig. Geradezu absurd.»

«Dachte ich mir.» Céleste seufzte, und Luc blickte leicht irritiert vom einen zum anderen.

«Wir haben uns also den Hund angesehen, haben einen Test auf Lyssaviren gemacht und sind dabei auf ein paar Dinge gestoßen, die wir ziemlich bemerkenswert fanden und die eure verrückte Theorie plötzlich in einem ganzen Licht erscheinen ließen.»

Sandrine sah Dr. Steinheimer auffordernd an, und der räusperte sich etwas umständlich. Die beiden schienen sich abgesprochen zu haben und einer Art Choreographie zu folgen, um die Spannung zu steigern. Und das gelang ihnen ausnehmend gut.

Nach einem weiteren Räuspern setzte Dr. Steinheimer an: «Zunächst das Wichtigste und am wenigsten Überraschende: Der Hund hatte zweifelsfrei Tollwut und ist daran gestorben. Sein Gebiss passt zu den Bissspuren am Reh; wir können also mit ziemlicher Sicherheit davon ausgehen, dass der Hund das Reh infiziert hat.» Er warf Sandrine einen kurzen Blick zu und fuhr dann fort: «Außerdem hat sich die Vermutung von

Dr. Veilleux bestätigt: Der Hund hat höchstens ein paar Tage in diesem Grab gelegen. Das ist insofern interessant, weil er schon eine Weile vorher tot gewesen sein muss. Als wir das Reh gefunden haben, war der Hundebiss bereits teilweise verheilt. Wenn man zusätzlich noch die Inkubationszeit beim Reh berücksichtigt, muss der Hund bereits mehrere Wochen tot gewesen sein, bevor er begraben wurde.»

«Kann man denn nicht genauer feststellen, wann er gestorben ist?», fragte Céleste stirnrunzelnd.

Sandrine schüttelte den Kopf. «In diesem Fall nicht. Es passt so einiges nicht zusammen, was ich jedoch auf die Schnelle gestern Nacht noch nicht mit Sicherheit zusammenpuzzeln konnte. Aber ich habe eine Vermutung: Dort, wo der Hund aufbewahrt wurde, war es sehr kalt.»

«Ein Keller?», schlug Luc vor.

«Kälter. Ich tippe auf einen Kühlschrank. Er war so stark gekühlt, dass die Zersetzungsprozesse nicht den normalen Verlauf genommen haben.»

«In einem Kühlschrank?» Céleste starrte die Gerichtsmedizinerin entsetzt an. «Wer bitte bewahrt einen toten, tollwütigen Hund in einem Kühlschrank auf?»

Sandrine zuckte mit den Schultern. «Jemand, der ihn aus irgendeinem Grund nicht gleich verschwinden lassen kann oder will?»

«Aber warum...?»

Sandrine richtete sich ein wenig auf, und es war klar, dass jetzt die Pointe ihres Berichts folgen würde. «Das ist noch nicht alles. Für die Aufbewahrung in einem Kühlschrank könnte es zunächst einmal alle möglichen Gründe geben, auch wenn sie uns seltsam erscheinen mögen. Die Menschen tun öfter Dinge, die anderen seltsam erscheinen. Was wir aber außerdem noch herausgefunden haben, das überschreitet diese Grenze. Mit ‹seltsam› hat das nichts mehr zu tun.» Sie trank einen Schluck Wasser und fuhr dann fort: «Das Tier hatte einen Einstich im Nackenbereich, den wir uns nicht erklären konnten. Er ist post mortem erfolgt, wie im Übrigen auch die Brandmarkung.»

«Das Brandzeichen wurde angebracht, als der Hund schon tot war?», unterbrach Luc ungläubig Sandrines Ausführungen.

«Ja. Dieses Brandmal hatte also nichts mit irgendeinem abergläubischen Bemühen zu tun, den Hund vor der Tollwut zu retten, wie wir anfangs gedacht hatten. Es sollte ihn wohl eher brandmarken, wie man früher Verbrecher, Diebe, Mörder gebrandmarkt hat, und damit andere warnen. Oder aber...» Sie unterbrach sich und neigte ein wenig verlegen den Kopf.

«Oder was?», wollte Céleste wissen.

Es war Dr. Steinheimer, der antwortete: «Es gibt noch eine andere Erklärung. Es könnte eine Art Dämonenbeschwörung gewesen sein. Ich habe einige alte Überlieferungen gelesen über die Tollwut und die Versuche, sich davor zu schützen. Wie Brigadier Bato schon sagte, war diese Krankheit immer stark mit dem Dämonenglauben verbunden. Wir dachten daher zunächst, womöglich sollte mit dieser Brandmarke ein böser Geist gebannt werden.»

«Als wir aber begriffen haben, was dieser Einstich im Nacken des Hundes bedeutet, sind wir darauf gekommen, was es damit tatsächlich auf sich hat», sagte Sandrine unbehaglich. «Genau das Gegenteil nämlich: Ein Dämon sollte heraufbeschworen werden.»

«Ein Dämon? Heraufbeschwören?» Céleste hatte das Gefühl, im falschen Film zu sitzen. Hatte sie nicht gerade erst erkannt, wie absurd ihre eigenen, im Vergleich dazu noch harmlosen Theorien gewesen waren, und jetzt saßen hier zwei seriöse

Wissenschaftler, beide Mediziner, und parlierten über Dämonenbeschwörungen?

Sandrine schien ihre Gedanken zu lesen. «Das klingt natürlich verrückt», sagte sie. «Aber andererseits ist es absolut logisch und in sich schlüssig.»

«Logisch? In sich schlüssig?» Céleste schüttelte den Kopf. «Was soll daran schlüssig sein?»

«Dieses Brandzeichen ist nur die Geschichte, die um den Kern der Sache herumgelegt wurde. Ich weiß nicht, ob derjenige oder diejenige, der oder die das getan hat, selbst daran glaubt oder nicht, das Faszinierende aber ist, dass dieser Kern, das, worum es eigentlich geht, mit Aberglauben rein gar nichts mehr zu tun hat. Es handelt sich um einen naturwissenschaftlichen Vorgang, nüchtern, klar, medizinisch einwandfrei nachvollziehbar und deshalb umso erschreckender.» Sie machte eine Pause und stellte dann fest: «Und das ist der Beweis dafür, dass ihr beiden mit eurer Theorie recht habt.»

«Ich kann dir nicht folgen», sagte Céleste irritiert.

Luc schwieg, doch Céleste sah an seinem angespannten Gesichtsausdruck, dass es ihm ähnlich erging wie ihr. Es war eine Sache, sich eine Theorie zusammenzuspinnen, ohne zu wissen, ob sie tatsächlich stimmte; aber es war etwas ganz anderes, wenn eine Naturwissenschaftlerin von Sandrines Kaliber sich anschickte, diese zu bestätigen.

«Es geht primär gar nicht um das Brandzeichen. Es geht um den Einstich im Nacken des Hundes», nahm Sandrine den Faden wieder auf. «Wir hatten zunächst keine Ahnung, was das sein könnte – für eine Impfung war der Stichkanal zu groß, und außerdem: Wer sollte einen Hund impfen wollen, der schon tot ist?» Sie lachte ein wenig, wurde aber gleich wieder ernst. «Ich habe mir dann deine Frage noch einmal durch den Kopf gehen lassen: Wie könnte man jemanden absichtlich mit Tollwutviren in Kontakt bringen? Und da ist mir plötzlich aufgegangen, was dieser Einstich zu bedeuten hat. Es ist so sonnenklar, wir hätten gleich darauf kommen können.»

Sie warf Dr. Steinheimer einen schuldbewussten Blick zu, den dieser mit einem ebenfalls etwas bemühten Lächeln erwiderte, dann bückte sie sich und holte aus ihrer Tasche einen langen Gegenstand, den sie vor sich auf den Tisch legte. Er sah ein bisschen wie eine altmodische Spritze aus, mit zwei Griffen für die Finger links und rechts und einer ungewöhnlich langen, dicken Nadel.

«Was ist das?», fragte Céleste heiser vor Anspannung.

«Das ist eine Biopsienadel. Damit kann man Liquorproben entnehmen. Gehirnflüssigkeit. Das mit Abstand am stärksten von Tollwutviren infizierte Gewebe.»

Céleste begriff augenblicklich, was Sandrine damit sagen wollte, und sie schluckte. «Das heißt...»

«Wir haben es ausprobiert. Mit genau so einer Nadel wurde dem Hund nach seinem Tod vom Nacken aus ins Gehirn gestochen.» Sandrine Veilleux blickte in die Runde, und sie wirkte beklommen. «Das heißt, jemand hat dem Hund infizierte Gehirnflüssigkeit entnommen, um...»

«... den Dämon freizulassen», sagte Dr. Steinheimer, und es klang plötzlich gar nicht mehr absurd, sondern grauenhaft real.

Als Céleste und Luc nach dem Mittagessen zurück in die Mairie liefen, waren beide schweigsam. Sie hatten mit den beiden Ärzten noch fast eine Stunde über Ansteckungswege gesprochen und Möglichkeiten, das Virus gezielt unter die Leute zu bringen. Allerdings waren sie zu keinem Ergebnis gekommen.

Anders als beispielsweise Grippeviren verbreite sich das Tollwutvirus nicht über die Luft. Auch die bloße Berührung eines tollwütigen Tiers reiche nicht. Es bedürfe einer Wunde, die allerdings auch nur oberflächlich sein könne, ein Kratzer zum Beispiel, oder aber eines Kontakts mit den Schleimhäuten. Das Virus breite sich auch nicht über die Blutbahn, sondern über das zentrale Nervensystem aus und vermehre sich dann explosionsartig, sobald es das Gehirn erreiche. Hochgradig infiziert sei neben dem Gehirngewebe vor allem der Speichel eines tollwütigen Tiers, daher sei der einfachste Übertragungsweg ein Biss oder das Lecken einer Wunde, erläuterte Sandrine.

Luc hatte auf diese Erklärungen hin wissen wollen, was passierte, wenn man etwas esse oder trinke, das mit dem Virus in Berührung gekommen sei, doch Dr. Steinheimer hatte abgewinkt. Eine mittelbare Infektion durch Gegenstände oder Nahrung sei nahezu ausgeschlossen. Wenn das Virus den Körper seines Wirtes einmal verlassen habe, sei es äußerst flüchtig. Tageslicht und Wärme machten es innerhalb weniger Stunden inaktiv. Wenn beispielsweise der Speichel eines sterbenden infizierten Tieres auf Gras gelange, verliere er seine Ansteckungskraft, sobald er getrocknet sei. Nur Kälte und Fäulnis könnten die Aktivität hinauszögern, sodass tote infizierte Tiere vor allem in der kalten Jahreszeit noch monatelang ansteckend seien.

Doch all diese Informationen brachten die vier auf keine Idee, wie jemand die Tollwut auf einen Menschen übertragen konnte, ohne dass dies bemerkt wurde. Sie drehten und wendeten diese Frage hin und her, kauten förmlich darauf herum und kamen doch nicht weiter. Irgendwann sah Sandrine auf die Uhr und meinte, sie müsse wieder zurück nach Colmar. Daraufhin lösten sie die Runde ohne befriedigendes Ergebnis auf.

«Jetzt haben sich unsere schlimmsten Befürchtungen bestätigt, und trotzdem sind wir keinen Schritt weiter», sagte Luc bedrückt, während sie die Grand'Rue entlanggingen. «Was sollen wir denn nun machen?»

Céleste betrachtete mit zusammengekniffenen Augen die Menschen, die ihnen begegneten, so als ob ein einziger scharfer Blick genügte, um den Mörder zu enttarnen. Denn dass es sich bei den beiden Todesfällen tatsächlich um Morde handelte, daran bestand für sie jetzt kein Zweifel mehr. Fehlte nur noch das Wie...

«Chef?»

Lucs Stimme riss sie aus ihren Gedanken. «Ja?»

«Ich fragte gerade, was wir jetzt machen sollen.»

«Wir reden erst mal mit Dédé», sagte Céleste.

«Ja, und dann...?»

«Dann sehen wir weiter.»

Dédé lauschte ihren Ausführungen zunächst mit mildem Zweifel und dann mit zunehmendem Entsetzen. «Das ist ja grauenhaft...», japste er, als Céleste die Biopsienadel beschrieb und erklärte, wozu sie diente. «Sie sind sich absolut sicher?», fragte er am Ende, und als Luc und Céleste nickten, zog er das obligatorische Tuch aus der Tasche seines dunkelblauen Jacketts und wischte sich damit über die Stirn. «Das... das... nein, so was.» Kopfschüttelnd betrachtete er seine beiden Gemeindepolizisten. «Wer kommt denn auf so eine Idee?», fragte er sie, und es klang fast ein wenig vorwurfsvoll. «Wenn man jemandem an den Kragen will, gäbe es doch einfachere Möglichkeiten. Und wer sollte überhaupt... Rosalie und Jean-Marie, ich bitte euch, wer sollte denn diese beiden Leute umbringen wollen?» Und dann, plötzlich, weiteten sich seine Augen vor Entsetzen.

«Bald beginnt unser Weinfest. Wie können die Leute unbeschwert feiern, wenn ein Mörder frei herumläuft?»

«Wir sollten es absagen», sagte Céleste.

«Absagen? Nein, das geht nicht.» Dédé schüttelte den Kopf. «Die Vereine und der Chor haben sich doch mit solchem Eifer vorbereitet. Die Kostüme sind fertig genäht, Lieder einstudiert...»

«Apropos Lieder, was ist eigentlich aus dem Singspiel geworden?», fragte Céleste. «Als ich heute Morgen mit Abbé Schwarzweiler gesprochen habe, klang es nicht so, als ob es stattfinden würde.»

Dédé wedelte mit der Hand. «Der Abbé hat hier nicht das letzte Wort. Armand hat mir versichert, dass der Chor auftreten wird.»

«Tatsächlich? Es wird also weiter geprobt?» Céleste sah Luc fragend an. «In der Kirche?»

Luc wand sich ein wenig. «Jein», sagte er. «Wir proben in der Kirche unsere Kirchenlieder, und dann proben wir später noch woanders heimlich weiter.»

«Ach! Wo denn?», fragte Céleste, amüsiert über die konspirativen Umtriebe des braven Kirchenchors.

«Bei... ähm, Ihrem Großvater, Chef.»

«Bei Théo?», fragte Céleste verblüfft.

«Ja. Ihre Mutter hat das vorgeschlagen, als wir einmal nach der Chorprobe im Fetten Frosch waren. Im Haus ihres Vaters sei viel Platz, meinte sie, und es würde ihm sicher Spaß machen, dem Pfarrer eins auszuwischen.»

«Darauf wette ich.» Céleste grinste.

«Ja, er war sofort Feuer und Flamme und hat uns seine gute Stube zur Verfügung gestellt. Und stellen Sie sich vor, wir bekommen sogar von seinem Riesling.» Luc lächelte schüchtern.

Opa Théos Riesling war ein ganz besonderer Tropfen, was nicht zuletzt auf die optimale Lage und Bodenbeschaffenheit seines kleinen Weinbergs zurückzuführen war. Er hütete den Wein wie seinen Augapfel, sogar seine Tochter Catherine musste immer wieder darum betteln, ihn im Fetten Frosch ausschenken zu dürfen. Jahr für Jahr kamen die beiden größten Winzer des Dorfes, Bertrand Fleckenstein und Jerôme Dopfer höchstpersönlich bei ihm vorbei, um ihm jeweils ein Angebot für den Kauf seines Weinbergs zu unterbreiten. Beide behaupteten dabei, ihr Angebot sei erheblich besser als das ihres Konkurrenten, jedoch stimmten beide Angebote jedes Jahr fast auf den Euro genau überein. Théo Kreydenweiss kredenzte ihnen während dieser Unterredungen jedes Mal eine ausgewählte Flasche seines Rieslings, hörte sich ihre Schmeicheleien an, ergötzte sich an ihren neidvollen Mienen, wenn sie seinen Wein kosteten, und schickte sie dann unverrichteter Dinge wieder nach Hause.

«Ja, dann...», meinte Céleste lächelnd. «Dann muss es schon ein beeindruckendes Spektakel werden.»

«Eben!», schaltete sich Dédé wieder ein. «Wir können es nicht absagen. Wir sollten den Leuten erzählen, dass wir den Hund gefunden haben, der den ganzen Schlamassel ausgelöst hat, und es damit erst einmal gut sein lassen. Wir können den Bürgern nicht mit solchen Schauermärchen kommen, ohne dass wir konkrete Beweise haben. Ich übernehme das.»

Luc schien Dédés Meinung zu teilen, auch wenn er es nicht wagte, Céleste offen zu widersprechen.

Céleste sah vom einen zum anderen und zuckte mit den Schultern. «Dann müssen wir bis dahin eben diesen Wahnsinnigen gefasst haben», stellte sie trocken fest.

Es war ironisch gemeint gewesen, doch Dédé nickte erleichtert und klopfte zur Bekräftigung mit den Fingerknöcheln so heftig auf seinen Schreibtisch, dass die kleine Trikolore an dem Messingständer neben dem Telefon erzitterte. «Jawohl! *En Marche!* Das schätze ich so an Ihnen, Kreydenweiss, man jagt Sie nicht so leicht ins Bockshorn!»

Céleste beschloss, diesen kleinen Irrtum unwidersprochen hinzunehmen, und sagte: «Eine Sache wäre da aber noch, Monsieur le Maire.»

«Eine weitere Hiobsbotschaft?», fragte er erschrocken.

«Nun ja, wie man's nimmt – wir müssen Wolfsberger hinzuziehen...»

«Was? Diesen pastellfarbenen Stümper? Kommt nicht in Frage!» Mit einer kategorischen Handbewegung wischte Dédé Célestes Einwand beiseite.

«Nicht dass es mir gefallen würde, Monsieur le Maire, aber wenn Verdacht auf ein Verbrechen besteht, ist die Brigade Criminelle zuständig.»

«Pah, Blödsinn», sagte Dédé nur.

«Aber...»

«Wo ist denn hier ein Verbrechen, eh? Wir haben zwei tragische Tollwutfälle und einen toten Hund mit einem seltsamen Einstich im Rücken. Könnte auch eine große Mücke gewesen sein. Sie beide machen das ohne diesen Colmarer Einfaltspinsel, haben wir uns verstanden? Das ist eine dienstliche Anweisung, und ich übernehme dafür die volle Verantwortung.»

Damit war die Unterredung beendet.

«Eine große Mücke», wiederholte Céleste kopfschüttelnd, als sie zurück in ihr Dienstzimmer gingen, und musste wider Willen lachen. «Dédé hat wirklich Nerven.»

«Ich finde, er hat recht», sagte Luc. «Wolfsberger bringt bloß alles durcheinander. Außerdem waren Sie doch selbst bei der Kriminalpolizei. Sie können das viel besser als er.»

«Aber ich bin es nun mal nicht mehr», wandte Céleste ein.

«Ermitteln ist wie Fahrradfahren. Das verlernt man nicht», sagte Luc voller Überzeugung. «Den Fall mit dem Sauerkrautfass haben wir auch ganz allein gelöst.»

Luc spielte auf den einzigen wirklichen Kriminalfall an, mit dem die beiden in ihrem Dorf bislang befasst gewesen waren. Céleste hatte bis dahin nie über ihre Zeit bei der Kriminalpolizei in Straßburg gesprochen, doch da die Straßburger Brigade Criminelle und deren Commandant Etienne Walter, ihr ehemaliger Vorgesetzter, ebenfalls beteiligt gewesen waren, war sie am Ende nicht umhingekommen, Luc ihre Vorgeschichte zu erzählen. Wider Erwarten hatte ihr Brigadier diese Enthüllung ohne große Überraschung zur Kenntnis genommen. Er hatte nur mit den Schultern gezuckt und erklärt: «Ich habe mir die ganze Zeit schon gedacht, dass Sie mehr auf dem Kasten haben als Strafzettelschreiben, Chef.»

Céleste, die bereits bei der Kriminalpolizei in Straßburg unangenehme Bekanntschaft mit Wolfsberger gemacht hatte, hatte am allerwenigsten Lust, sich mit den Colmarern und deren Capitaine auseinanderzusetzen. Nach der Sauerkrautgeschichte, bei der sich der Capitaine nicht gerade mit Ruhm bekleckert hatte, war in ihr kurzfristig die Hoffnung aufgekeimt, sie würde ihn loswerden, doch er hatte sich gehalten, und sie musste wohl oder übel damit klarkommen. Irgendwie hatte Dédé ja recht: Bis jetzt gab es noch keine echte Notwendigkeit, die Brigade einzuschalten. Sie setzte sich an ihren Schreibtisch, lehnte sich zurück, hob in einer abschließenden Geste die Arme und sagte: «Also gut. Machen wir uns an die Arbeit.»

Erleichtert deutete Luc einen Salut an. «Jawohl, Chef!»

14

«Da wir nicht wissen, wie das Ganze bewerkstelligt wurde, sollten wir versuchen, uns der Sache aus einer anderen Richtung zu nähern», schlug Céleste nach kurzer Überlegung vor. «Es bringt nichts, wenn wir uns die ganze Zeit am Wie festhalten, wir müssen nach dem Warum fragen. Welchen Grund könnte jemand haben, diese beiden Menschen umzubringen? Was hatten sie gemeinsam? Wo ist die Verbindung?»

Luc antwortete nicht gleich. Offenbar schrieb er ihre Fragen Wort für Wort mit. Céleste sah ihm dabei zu. Luc hatte eine ausgesprochene Vorliebe für Listen jeder Art. Schließlich hob er den Kopf. «Was, Chef, wenn es keine Verbindung gibt? Wenn es reiner Zufall war, dass es Jean-Marie Knopfer und Rosalie Bernard getroffen hat?»

«Sie meinen, es könnte jemand sein, der sich wahllos irgendwelche Opfer herausgreift?»

Luc nickte.

Céleste dachte eine Weile nach, dann schüttelte sie den Kopf. «Das glaube ich nicht. Es steckt zu viel Methode dahinter. Dieser Mensch weiß genau, was er tut. Und es gibt einen Grund, warum er ausgerechnet die Tollwut ausgewählt hat. Vergessen Sie nicht, es ist so kompliziert, dieses Virus unter die Leute zu bringen, dass nicht einmal Sandrine bisher eine Ahnung hatte, wie es funktionieren könnte. Aber er, er weiß es. Er hat einen

Bezug dazu. Die Tollwut hat für ihn eine besondere Bedeutung. Und ich bin überzeugt, nicht nur das, auch die Wahl der Opfer. Wer sich so eine abwegige, beziehungsreiche Art zu töten aussucht, folgt einem Plan und nicht dem Zufall. Wir sehen diesen Plan nur noch nicht. Aber wir stehen ja auch erst ganz am Anfang.»

Luc kritzelte schon wieder auf seinem Block.

«Was schreiben Sie denn da alles?», fragte Céleste.

Luc wurde rot. «Ach, nichts weiter. Nur Stichpunkte. Ich kann besser denken, wenn ich mitschreibe. Das war schon immer so. In der Schule haben sie mich deshalb immer ausgelacht. Wenn sich einer gemeldet hat, um zu fragen, ob er auf die Toilette darf, haben sie zu mir gesagt: Bato, schreib mit.»

Céleste lachte. «Und? Haben Sie?»

«Hin und wieder ist mir das schon passiert», gab Luc zu. «Ich habe auch sämtliche Schülerantworten mitgeschrieben, selbst wenn die absolut falsch waren. Später musste ich deswegen dann immer die Protokolle verfassen.»

«Und? Wo waren wir gerade stehengeblieben?», wollte Céleste wissen, und Luc konsultierte seine Notizen.

«Am Anfang, Chef. Sie sagten gerade, wir stehen noch am Anfang.»

Céleste nickte amüsiert. «Exakt. Wir fangen an, nach einer Verbindung zu suchen. Über Rosalie habe ich schon einiges erfahren, allerdings bisher nichts, was auf ein Mordmotiv hinweisen könnte. Aber über Jean-Marie Knopfer wissen wir noch sehr wenig. Ich gehe jetzt zu seiner Frau, frage sie nach Freunden, Streitereien, Problemen bei der Arbeit – alles, was ihr dazu einfällt.»

«Und ich, Chef?», fragte Luc schüchtern.

«Sie fahren zu Hortense Grimaud in die Gärtnerei.»

Luc riss die Augen auf. «Zu Hortense?», stotterte er. «Aber wieso? Was hat sie damit zu tun?»

«Hortense kannte Rosalie ganz gut, denn sie hat mit ihr und Madame Crummenacker den Blumenschmuck für die Kirche gemacht.»

«Aber dann sollte ich doch zuerst einmal mit Madame Crummenacker sprechen.»

Céleste sah Luc neugierig an. «Hat Hortense etwa Ihr Geschenk nicht gefallen?»

«Mein was? Ach so, der Käse ...» Luc kratzte sich am Kopf. «Doch. Ich glaube schon.»

«Ja, dann ...»

«Aber ganz sicher bin ich mir nicht.» Luc sah Céleste etwas ratlos an. «Sie meinte, er wäre ziemlich groß für eine Person ganz allein, den müsste man vielleicht zu zweit essen.»

«Aber das klingt doch wunderbar!», sagte Céleste.

«Finden Sie? Ich dachte, sie hat Angst, dass er ihr verdirbt ...»

Céleste lachte. «Ich glaube eher, sie wollte Sie einladen, ihn mit ihr zusammen zu essen und ein Glas Wein dazu zu trinken.»

Luc sah sie überrascht an. «Meinen Sie? Aber warum hat sie das nicht gesagt?»

«Vielleicht ist sie ein bisschen schüchtern. Frauen sagen oft etwas um ein paar Ecken herum, damit es nicht so forsch klingt», klärte Céleste ihren Brigadier auf.

Luc machte ein zerknirschtes Gesicht. «Mist!», sagte er. «Jetzt hält sie mich sicher für einen Riesentrottel.»

«Wieso? Was haben Sie ihr denn geantwortet?»

«Ich habe gesagt, dass Sie sich deswegen keine Sorgen machen muss, weil sich Munsterkäse sehr lange hält.»

«Ach, Luc», Céleste schüttelte lächelnd den Kopf. «So wird das nichts. Umso besser, wenn Sie sie jetzt besuchen und das klarstellen.»

«Wie, jetzt?» Luc sah Céleste verstört an. «Sie meinen, jetzt gleich?»

«Natürlich jetzt gleich. Wir haben schließlich zwei Morde aufzuklären und ganz nebenbei dafür zu sorgen, dass Hortense Grimaud Sie nicht länger für einen Trottel hält.»

Das wirkte. Luc stand sofort auf, packte seine Notizen, schlüpfte in die Uniformjacke und setzte sich die Mütze auf. «Sie haben recht. Bis dann, Chef!»

Célestes Besuch bei Eva Knopfer brachte nichts Neues. Eva Knopfer reagierte nicht besonders alarmiert auf Célestes vorsichtige Andeutung, jemand habe ihren Mann womöglich absichtlich getötet, im Gegenteil, sie war eher belustigt.

«Was für eine komische Idee», sagte sie und schüttelte den Kopf. «Wer kommt denn auf so etwas?»

Darauf gab Céleste keine Antwort. Stattdessen sagte sie nur: «Hatte Ihr Mann Feinde?»

Jetzt lachte Eva Knopfer tatsächlich. «Feinde? Fragen Sie mich lieber, wer ihn mochte. Das wären weniger.»

«Gut. Wer also mochte ihn? Was ist mit Ihnen, mochten Sie Ihren Mann?»

Eva Knopfers Lächeln verblasste. «Früher, ja ...», sagte sie. «Aber es war schwierig.»

Céleste wartete.

Als Eva Knopfer merkte, dass das als Antwort nicht genügte, begann sie offenbar ernsthaft über ihre Gefühle für ihren verstorbenen Mann nachzudenken, und es wurde deutlich, dass sie das schon lange nicht mehr getan hatte. Sie stand auf und nahm ein Foto vom Regal über dem Fernseher, auf dem sie und ihr Mann irgendwo zwischen Wiesen und Weinbergen abgebildet waren. Es war mindestens dreißig Jahre alt, zeigte eine blutjunge Eva Knopfer neben einem auf eine etwas rustikale Art gutaussehenden, muskulösen, schwarzhaarigen Mann, den Céleste erst auf den zweiten Blick als Jean-Marie Knopfer identifizierte. Er hatte den Arm um seine Frau gelegt, und beide lachten glücklich in die Kamera.

«Das war kurz nach unserer Hochzeit. Als wir uns kennenlernten, war ich neunzehn und sehr schüchtern. Jean-Marie beeindruckte mich ungeheuer. Seine Energie warf mich um, und ich konnte kaum glauben, dass sich so ein kraftstrotzender, wilder, lauter Kerl für mich graue Maus interessierte.» Eva Knopfer warf Céleste einen etwas verlegenen Blick zu. «Man hat mich vor ihm gewarnt», fuhr sie leise fort, «und ich wusste, dass es ein Fehler war, mich in ihn zu verlieben. Aber ich wehrte mich nicht. Wie sollte ich auch, damals. Ich war fast noch ein Kind.» Sie seufzte, doch es schwang kein Bedauern in diesem Seufzer mit, eher so etwas wie Wehmut oder gar Sehnsucht nach dem jungen, naiven Mädchen, das sie einmal gewesen war. «Leider wurde sogar dem dummen Mädel, das ich war, recht schnell klar, dass das, was ich an ihm so bewunderte, im Grunde seine Schattenseite war. Seine Energie hatte kein Ziel, war nur ein leeres Feuer, das am Ende alles kaputtmachte, was ihm zu nahe kam. Er verlor schnell die Geduld, warf seine Ideen von einem Tag auf den anderen über den Haufen, brachte nichts zu Ende, und immer wieder kam es zu Streitereien und Handgreiflichkeiten mit irgendwelchen Typen, mit denen er sich anlegte. Nicht selten kam er mit einer blutigen Nase nach Hause. Erst vor kurzem, bei diesem Streit in Julien's Winstub, zu dem Sie mich befragt haben, hat er sich einen Zahn ausgeschlagen, der

Idiot. Nachdem er seinen Weinberg verloren hatte, wurde es immer schlimmer. Er war verbittert. Allen gab er die Schuld an seinem Scheitern, auch mir. Ich hätte ihn nie unterstützt, nie an ihn geglaubt.»

«Hat er Sie auch geschlagen?»

Eva Knopfer schüttelte energisch den Kopf. «Nein. Niemals. Er hat mich nicht angefasst. Das hätte er nicht gewagt. Da wäre ich weg gewesen. Auch nicht die Kinder. Mit seinen Enkelkindern war er oft sogar wie verwandelt, ruhig, geduldig, ja, lustig. Hätt mir gewünscht, das wär bei den Kindern früher auch so gewesen. Die mussten immer auf Zehenspitzen rumlaufen, wenn er seine Launen hatte.» Sie wischte sich flüchtig übers Gesicht, als wollte sie die Gedanken daran verscheuchen, und stellte dann das Bild behutsam zurück in das Regal.

«Wer war denn schuld daran, dass er den Weinberg verkaufen musste?», wollte Céleste wissen.

«Ach, das war er ganz allein. Er war überhaupt kein Geschäftsmann. Stur, jähzornig und unflexibel verscherzte er es sich mit jedem, sogar mit denen, die es gut mit ihm meinten. Aber das hat er natürlich nicht eingesehen. Für ihn waren immer die anderen schuld.»

«Wem gehört der Weinberg jetzt?»

«Bertrand Fleckenstein. Er hat uns einen guten Preis bezahlt, mit dem Jean-Marie einen Großteil seiner Schulden begleichen konnte, und ihn anschließend bei sich angestellt. Und für die Wohnung hier hat er auch nur eine kleine Miete verlangt.»

«Das ist sehr großzügig.»

Eva Knopfer lächelte bitter. «Unser Weinberg lag genau zwischen seinen Ländereien. Wie ein Stein im Schuh hat es ihn die ganzen Jahre gedrückt, jeden Tag drum herum fahren zu müssen, erst die eine Straße zurück und dann die nächste wieder rauf. Durch den Kauf hat Bertrand Fleckenstein ein durchgängiges Stück Land in bester Lage erhalten.»

«Gab es jemanden, mit dem Ihr Mann richtig im Clinch lag, mehr als mit anderen?»

Eva Knopfer überlegte. «Nein. Jedenfalls niemanden, der ihm an den Kragen wollte, wenn Sie das meinen.»

«Keine Zusammenstöße, Handgreiflichkeiten, Demütigungen, irgendetwas, was Ihnen besonders aufgefallen wäre?»

«Nein. Da war nur der Herr Pfarrer, aber das war auch nichts Besonderes...»

«Abbé Schwarzweiler?»

«Ja. Mit dem hat er sich mit Vorliebe in die Wolle gekriegt.»

«Können Sie mir das genauer beschreiben?»

«Jean-Marie hielt nichts von der Kirche, und es machte ihn wütend, dass sie hier bei uns mehr Einfluss hat als im Rest von Frankreich und die Geistlichen im Elsass vom Staat bezahlt werden. Er hielt sie alle für elende Schmarotzer. Jedes Mal, wenn er dem Abbé begegnet ist, hat er vor ihm auf den Boden gespuckt. Angeblich hat er ihn einmal sogar direkt angespuckt. Der Abbé hat ihn deswegen zur Rede gestellt und gedroht, er würde ihn wegen Beleidigung anzeigen. Aber das war Jean-Marie egal. Er hat einfach immer weitergemacht.»

Céleste runzelte die Stirn. «Von einer Anzeige weiß ich nichts. Bei uns war der Abbé deswegen nicht.»

«Vielleicht war's nur eine leere Drohung. Geholfen hätte es ohnehin nicht.» Sie zuckte mit den Schultern. «Vermutlich hat der Abbé Jean-Marie einfach irgendwann ignoriert. Wär jedenfalls das Klügste gewesen, wenn Sie mich fragen.»

«Kannte Ihr Mann Rosalie Bernard?», wollte Céleste wissen. «Sie wohnte nicht weit von hier, in der Rue du Rempart.»

«Ja, ich weiß. Ich kannte sie vom Sehen. Eine nette Person.

Immer freundlich. Manche redeten schlecht über sie, es hieß, sie würde klauen...»

«Ja, das stimmt. Es war wohl eine Art Zwang.»

Eva Knopfer schüttelte langsam den Kopf. «Ich glaube nicht, dass Jean-Marie sie kannte. Höchstens vom Sehen. Unser Dorf ist so klein, da läuft man sich ja dauernd über den Weg. Aber näher? Nein. Was hätten die beiden auch miteinander zu tun gehabt?»

Céleste nickte. Sie konnte sich auch nicht vorstellen, was ausgerechnet diese beiden so unterschiedlichen Menschen verbunden haben könnte. «Wer hat denn schlecht über sie geredet?», wollte sie noch wissen.

«Keine Ahnung, man hört eben so einiges, ich weiß nicht mehr, von wem. Kann sein, dass Francine im Supermarkt mal was erwähnt hat oder die Greniers im Schreibwarenladen...»

«Alma Grenier?»

«Eher ihr Mann, der weiß über alle und jeden immer nur das Schlechteste.» Eva Knopfer sann ein wenig nach, dann sagte sie mit entwaffnender Offenheit: «Wissen Sie was? Wenn ich mir diesen Alphonse Grenier so ansehe, war mir mein Jean-Marie doch tausendmal lieber.»

Als Céleste wieder auf die Straße trat, hatte es sich zugezogen. Wind war aufgekommen und wehte bereits die ersten Tropfen vor sich her. In der Ferne grollte Donner. Der Cour Unterlinden war wie ausgestorben. Céleste blieb im Hauseingang stehen, um ihre Jacke zuzuknöpfen und sich die Uniformmütze aufzusetzen.

Direkt vor ihr befand sich die Stelle, wo Jean-Marie bei seinem Sprung aus dem Fenster auf dem Pflaster aufgeschlagen war. Nichts erinnerte mehr an den massigen Körper mit den verdrehten Gliedmaßen, der dort gelegen hatte. Céleste trat auf die Straße und schaute nach oben. Die Fenster der Wohnung waren geschlossen, Geranienkästen leuchteten unschuldig rosa vor dem grauen Himmel. Was war das für eine teuflische Krankheit, die jemanden dazu brachte, einfach so aus dem Fenster zu springen? Andererseits war ihm auf diese Weise ein noch schlimmerer Tod erspart geblieben. Céleste dachte an die ans Bett gefesselte, ausgemergelte Rosalie und fröstelte. Wenn er nicht gesprungen wäre, hätten sich bei ihm die gleichen Symptome wie bei ihr gezeigt. Womöglich wäre jemand dann schon früher auf Tollwut gekommen. Was jedoch auch nichts genützt hätte. Weder Jean-Maries noch Rosalies Tod wären damit zu verhindern gewesen. Einmal ausgebrochen, war diese Krankheit immer tödlich, das hatten sowohl Maurice Schupfer als auch Dr. Steinheimer bestätigt. Und da Céleste nicht wusste, wie die beiden Toten infiziert worden waren, blieb nur, nach dem Täter zu suchen. Einem Täter, der nicht viel mehr als ein Phantom war. Selten hatte sich Céleste so hilflos und gleichzeitig so voller Unruhe gefühlt. Es blieb ihr nichts, als mühsam nach sämtlichen winzigen Hinweisen zu suchen und zu hoffen, dass sich am Ende tatsächlich ein Bild ergab, das verriet, wer sich diesen dämonischen Plan ausgedacht hatte.

Sie lief die Straße entlang in Richtung Rue Rempart. Feierabend für heute. Es war Freitag und kurz vor halb sieben. Luc war sicher noch nicht aus Wettolsheim zurück. Zumindest hoffte sie, dass es so war und er sich stattdessen mit seiner Angebeteten bei einem Glas Wein in trauter Zweisamkeit über den heiligen Munsterkäse hermachte.

Wie so oft überfiel die Sehnsucht sie plötzlich und ohne Vorwarnung. Sie blieb stehen und blickte in den grauen Himmel. Der Regen wurde langsam stärker, über den Dächern zuckte ein

Blitz. Sie zog ihr Handy aus der Tasche und wählte Max' Nummer. Er war sofort am Apparat.

«Bist du zu Hause?», fragte Céleste, und als er bejahte, fügte sie schnell, fast atemlos, hinzu: «Kann ich kommen?»

Sie hörte ein «Ja», es kam ohne Zögern, dann unterbrach ein ohrenbetäubender Donnerschlag ihr Gespräch. Doch das spielte keine Rolle. Es war alles gesagt. Wenn sie sich beeilte und ihr alter Citroen DS keine Mucken machte, würde sie in einer guten Stunde in Freiburg sein. Sie schlug den Kragen ihrer Jacke hoch und begann zu laufen.

15

Das Gewitter brachte einen Wetterumschwung. Als sich am Montagmorgen die Wolken verzogen hatten und die Sonne wieder vom Himmel strahlte, war es unmerklich Herbst geworden. Das Licht hatte sich verändert, es war sanfter, weicher, und als Céleste den Rhein in Richtung Colmar überquerte, war der mächtige Fluss in zarten weißen Nebel gehüllt, der sich erst allmählich im Licht der Sonne zu heben begann.

Célestes Unruhe vom Freitag hatte sich nicht gelegt. Im Gegenteil, sie hatte mit Max darüber gesprochen, und seine Fassungslosigkeit wegen der Tatsache, dass sie mehr oder weniger im Verborgenen versuchten, einen Mörder zu fassen, der mit Hilfe eines Virus Menschen tötete, hatte sie noch nervöser werden lassen.

Als sie in die Grand'Rue einbog, waren Mitglieder des Festkomitees zusammen mit der Feuerwehr gerade damit beschäftigt, über der Straße ein großes Banner aufzuhängen: *Fête du vin*, stand dort zu lesen und darunter in mittelalterlich anmutenden Buchstaben: *Grand spectacle médiéval*. Ende der Woche sollte das Weinfest beginnen. Entlang der Straße flatterten bereits fröhlich bunte Wimpel – der Anblick verursachte Céleste Magenschmerzen. Sie konnte nicht ans Feiern denken, ohne gleichzeitig die Bedrohung zu sehen, die im Hintergrund lauerte. Die Menschen waren seltsam. Einerseits glaubten sie, aus Angst einen Kater erschlagen, einen Hund erschießen zu müssen, andererseits ließen sie sich nicht beirren, frohgemut Vorbereitungen für ein lustiges Fest zu treffen.

Ausnahmsweise war sie an diesem Montagmorgen bereits vor Luc und vor Marie und Dédé in der Mairie. Letzteres war allerdings keine große Kunst – Dédé begann seinen Dienst am Bürger selten vor zehn Uhr morgens, und dazu stand er auch. «Amtshandlungen vor zehn sind ungesund», pflegte er zu antworten, wenn ihn jemand nach seinen Bürozeiten fragte. «Für die Bürger genauso wie für den Bürgermeister.»

Céleste holte sich einen Kaffee, packte ihre Brioche aus, die sie unterwegs gekauft hatte, und wartete auf Luc. Es dauerte keine zehn Minuten, bis er eintraf.

Als er sie am Schreibtisch sitzen sah, machte er ein erschrockenes Gesicht. «Ist was passiert, Chef?»

«Nein, wieso?», fragte Céleste unschuldig.

«Ach, nur so, ich dachte, weil Sie so früh...» Luc verstummte, hängte seine Jacke sorgfältig über den Stuhl und setzte sich ebenfalls. «Wo waren Sie denn Freitagabend? Ich hab auf Sie gewartet.»

«Nach Ihrem Besuch bei Hortense?», wunderte sich Céleste. «Ich dachte, Sie beide nutzen die Gelegenheit und trinken ein Gläschen zusammen. Und essen Käse...»

«Ich war doch noch im Dienst», wehrte Luc fast erschrocken ab. «Außerdem war ich der Meinung, Sie würden gerne hören, was Hortense zu berichten hatte.»

Céleste unterdrückte einen Anflug von schlechtem Gewissen angesichts des unerschütterlichen Pflichtbewusstseins ihres braven Brigadiers ebenso wie den Impuls, ihn kräftig durchzuschütteln, und fragte nur: «War es denn so interessant?»

Luc nickte. «Ich finde schon.» Er breitete seine Notizen vor sich auf dem Schreibtisch aus und sah Céleste erwartungsvoll an.

«Dann schießen Sie mal los», forderte sie ihn auf.

«Alma Grenier hat Ihnen doch erzählt, dass der Streit mit Abbé Schwarzweiler der Grund dafür war, dass Rosalie nicht mehr in die Kirche ging», begann er, und Céleste nickte.

«So hat es ihr Valérie Crummenacker gesagt. Und der Pfarrer hat das auch bestätigt», sagte sie.

«Das kann nicht ganz stimmen», sagte Luc.

«Ach, nicht? Und warum nicht?»

«An dem Tag, an dem es zu diesem Streit gekommen war, war am Abend Chorprobe. Das war Anfang Juli. Ich hab selbst nicht teilgenommen, meine Schwester hatte Geburtstag, und ich bin nach Hause gefahren. Hortense hat mir erzählt, dass Armand Straub an dem Abend allen von Rosalie und ihrer Auseinandersetzung mit dem Abbé erzählt hat, er war noch immer wütend darüber. Als sie jedoch Rosalie ein paar Tage später noch einmal getroffen hat, war sie auf dem Weg in die Kirche.»

«Ist sie sich da ganz sicher?», fragte Céleste erstaunt.

«Ja. Hundertprozentig. Es war Donnerstag. Hortense hat auf unserem Wochenmarkt einen Stand. Und dort ist Rosalie vorbeigekommen. Sehr entschlossen, regelrecht fröhlich, hat sie verkündet, sie sei auf dem Weg zu Abbé Schwarzweiler. Jemand habe ihr die Augen geöffnet, es sei etwas wiedergutzumachen. Dabei hat sie auf ihre Handtasche geklopft.»

«Der Kerzenleuchter», sagte Céleste. «Sie wollte ihn zurückbringen.»

Luc nickte. «Das habe ich mir auch gedacht.»

«Aber sie hat es nicht getan.» Céleste bückte sich, holte die Schachtel, die sie aus Rosalies Schlafzimmer mitgenommen hatte, unter dem Schreibtisch hervor und nahm den Kerzenleuchter heraus. «Warum hat sie es sich anders überlegt?», dachte sie laut nach und wog den schweren, silbernen Leuchter nachdenklich in der Hand.

«Mehr wusste Hortense auch nicht», sagte Luc. «Nach diesem Donnerstag hat sie Rosalie in der Kirche und auch sonst nicht mehr gesehen.»

«Ich frage mich, wer ihr wohl die Augen geöffnet hat?»

«Vielleicht Abbé Schwarzweiler selbst? Vielleicht hat er ihr noch einmal ins Gewissen geredet?», schlug Luc vor.

«Glaub ich nicht. Dann wäre der Kerzenleuchter doch längst wieder an seinem Platz. Außerdem besitzt der Abbé so viel Einfühlungsvermögen wie eine Klapperschlange.»

Luc lachte auf. «Lassen Sie das bloß nicht Alma Grenier hören», sagte er.

«Wieso?»

«Sie ist verliebt in den Abbé.»

«Tatsächlich?» Céleste wunderte sich. «Da wäre ich im Leben nicht drauf gekommen.»

«Doch, doch. Deswegen geht sie ja immer auf die Beerdigungen und in jeden Gottesdienst. Und sie bringt ihm auch kleine Geschenke, legt ihm heimlich Pralinen oder Kärtchen mit heiligen Sprüchen auf die Kanzel. Niemand spricht darüber, aber alle wissen, dass sie von Alma sind.»

«Woher wollen das alle wissen, wenn doch niemand darüber spricht?», fragte Céleste ein wenig boshaft.

«Nicolette Pouliotte hat sie einmal gesehen. Alma stand an der Kanzel, und dort lag eine Karte mit einem frommen Spruch darauf. Eine von den Karten, wie Alma sie in ihrem Laden verkauft. Sie ist furchtbar erschrocken, als Nicolette hereinkam, und sofort ohne ein Wort hinausgelaufen. Nicolette hat den Spruch gelesen. Sie hat ihn uns in der Chorprobe sogar aufgesagt: ‹Wenn euch die Welt hasst, so wisst, dass sie mich vor euch gehasst hat›», zitierte Luc aus dem Gedächtnis.

«Das klingt aber nicht sehr verliebt», wandte Céleste ein und notierte sich den Satz in ihrem Notizheft.

Luc zuckte mit den Schultern. «Wenn man sich ungeliebt fühlt und nach Verbündeten sucht, kann es vielleicht tröstlich sein.»

Céleste blieb skeptisch. «Ich kann mir nicht vorstellen, dass Alma Grenier Karten mit solchen Sprüchen in ihrem Laden verkauft.»

«Aber sicher! Das sind Beichtzettel. Sie verkauft auch Beerdigungskarten und Taufsprüche und solche Sachen.»

«Was sind denn Beichtzettel?», fragte Céleste erstaunt.

«Das sind kleine Kärtchen mit ebensolchen Sprüchen, die der Pfarrer verteilt, wenn man beichten war.»

«So was wie Fleißbildchen früher in der Schule?»

«Ja, so ähnlich. Ein wenig veraltet, finde ich. Aber der Abbé hat es wieder eingeführt. Bevor er zu uns nach Eguisheim kam, war er nämlich in Indien, und er meint, dort sei das sehr beliebt und auch sehr wirkungsvoll gewesen.»

Céleste musste lachen. «In Indien? Haben Sie auch solche Zettel, Luc?»

Der Brigadier schüttelte den Kopf. «Ich gehe nicht zur Beichte.»

«Nicht? Aber gehört sich das nicht für einen frommen Katholiken?»

«Vermutlich. Aber ich singe hier nur im Chor. Mehr nicht.»

Céleste nickte und ließ es damit auf sich beruhen. Ganz offensichtlich wollte Luc über seine religiösen Gefühle nicht mit seiner Chefin sprechen, und das respektierte sie. Es schien ihr allerdings so, als hege ihr Brigadier ähnlich wie sie selbst einen speziellen Widerwillen gegen Abbé Schwarzweiler, auch wenn er dies nicht laut äußerte.

Céleste erzählte Luc ihrerseits von ihrem Gespräch mit Eva Knopfer, und Luc meinte dazu nur: «Offensichtlich hat sie ihn geliebt.»

«Na ja. So ganz sicher schien sie sich da nicht zu sein», wandte Céleste ein. «Jean-Marie Knopfer war kein sehr angenehmer Zeitgenosse.»

«Trotzdem», beharrte Luc. «Wenn man so über jemanden spricht, noch immer ein altes Foto im Regal stehen hat und versucht, das Beste im anderen zu sehen, liebt man ihn.»

«Na, Sie müssen es ja wissen», gab Céleste leicht säuerlich zurück. Die rosarot-romantische Weltsicht ihres Brigadiers ging ihr bisweilen gehörig auf die Nerven. «Jedenfalls glaube ich nicht, dass sie etwas mit seinem Tod zu tun hat. Sie war kein bisschen nervös, als ich unseren Verdacht angesprochen habe. Eher belustigt. Sie hat mir wohl nicht geglaubt. Andererseits kann sie das natürlich auch vorgetäuscht haben. Selbst wenn sie ihn geliebt hat, wie Sie meinen, Luc, hat sie doch eher den früheren Jean-Marie geliebt. Vielleicht hat sie nicht ertragen, wie er sich verändert hat? Oder vielleicht hat er sie doch geschlagen, obwohl sie es verneint hat?» Sie dachte kurz nach und meinte dann: «Für eine Ehefrau wäre es wahrscheinlich am einfachsten, dem Mann nahe genug zu kommen, um das Virus irgendwie zu übertragen. Vielleicht hatte er eine Wunde, einen Kratzer...»

«Dann müsste sie die Viren irgendwie präpariert haben», wandte Luc ein. «Dr. Steinheimer hat doch gesagt, dass das Virus sehr flüchtig ist. Wie sollte das also gehen?»

«Vielleicht in einer Salbe? Einem Pflaster?» Céleste zuckte mit den Schultern. «Wenn das überhaupt möglich ist.»

«Wo hat sie den Hund dann so lange versteckt? Wie kam sie überhaupt zu diesem Hund? Und was ist mit Rosalie? Warum sollte Eva Knopfer auch sie töten wollen? Rosalie kannte Jean-Marie ja nicht einmal näher.»

Céleste nickte resigniert. «Sie haben ja recht, Luc. Gleichgültig, wie man es dreht und wendet, es ist alles nur Spekulation.»

«Lassen Sie uns trotzdem weiter nachdenken.» Unverdrossen nahm Luc seinen Notizblock und einen Stift zur Hand und sagte: «Was haben wir bisher herausgefunden?»

Céleste überlegte und begann dann aufzuzählen: «Rosalie Bernard hatte einen Streit mit Abbé Schwarzweiler. Sie hatte einen Kerzenleuchter gestohlen und wollte ihn vermutlich zurückgeben, was sie aber nicht getan hat. Warum, wissen wir nicht. Danach ist sie nicht mehr in die Kirche gegangen.»

«Jean-Marie Knopfer war ein jähzorniger, verbitterter Mann, der sich mit jedem angelegt hat, auch mit dem Abbé...», spann Luc den Faden weiter und stockte dann unvermittelt.

«Was ist?», wollte Céleste wissen.

«Fällt Ihnen was auf?», sagte Luc, «Das ist die einzige Gemeinsamkeit, die wir bisher zwischen den beiden haben: Sowohl Rosalie als auch Jean-Marie hatten ein Problem mit dem Priester.»

Céleste nickte langsam. «Wobei es nicht schwer ist, mit Abbé Schwarzweiler ein Problem zu haben. Denken Sie an Armand Straub und seine Pläne für das Singspiel. Die hatten sich neulich ziemlich in der Wolle deswegen.» Sie sah zu, wie Luc das Wort *ABBÉ* in Großbuchstaben auf seine Liste schrieb, und ihr fiel plötzlich etwas ein. Sie zog ein Blatt Papier aus den Zettelstapeln auf ihrem Schreibtisch und überflog es. «Sagten Sie nicht, der Abbé sei in Indien gewesen, bevor er zu uns kam? In Indien gibt es die meisten Tollwutfälle der Welt. Fast immer übertragen wilde Hunde das Virus.» Sie zeigte Luc einen Computerausdruck. «Habe ich von Sandrine.»

«Aber Sie glauben doch nicht, dass der Priester ...» Luc sah Céleste zweifelnd an. «Wegen eines gestohlenen Kerzenleuchters? Und weil Jean-Marie die Kirche nicht ausstehen konnte?»

«Ich glaube gar nichts. Außerdem waren Sie es, der gerade die Verbindung zwischen den beiden Opfern und dem Abbé hergestellt hat.»

«Ja, weil es auffällig ist. Aber doch kein Mordmotiv», wandte Luc ein.

Sie nickte widerstrebend. «Wahrscheinlich haben Sie recht. Wen haben wir noch? Alma Grenier und ihren Mann Alphonse. Alma war mit Rosalie befreundet, ihr Mann konnte sie jedoch nicht ausstehen und hat sie wegen Ladendiebstahls angezeigt. Alma liebt Beerdigungen, ist sehr neugierig und tratscht gern. Es geht das Gerücht, dass sie in Abbé Schwarzweiler verliebt ist und ihm Beichtzettel als Zeichen ihrer Liebe überreicht. Zu Jean-Marie Knopfer hatte sie jedoch, soweit wir wissen, keine besondere Verbindung. Wen noch?»

«Valérie Crummenacker», schlug Luc vor. «Sie hat Rosalie auch gekannt, hat mit ihr die Kirchendekoration gemacht. Und durch sie wusste Alma Grenier von Rosalies Streit mit dem Abbé.»

Als Céleste nickte, notierte Luc auch diesen Namen.

«Valérie Crummenacker singt doch auch im Chor, kennen Sie sie näher, Luc?»

Luc dachte nach. «Eigentlich nicht. Sie war schon da, als ich in den Chor eingetreten bin. Sie ist so eine Art Institution bei uns, seit vielen Jahren Mitglied im Pfarrgemeinderat und in verschiedensten Ausschüssen, Besuchsdienst im Altersheim und so. Außerdem sammelt sie viel für wohltätige Zwecke.»

Céleste nickte. «Ja, das weiß ich auch. Aber was ist sie für ein Mensch?»

«Eher unauffällig, still, immer freundlich. Ich glaube nicht, dass ich bisher mehr als ein, zwei Sätze mit ihr gesprochen habe.»

«Ist sie verheiratet?»

Luc hob die Schultern. «Keine Ahnung. Hab sie noch nie mit einem Mann gesehen. Und ich glaube auch nicht, dass sie Jean-Marie Knopfer näher gekannt hat.»

«Gut. Dann wäre Hortense Grimaud die letzte Verdächtige in diesem Kreis...»

«Das ist nicht Ihr Ernst, Chef!», wandte Luc entrüstet ein und legte den Stift demonstrativ zur Seite.

«Wieso? Sie kannte Rosalie auch, sie wusste von dem Streit, außerdem ist sie Gärtnerin, sie hätte Rosalie mit einem vergifteten Rosendorn stechen können...» Céleste lachte, als sie Lucs empörtes Gesicht sah.

«Das würde Hortense nie tun. Sie hat auch gar kein Motiv! Und sie kannte Jean-Marie nicht! Außerdem...»

«Das war ein Scherz, Luc!»

Luc beruhigte sich nur langsam. «Ich finde das nicht lustig», sagte er, noch immer verstimmt.

«Ist es auch nicht.» Céleste seufzte. «Es ist absurd.»

«Aber jetzt ist es vorbei, oder?», sagte Luc nach einer Weile, und es klang eher hoffnungsvoll als fragend.

«Wie meinen Sie das? Wir sind doch noch ganz am Anfang...»

«Ich meinte, es wird keine weiteren Ansteckungen geben, weil wir ja den Hund gefunden haben. Wenn nicht noch vorher jemand angesteckt wurde, von dem wir nichts wissen, ist es damit doch jetzt vorbei?»

«Darüber habe ich noch gar nicht nachgedacht», bekannte sie und griff zum Telefonhörer. Es klingelte keine drei Mal, dann meldete sich Sandrine. Céleste schaltete das Telefon auf laut und erkundigte sich, ob es eine Möglichkeit gebe, das Virus weiter zu verwenden, nachdem der Hund nicht mehr greifbar sei.

Eine Weile schwieg Sandrine am anderen Ende der Leitung, dann erklärte sie: «Wie schon gesagt, das Virus ist in der Luft recht flüchtig. Man kann es nicht so leicht konservieren, es sei denn, man hat die Möglichkeit, es zu vermehren...»

«Wie ginge das, es vermehren?»

«Langsam wirst du mir unheimlich, Céleste», sagte Sandrine.

«Aus deinem Mund nehme ich das als Kompliment», gab Céleste zurück. «Sag schon, wie macht man so etwas?»

«Man legt eine Kultur an, schafft Bedingungen, unter denen sich das Virus weiter ausbreitet.»

«Und was könnte das sein?»

Sandrine räusperte sich und sagte: «Das Einfachste wäre, es neuen Wirten zu spritzen. Katzen zum Beispiel, oder Ratten, Kaninchen...»

«Du meinst, man hält sich die Tiere als...»

«...als lebende Vorratsspeicher, ja.»

Céleste schluckte. «Das kann ich mir nicht vorstellen.»

«Sag ich doch: unheimlich.»

Céleste bedankte sich und legte auf.

Luc schwieg. Er war ganz blass geworden.

Gerade wollte sie sich dazu äußern, da ging die Tür auf, und Dédé platzte herein – und mit ihm Franz, der sich sofort mit eifrig wackelndem Hinterteil und heiserem Gebell auf Luc stürzte. Das Wochenende zu Hause war offenbar nicht nach seinem Geschmack verlaufen. Luc bückte sich zu ihm hinunter und kitzelte seinen runden, weichen Bauch. Franz grunzte vor Vergnügen.

«Kreydenweiss!», rief Dédé, ohne weiter auf die Verbrüderung zwischen Hund und Brigadier einzugehen. «Was haben Sie sich nur dabei gedacht?» Seine runden Augen sahen sie vorwurfsvoll an.

«Was meinen Sie, Monsieur le Maire?», fragte Céleste verwundert. Sie war sich keiner Verfehlung bewusst. Zumindest nicht in der letzten Zeit.

«Mein Sohn Léo hat mir am Wochenende verkündet, Kickboxen lernen zu wollen!»

«Ach!» Céleste lachte auf. «Das ist doch toll.»

«Toll?» Dédé schüttelte den Kopf. «Sie machen mir Spaß, Kreydenweiss.»

«Aber es ist doch gut, wenn Léo Sport treiben will...»

«Sport, ja. Er könnte von mir aus Tischtennis spielen, das habe ich in meiner Jugend auch gemacht, aber Boxen?»

«Kickboxen ist etwas anderes als Boxen», wandte Céleste ein. «Es ist mehr Sport als Kampf, und man benutzt vor allem die Beine...»

«Eben! Umso schlimmer! Haben Sie sich die Beine meines Sohns mal angesehen? Er hat meine Figur geerbt.» Bekümmert blickte er an sich hinab. «Wenn Léo mit diesen Stummelbeinen jemandem einen Tritt versetzen will, plumpst er garantiert um wie ein Kartoffelsack. Alle werden ihn auslachen...»

«Sie können ihm das ruhig zutrauen, Monsieur le Maire. Wenn er es lernen will, sollte er es versuchen.»

«Und was sage ich Edith, wenn ihr Herzblatt mit einem blauen Auge und einer blutigen Nase nach Hause kommt? Oder gar mit ausgeschlagenen Zähnen? Mon Dieu!» Dédé brach der Schweiß aus, und er wischte sich über die Stirn.

«Ich kann Léo ja zum Training mitnehmen, dann kann er es sich erst einmal ansehen», schlug Céleste vor. «Ganz unverbindlich. Vielleicht überlegt er es sich dann wieder anders. Wie wäre es gleich mit heute Abend?»

Dédé sah sie zweifelnd an. «Da haben Sie mir ganz schön was eingebrockt, Kreydenweiss.»

Nachdem sie vereinbart hatten, dass Céleste Léo um halb sieben zu Hause abholen solle, und Dédé ihr mehrfach eingeschärft hatte, dass sich Léo keinesfalls einen Zahn ausschlagen lassen dürfe, da seine Mutter am kommenden Wochenende nach Hause käme, wechselte er abrupt das Thema: «Wie kommen Sie denn mit diesen Tollwutfällen weiter?»

Luc erstattete Dédé Bericht, indem er ihm ihre bisherigen Überlegungen und die Namen verlas, die sie gerade notiert hatten. Mit einem hastigen Seitenblick auf seine Chefin übersprang er dabei stillschweigend Hortense Grimaud.

«Und Sie glauben ernsthaft, einer von diesen Leuten sei der Täter? Oder gar die Täterin?» Dédé schaute ungläubig von Luc zu Céleste und wieder zurück.

Céleste zuckte mit den Schultern. «Bislang tragen wir nur Informationen zusammen.»

«Das ist doch Unsinn! Das sind alles absolut ehrbare Leute, die seit vielen Jahren bei uns im Dorf leben. Warum sollte einer von denen plötzlich so etwas Grauenhaftes tun? Nein, nein, nein, das kann nicht sein, es muss ein Fremder gewesen sein...»

Céleste machte ein zweifelndes Gesicht. «Ein Fremder wäre doch aufgefallen, Monsieur le Maire. Wie hätte er das unbemerkt anstellen sollen?»

«Was ist denn mit diesem Verrückten aus dem Wald?»

«Jérémie?»

«Ja, der erscheint mir doch sehr viel verdächtiger als der Abbé oder Alma Grenier.» Dédé schnalzte vorwurfsvoll mit der Zunge.

«Es gibt keinen Hinweis, dass er Rosalie oder Jean-Marie überhaupt gekannt hat.»

«Vielleicht musste er sie ja gar nicht kennen! Er ist verrückt, eh? Hat er nicht gesagt, es sei die Strafe der Natur? Da muss man nicht wählerisch sein, diese Strafe kann jeden treffen.»

Céleste riskierte einen Blick zu ihrem Brigadier, der unmerklich nickte. Widerstrebend sagte sie daher: «Gut, Monsieur le Maire, wir sprechen noch mal mit ihm.»

«Tun Sie das, Kreydenweiss. Ich erwarte, dass wir diese unangenehme Geschichte so bald wie möglich vom Tisch haben. Spätestens wenn das Weinfest beginnt.»

«Ihr Vertrauen in allen Ehren, Monsieur le Maire, aber das halte ich für äußerst unwahrscheinlich.»

«Aber die Leute wollen feiern, wollen Spaß haben! Enttäuschen Sie mich nicht, Kreydenweiss!»

Céleste seufzte, und der Bürgermeister schien das als Zustimmung zu werten.

«Gut. Ich verlasse mich auf Sie.» Er nickte aufmunternd in die Runde und eilte dann auf seinen kurzen Beinen zur Tür, wo er abrupt stehen blieb und auf seine Armbanduhr sah. «Ach, fast hätte ich's vergessen: Armand Straub kommt gleich, er wollte mit Ihnen schon mal über den Bühnenaufbau sprechen. Wegen der Sicherheitsvorkehrungen.»

Céleste wollte einwenden, dass sie dazu nun wirklich keine Zeit hätten, doch sie überlegte es sich anders und schwieg. Mit dem Chorleiter hatte sie ohnehin sprechen wollen. Wenn er vorbeikam, ließen sich zwei Fliegen mit einer Klappe schlagen.

An Luc gewandt, schob Dédé nach: «Sie kümmern sich weiter um Franz, nicht wahr? Ich stecke bis über beide Ohren in Arbeit.» Und damit war er aus der Tür, ohne auch nur eine Antwort abzuwarten.

Céleste und Luc sahen ihm schweigend nach. Einen Moment lang war nichts als das zufriedene Schnaufen von Franz zu hören, der unter Lucs Schreibtisch lag und seinen runden Kopf vertrauensvoll auf den Füßen des Brigadiers abgelegt hatte.

«Glauben Sie etwa auch, dass Jérémie etwas mit der Sache zu tun hat?», fragte Céleste schließlich.

«Ich finde ihn zumindest auch um einiges verdächtiger als die Leute auf unserer Liste, Chef», gab Luc zu. «Er benimmt sich seltsam.»

«Das tut er aber schon immer. Außer seinen gelegentlichen Nacktwanderungen, die ja nicht direkt verboten sind, und der Sache mit dem Eichhörnchen hat er sich noch nie etwas zuschulden kommen lassen.»

«Er war der Erste, der uns auf die Tollwut aufmerksam gemacht hat, außerdem lag das Reh vor seiner Hütte», gab Luc zu bedenken.

«Eben. Warum sollte er unsere Aufmerksamkeit auf sich lenken und uns dieses Reh überhaupt zeigen? Er hätte es irgendwo verscharren können.»

«Als Inszenierung? Oder als eine Art Auftrag? Vielleicht glaubt er ja, so etwas wie ein Prophet zu sein, der eine himmlische Plage vorhersieht.»

Céleste schüttelte den Kopf. «Jérémie ist seltsam, aber nicht verrückt. Er ist ausgesprochen tierlieb, vergessen Sie das nicht. Ein Tierschützer würde niemals absichtlich Tiere infizieren. Außerdem, wo hätte er diesen Hund so lange verstecken sollen? Sie waren doch selbst in seiner Hütte. Er hat nur einen kleinen

Stromgenerator und keinen Kühlschrank, der groß genug für einen Schäferhund wäre.»

Luc schwieg.

Er schwieg so lange, bis Céleste ihn fragte: «Was ist? Worüber denken Sie nach?»

«Wir haben immer über ‹den Mörder› gesprochen, aber auf dieser Liste stehen mit Alma Grenier, Eva Knopfer, Valérie Crummenacker ... und Hortense vier Frauen. Glauben Sie tatsächlich, es könnte eine Frau gewesen sein?»

«Wir können das nicht ausschließen, oder?», meinte Céleste. «Es war ja vermutlich keine besondere körperliche Kraft vonnöten.»

«Ja, schon, aber trotzdem ...» Luc dachte eine Weile nach und schüttelte dann entschieden den Kopf. «Ich glaube nicht, dass es eine Frau war, Chef.»

«Und warum nicht?», wollte Céleste wissen.

Luc zögerte. «Es ist mehr so ein Gefühl. Bei der Tollwut denke ich an wilde Tiere, vielleicht auch an Jäger; dann die Sache mit dem toten Hund im Wald und dem Brandeisen ... und jetzt auch noch die Vorstellung, dass jemand Tiere sozusagen auf Vorrat infiziert, das kann ich mir bei einer Frau einfach nicht vorstellen.»

Céleste nickte langsam. «Ich verstehe, was Sie meinen. Diese Sache hat etwas Archaisches, Dunkles. Andererseits, vergessen Sie nicht: Hier geht jemand sehr überlegt und ausgesprochen kaltblütig vor. Das können Frauen genauso gut wie Männer.»

«Dennoch ...», gab Luc zu und warf einen weiteren langen Blick auf seine Notizen. «Ich finde, Dédé hat recht. Wir kennen all diese Leute schon seit vielen Jahren. Ich kann mir einfach nicht vorstellen, dass einer von ihnen oder überhaupt jemand aus dem Dorf, egal, ob Frau oder Mann, so etwas tut.»

Céleste blieb ihrem Brigadier eine Erwiderung schuldig, denn im Flur waren Stimmen zu hören: Armand Straub, der vor ihrem Büro mit Marie sprach. Einen Augenblick später ging die Tür auf, und ihr Besucher trat ein. Céleste, die Armand Straub schon seit ihrer Kindheit kannte, hatte sich schon oft gefragt, ob der ehemalige Musiklehrer und quirlige Chorleiter nicht eigentlich seinen Beruf verfehlt hatte und Theaterschauspieler hätte werden sollen. Seine bloße Anwesenheit füllte das kleine Büro der Police Municipale auf eine Art und Weise aus, die beeindruckend war. Wo auch immer Armand Straub auftauchte, kam er nicht einfach zur Tür herein, nein, er trat auf, und dies mit einer solchen Selbstverständlichkeit und Lässigkeit, dass man ihm keineswegs eitle Absicht unterstellen wollte, sondern geneigt war anzunehmen, er sei sich seiner Wirkung überhaupt nicht bewusst.

Auch jetzt stand er einfach nur da, der große Mann mit den breiten Schultern, dem roten Gesicht und den weißen Haaren, der jeden außer den Pfarrer duzte, jedem, den er begegnete, sofort das Gefühl gab, sein bester Freund zu sein, und der, wie man unschwer an Statur und Gesicht erkennen konnte, den mannigfaltigen Freuden des Lebens ganz und gar nicht abgeneigt war. Er war dunkel gekleidet, mit einem schwarzen Hemd ohne Kragen, das sich über seinem imposanten Bauch spannte, und ausgebeulten, ebenfalls schwarzen Hosen. In den Händen hielt er einen Wust zerknitterter Zettel.

«Guten Morgen allerseits», dröhnte er mit seinem klangvollen Bass und warf ein charmantes Lächeln in den Raum, ehe er Céleste zwei Küsse links und rechts auf die Wangen gab und dann Luc mit Handschlag begrüßte. «Dédé meinte, ich soll einfach vorbeikommen.» Er wedelte mit seinen Papieren. «Wegen der Bühne.»

Céleste nickte. «Zeig her.»

Armand breitete seine Zeichnung auf dem Schreibtisch aus, und sie begutachteten zu dritt den geplanten Standort der Bühne auf dem Marktplatz, direkt unterhalb des Schlosses. Im Gegensatz zu Céleste, die mit solchen Plänen nicht viel anfangen konnte, verfügte Luc über ein gutes räumliches Vorstellungsvermögen. Er stellte Armand ein paar Fragen, maß die Abstände aus, und als er nichts einzuwenden hatte, widmeten sie sich dem Singspiel.

Céleste holte sich Kaffee und hörte ihnen eine Weile zu, dann sagte sie: «Wann soll die Bühne denn aufgebaut werden?»

«Schon morgen früh. Heute Abend fangen wir bereits mit den Essensständen und Verkaufsbuden an, damit die Aussteller genug Zeit haben, bis zum Wochenende alles vorzubereiten.»

Sie nickte. «Wir kommen später vorbei und sehen uns das alles noch mal an.»

Sie verabredeten sich für den nächsten Tag um zehn Uhr, und Armand rollte seine Skizze wieder zusammen. «Dein Opa war übrigens so freundlich, dem Chor Asyl zu gewähren.»

«Es war ihm sicher ein besonderes Vergnügen.» Céleste grinste.

«Allerdings. Théo sieht es geradezu als seine Bürgerpflicht an, dem Abbé eins auszuwischen.»

«Was sagt Abbé Schwarzweiler denn dazu, dass ihr trotz seines Widerstands weitermacht?»

Armand hob seine mächtigen Schultern. «Keine Ahnung. Wahrscheinlich spuckt er Gift und Galle. Nur ein Chormitglied ist aus Solidarität mit ihm aus dem Projekt ausgetreten, alle anderen machen weiter. Wir werden ja sehen, ob er bei dem Fest dabei ist.» Er wandte sich an Luc: «Nicht vergessen, heute Abend ist Probe.»

Luc nickte. «Ich weiß.»

Armand zwinkerte Céleste zu. «Wir proben heute mit Kostüm, wenn du also deinen Brigadier schon mal in Strumpfhosen sehen willst, komm vorbei.»

Céleste lachte. «Klingt verlockend, aber das muss bis zum Fest warten. Ich habe heute Abend schon eine Verabredung mit einem anderen jungen Mann.»

«Oho?» Armand hob interessiert die Brauen. «Etwas Romantisches?»

«Wie man's nimmt. Ich gehe mit ihm zum Kickboxtraining.»

Armand seufzte und warf Luc einen schmerzerfüllten Blick zu. «Was soll man nur mit diesen Frauen von heute anfangen? Jahrzehntelang hat man uns eingetrichtert, sie wünschten sich nichts sehnlicher als Romantik, Rosen, Gedichte und Champagner – und dann so was! Kickboxen!» Betrübt schüttelte er den Kopf. «Da kann ein singender Brigadier natürlich nicht mithalten. Nicht mal in Strumpfhosen.»

«Oh, ich bin mir sicher, er wird umwerfend darin aussehen.» Céleste zwinkerte Luc zu, dessen ohnehin recht gesunde Gesichtsfarbe bei diesem Geplänkel längst die Farbe einer überreifen Tomate angenommen hatte. «Die Chordamen werden entzückt sein. Besonders...»

Luc bekam einen Hustenanfall, und Céleste wandte sich wieder Armand zu: «Hast du noch einen Moment Zeit? Wir hätten gern noch etwas anderes mit dir besprochen.»

Als er nickte, deutete sie auf den Besucherstuhl. «Setz dich doch.» Sie holte Rosalies Pappkarton hervor und stellte ihn auf den Schreibtisch.

«Was ist das?», fragte Armand misstrauisch.

«Die Schachtel gehörte Rosalie Bernard.»

Armand verzog das Gesicht, und jetzt lag echter Schmerz darin, aller Spott war wie weggewischt. «Rosalie. Das arme Mädchen.»

«Hast du sie gut gekannt?», wollte Céleste wissen.

Armand zögerte, dann sagte er verhalten: «Ja, man könnte sagen, sie war eine gute Freundin. Und wenn uns die Zeit geblieben wäre, hätte ich sie gerne noch ein bisschen besser kennengelernt.»

Céleste hob überrascht die Brauen. «Tatsächlich? Wie soll ich das verstehen?»

«Keine Ahnung. Ich verstehe es selbst nicht.» Armand zuckte mit den Achseln. «Ich mochte sie einfach gern. Sie hatte etwas Verletzliches ...» Er fuhr sich mit seiner Pranke über den Nacken. «Sie war eine feine Person. Wir haben uns in den letzten Monaten immer wieder mal getroffen. Waren in Colmar, sind zusammen spazieren gegangen. Sie hat mir von ihrem Mann erzählt und von den Reisen, die sie miteinander unternommen haben. Wenn sie nicht so plötzlich ... Vielleicht ...»

Céleste musterte den großen Mann mit einer Mischung aus Überraschung und Mitgefühl, und an Lucs Miene konnte sie eine ähnliche Reaktion erkennen. Darauf, dass Armand Straub Gefallen an Rosalie Bernard gefunden haben könnte, wären sie beide im Leben nicht gekommen.

«Hast du sie überredet, den Kerzenleuchter zurückzubringen?», fragte sie leise.

Armand Straub nickte. «Es war mir von Anfang an klar, dass sie ihn genommen hatte. Aber ich wollte nicht, dass sie es vor dem hochmütigen und selbstgerechten Pfaffen zugeben musste. Wir haben lange geredet, und ich habe gemeint, es wäre an der Zeit, endlich mit dem Stehlen aufzuhören. Rosalie sollte in Zukunft hocherhobenen Hauptes durch Eguisheim gehen und nicht mehr als die schrullige diebische Elster, die alle in ihr sahen.»

Céleste schwieg. Sie wusste, dass sich Armands Hoffnung nicht erfüllt hatte, und sie fragte sich, ob ihm das klar war. Rosalie hatte auch nach diesem Gespräch mit dem Abbé weiter gestohlen, zumindest einmal, bei Francine im Petit Marché. Jetzt wusste sie immerhin, für wen das Aftershave gedacht gewesen war.

Armand ließ den Kopf hängen. «Nach zwei Tagen kam sie frühmorgens zu mir und teilte mir ihren Entschluss mit, dem Abbé den Kerzenleuchter zurückzugeben. Ich war so stolz auf sie.» Er fuhr sich mit beiden Händen übers Gesicht, das dadurch noch röter wurde. «Sie hatte ihn dabei und ging sofort los. Ich habe sie noch gefragt, ob ich sie begleiten soll, aber sie wollte das allein erledigen.»

«Weißt du, was bei diesem Treffen schiefgelaufen ist?», fragte Céleste und nahm den Leuchter aus dem Pappkarton.

Armand hob den Kopf. «Nein ...» Er starrte den Leuchter verdutzt an. «Aber ... dann hat sie ihn gar nicht zurückgebracht?»

«Offenbar nicht. Obwohl sie es tatsächlich vorhatte. Sie hat Hortense auf dem Weg zur Kirche auf dem Markt getroffen und ihr davon erzählt.»

Armand schwieg eine Weile, dann sagte er: «Sie wollte mit mir über dieses Treffen mit dem Abbé nicht sprechen, und ich habe sie nicht gedrängt. Ich dachte, der Abbé hat sie womöglich beschimpft, und sie hat sich geschämt oder wollte vermeiden, dass ich ihn mir vorknöpfe. Auf den Gedanken, dass sie gar nicht bei ihm war, bin ich überhaupt nicht gekommen. Ich habe aber auch nicht auf die Kerzenleuchter in der Kirche geachtet. Was hat das zu bedeuten?» Er blickte sie ratlos an, aber weder Céleste noch Luc konnten ihm eine Antwort geben.

Céleste schloss den Karton und sagte: «Wir werden noch einmal mit dem Abbé sprechen. Vielleicht weiß er ja etwas, das er uns noch nichts gesagt hat.»

Armand nickte grimmig. «Wenn er sie schlecht behandelt hat, dann knöpfe ich ihn mir vor, das verspreche ich euch.»

«Überlass das bitte uns», sagte Céleste.

«Werden wir ja sehen.» Mit diesen Worten verabschiedete er sich.

Céleste stand nun ebenfalls auf und zog sich ihre Uniformjacke an.

«Wohin gehen Sie?», fragte Luc überrascht.

«Ich muss nachdenken», sagte Céleste. «Tun Sie mir einen Gefallen?»

«Immer, Chef.»

«Welche Namen stehen bis jetzt auf Ihrer Liste?»

Luc nahm seinen Notizblock zur Hand und begann vorzulesen: *«1. Opfer: Rosalie Bernard, Jean-Marie Knopfer; 2. Mit einem der Opfer näher bekannt bzw. verheiratet: Eva Knopfer, Alma und Alphonse Grenier, Valérie Crummenacker, Abbé Schwarzweiler, Hortense Grimaud, Armand Straub; 3. Sonstige: Jérémie, Nachname unbekannt.»*

«Versuchen Sie so viel wie möglich über die Leute herauszufinden. Wo und wann sie geboren sind, Ausbildung, Beruf, Geschwister, Eltern, Krankheiten, Ehen, Beziehungen, Skandale, Todesfälle – einfach alles, was Sie finden.»

Nach kurzem Zögern fragte Luc: «Brauchen Sie diese Informationen auch über Hortense, Chef?»

Céleste nickte.

16

Strammen Schrittes marschierte Céleste über die Grand'Rue. Am liebsten wäre sie laufen gegangen, im Wald, auf ihrer Lieblingsroute hinauf zu den drei Exen, um den Kopf frei zu bekommen, doch dazu fehlte die Zeit. Die Rastlosigkeit vom Morgen hatte sich noch weiter verstärkt, und sie fand keinen Weg, sie zu besänftigen. Irgendetwas an den heutigen Gesprächen hatte sie irritiert, ohne dass sie hätte sagen können, was es gewesen war. Es fühlte sich an wie ein winziger Stein im Schuh, den man nicht fand, sosehr man den Schuh und die Socke auch ausschüttelte, und der sich doch bei jedem Schritt schmerzhaft bemerkbar machte. Hatten sie etwas übersehen? Lag die Lösung vor ihnen, und sie erkannten sie nicht? Oder liefen sie in eine völlig falsche Richtung? Wenn man genauer hinsah, entpuppten sich die Dinge oft als etwas ganz anderes als erwartet.

Sie blieb stehen. Vielleicht war es das, was sie irritierte: dass die Dinge ganz offensichtlich nicht so waren, wie sie schienen. Nie hätte sie beispielsweise erwartet, dass Armand Straub mit Rosalie befreundet gewesen war. Er hatte sie nicht nur beschützt, um dem Abbé, mit dem er im Dauerclinch lag, eins auszuwischen, sondern weil sie ihm wirklich am Herzen lag. Und vielleicht gab es ja noch mehr solcher unerwarteter Wahrheiten, die sie nicht sahen? Céleste war klar, dass dieser Fall nur zu lösen war, wenn es ihr gelang, hinter die Fassaden zu blicken. Sie glaubte keinen Moment lang, dass hier ein Fremder unerkannt und unbemerkt sein Unwesen trieb. Es musste jemand sein, den sie kannten, jemand aus dem Dorf. Doch gleichzeitig ging es ihr wie Dédé und Luc: Sie konnte es sich nicht vorstellen. So wie sich der ganze Fall jenseits ihrer Vorstellungskraft befand.

Sie bog in die Rue Monseigneur Stumpf ein und blieb schließlich vor der Kirche stehen. Der Anblick des schlichten Gebäudes war ihr von Kindesbeinen an vertraut, und doch schien es ihr in diesem Moment fremd. So als hätte sie es noch nie wirklich gesehen. Der alte Kirchturm, der noch aus der Zeit stammte, als hier eine romanische Basilika gestanden hatte, wirkte seltsam entrückt, und plötzlich fiel ihr auf, dass er im Grunde überhaupt nicht zu dem Kirchenschiff mit dem seltsam geschwungenen Giebel passte, der ein bisschen aussah wie der Buckel eines Kamels. Im achtzehnten Jahrhundert hatte man das baufällig und zu klein gewordene Gebäude erneuert und nur den Kirchturm aus dem 12. Jahrhundert stehen gelassen. Rund sechshundert Jahre lagen also zwischen Turm und Kirchenschiff. Etwas sehr Altes und etwas ziemlich Neues, zu einem Gebäude vereint, was, wenn man genau hinsah, nicht wirklich gut zusammenpasste.

So ähnlich ist es auch bei diesem Fall, dachte Céleste. Aberglaube, Dämonen und Brandeisen auf der einen Seite, auf der anderen Seite eine Biopsienadel und eine offensichtlich hocheffiziente Methode, ein Virus zu verbreiten, ohne dass es jemand bemerkt. Sie bekam diese beiden Extreme in ihrem Kopf nicht zusammen. Wusste nicht, wo sie ansetzen sollte. Welchen dieser beiden so weit voneinander entfernt scheinenden Pole sollte sie sich zuerst vornehmen? Wie konnte jemand beides sein? Abergläubisch und gleichzeitig medizinisch so versiert? Oder war das am Ende gar kein Widerspruch?

Wieder glitt ihr Blick die Kirchenfassade hinauf und hinüber zu dem alten Turm mit den kleinen, romanischen Rundbogenfenstern. Plötzlich fielen ihr Lucs Worte wieder ein: Das einzige Verbindungsglied zwischen den beiden Mordopfern war Abbé Schwarzweiler. Sie war sich sicher, dass sich hier die beiden Extreme verbanden. Alles, wonach sie bisher gesucht hatten, hing in irgendeiner Weise mit dem Priester und dieser Kirche zusammen. Irgendwo hier lag der Schlüssel zum Ganzen. Sie wusste noch nicht, wie er aussah oder wie sich die Dinge ineinanderfügten, aber sie ahnte, dass dies der Ort war, wo sie suchen musste. Wie aufs Stichwort trat in diesem Moment Abbé Schwarzweiler aus der Kirchentür.

Céleste trat auf ihn zu. «Guten Morgen, Abbé. Haben Sie eine Minute für mich?»

«Sie schon wieder?» Er sah auf die Uhr. «Ich muss nach Colmar, ich habe dort einen Termin.»

«Es dauert nicht lange.»

Er seufzte unwillig. «Wenn es sein muss, bitte, Sie können mich ja zu meinem Auto begleiten.»

Céleste nickte. «Gern.»

«Worum geht es diesmal?», wollte der Priester wissen, und Céleste meinte, eine gewisse Nervosität in seiner Stimme zu hören. «Doch nicht immer noch um diese Geschichte mit dem Kerzenleuchter?»

Céleste ging zunächst nicht darauf ein, sondern fragte: «Wie gut kannten Sie Jean-Marie Knopfer?»

Abbé Schwarzweiler blieb stehen. Auf seinen scharfgezeichneten Gesichtszügen zeigte sich ehrliche Überraschung. «Monsieur Knopfer? Aber warum...?»

«Sie haben ihn vor vor kurzem beerdigt.»

«Ja, das stimmt.»

«Er war aber aus der Kirche ausgetreten, er hatte geradezu einen Hass auf die Kirche. Und auf Sie. Und trotzdem haben Sie ihn beerdigt. Ist Ihnen das nicht schwergefallen? Immerhin hat er Sie angespuckt.»

Abbé Schwarzweiler lachte. «Aber ich bitte Sie! Da ging es wohl mehr um die Institution als um mich persönlich. So was muss man wegstecken können.»

«Aber Sie haben gedroht, ihn deswegen anzuzeigen.»

Der Abbé sah sie mit einem leicht überheblichen Lächeln an. «Aber wie Sie ja am besten wissen müssten, Madame, habe ich es nicht getan.»

«Warum nicht?»

«Seine Frau hat mich gebeten, es nicht zu tun.»

«Ach, tatsächlich?» Davon hatte Eva Knopfer Céleste gegenüber nichts erwähnt. Im Gegenteil, sie hatte so getan, als wüsste sie nicht, wie es in der Sache weitergegangen war.

«Sie hatte schon genug Probleme mit ihrem Mann. Er war ein sehr schwieriger Mensch. Auf ihren Wunsch erfolgte im Übrigen auch das kirchliche Begräbnis. Wir drücken da gern mal ein Auge zu, wenn es den Angehörigen wichtig ist.» Er lächelte milde.

«Wie großherzig», sagte Céleste. «Waren Sie Rosalie Bernard gegenüber auch so kulant, als sie den Kerzenleuchter zurückgebracht hat? Haben Sie ihn ihr vielleicht gar geschenkt?»

«Wie bitte?» Der Abbé runzelte die Stirn. «Ich kann Ihnen nicht ganz folgen.»

«Zwei Tage nach Ihrem Streit in der Kirche wollte sie Ihnen den Leuchter zurückbringen.»

«Sie hatte ihn also doch gestohlen? Ich wusste es.» Er nickte selbstzufrieden. «Aber ich muss Sie enttäuschen, zurückgebracht hat sie ihn nicht. Da hat Ihnen jemand einen Bären aufgebunden.»

«Ich sagte ja nur, dass sie es vorhatte. Tatsächlich haben wir den Leuchter bei ihr zu Hause gefunden.»

«Na, dann hat sie es sich wohl anders überlegt.» Die Lippen des Abbés kräuselten sich in süffisantem Spott. «Hätte mich auch gewundert.»

«Rosalie Bernard war also wegen des Leuchters nicht noch mal bei Ihnen? Denken Sie nach. Es war ein Donnerstag...»

«Nein», sagte er schnell – so schnell, dass sich Céleste sicher war, dass er log. Inzwischen hatten sie die Altstadt verlassen und bogen in die Straße ein, die zu dem großen Touristenparkplatz führte, auf dem ein Teil für Anwohner reserviert war. Abbé Schwarzweiler deutete auf einen schwarzen Mercedes. «Dort steht mein Auto. Also wenn Sie sonst keine Fragen mehr haben...»

«Einen Moment noch bitte.»

Der Priester seufzte übertrieben. «Was denn noch, Madame? Ich verstehe nicht, wieso...»

«Wissen Sie, ob jemand aus der Kirchengemeinde in Sie verliebt ist?»

Der Abbé wurde kreidebleich, und auf seiner Stirn bildeten sich Schweißperlen. «Wieso tun Sie das?», flüsterte er heiser. «Was haben Sie gegen mich?»

«Ich? Rein gar nichts.» Céleste hob in einer Unschuldsgeste beide Hände. «Das war eine ganz normale Frage. Sie sind jung, attraktiv, und es kommt ja durchaus vor, dass die eine oder andere Dame ihren Pfarrer über Gebühr verehrt.»

«Das sind nur Gerüchte!», fauchte der Priester. «Böse Gerüchte!»

«Aber ich will Ihnen doch gar nichts unterstellen», wandte Céleste ruhig ein. «Eine solche Zuneigung muss ja nicht auf Gegenseitigkeit beruhen.» Sie lächelte. «Kleine Geschenke, hie und da ein Brief, ein Kärtchen mit einem frommen Spruch vielleicht?»

Der Abbé schaute ihr direkt in die Augen und kam ihr dabei mit seinem Gesicht so nahe, dass sie seinen Atem spürte. «Sie wissen gar nichts», sagte er leise. «Stochern blind im Morast, gierig in der Hoffnung, irgendeinen Schmutz zutage zu fördern, den Sie auf mich werfen können. Dabei haben Sie keine Ahnung, was Sie damit anrichten.»

Céleste trat einen Schritt zurück. «Gut», sagte sie, als hätte es sich um ein ganz normales Gespräch gehandelt. «Das wär's dann.» Sie streckte ihm die Hand entgegen. «Auf Wiedersehen, Abbé Schwarzweiler.»

Abbé Schwarzweiler ergriff ihre Hand nicht. Er hatte seine Lippen so fest zusammengepresst, dass sie fast weiß waren, und es gelang ihm kaum noch, die Form zu wahren und ihr zuzunicken. Er eilte zu seinem Auto und schloss es mit einem Druck auf die Fernbedienung auf. Gerade als er einsteigen wollte, fiel Céleste noch eine letzte Frage ein.

Schnell lief sie ihm nach. «Eins noch, Abbé: Wie kamen Sie auf die Fledermäuse?»

«Was?» Der Priester starrte sie entgeistert an.

«Wie kamen Sie darauf, dass Rosalie ausgerechnet von einer tollwütigen Fledermaus gebissen worden sein könnte? Woher wussten Sie, dass Fledermäuse die einzigen Tiere sind, die auch bei uns noch das Tollwutvirus in sich tragen?»

«Das hat mir ... Ich weiß nicht ...» Er schüttelte den Kopf, immer wieder, fast manisch, dann wandte er sich ohne ein weiteres Wort um, stieg ein und knallte ihr die Autotür vor der

Nase zu. Als er das Auto startete und losfuhr, ohne sie noch eines Blickes zu würdigen, sah sie ihm erstaunt nach. Trotz ihres Misstrauens gegenüber dem Priester hatte sie nicht mit einer so heftigen Reaktion auf ihre Fragen gerechnet. Der Abbé fuhr die kurze Stichstraße hinunter zur Hauptstraße, doch an der Kreuzung bog er nicht nach rechts in Richtung Colmar ab, sondern nach links zurück in die Grand'Rue, und Céleste fragte sich, wo er nun wohl hinwollte.

Während sie in Richtung Altstadt zurückging, schlug es am Kirchturm ein Uhr, und das bedeutete, dass es zu spät war, um noch bei Alma Grenier vorbeizusehen, wie sie es eigentlich vorgehabt hatte. Der Zeitschriftenladen hatte bereits geschlossen. Céleste würde also bis zum Nachmittag warten müssen.

«Wenn die Zeit drängt und du glaubst, zu spät zu kommen, bleib stehen.» Diese ermittlungstechnische Abwandlung einer buddhistischen Weisheit hatte ihr Etienne Walter, ihr Ausbilder bei der Police Nationale in Straßburg, immer wieder eingeschärft. Céleste lauschte ihrem knurrenden Magen, in dem außer einer Brioche heute noch nichts gelandet war, und wandelte den Satz für sich noch einmal passend um: Wenn die Zeit drängt und du glaubst, zu spät zu kommen, geh etwas essen. Das klang gut. Es klang ebenfalls wie eine buddhistische Weisheit. Nein, korrigierte sie sich, eine ganz und gar elsässische Weisheit. Sie sollten sich diesen Spruch in der Mairie an die Wand schreiben. Dédé würde begeistert sein.

Heute war Freitag, ihr Opa würde also im Fetten Frosch sein. Er kam jeden Freitagmittag, weil es dann immer frisches Sauerkraut gab. Raschen Schrittes machte sie sich auf den Weg, um sich ebenfalls eine Portion Choucroute garnie zu genehmigen.

Zwei Stunden später brach Céleste mit angenehm gefülltem Magen und einer gewissen Leichtigkeit im Kopf, die von Opa Théos Riesling herrührte, auf zu Alma Grenier.

Die war gerade dabei, die Ständer mit den Postkarten nach draußen zu schieben – wie fast alle Läden in Eguisheim hatte sie nach der Mittagspause eben erst wieder geöffnet. Ihre Begrüßung war ein wenig verhalten, als befürchtete sie, erneut schlimme Neuigkeiten zu erfahren. Céleste konnte es ihr nicht verdenken. Als Gemeindepolizistin die übliche Runde durch das Dorf zu drehen, überall ein bisschen nach dem Rechten zu sehen, mit den Bewohnern ein Pläuschchen zu halten und sich ihre Sorgen anzuhören war das eine; aber es war etwas ganz anderes, ihnen solche Besuche im Zusammenhang mit seltsamen Todesfällen abzustatten.

«Haben Sie schon herausgefunden, wer Filou getötet hat?», fragte Alma Grenier, noch bevor Céleste irgendetwas sagen konnte.

«Äh, nein...», gab Céleste überrumpelt zurück.

«Aber Sie suchen nach dem Täter, oder?»

«Ähm, nicht direkt», gab Céleste zu.

Madame Grenier schnaubte. «Das ist mal wieder typisch. Madame Piroué weint sich die Augen aus, und der Polizei ist das egal.»

«Alma!», rief ihr Mann von drinnen. «Lass Madame Kreydenweiss damit zufrieden. Die Polizei hat Wichtigeres zu tun. Es war schließlich nur eine Katze.»

«Was heißt hier ‹nur›?», schnappte Madame Grenier giftig zurück. «Ist das etwa ein Grund, sich nicht drum zu kümmern?» Sie wandte sich wieder Céleste zu. «Ich sage Ihnen, wer zu so etwas fähig ist, dem ist alles zuzutrauen!»

Céleste nickte vage. Sie konnte Alma Greniers Gefühle ja

irgendwie verstehen, ihr war es beim Anblick des erschlagenen Filou ähnlich ergangen. Andererseits war ihr nicht ganz klar, warum die kleine Frau ausgerechnet jetzt so auf die Polizei losging.

Alphonse Grenier, der in diesem Moment auf die Straße trat, klärte sie hüstelnd auf: «Wir haben dieses Thema gerade diskutiert», meinte er etwas steif. «Meine Frau ist, ähhm, ein wenig sentimental, sie möchte partout nicht einsehen, warum Tiere anders als Menschen behandelt werden.» Er lächelte entschuldigend und beinahe herablassend. Seine Frau warf ihm einen tödlichen Blick zu.

Céleste erwiderte sein Lächeln nicht. «Mir ist der Grund dafür auch nicht immer klar», entgegnete sie. «Wenn man sich die Menschen und ihre Verkommenheit so ansieht...»

«Äh ja, nun... dann werde ich mich mal wieder an die Arbeit machen.» Alphonse räusperte sich erneut und lockerte seine dünne Krawatte, die wie ein Galgenstrick um seinen Hals geknotet war. Er deutete in den Laden. «Wenn Sie etwas brauchen, ich bin hinten im Lager.»

Céleste schüttelte den Kopf. «Ich glaube nicht, Monsieur, vielen Dank. Ich habe nur noch ein paar Fragen an Ihre Frau.»

Alma Grenier sah ihrem Mann verächtlich nach. «Dieser Heuchler. Jetzt sortiert er sicher wieder seine *besonderen* Postkarten.» Sie formte mit ihren Händen riesige Brüste und säuselte: «Dicke Grüße aus Eguisheim.»

Céleste musste unwillkürlich lächeln. Alma Grenier nahm wahrlich kein Blatt vor den Mund.

Jetzt reckte sie ihre spitze Nase, musterte Céleste und fragte: «Hat diese Geschichte mit Rosalie und Jean-Marie noch immer kein Ende? Ich dachte, Sie hätten den tollwütigen Hund gefunden?»

Céleste nickte. Wie angekündigt, hatte Dédé dafür gesorgt, dass am Wochenende die Nachricht von dem tollwutinfizierten Hundekadaver in der Zeitung stand. Luc hatte ihr den Artikel heute Morgen gezeigt. Offenbar hatte er seinen Zweck erfüllt und für eine gewisse Beruhigung gesorgt. Zumindest hatte es keine weiteren Nachfragen und, soweit sie wusste, auch keine getöteten Tiere mehr gegeben.

«Ich komme wegen einer Sache, die ...» Céleste überlegte, wie sie sich vage genug ausdrücken konnte, um nichts von ihrer tatsächlichen Ermittlung preiszugeben, und beschloss, sich Dédés verschwurbelte Ausdrucksweise zu eigen zu machen. «... Die nur indirekt mit den Tollwutfällen in Zusammenhang steht, aber Aufschluss über den Ansteckungsweg und mögliche weitere Beteiligte geben sowie Details im Rahmen der rechtsmedizinischen Untersuchung klären könnte, Sie verstehen?»

Alma Grenier hatte ganz offensichtlich kein Wort verstanden, aber im Gegensatz zu Capitaine Wolfsberger ließ sie sich von Célestes Worthülsen auch nicht verwirren. Wahrscheinlich war Céleste einfach nicht so gut darin wie Dédé. Deswegen war sie auch keine Politikerin geworden.

Mit einer harschen Handbewegung wischte Alma Grenier Célestes holprige Begründungsversuche beiseite und musterte sie aus zusammengekniffenen Augen. «Wenn Sie mir nicht sagen dürfen, worum es geht, auch gut, aber was wollen Sie denn eigentlich wissen?»

Céleste seufzte. «Verkaufen Sie Beichtzettel?»

«Beichtzettel?» Alma Grenier riss die Augen auf. «Ja, wieso?»

«Könnten Sie sie mir zeigen?»

«Natürlich.» Kopfschüttelnd ging Madame Grenier in den Laden, gefolgt von Céleste, und holte unter der Theke einen kleinen Pappkarton hervor. «Die gibt es eigentlich schon gar nicht mehr. Aber der Abbé hat mich darum gebeten, und ich habe dann nach längerem Herumsuchen einen kleinen Verlag gefunden, der so was noch druckt.» Sie hob den Deckel und schob Céleste den Karton über die Theke.

Vier Stapel sortierte Kärtchen lagen darin. Céleste nahm eines heraus. Es ähnelte tatsächlich den Fleißbildchen, die sie noch aus der Schulzeit kannte. Auf der Vorderseite war ein heiliges Motiv abgebildet, Maria oder Jesus, ein Schutzengel vor dräuendem Gewitter oder ein flammendes Kreuz, und auf der Rückseite stand ein erbaulicher Bibelspruch.

«Der Herr, dein Gott, ist ein barmherziger Gott, er wird dich nicht verlassen», las Céleste. Oder: «Der Herr ist mein Hirte, mir wird nichts mangeln.» Sie blätterte durch die Karten und fand nur ähnlich positive Sprüche, nicht jedoch den Satz, den Luc zitiert hatte, als er von Alma Greniers angeblicher Liebesgabe an den Abbé berichtet hatte.

«Wozu sind diese Zettel denn überhaupt gut?», erkundigte sie sich.

«Man bekommt sie als eine Art Ritual der Vergebung. Damit man sich immer wieder daran erinnert, dass Gott einem diese Sünden bereits verziehen hat.»

«Bekommt man Rabatt, wenn man zehn Zettel beieinanderhat?», fragte Céleste spöttisch. «Etwa einen Pauschalsündenerlass für den nächsten Monat?»

Alma Grenier sah sie streng an. «Es gibt Menschen, denen so etwas hilft, Madame. Darüber muss man sich nicht lustig machen.»

«Natürlich, da haben Sie recht. Entschuldigung.» Céleste setzte ein zerknirschtes Gesicht auf.

Madame Greniers Miene wurde wieder etwas sanfter. «Worum geht es denn nun eigentlich?», fragte sie.

Céleste beschloss, nicht mehr um den heißen Brei herumzureden, sondern die Dinge beim Namen zu nennen. Schließlich tat Alma Grenier das auch. «Es geht das Gerücht, dass Sie in Abbé Schwarzweiler verliebt sind, und ich möchte wissen, ob da was dran ist.»

Alma Grenier schnappte nach Luft. Einen Moment lang sah sie aus wie ein Fisch auf dem Trockenen, dann begann sie zu lachen. «Ich? In den Abbé verliebt? Mon Dieu, was für ein Unsinn!» Sie lachte, bis ihr die Tränen in die Augen stiegen. «Als ob ich nicht schon genug Ärger mit Alphonse am Hals hätte. Da brauche ich nicht noch so einen.» Sie wischte sich über die Augen und fragte dann: «Wie kommen denn die Leute auf so etwas? Etwa weil ich immer auf seine Beerdigungen gehe?»

Céleste nickte. «Zum Teil, ja. Und weil Sie dabei gesehen wurden, wie Sie ihm eine Botschaft auf den Altar gelegt haben. Eben eine Art Beichtzettel, sagte man mir.» Sie holte ihr Notizheft aus der Jackentasche, suchte die Stelle, wo sie den Spruch notiert hatte, und las vor: «‹Wenn euch die Welt hasst, so wisst, dass sie mich vor euch gehasst hat.› Gibt es einen solchen Beichtzettel in Ihrer Sammlung?»

Alma Grenier starrte sie an. «Nein», sagte sie. «Das ist kein Beichtzettelspruch. Und ich habe auch noch nie einen solchen Zettel irgendwo hingelegt. Und überhaupt, warum wollen Sie das wissen? Warum interessiert es Sie, wer in den Abbé verliebt ist oder Zettel verteilt?»

Céleste steckte ihr Notizbuch wieder ein. «Das kann ich Ihnen nicht sagen, Madame.»

«Ich verstehe das nicht», sagte Alma Grenier leise. «Ich dachte, die Angelegenheit wäre erledigt, und jetzt kommen Sie daher und stellen so seltsame Fragen. Was hat das alles mit der Tollwut und Rosalies Tod zu tun?»

Céleste schaute die Frau nachdenklich an. Alma Grenier wirkte ehrlich verunsichert, ja verwirrt. Aber keineswegs schuldbewusst.

«Wir wissen es auch noch nicht», sagte sie. «Aber es könnte sein, dass es ... gewisse Machenschaften gibt, die zu diesen Tollwutfällen geführt haben oder damit in Zusammenhang stehen.»

«Machenschaften? Sie glauben doch nicht etwa ...», begann Alma Grenier unvermittelt, dann brach sie ab und schüttelte den Kopf. «Blödsinn. Sie machen mich ganz wirr mit Ihren Fragen.»

«Das tut mir leid», sagte Céleste und meinte es auch so. Eine Ermittlung auf diese Weise zu führen war wie Blindekuh spielen in der Nacht, ohne zu wissen, ob überhaupt andere Kinder da waren. So gesehen hatte Abbé Schwarzweiler heute Vormittag durchaus recht gehabt: Sie wusste gar nichts, stocherte nur herum und hatte keine Ahnung, wohin das Ganze führen sollte.

«Ich würde Ihnen mehr sagen, wenn ich könnte.»

Alma Grenier nickte nur. Sie wirkte plötzlich abwesend, als wäre sie mit ihren Gedanken ganz woanders. Aus einem spontanen Gefühl heraus kaufte Céleste noch eine Schachtel Zigaretten. Schweigend reichte Madame Grenier ihr die Packung und nahm das Geld entgegen.

Céleste hatte das unbestimmte Gefühl, etwas wiedergutmachen zu müssen, und sagte: «Ich verspreche Ihnen, ich werde versuchen herauszufinden, wer Madame Piroués Kater getötet hat.»

Alma Grenier nickte, jedoch schien sie jetzt fast gleichgültig. «Tun Sie das.»

In dem Moment fiel Célestes Blick auf Alphonse Grenier, der gerade mit einer Kiste aus dem hinteren Zimmer kam und

Célestes letzten Satz offenbar gehört hatte. Er sah zu Tode erschrocken aus.

Während Céleste langsam zurück in die Mairie schlenderte, dachte sie über die beiden Gespräche nach und was sie gemein hatten: Lügen. Alle logen, auf die eine oder andere Weise. Eva Knopfer hatte gelogen, als sie ihr gesagt hatte, sie wisse nichts über die Strafanzeige; Abbé Schwarzweiler hatte ganz offensichtlich gelogen, als er behauptet hatte, Rosalie sei nicht wieder in die Kirche zurückgekommen; und Alma Grenier – sie hatte vielleicht nicht direkt gelogen, aber sie hatte etwas verschwiegen. Ebenso wie ihr Mann Alphonse. Verbargen die beiden ein gemeinsames Geheimnis oder jeder etwas für sich? Céleste tippte auf Letzteres, was bedeutete, dass es noch mindestens zwei Dinge gab, über die man mit ihr nicht gesprochen hatte. Sie mochten belanglos sein, überhaupt nichts mit der Sache zu tun haben, aber das wusste sie nicht.

Erneut stellte sie fest, dass die Dinge ganz offensichtlich nicht so waren, wie sie schienen. Unter der vertrauten Oberfläche ihres Dorfes, des Ortes, an dem sie aufgewachsen war und den sie zusammen mit seinen Bewohnern zu kennen geglaubt hatte wie ihre Westentasche, gab es Strömungen und Untiefen, von denen sie keine Ahnung hatte. Und sie traten jetzt zutage, langsam, widerwillig. Diese beiden Todesfälle waren wie Steine, die man in einen glatten Teich geworfen hatte. Langsam breiteten sich die Ringe aus, und selbst dann, wenn die Oberfläche längst wieder glatt war, bewegte sich das Wasser im Untergrund weiter. Céleste ließ den Blick über die ihr so vertrauten Häuser schweifen. Alma Grenier hatte im Grunde recht: Es ging nicht an, dass sich die Polizei nicht darum kümmerte, wer den Kater getötet hatte. Wer so etwas tut, ist zu allem fähig, hatte die Dame gesagt, und das stimmte. Céleste warf die halb gerauchte Zigarette weg und kehrte um.

Der Rundweg auf der Rue du Rempart war an diesem Nachmittag voll mit Touristen. Offenbar war gerade ein Reisebus angekommen, und die Reiseleitung schleuste die Gruppe den üblichen Weg durch die kreisförmig angelegte, malerische Gasse bis zum Marktplatz, wo die Teilnehmer die Kirche, den Brunnen und natürlich das Schloss samt Papst-Leo-Kapelle besichtigen würden. Dann würden sie hungrig und durstig in die Verkaufsräume der Weinkellerei Schupfer einfallen und von dort ging es, nach einer kurzen Rast bei Flammkuchen und Wein, wieder zurück in den Bus, um den nächsten Ort anzusteuern. So eine Tour entlang der elsässischen Weinstraße war schließlich kein Zuckerschlecken.

Die Reisegruppe war vor einem besonders alten Haus mit einem überkragenden ersten Stock stehen geblieben, um Fotos zu knipsen, und verstopfte die Gasse. Dank der Uniform fiel es Céleste dennoch nicht schwer, sich einen Weg zu bahnen. Wie das rote Meer teilte sich die Gruppe bei ihrem Anblick. Sie nickte lächelnd in die Runde, schnappte hie und da Gesprächsfetzen auf – «... putzig! ... sooo idyllisch ... gibt es wohl eine Heizung hier? ... fließend Wasser?» – und landete so irgendwann vor dem Nachbarhaus von Madame Piroué. Dort stand eine ältere Frau in einer Kittelschürze und goss ihre Geranien. Sie machte ein grimmiges Gesicht. Céleste kannte sie vom Sehen, die Frau arbeitete bei der Post.

«Guten Tag, Madame.» Céleste tippte sich an die Mütze.

«Oh, guten Tag. Sie kommen wie gerufen.» Die Frau stellte das Gießen ein. «Diese Trampeltiere da haben mir einen Stock umgeworfen.» Sie deutete mit dem Kinn zuerst auf die sich langsam weiterbewegende Reisegesellschaft und dann auf einen etwas zerrupft wirkenden Geranientopf zu ihren Füßen. Überall auf dem Boden lagen Erde und abgefallene Blüten verteilt. «Sämtliche Knospen sind abgebrochen. Kann man da nichts machen?»

«Wenn etwas kaputt ist, können Sie Anzeige wegen Sachbeschädigung erstatten.»

Die Frau winkte ab. «Das bringt doch nichts, die sind heute Abend schon wieder über alle Berge. Ich hätte mir diese Rüpel gleich vorknöpfen sollen.» Sie verschränkte mit finsterer Miene die Arme vor der Brust.

Céleste nickte. «Das wirkt meistens am besten.» Besonders wenn man in der Lage ist, so ein Gesicht zu machen, dachte sie, doch das sagte sie nicht laut. «Wie geht es denn Ihrer Nachbarin?»

«Madame Piroué?»

«Ja. Wegen des Katers, meine ich.»

«Schlimme Geschichte.» Die Miene der Frau verfinsterte sich noch ein wenig mehr, und jetzt sah sie wahrlich zum Fürchten aus. «Wenn ich den Saukerl erwische, dann Gnade ihm Gott.»

«Haben Sie denn eine Ahnung, wer es getan haben könnte?»

Die Frau schüttelte den Kopf. «Irgendein Betrunkener wird's wohl gewesen sein. Hab sie grölen hören, wie so oft.» Sie deutete in Richtung Marktplatz. «Kamen von Julien's Winstub. Wenn Sie mich fragen, sollte der ein wenig vorsichtiger sein, wie lange er seinen Wein ausschenkt.» Plötzlich schien ihr wieder einzufallen, wen sie vor sich hatte, und sie kniff die Augen zusammen: «Können Sie dem nicht mal auf die Finger klopfen von wegen Sperrstunde? Ich glaub, davon hat der noch nie was gehört.»

Céleste nickte. «Ich werde mich darum kümmern.»

«Aber nicht dass Sie ihm verraten, ich hätte was gesagt», meinte die Frau. «Man will ja keinen Ärger haben mit den Leuten.»

Julien's Winstub war bekannt dafür, dass es dort mitunter hoch herging. Die Kneipe hatte von allen Lokalen in Eguisheim am längsten geöffnet, und Julien, der Wirt, nahm es tatsächlich mit der Sperrstunde nicht so genau. Céleste und Luc waren schon des Öfteren dort gewesen, um für Ruhe zu sorgen, weil sich jemand beschwert hatte. Jetzt war die Winstub noch zu, aber das war kein Problem. Wenn es darum ging, etwas über Betrunkene zu später Stunde zu erfahren, gab es in Eguisheim einen Spezialisten, der Céleste mit Sicherheit mehr darüber würde verraten können als Julien.

Céleste verabschiedete sich von der Frau, die grummelnd weiter ihre Blumen goss, und machte sich auf den Weg zu Madeleines Buchladen. Obwohl Madeleine Béranger schon einige Zeit tot und der Laden seitdem geschlossen war, hieß das kleine Geschäft unweit des Marktplatzes noch immer so, genau wie Madeleines himmelblau gestrichene Holzbank davor noch immer auf Kunden zu warten schien, die nicht mehr kamen. Seit ein paar Wochen hing ein Schild am Schaufenster, auf dem *Zu vermieten* und eine Telefonnummer standen, aber aus dem Dorf hatte sich noch niemand durchgerungen, dem Laden neues Leben einzuhauchen. Zu sehr war er noch immer mit Erinnerungen an Madeleine Béranger verbunden.

Einen hatte Madeleines Tod besonders getroffen: Louis Balzac, den Obermüllmann von Eguisheim. Er hatte mit seinem berühmten Namensvetter nicht nur den Nachnamen gemein, er hatte sich zeit seines Lebens verpflichtet gefühlt, ihm auch in literarischer Hinsicht alle Ehre zu machen. Als Sohn einer dorfbekannten Verrückten und eines nichtsnutzigen Feiglings standen seine Chancen nicht schlecht, eine literarische Laufbahn einzuschlagen – zu erzählen hatte er jedenfalls genug. Besonders gut erzählen konnte er nach dem Genuss von etlichen Karaffen Wein, was jedoch seine schriftstellerischen Ambitionen ziemlich beeinträchtigte: Morgens, wenn er mit einem Kater erwachte, hatte er die genialen Geistesblitze vom Vorabend meist wieder vergessen, und der Rest lohnte nicht, aufgeschrieben zu werden. So blieb sein Werk – von einigen wenigen Ausnahmen, die den Weg auf gedrucktes Papier gefunden hatten, einmal abgesehen – das eines nächtlichen Weinstubendichters, eines Instant-Poeten des rauschhaften Augenblicks. Und als solcher war Balzac in Eguisheim bekannt wie ein bunter Hund.

Madeleine, die Buchhändlerin, hatte sich seinerzeit nicht nur erbarmt und seine gedruckten Balladen und Gedichte in ihrem Laden angeboten, in ihr hatte er auch eine Seelenverwandte gefunden, die mehr in ihm sah als nur den dichtenden Säufer und Straßenkehrer. Ihr Tod hatte Louis Balzac deshalb besonders schmerzlich getroffen, und wie ein Hund, der nicht begreifen konnte, wieso sein Herrchen ihn im Stich gelassen hatte, kehrte er immer wieder zu dem leeren Buchladen zurück und saß Stunden über Stunden auf der himmelblauen Holzbank, eine Flasche Wodka zwischen den Knien und leise vor sich hin deklamierend. Hin und wieder weinte er auch ein paar Tränen in Gedenken an seine tote Freundin Madeleine. Die Eguisheimer hatten sich längst an Louis' Anblick auf der Bank gewöhnt, so, wie sie sich an alles gewöhnten außer an Politik und verlorene Fußballspiele. Der neue Metzger, Paul Chalignac, brachte Louis sogar gelegentlich eine Pastete, ein paar Würste oder ein Schinkenbaguette, um dessen etwas eintönigen Speiseplan aufzulockern, der – zumindest nach getaner Arbeit – überwiegend aus Hochprozentigem bestand.

Zu ebendiesem Louis Balzac war Céleste jetzt unterwegs, und wie erwartet, sah sie ihn schon von weitem auf Madeleines Bank sitzen. Er trug einen Strohhut zum Schutz gegen die Sonne, und zu Célestes Überraschung lagen seine Hände ohne eine Schnapsflasche ganz und gar leer in seinem Schoß.

«Salut, Louis», grüßte sie ihn.

Louis Balzac hob den Kopf und blinzelte ein wenig benommen in die Sonne. «Céleste?» Sein Mund verzog sich zu einem breiten Lächeln und entblößte eine Zahnlücke. «Schön, dass du mich besuchen kommst.» Einladend, als ob er sie bei sich zu Hause empfinge, deutete er auf die Bank. «Setz dich doch.»

Céleste setzte sich neben ihn. «Heute gar keinen Wodka?», fragte sie erstaunt.

Louis schüttelte den Kopf. «Maurice meinte, wenn ich so weitermache, explodiert meine Leber in weniger als einem Jahr wie eine mit Schnaps gefüllte Wasserbombe, und von mir bleibt nichts übrig als ein paar Fleischfetzen, um die sich dann die Hunde streiten.»

«Oha», sagte Céleste und versuchte sich das Bild nicht allzu deutlich vorzustellen, das der alte Arzt seinem Schützling da gezeichnet hatte.

«Ja, und da dachte ich mir, noch ein paar Jährchen hier in der Sonne sitzen wär schon nicht schlecht, und deshalb sauf ich nicht mehr.» Er hob seine fleckigen, knotigen Hände hoch und hielt sie gegen die Sonne. «Guck. Zittern gar nicht mehr.»

«Das ist ja toll!», sagte Céleste beeindruckt. Dieses Ereignis gehörte definitiv in die Schublade ‹Unerwartetes›, dorthin, wo sie heute schon ein paar andere Dinge einsortiert hatte. Ich sollte eine Liste anlegen, überlegte sie, so wie Luc das machen würde. Dort würde sie dann alle unerwarteten Dinge eintragen, die ihr so vor die Füße fielen, aber nur die schönen:

Armand und Rosalie waren Freunde; Louis Balzac trinkt nicht mehr...

«Dann warst du in letzter Zeit auch gar nicht mehr in Julien's Winstub?», erkundigte sie sich.

«Doch. Trink aber nur Kamillentee.»

«Kamillentee?» Das wurde ja immer wundersamer. Wenn das so weiterging mit den unerwarteten Ereignissen, würde ihre Mutter ihr demnächst noch eröffnen, dass sie vorhatte zu heiraten.

«Dafür dichte ich jetzt mehr.» Er klopfte auf die Brusttasche seines verblichenen Hemds. «Willst eines hören?»

Céleste lächelte. «Warum nicht?»

Er packte seine Lesebrille aus einem speckigen Lederetui und setzte sie sich umständlich auf die Nase, dann zog er eine zerdrückte Kladde aus seiner Hemdtasche und schlug sie auf. Einen Moment lang zögerte er, dann räusperte er sich und begann mit rauer, brüchiger Stimme vorzutragen:

«Für Madeleine.
Blau ist die Bank vor deinem leeren Laden,
Blau wie der Himmel, wo du jetzt bist.
Ich sitz und schau und werd mich immer fragen,
wie's dir geht und ob's dir bequem da droben ist.
Ich hoff, dass die Engel ein Ständchen dir singen:
‹Schön, dass du da bist, Halleluja sei Dank!›
Und irgendwann werd ich sie dir nach oben bringen,
dann können wir wieder zu zweit drauf sitzen,
du und ich auf deiner himmelblauen Bank.»

«Sehr schön», sagte Céleste. Louis Balzac war vielleicht nicht der wortgewandteste Dichter auf Erden, aber er verstand es, seine

Gefühle auszudrücken. Céleste hatte Madeleine auch sehr gern gemocht, und sie konnte sich gut vorstellen, wie sehr sie ihm fehlte.

«Findest du?»

Céleste nickte. «Ein echter Balzac. Madeleine hätte sich sehr gefreut.»

«Ach, sie weiß es schon», sagte Louis Balzac voller Überzeugung und steckte die Kladde wieder ein. «Sie war es auch, die mir geraten hat, auf den alten Quacksalber Maurice zu hören.»

Céleste widersprach nicht. Was wusste sie schon von den Gesprächen und Einsichten anderer Leute?

«Ich wollte dich was fragen», sagte sie stattdessen. «Erinnerst du dich an letzten Freitag? Warst du da auch in Julien's Winstub?»

«Ich bin fast immer dort. Auf einen Kamillentee. Oder zwei.»

«An diesem Abend sollen einige Gäste recht betrunken gewesen sein. Haben rumgegrölt.»

Louis Balzac überlegte. «Das war an dem Tag, an dem ihr Jean-Marie ausgegraben habt?»

«Ja, genau.»

Er nickte bedächtig. «Die Stimmung war aufgeheizt wegen dieser Tollwutgeschichte. Alle haben spekuliert und sich verrückte Sachen ausgedacht, verrückter noch, als ich es könnte. Aber laut geworden ist eigentlich nur einer. Am Ende gab's sogar 'nen Streit deswegen.»

«Worum ging es da?»

«Der Zinnsoldat meinte, es wäre unverantwortlich, die Haustiere hier im Dorf frei rumlaufen zu lassen. Wir verrecken alle noch, weil die Leute so bescheuert sind, hat er gesagt.»

«Wer ist denn der Zinnsoldat?», wollte Céleste wissen, während vor ihrem geistigen Auge eine verschwommene Gestalt auftauchte, steif und aufrecht, mit einem Hut in der Hand.

Louis Balzac kicherte. «Bei uns heißt er so, weil er immer so spießig ist. Kommt nicht oft in die Winstub, aber wenn, dann säuft er mehr als der alte Balzac in seinen besten Zeiten, das kann ich dir sagen. Reden tut er, als hätt er die Weisheit mit Löffeln gefressen, und alle anderen sind dumme Trottel. Und wenn er hört, wie wir ihn nennen, wird er jedes Mal fuchsteufelswild.»

«Verrätst du mir seinen richtigen Namen?», bat Céleste. «Ich erzähle es auch nicht weiter.»

«Freilich, Mädel, dir würd ich alles verraten, sogar mein Schatzversteck», Louis Balzac zwinkerte ihr verschmitzt zu. Seine Augen blitzten, und die rot geäderten Apfelbäckchen glänzten wie poliert in seinem runzligen Gesicht. Seine Kamillenteekur tat ihm offensichtlich gut.

«Du hast einen Schatz versteckt?»

«Nur Katzengold, meine Liebe, nur Katzengold.» Jetzt lachte er laut. Dann lockte er Céleste mit einem Finger näher zu sich und flüsterte ihr den Namen des Zinnsoldaten ins Ohr.

Céleste war sich nicht sicher, was sie mit der neuesten Information anfangen sollte. Sie beschloss daher, den Namen des Zinnsoldaten noch eine Weile mit sich herumzutragen. Es würde ihr schon etwas einfallen. Spontan. Jetzt machte sie sich erst einmal auf den Weg nach Hause. Es war inzwischen halb sechs, und um halb sieben war sie bereits mit Léo zum Kickboxtraining verabredet. Luc hatte angerufen und sich ebenfalls abgemeldet – die heutige Probe fürs Singspiel begann um sechs.

Auf den Plätzen rund um das Schloss und die Kirche hatten inzwischen die Vorbereitungen für das bevorstehende Fest begonnen. Fahnen flatterten lustig in der Sonne, und entlang der Häuser wurden bereits die ersten Bretterbuden aufgebaut, wo Lederwaren, Schafwollkissen, Honig, Met, mittelalterlicher Schmuck und handgesiedete Seifen verkauft werden würden. Neben der noch freien Fläche, die für die Bühne reserviert war, waren Landsknechte gerade dabei, ihr Lager aufzuschlagen. Sie hatten eine grobe Plane gespannt, Holz für ein Lagerfeuer aufgeschichtet und den Boden mit Stroh bedeckt. Ein spindeldürrer Mann, bereits in einem grellbunten Wams und mit einem Schlapphut angetan, hockte im Schneidersitz davor und spielte selbstversunken auf einer Laute, während die Landsknechte, die alle ausnahmslos kräftig und wohlgenährt waren, Heuballen, Lanzen, bauchige Weinflaschen und einen riesigen Grillspieß heranschleppten, auf dem schon bald ein von Paul Chalignac gestiftetes Spanferkel am offenen Feuer gegrillt werden würde.

Weitere Essensbuden und Weinstände waren noch in Vorbereitung. Jeder Winzer im Dorf hatte einen eigenen Stand, sogar Célestes Opa Théo hatte sich nicht lumpen lassen und ein Kontingent seines Rieslings herausgerückt, einzig und allein, um seine großen Konkurrenten zu ärgern. Julien's Winstub würde in eine Freilufttaverne verwandelt werden, in der neben Wein und Schnaps auch lange Holzbretter voll mit Speck, Brot und Bibbeleskäs serviert werden würden. Henri Breton und seine Frau Irène würden Crêpes backen, und Célestes Mutter hatte nicht nur ein ganzes Fass Sauerkraut und ein Regiment Würste vorbereitet, sondern auch noch von irgendwoher einen fahrbaren Ofen aufgetrieben, in dem ihr Koch Jean-Baptiste Flammkuchen backen sollte. Jean-Baptiste Amadou stammte aus dem Senegal und war vor einigen Jahren eher zufällig im Fetten Frosch gestrandet. Catherine, die von jeher ein Herz für seltsame Vögel hatte, hatte ihn zunächst als Spüler eingestellt, doch schnell hatte sie sein Talent fürs Kochen erkannt, und inzwischen galt er als der beste Flammkuchenbäcker weit und breit.

Céleste betrachtete die emsigen Vorbereitungen mit gemischten Gefühlen. Dédés Hoffnung, bis zum Festbeginn den Täter hinter Schloss und Riegel zu bringen, würde sich nicht erfüllen. Dazu müsste derjenige schon an die Tür der Mairie klopfen und darum bitten, verhaftet zu werden. Das wiederum bedeutete aber, dass sich unter den Festgästen womöglich ein Mörder oder eine Mörderin tummeln würde. Womöglich jemand, den sie alle kannten und dem niemand eine solche Tat zutraute. Unter diesen Umständen hielt sich Célestes Vorfreude auf das Fest in Grenzen.

Hinzu kam noch, dass Dédé ihr ein völlig indiskutables Kostüm besorgt hatte: ein etwas frivoles Kleid aus schillernder grüner Seide, bestickt mit schwarzen Perlen und mit einem sehr gewagten Ausschnitt. «Es passt keiner der Damen vom Heimatverein, aber Sie sind doch so schlank, Kreydenweiss, Sie können das tragen. Also machen Sie die Wahrsagerin», hatte er kichernd bestimmt. «Das passt doch wunderbar.»

Céleste wusste nicht, warum die Wahrsagerin ausgerechnet zu ihr passen sollte, und hatte protestiert, dass dies das Amt beschädigen würde, doch Dédé hatte abgewinkt. «Papperlapapp. Die Leute mögen so was. Und als Waschweib wollten Sie ja nicht wieder gehen.»

Er spielte damit auf die Verkleidung an, die er ihr vor einiger Zeit für ihre gelegentlichen Führungen im Stadtmuseum aufgedrängt hatte. Sie mochte keine Verkleidungen und derlei Firlefanz. Das machte sie nervös, gereizt, ohne dass sie sagen konnte, weshalb. Lieber wäre ihr gewesen, es hätte auch in diesem Jahr ein völlig normales Weinfest ganz ohne Mittelalter gegeben. Aber mit dieser Ansicht stand sie ziemlich allein da. Der Rest der Eguisheimer Bevölkerung – Abbé Schwarzweiler, der hinter jeder Ecke Gotteslästerung vermutete, einmal ausgenommen – war von der Idee begeistert. Allen voran ihr Brigadier, der sich seiner Schüchternheit zum Trotz mit Feuereifer in die Vorbereitungen gestürzt hatte und keine Probleme mit seiner Autorität zu haben schien, wenn es darum ging, in Strumpfhosen Sauf- und Fresslieder zum Besten zu geben.

17

Léo Ginglinger wartete schon am Gartentor, als Céleste ihn abholen kam. Er trug einen Trainingsanzug, der nagelneu aussah, schneeweiße Turnschuhe, und ein Käppi thronte über seinem runden, roten Gesicht. Neben ihm stand eine Sporttasche.

«Salut, Léo», grüßte Céleste und ließ den Jungen einsteigen. «Sportlich siehst du aus.»

Léo zupfte ein wenig verlegen an seiner Jacke herum. «Finden Sie? Ich finde es uncool, so neue Sachen. Aber mein Papa hat darauf bestanden, sie mir zu kaufen.»

«Die werden bald nicht mehr neu aussehen», beruhigte ihn Céleste.

Auf der kurzen Strecke nach Colmar war Léo schweigsam, und Céleste vermutete, dass er nervös war. Wahrscheinlich hatte Dédé ihm Horrorgeschichten über das Kickboxen erzählt. Er hatte ein Comic aus seiner Jackentasche gezogen und las darin, was Céleste angenehm retro fand angesichts der Tatsache, dass man kaum einen Jugendlichen mehr sah, der nicht wie hypnotisiert auf sein Smartphone starrte.

«Was liest du denn da?», wollte sie wissen.

«Mein Lieblingscomic. Ich habe alle Folgen.» Er klappte das Heft zu und zeigte ihr das kunterbunte Titelblatt. «Manchot.»

«Ist das gut?»

«O ja. Es geht um einen schusseligen Jungen, der zufällig immer Verbrecher fängt – ist ziemlich lustig, aber auch spannend. In diesem Heft hat Manchot einen neuen Nachbarn, Monsieur Rossi, der eigentlich ganz nett ist, außer wenn er Erbsensuppe isst...»

«Erbsensuppe?» Céleste lachte. «Wieso das denn?»

«Er war als Kind in einem schlimmen Heim, und da gab es immer Erbsensuppe, und alle mussten sie aufessen, sonst gab's Prügel. Aber wenn er zufällig irgendwo Erbsensuppe isst oder sie nur riecht, dann wird er böse. Dann fängt er kleine Kinder und sperrt sie in Käfige.» Léo zeigte ihr eine Seite, in der sich ein finster aussehender Mann mit grünlicher Hautfarbe, spitzen Zähnen und langen, gebogenen Fingernägeln über ein verängstigtes kleines Mädchen mit Zöpfen beugte.

«Oh. Das ist aber nicht nett. Ich hoffe, Manchot fängt diesen Unhold», meinte Céleste. Sie hatten jetzt Colmar erreicht, und sie bog in den Hinterhof ein, wo sich die Kickboxschule befand.

«Sicher tut er das. Er ist schon ganz nah dran, aber das Blöde ist nur, dass ihm niemand glaubt. Alle finden Monsieur Rossi supernett und harmlos.»

Sie stiegen aus, und Léo deutete auf das Schild an der Tür: *Centre Boxe féminin de Colmar*. «Ist das etwa nur für Mädchen?» Er machte ein enttäuschtes Gesicht.

«Ja. Aber täusch dich nicht, die können dich ganz schön das Fürchten lehren. Wenn es dir heute hier gefällt, gehst du natürlich zu einem Training für Jungs. Ein Trainer hier ist übrigens Pippo Palotta, der ist sehr berühmt.»

«Echt?» Léos enttäuschte Miene hellte sich auf.

«Ja, echt. Hat ein paar legendäre Kämpfe bestritten und trainiert viele Jungs in deinem Alter. Pippo würde deinen grünen Monsieur Rossi mit einem Schlag aus seinen Latschen heben, mit oder ohne Erbsensuppe.»

Auf der Rückfahrt war von Léos anfänglicher Nervosität nichts mehr zu spüren. Er redete unentwegt, löcherte Céleste mit endlosen Fragen über Pippo Palotta und träumte ganz offensichtlich bereits davon, irgendwann in seine Fußstapfen zu treten. Als sie ihn zu Hause ablieferte, bestürmte er seinen Vater sofort mit der Bitte, Kickboxen lernen zu dürfen.

Dédé, sichtlich erleichtert, seinen Sohn im Ganzen wieder zurückzubekommen, ohne Blessuren und ohne blaues Auge, tätschelte ihm den Kopf. «Wir werden sehen, was Mama dazu sagt...»

In dieser Nacht schlief Céleste wieder schlecht. Sie träumte vom Lager der Landsknechte auf dem Marktplatz. Die Männer, die, wenn sie nicht gerade Mittelalter spielten, normalerweise ein braves Leben als Familienväter führten, verwandelten sich im Traum in wahrhaft finstere Spießgesellen, die grüne Suppe schlürften und denen die Mordlust ins Gesicht geschrieben stand. Im Lager drehte sich bereits der Spieß über dem Feuer, und bei genauem Hinsehen bemerkte Céleste, was niemanden sonst zu stören schien: Es war kein Spanferkel, das da gegrillt wurde, sondern ein kleiner, runder Hund mit Ringelschwänzchen: Franz.

Mit einem Ruck wachte sie auf. Sie war schweißgebadet, das T-Shirt klebte ihr am Körper, und ihr Herz klopfte heftig. Blinzelnd warf sie einen Blick auf die Uhr auf ihrem Nachttisch: kurz nach fünf. An Schlaf war nicht mehr zu denken. Mühsam schälte sie sich aus den zerwühlten Bettlaken. Ein kleiner

Morgenlauf würde ihr guttun und die albtraumhaften Bilder in ihrem Kopf vertreiben.

Sie fuhr durch das noch schlafende Dorf bis zu dem Wanderparkplatz, von wo aus man auch zu Jérémies Hütte gelangte, schlug aber den entgegengesetzten Weg ein, ihre Lieblingslaufroute hinauf zu den drei Exen. Es war noch dunkel, doch sie kannte den Weg und lief in einem gemütlichen Trott die Forststraße entlang. Während sie langsam den Berg erklomm, erwachten die Vögel um sie herum, und der Himmel färbte sich zartblau.

Beim Laufen konnte Céleste am besten denken. Der eintönige Rhythmus ihrer Schritte, das Geräusch ihres Atems und die Kühle der Morgenluft beruhigten ihre aufgewühlten Gedanken, und nach und nach fand alles wieder seinen Platz. Als sie oben ankam, war die Sonne aufgegangen und tauchte die alten Mauern in rötliches Licht. Eine Schar Krähen begrüßte sie heiser krächzend. Céleste blickte hinunter ins Tal: Eguisheim mit seinen spitzen Dächern, die sich eng verwinkelt in konzentrischen Kreisen um die Papstkapelle und das Schloss scharten, lag noch im morgendlichen Schlummer.

Es würde etwas passieren. Noch heute. Dessen war sie sich ganz sicher. Céleste gab nichts auf Vorahnungen und Träume, doch sie wusste, sie konnte ihrer Intuition vertrauen. Und die verriet ihr, dass ihre Gespräche mit den Eguisheimern gestern irgendwo, bei irgendwem, ein Rädchen in Bewegung gesetzt hatten. Jemand war aufgescheucht worden. Sie hatte es gespürt, bereits den ganzen gestrigen Tag, sie konnte jedoch nicht sagen, welches Gespräch, welcher Satz oder welche Frage der Auslöser gewesen war. War es bei ihrem Gespräch mit Armand Straub oder dem Abbé gewesen? Hatte sie mit ihren Fragen bei Alma und Alphonse Grenier, bei Rosalies Nachbarin oder gar bei Louis Balzac ohne es zu wissen Dinge ins Rollen gebracht, die letztendlich den Mörder aus seinem Versteck locken würden? Sie kam nicht darauf, trotz aller Bemühungen.

Während sich Céleste langsam auf den Rückweg hinunter ins Dorf machte, lag Alma Grenier in ihrem Bett und starrte hinauf zur Decke, wo das Morgenlicht, das langsam durch die Vorhänge sickerte, unruhige Muster warf. Ihr Mann schlief noch, und darüber war sie recht froh. Sie selbst hatte die ganze Nacht kein Auge zugetan. Hatte sich von einer Seite zur anderen gewälzt und gegrübelt, bis sie meinte, der Kopf würde ihr zerspringen. Madame Kreydenweiss war gestern mit ihren seltsamen Fragen zwar sehr vage gewesen, aber sie hatte auf etwas Bestimmtes hinausgewollt. Das war offensichtlich gewesen. Doch dieses Offensichtliche war etwas, das Alma Grenier nicht zu denken wagte. Es war zu seltsam.
Nein – es war zu böse.

Was Alma Grenier nicht ahnte, war, dass auch ihr Mann nicht schlief. Die halbe Nacht hatte er mit offenen Augen dagelegen und versucht, seine Angst in den Griff zu bekommen. Und seine Wut. Sie würden ihm alles kaputt machen. Wieder einmal. Er hatte einen Fehler gemacht, gut, das konnte passieren, machte nicht jeder mal Fehler? Alle machten Fehler. Aber nur bei ihm hatte es diese Auswirkungen. Wie die Hyänen würden sie sich auf ihn stürzen, mit dem Finger auf ihn zeigen, und Alma ... die würde ihn rauswerfen. Und das war noch sein geringstes Problem. Diese Polizistin war zum ungünstigsten Zeitpunkt aufgetaucht, den man sich nur denken konnte. Er machte sich keine Illusionen. Nach diesem Gespräch würde die Sache Kreise ziehen. Die Frau war hartnäckig. Auch wenn sie nur Gemeindepolizistin war, durfte man sie nicht unterschätzen. Das hatte er vom ersten Moment an gesehen. Sie hatte diesen Blick. Es war der Blick einer Jägerin. Wenn sie einmal Witterung aufgenommen hatte, würde sie nicht mehr lockerlassen. Warum ließen sie ihn nicht in Ruhe? Es gab so viele Verbrecher auf der Welt, aber ihn, ihn mussten sie verfolgen.

Damals war es genauso gewesen. Er hatte nichts Schlimmes getan. Hatte nur versucht mitzuspielen. Alle taten das. Doch nur er hatte dafür büßen müssen. Weiß Gott büßen. Und er tat es noch. Jeden Tag, wenn er dem Blick seiner Frau begegnete. Die Verachtung in ihren Augen sah. Er war nicht blöd. Er wusste, dass sie ihm die Schuld gab. An allem. Und das jeden Tag. Es war so ungerecht, dass er jetzt wegen dieser kleinen Dummheit zum Gespött der Leute werden würde. Ja, zum Gespött. Sie würden ihn auslachen. Und sie würden ihn verachten. So, wie seine Frau ihn verachtete. Er hörte, wie sie leise aufstand und hinausging. Es war noch früh am Morgen. Wo wollte sie hin? Womöglich ahnte sie bereits etwas.

Armand Straub hatte ebenfalls kaum geschlafen. Doch das lag nicht am Grübeln, sondern an den Schmerzen. Er hatte sich stärker verletzt, als er dachte, und das Pochen in seinem rechten Fuß hatte ihn die ganze Nacht wachgehalten. Er musste sehen, dass die Wunde verheilte. Er musste ja schon bald das Singspiel dirigieren, da konnte er nicht am Stock daherhumpeln. Es sollte fulminant werden, das Publikum von den Stühlen reißen. Allein schon wegen Rosalie. Sie hatte den Chor geliebt, auch wenn sie sich nie hatte überreden lassen, es auch einmal mit dem Singen zu versuchen. Er würde dieses Singspiel für Rosalie aufführen. Nur für sie. Und der Priester, diese schwarze

Nebelkrähe ohne Freude im Leben, würde stumm danebenstehen, mit einem Gesicht blass vor Zorn.

Zu ärgerlich, das mit dem Fuß. Er konnte kaum auftreten, und sogar jetzt, im Liegen, schmerzte es. Hoffentlich entzündete es sich nicht auch noch. Bevor er sich mit Céleste und Luc traf, würde er noch schnell zu Maurice gehen, vielleicht hatte der eine Salbe für ihn. Oder besser noch: eine Spritze. Dass die Scherben aber auch ausgerechnet in seinem Schuh hatten landen müssen. Wer dachte denn an so was? Alle hatten sie ihre Schuhe dort im breiten Flur von Théo Kreydenweiss' altem Haus abgestellt, um sich für die Probe umzuziehen. Niemand hatte ahnen können, dass der Luftzug das kleine Fenster neben dem Eingangstor aufdrücken und die leeren Weinflaschen auf dem Fensterbrett hinunterstoßen würde. Sie waren auf dem Steinboden förmlich explodiert, die Scherben hatten überall gelegen, winzige, glitzernde Bruchstücke ebenso wie große, gefährliche Lanzen. Eine solche große Scherbe, scharf wie ein Messer, hatte den Weg in seinen Schuh gefunden. Und er war hineingeschlüpft, ohne vorher nachzusehen. Das hatte er nun davon: einen tiefen Schnitt in der Fußsohle. Es hatte geblutet wie verrückt. Brigitte Lebac, diese überaus praktische Person, hatte ihn sofort verarztet, mit Taschentüchern und Pflastern versorgt. Doch das reichte nicht. Er musste fit sein, musste den Aufbau der Bühne beaufsichtigen. Und die letzten Proben standen auch noch an.

Stöhnend hob er das Bein und versuchte sich so hinzulegen, dass es nicht belastet wurde. Vielleicht konnte er noch eine Stunde schlafen.

Céleste war wieder zu Hause und stand unter der Dusche. Mit geschlossenen Augen genoss sie das heiße Wasser, als plötzlich ein Bild aus ihrem Traum zurückkehrte: das grünliche Gesicht eines der Landsknechte, der sich über den Grill mit dem armen Franz beugte. Ihr fiel Léo Ginglingers Comic wieder ein. Was hatte er zu dieser etwas abstrusen Geschichte von Manchot, dem schusseligen Detektiv, gesagt? «Monsieur Rossi ist eigentlich ganz nett, außer wenn er Erbsensuppe isst ... Alle finden Monsieur Rossi supernett und harmlos ...»

Sie öffnete die Augen. Plötzlich war ihr der Grund für ihren Traum, für ihre Unruhe während der letzten Tage, klar: Sie hatten einen Fehler gemacht.

Als Luc an diesem Morgen in die Mairie kam, saß Céleste schon am Schreibtisch und starrte auf den Bildschirm ihres Computers. Sie war ganz vertieft, hob kaum den Kopf, und um sie herum lagen eine Menge Zettel verstreut.

«Guten Morgen, Chef.» Luc klang in Anbetracht ihrer frühen Anwesenheit ein wenig irritiert. «Ist was passiert?»

«Guten Morgen, Luc», antwortete Céleste abwesend, ohne ihren Blick vom Bildschirm abzuwenden. «Passiert? Nein. Noch nicht. Hoffe ich jedenfalls.»

«Was soll das denn heißen, noch nicht?» Luc hängte seine Jacke über die Stuhllehne und setzte sich an den Schreibtisch. «Hab ich was verpasst?»

«Wir beide, Bato. Wir beide.» Jetzt wandte sich Céleste ihrem Brigadier direkt zu. «Wir haben die Sache völlig falsch angepackt. War klar, dass wir so auf keinen grünen Zweig kommen. Apropos grün – ein grünes Erbsensuppenmonster hat mich darauf gebracht.»

Luc blinzelte verwirrt. «Alles in Ordnung mit Ihnen, Chef?»

Céleste nickte ungeduldig. «Ja doch. Alles gut. Ich erkläre es Ihnen gleich. Haben Sie die Liste, um die ich Sie gebeten habe?»

Luc schaltete seinen Computer ein. «Ich drucke sie Ihnen schnell aus.»

«Lesen Sie doch schon mal vor.»

«Vorlesen?»

Céleste nickte. «Bitte.»

Luc räusperte sich und begann: «Hortense Marie Grimaud, 28 Jahre, Gärtnerin, geboren am 13. April in Wettolsheim; Vater Fabrice Grimaud, stammt aus Beaune, gelernter Werkzeugschlosser; Mutter Anne Grimaud, geborene Edel; haben in Wettolsheim eine Gärtnerei, die den Eltern von Anne Edel gehört hat. Inzwischen hat Hortense die Gärtnerei übernommen. Die Eltern sind beide über siebzig und arbeiten nur noch hin und wieder mit. Hortense hat zwei ältere Brüder, Geoffrey und Eric. Geoffrey arbeitet in Straßburg bei einer Bank, ist verheiratet und hat drei Kinder, sie heißen Fabrice junior, Marie und Louise und sind acht, zehn und dreizehn Jahre alt. Seine Frau arbeitet bei der Stadtverwaltung. Der zweite Bruder, Eric, arbeitet in der Gärtnerei mit. Er ist, so sagt man, ein wenig eigen, ledig.» Er machte eine Pause. «Soll ich weiterlesen?»

Céleste nickte. «Nur zu. Aber Sie müssen nicht gleich die ganze Verwandtschaft bis ins dritte Glied mit aufzählen.»

Luc schaute ein wenig beleidigt drein. «Ich dachte, Sie wollten alles über die Leute wissen ...»

«Über die Leute schon, aber nicht über das ganze Elsass.» Céleste lehnte sich zurück und schloss die Augen. «Ich höre.»

Luc schwieg einen Moment, dann fuhr er in etwas reserviertem Ton fort: «Rosalie Bernard, 62 Jahre alt, geboren am 2. September in Nancy. Keine Geschwister, die Eltern sind beide tot. Frühpensionierte Grundschullehrerin, seit fünfzehn Jahren verwitwet, keine Kinder. Verstorben am ...»

«Jaja!», unterbrach ihn Céleste ungeduldig. «Das wissen wir ja nun beide.»

«Armand Straub, 67 Jahre, geboren am 25. November in Eguisheim, pensionierter Musiklehrer, seit über zwanzig Jahren geschieden, hat einen erwachsenen Sohn, der Musiker ist und in Paris lebt.»

Der Drucker begann zu rattern und spuckte ein Blatt Papier aus. Luc nahm es und las von diesem weiter ab: «Valérie Crummenacker, geborene Dumitrescu. Sie kommt ursprünglich aus Rumänien, lebt aber seit 1996 in Frankreich, zuerst in Straßburg und seit zehn Jahren in Eguisheim. Verwitwet. Ihr Mann, Paul Crummenacker, war Postbeamter. Sie arbeitet stundenweise bei Dr. Brigeul als Zahnarzthelferin und ist in verschiedenen karitativen Organisationen und in der Kirche engagiert. Eine jüngere Schwester, Nicoleta, wohnt in Straßburg. Keine Kinder. Dann unser Waldschrat, Jérémie Sarcault: 58 Jahre, geboren am 7. Januar in Sète...»

«In Sète?» Céleste öffnete überrascht die Augen. «Tatsächlich?»

«Ja, warum?»

Céleste winkte ab. «Nicht weiter wichtig. Nur... mein Vater stammte aus Sète.»

«Ist Ihr Vater tot?», wollte Luc wissen.

«Nein. Das heißt, ich weiß es nicht.» Céleste zuckte mit den Schultern. «Nicht wichtig. Machen Sie weiter, Luc.»

Luc nickte. «Also Jérémie: abgebrochenes Soziologiestudium, verschiedene Jobs, mehrere kleinere Vorstrafen wegen Drogenbesitzes, Sachbeschädigung, Widerstand gegen die Staatsgewalt... Und er war Mitglied einer militanten Tierschutzorganisation. Aber alle Eintragungen sind schon älter, in den letzten Jahren ist nichts mehr vorgefallen. Zweimal verheiratet, zweimal geschieden; drei Kinder von drei verschiedenen Frauen. Zwei davon sind schon erwachsen, eine siebzehnjährige Tochter lebt noch in Narbonne bei ihrer Mutter; mit Letzterer war er nicht verheiratet. Derzeit arbeitslos; lebt von Sozialhilfe. Jean-Marie Knopfer, 63, geboren am 12. Juli in Eguisheim. Vater Jean Knopfer, von Beruf Müller, die Mutter, Frieda Pirckheimer, ist bei der Geburt verstorben...»

«Moment!» Céleste richtete sich auf. «Müller? Sagten Sie, der Vater war Müller?»

Luc nickte.

«Dann war Jean-Marie Knopfer der Sohn von Jean Knopfer, dem alten Müller von der Teufelsmühle?» Céleste schüttelte ungläubig den Kopf. Sie hatten ja sogar den gleichen Namen, trotzdem hatte sie keine Verbindung hergestellt.

Dabei war Jean Knopfer, einäugig und bucklig, das Schreckgespenst in Célestes Kindheit gewesen. Die Dörfler hatten damals die schlimmsten Schauermärchen über ihn verbreitet. Vor gut zwanzig Jahren hatte sich Jean Knopfer im Mehlspeicher seiner Mühle erhängt, und als man ihn fand, war er bereits mehrere Wochen tot, ohne dass ihn jemand vermisst hätte. Für die Kinder aus dem Dorf war es damals eine Mutprobe gewesen, heimlich in die Mühle zu schleichen, und wenn der alte Knopfer sie erwischte, schlug er sie mit einem Stock grün und blau.

Doch Céleste hatte nie etwas davon gehört, dass er selbst einen Sohn gehabt hätte. Sie hatte nie jemand anderen als den Alten in der Mühle gesehen. Allerdings war Jean-Marie Knopfer auch fast dreißig Jahre älter als sie gewesen und hatte zu der Zeit wohl schon nicht mehr zu Hause gewohnt. Sie selbst hätte auch so schnell wie möglich die Flucht ergriffen, wenn die Teufelsmühle, dieses traurige, feuchte Gemäuer am Ende einer

Schlucht, in die kaum je ein Lichtstrahl drang, ihr Zuhause und Jean Knopfer ihr Vater gewesen wäre.

Luc überlegte. «Teufelsmühle? Das ist doch die alte Mühle, wo wir die Leiche von ...»

«Genau die. Es wird ja wohl kaum noch einen Jean Knopfer in Eguisheim geben, der Müller war.»

In ihrem bisher einzigen Mordermittlungsfall, der als «die Sache mit dem Sauerkrautfass» ins kollektive Gedächtnis des Dorfes eingegangen war, hatten sie im Keller der verfallenen Mühle die Leiche eines ganz besonders grausam ermordeten Opfers gefunden. «Ein grässlicher Ort», flüsterte Luc.

Céleste nickte. «Er wird keine besonders schöne Kindheit gehabt haben», sagte sie.

«Das ist sogar dokumentiert», bestätigte Luc und senkte den Blick wieder auf seine Notizen. «Das Jugendamt hat dem Vater den kleinen Jean-Marie im Alter von vier Jahren weggenommen. Wegen Verwahrlosung. Er ist zu einer Pflegefamilie gekommen. Sébastien und Dominique Felder. Dort ist es ihm wohl besser ergangen. Von ihnen hat er den Weinberg geerbt, den er dann, als er pleiteging, an Bertrand Fleckenstein verkaufen musste.»

Céleste schwieg eine ganze Weile, dann sagte sie nachdenklich: «Ich habe Jean-Marie Knopfer immer nur als ziemlich unausstehlichen, cholerischen Stänkerer erlebt. Doch wenn man diese Geschichte hört, sieht man ihn in einem ganz anderen Licht. Er hatte einen denkbar schlechten Start, ohne Mutter und mit diesem Vater... Dann scheitert er als Winzer, verliert das Erbe seiner Pflegeeltern und stirbt schließlich auf eine so grässliche Weise.» Ihr Blick wanderte zum Fenster. «Ich frage mich...» Sie verstummte.

«Chef?», sagte Luc nach einer Weile. «Was fragen Sie sich?»

«Ob der Mörder Jean-Maries Geschichte kannte.»

«Warum? Glauben Sie, es hätte etwas geändert?»

«Vielleicht.» Céleste sah auf die Uhr. «Haben Sie noch so spannende Enthüllungen auf Lager?»

Luc überflog seine Notizen. «Nein ... oder doch, eines finde ich noch sehr bemerkenswert: Alphonse Grenier, der Inhaber des Zeitungsladens.»

«Was ist mit ihm?»

«Er hat auch eine Vorstrafe.»

Céleste lachte ungläubig auf. «Unser biederer Packbandschnippler? Worum ging es denn da?»

«Er stammt aus Tours, wie auch seine Frau, Alma Grenier, geborene Dupont, Krankenschwester; sie haben eine erwachsene Tochter, Amélie...»

«Luc!», mahnte Céleste. «Kommen Sie zum Punkt.»

«Entschuldigung. Also, Alphonse Grenier war Finanzbuchhalter bei einem mittelständischen Betrieb und hat dort Geld unterschlagen. Es kam zu einem Prozess, und er wurde zu einer Bewährungsstrafe verurteilt. In Eguisheim haben die Greniers sich dann den Zeitschriftenladen und eine kleine Wohnung gekauft, vermutlich mit dem Geld seiner Frau – jedenfalls ist sie die alleinige Inhaberin und Eigentümerin der gemeinsamen Wohnung in der Rue du Muscat. Sie haben sich hier bei uns, weit weg von dieser Geschichte und allen, die davon wussten, eine neue Existenz aufgebaut. Die Tochter lebt noch in Tours. Sie ist wie die Mutter Krankenschwester.»

«Sieh einer an, der Zinnsoldat...», murmelte Céleste.

Luc runzelte die Stirn. «Zuerst Erbsensuppenmonster und jetzt Zinnsoldaten! Sie sprechen heute wirklich in Rätseln, Chef.»

Céleste lächelte und erzählte Luc von ihrem Gespräch mit

Louis Balzac. «Er hat mir verraten, dass Alphonse Grenier in Julien's Winstub den Spitznamen Zinnsoldat hat, weil er immer so rechthaberisch und steif ist. Letzten Freitag, als Filou erschlagen wurde, hat er sich angeblich arg ereifert und war wohl auch recht betrunken.»

«Wer bitte ist Filou?»

«Der Kater von Rosalies Vermieterin.»

«Ach so. Und jetzt glauben Sie, dass er den Kater getötet hat?»

«Ich bin mir sicher», bestätigte Céleste. «Ich warte nur noch auf den richtigen Moment, ihm unter die Nase zu reiben, dass ich es weiß.»

«Könnte Alphonse Grenier dann auch was mit den Morden zu tun haben?», fragte Luc nach einer Weile. «Denken Sie, das hängt zusammen?»

Céleste schüttelte entschieden den Kopf. «Dazu hat er weder die Phantasie noch den Grips. Vergessen Sie nicht seinen Spitznamen. Ein Zinnsoldat lässt keine Dämonen frei.»

«Nein, wohl nicht», gab Luc seiner Chefin recht.

«Haben Sie sonst noch was?», wollte Céleste wissen.

«Nichts Besonderes, fürchte ich. Über Eva Knopfer, Jean-Maries Frau, gibt es nicht viel: Sie ist 61 Jahre und hier bei uns um die Ecke in Herrlisheim geboren. Ihr Mädchenname lautet Schopper. Sie ist gelernte Friseurin, hat Jean-Marie jung geheiratet, drei Kinder, die alle schon aus dem Haus sind. Dann noch Abbé François Schwarzweiler, 45, Jesuit, geboren am 3. Mai in Mulhouse, Studium der Theologie in Straßburg und Paris. Er hat viele Jahre in Indien gelebt und wurde dann zurück nach Frankreich versetzt. Hier müsste ich allerdings noch etwas genauer nachforschen, das war etwas seltsam.»

«Inwiefern?»

«Abbé Schwarzweiler hat mitgeholfen, in einem Dorf in der Nähe von Kalkutta eine Schule aufzubauen, offenbar mit großem persönlichem Einsatz; es gibt ein paar Zeitungsartikel darüber. Doch dann ist er nach Frankreich zurückgekommen, bevor die Schule eröffnet wurde. Das finde ich merkwürdig.»

Céleste nickte. «Da haben Sie recht. Vermutlich war die Versetzung nicht ganz freiwillig. Was da wohl vorgefallen ist?»

Luc kritzelte etwas auf sein Blatt, dann verschränkte er die Arme vor der Brust und sagte entschieden: «So, und jetzt verraten Sie mir bitte, was Ihnen außer dem Zinnsoldaten noch so im Kopf herumspukt, Chef.»

18

Luc hörte seiner Chefin mit einem Stirnrunzeln zu, als sie ihm von Léo und Monsieur Rossi, dem Erbsensuppenmonster, und ihrem Traum erzählte. Céleste war klar, dass er keine Ahnung hatte, worauf sie hinauswollte. Das konnte sie ihm auch nicht verdenken.

«Heute Morgen ist mir dann klargeworden, dass wir einen Fehler gemacht haben», fasste sie schließlich zusammen. «Wir haben uns zu sehr auf die Methode und die Opfer konzentriert, haben versucht, Verbindungen herzustellen, Motive zu finden, weshalb ausgerechnet Rosalie und Jean-Marie getötet wurden, und wollten rekonstruieren, wie die Morde ausgeführt worden sein könnten. Dass wir so nicht den kleinsten Hinweis gefunden haben, ist kein Wunder. Ich denke, wir müssen anders vorgehen. Wir müssen vom Täter ausgehen. Diese Geschichte mit der Tollwut ist so ungewöhnlich, so kompliziert und seltsam, dass nur der Täter der Schlüssel sein kann. Verstehen Sie? Der Mörder muss einen Bezug zur Tollwut haben, irgendetwas, was den Auslöser für seine Taten darstellt. Wie die Erbsensuppe bei Monsieur Rossi.»

Luc fragte mit noch immer leicht gerunzelter Stirn: «Sie meinen, der Mörder muss irgendwann ein persönliches Erlebnis gehabt haben, das mit der Tollwut zusammenhängt?»

«Ja. Da bin ich mir ganz sicher. Das ist der Ausgangspunkt, da müssen wir ansetzen.» Sie überlegte einen Moment, dann sagte sie: «Haben Sie diesen Hubertusschlüssel noch hier? Und das Bild aus der Kirche?»

Luc holte beides aus seiner Schublade. Céleste stand auf und kam zu seinem Schreibtisch. Gemeinsam musterten sie schweigend die beiden Gegenstände, die auf dem blankgeputzten Schreibtisch des Brigadiers fremd und fehl am Platz wirkten.

Céleste nahm das kleine Brenneisen hoch, es lag überraschend schwer und kalt in ihrer Hand, und dachte an den alten Mann aus Lucs Dorf, der noch die Narbe einer solchen Brandmarkung auf der Stirn hatte. Unwillkürlich schauderte sie. Konnte es sein, dass sie jemanden suchten, der ähnlich gebrandmarkt war? Vielleicht nicht so offensichtlich, aber im Verborgenen? Im übertragenen Sinn? Immerhin hatte der Täter ebenfalls so ein Eisen benutzt. Sie sah das Bild plötzlich genau vor sich: Der Täter musste ein Feuer entfacht haben, im Kamin oder draußen, hatte das Eisen in die Glut gehalten, bis es rot war, und es dann dem toten Hund auf die Stirn gepresst. Céleste meinte, den Geruch nach verbrannten Haaren und verkohltem Fleisch regelrecht riechen zu können.

Voller Abscheu legte sie das Eisen zurück auf den Tisch. Niemand würde heutzutage einem Menschen noch so etwas zufügen. Nicht in einem zivilisierten Land... Sie stutzte. Aber vielleicht in Indien? In einem entlegenen Dorf, wo sich missionarischer Eifer mit altem Aberglauben, mangelnder Bildung und Furcht leicht zu einem gefährlichen Gebräu vermischen konnte? Zudem gab es in Indien noch immer die häufigsten Tollwutfälle bei Menschen. Sie dachte an Abbé Schwarzweilers seltsame Reaktion, als sie ihn auf seine Bemerkung mit den tollwütigen Fledermäusen angesprochen hatte. War es tatsächlich möglich, dass der Abbé...?

«Wie können wir etwas über den Grund von Abbé Schwarzweilers Versetzung herausfinden?», fragte sie Luc. «Wer ist denn dafür zuständig? Der Bischof?»

«Der Abbé ist Jesuit», erinnerte sie Luc. «Ich vermute, sein Orden hat das entschieden.»

Céleste verdrehte die Augen. «Die werden uns sicher nichts erzählen. Vor allem dann nicht, wenn es etwas war, das nicht an die Öffentlichkeit soll.»

«Vielleicht sollten wir ihn direkt darauf ansprechen?», schlug Luc vor.

Céleste nickte ohne große Überzeugung. «Mangels besserer Alternativen ist es zumindest einen Versuch wert. Aber ich warne Sie, Luc: Dieser Abbé ist ein zäher Knochen.»

Leider trafen sie den Abbé weder in der Kirche noch in seiner Wohnung an. Auch im Pfarrbüro konnte man ihnen keine Auskunft geben. Die Sekretärin wusste nicht, wo er war; er sei heute Morgen überhaupt noch nicht da gewesen. Sie versprach aber, ihm auszurichten, dass man ihn sprechen wolle, sobald er käme,.

Inzwischen war es höchste Zeit für das Treffen mit Armand Straub, und sie beschlossen, vom Pfarrbüro gleich hinüber zum Marktplatz zu laufen, wo sie verabredet waren. Mit jedem Schritt auf dem Weg dorthin wurde Céleste wütender darüber, dass sie den Priester nicht erreicht hatten und deshalb auch auf ihre Fragen keine Antwort fanden.

«Ich wette, es gab einen handfesten Grund dafür, dass dieser arrogante Pinsel Indien verlassen musste, und ich will verflucht noch mal wissen, welchen!» Mit einer zornigen Bewegung kickte sie einen Stein über das Pflaster vor sich her und bemerkte dabei ein verstohlenes Lächeln in Lucs

Gesicht. «Was ist?», herrschte sie ihn an. «Was grinsen Sie so?»

«Ich grinse nicht», verteidigte sich Luc. «Ich habe nur gerade gedacht... dass Sie sich genauso anhören wie Ihr Großvater.»

«Théo?», sagte Céleste leicht indigniert. «Wie kommen Sie denn bitte darauf?»

«Er ereifert sich auch recht gern über die Kirche. Wir proben doch jetzt bei ihm, und die Sprüche, die er so loslässt, setzen den zartbesaiteteren Damen im Chor mitunter ganz schön zu. Gott sei Dank ist Madame Crummenacker nicht mehr dabei. Die würde angesichts der gotteslästerlichen Reden Ihres Großvaters glatt in Ohnmacht fallen.»

Céleste lachte auf. «Ja, Théo kann recht harsch sein, was die Kirche angeht. Hoffentlich ist das kein Grund, auch ihn noch umzubringen...» Sie hatte den letzten Satz leichthin im Scherz gemeint, doch plötzlich wurde ihr klar, was sie da gesagt hatte, und ihr Lächeln verschwand. Sie hatten ja tatsächlich schon festgestellt, dass das Einzige, was die Opfer zu verbinden schien, ihr Problem mit dem Pfarrer gewesen war.

Luc warf ihr einen raschen Blick zu und sagte dann in seiner nüchternen Art: «Sicher nicht, Chef. Er ist nicht der Einzige, der nicht gut auf den Abbé zu sprechen ist. Da hätte der Mörder viel zu tun.»

Am Marktplatz waren die Vorbereitungen für das Fest bereits in vollem Gang. An der Mauer unterhalb des Schlosses war ein Trupp Arbeiter damit beschäftigt, die Bretter für die Bühne zu verlegen. Die Statue von Papst Leo spendete mit mildem Gesichtsausdruck ihren Segen, und das Plätschern des Brunnens bot ein friedliches Hintergrundgeräusch zum Hämmern und Bohren der Arbeiter.

Armand Straub stand oben im Schlossgarten. Sein massiger Körper ragte zwischen den Blumenkästen voller Petunien hervor, die an der Steinbrüstung hingen. Er sprach gerade mit weit ausholenden Gesten zu einer Gruppe von Leuten, die ihn aufmerksam lauschend umringten. Sie hielten Flöten, Klarinetten und Trompeten in den Händen. Die Bläsertruppe aus Wintzenheim, die das Singspiel musikalisch unterstützen würde.

Als Armand Céleste und Luc bemerkte, winkte er ihnen zu. «Ich komme!»

Er kam die Burgtreppe heruntergelaufen – wobei von laufen keine Rede sein konnte: Er humpelte stark, hatte sogar einen Stock als Gehhilfe dabei, und Céleste bemerkte, dass sein rechter Fuß dick verbunden war. Armand begrüßte sie lautstark und mit der üblichen, leutseligen Herzlichkeit und begann sofort über den Bühnenaufbau zu sprechen.

Luc und Céleste folgten ihm, kontrollierten die Konstruktion und die Absperrung, was im Grunde eher eine Formsache war, und schließlich meinte Luc mit einem Blick auf Armand Straubs Fuß: «Ganz schön üble Verletzung, die Sie sich da gestern zugezogen haben.»

Obwohl Armand grundsätzlich jeden duzte, siezte ihn Luc hartnäckig, was Céleste sympathisch altmodisch fand, so ähnlich wie die von seiner Mutter akkurat gebügelten Stofftaschentücher, die ihr Brigadier immer mit sich herumtrug.

Armand verzog das Gesicht. «Kannst du laut sagen, Bato. War heute schon beim alten Maurice. Der hat mir Schmerztabletten gegeben und eine Tetanusspritze verpasst. Wer weiß, was Théo so in seinen Weinflaschen gebunkert hat, nicht wahr?» Er lachte dröhnend über seinen Witz.

«Was ist denn passiert?», wollte Céleste wissen. «Hast du dich etwa bei Théo verletzt?»

Armand winkte ab. «Nicht der Rede wert. War ja nur eine dumme Unachtsamkeit. Ich hätte in den Schuh hineinschauen sollen, bevor ich ihn anziehe.»

«Deinen Schuh? Es war etwas in deinem Schuh, das dich verletzt hat?» Céleste sah Luc an, und er nickte zögerlich.

«Das war eine dumme Sache, gestern Abend bei der Probe...», begann er, und während er den Vorfall mit den Flaschen schilderte, begannen bei Céleste nach und nach alle Alarmglocken zu schrillen. Es fing ganz harmlos an, mit einem leichten Kribbeln im Nacken, einer leichten Unruhe, die sie erfasste. Plötzlich klangen das Gemurmel und die Rufe der umstehenden Leute, die Bänke trugen, heruntergefallene Wimpel neu befestigten und Kisten voller Wein schleppten, bedrohlich.

«Es war ein Luftzug, sonst nichts», sagte Armand, als Luc geendet hatte. «Hat alle Flaschen hinuntergefegt.»

«Ein Luftzug?» Céleste schüttelte den Kopf. «Diese Flaschen stehen dort seit Jahren, wenn nicht Jahrzehnten, und noch nie ist eine durch einen Luftzug runtergefallen. Und dann landen die Scherben ausgerechnet in deinem Schuh?»

«Die Scherben waren überall, nicht nur in meinem Schuh», gab Armand zu bedenken.

«Egal. Du gehst sofort zu Maurice und lässt dich impfen», befahl Céleste und zückte ihr Handy. «Ich rufe Maurice an und erkläre es ihm.»

«Aber ich sagte doch, ich habe heute Morgen schon eine Tetanusspritze von ihm bekommen...»

«Nicht gegen Tetanus», sagte Céleste so leise, dass niemand der Umstehenden es hören konnte. «Gegen Tollwut.»

Der sich fast synchron verändernde Gesichtsausdruck der beiden Männer hätte in einer anderen Situation fast lustig gewirkt. Zunächst spiegelte er ihre Verblüffung wider, gefolgt von langsamem Begreifen und gleichzeitigem Unglauben und schließlich tiefem Entsetzen.

Luc war der Erste, der seine Stimme wiederfand: «Aber ... Chef, Sie glauben doch nicht etwa...» Er sah Céleste erwartungsvoll an wie ein Kind, das hofft, dass seine schlimmsten Befürchtungen mit einem beruhigenden Satz zerstreut werden.

Den Gefallen konnte Céleste ihm nicht tun. «Er ist aufgeschreckt», murmelte sie, ohne die beiden Männer zu beachten. «Ich hatte recht. Irgendetwas gestern hat ihn aufgeschreckt. Er wollte keine Zeit verlieren ... musste schnell handeln – aber warum?» Sie schüttelte den Kopf und wandte sich wieder Armand zu: «Bitte, Armand, geh sofort zu Maurice. Dann bist du auf der sicheren Seite, auch wenn ich mich getäuscht haben sollte.»

«Ist so eine Tollwutimpfung denn nicht auch gefährlich? Die hat womöglich irgendwelche Nebenwirkungen?», wandte Armand ein, plötzlich verunsichert. «Ich muss doch dirigieren. Ich muss!»

Céleste seufzte. «Wenn es wirklich die Tollwut ist und du dich nicht rechtzeitig vor Ausbruch der Krankheit impfen lässt, kannst du bald überhaupt nicht mehr dirigieren. Denk an Rosalie.»

Armand schluckte. Dann gab er sich einen Ruck und nickte. «Also gut.»

Er war schon dabei zu gehen, als er sich noch einmal umdrehte und an Luc gewandt sagte: «Das eine sage ich dir, Bato, das Singspiel wird stattfinden, und wenn ich mir dafür den Fuß abhacken muss.» Und damit humpelte er davon.

Von hinten betrachtet, wirkte seine imposante Gestalt, als wäre sie plötzlich kleiner geworden, als hätte sie etwas von ihrer üblichen Strahlkraft eingebüßt.

Während Céleste die Nummer von Maurice Schupfer wählte, sagte sie zu Luc: «Wir müssen sofort zu meinem Großvater und die Scherben sicherstellen. Hat sich noch jemand verletzt?»

Luc schüttelte betroffen den Kopf. «Nicht dass ich wüsste. Théo ist sofort mit einem Besen gekommen und hat die Scherben zusammengekehrt und weggeworfen. Alle unsere Schuhe standen dort herum. Wir hatten ja gestern Kostümprobe, deshalb haben wir sie überhaupt ausgezogen.»

«Wer war bei der Chorprobe dabei?», wollte Céleste wissen.

«Alle waren da. Außer Madame Crummenacker.»

«Warum sie nicht?»

«Sie singt nicht mehr mit. Sagte ich das nicht? Sie meinte, das wäre illoyal dem Abbé gegenüber, und es würde sie belasten, bei diesem Projekt mitzumachen, das gegen seinen Willen stattfindet.»

«Ja, Sie haben so was erwähnt, stimmt.» Céleste nickte, ganz in Gedanken versunken. «Und sie war an dem Abend auch nicht kurz da? Hat vorbeigeschaut oder so?»

Luc schüttelte den Kopf. «Ich habe sie jedenfalls nicht gesehen.»

«Wo waren die Chormitglieder, als das mit den Flaschen im Flur passiert ist?»

Luc überlegte. «Wir waren alle im Wohnzimmer. Auch Ihr Großvater. Er hat uns Wein aus dem Keller gebracht und sich dann auf die Bank gesetzt. Auch wenn er immer spöttelt, beim Singen hört er uns doch gern zu. Armand hat sein elektronisches Klavier aufgebaut, mit dem wir immer üben, und wir haben uns eingesungen. Wir hatten gerade mit *Tempus est iocundum* angefangen, Nicolette spielt dabei Flöte und verpasst immer ihren Einsatz, als jemand, ich glaube, es war Jean-Pierre, unser Bass, der am nächsten an der Tür gestanden hat, ein Klirren gehört und nachgesehen hat.» Luc zögerte, dann fügte er schüchtern hinzu: «Chef, ich kann ja verstehen, dass Sie besorgt sind, aber wie hätte das gehen sollen? Wie hätte der Mörder sicherstellen können, dass genau in Armands Schuh Scherben landen und in allen anderen nicht? Und außerdem müssten diese Scherben ja auch noch mit Tollwut infiziert gewesen sein. Sagte Dr. Steinheimer nicht, das Virus ist außerordentlich flüchtig, wenn es an die Luft kommt?»

Darauf wusste Céleste auch keine Antwort. Dennoch war sie sicher, dass sie entsprechende Spuren finden würden.

«Chef...»

Céleste winkte ab. «Ich muss nachdenken, Luc.»

«Aber, Chef, da kommt...»

Es war Capitaine Wolfsberger, auf den Luc Céleste hatte aufmerksam machen wollen, doch bevor er noch etwas hinzufügen konnte, stand der bereits vor ihnen. Breitbeinig und mit grimmigem Gesichtsausdruck hatte er sich vor Céleste aufgebaut, die Arme vor seinem apricotfarbenen Hemd demonstrativ verschränkt wie ein Cop aus einem schlechten amerikanischen Gangsterfilm, und wippte auf den Ballen.

Unbeeindruckt von diesem Gehabe, schaute ihn Céleste mit einer Miene an, die nichts als milde Überraschung ausdrückte. «Capitaine? Wollen Sie auf unser Fest kommen? Das ist ja nett, aber da sind Sie ein bisschen zu früh dran – es geht erst...»

«Wollen Sie mich verarschen, Kreydenweiss?», sagte Wolfsberger und nahm seine Sonnenbrille ab. Mit zusammengekniffenen Augen musterte er die beiden Gemeindepolizisten. «Halten Sie mich für so dämlich?»

Céleste fand, dass keine Antwort Antwort genug war, und schwieg.

«Wissen Sie, was wir heute gefunden haben?»

«Sie werden es mir sicher gleich verraten, Monsieur le Capitaine.» Céleste lächelte höflich.

«Einen Hund.»

«Ach.» Céleste hob die Brauen. «Ist der Ihnen zugelaufen? Was für eine Rasse? Unser Bürgermeister hat einen Mops, er heißt Franz...»

«Einen toten Hund! In einem Kühlfach in der Rechtsmedizin.» Seine Stimme bebte vor unterdrückter Wut. Es brauchte nicht mehr als einen Funken, und er würde explodieren.

Céleste hörte, wie Luc neben ihr leise die Luft einsog, und wagte nicht, ihn anzusehen. Wolfsberger war ohnehin schon auf hundertachtzig, es reichte, wenn er seine Wut an ihr ausließ, er musste nicht auch noch ihren Brigadier zur Schnecke machen.

«Was Sie nicht sagen», meinte sie daher nur mit ausdrucksloser Miene.

«Hatte ich mich nicht deutlich ausgedrückt? Hatte ich nicht gesagt, wir haben keine Verwendung für Ihre ausgegrabenen Haustiere, Brigadier?»

«Chef de Police, Monsieur le Capitaine», sagte Céleste. Hauptsächlich, um irgendetwas zu sagen.

«Was?»

«Mein Rang lautet Chef de Police, nicht Brigadier.»

Wolfsberger musterte sie wie ein lästiges Insekt. «Macht das einen Unterschied, wenn man sich so dämlich aufführt, Kreydenweiss?»

«Capitaine...», meldete sich jetzt Bato trotz Célestes warnenden Blicks zu Wort. «Ich muss schon sagen...»

«Sie müssen gar nichts, Brigadier», schnitt ihm Wolfsberger das Wort ab. «Ich rede gerade mit Ihrer Vorgesetzten, und möchte von ihr persönlich wissen, was zum Teufel sie sich dabei gedacht hat, einen toten Hund in unserer Rechtsmedizin zu deponieren und von Dr. Veilleux obduzieren zu lassen. Unseren Praktikanten hat heute Morgen fast der Schlag getroffen, als er den Köter entdeckt hat.»

Céleste wollte gerade antworten, als ihr Telefon klingelte. Mit einem entschuldigenden Achselzucken nahm sie den Anruf entgegen. Während sie der aufgeregten Stimme am anderen Ende der Leitung lauschte, wurde sie blass. «Wir kommen sofort», sagte sie und legte auf.

«Was ist?», fragte Luc angesichts ihres Gesichtsausdrucks alarmiert.

«Eine Joggerin», sagte sie und schob das Handy in die Tasche. «Sie hat zwei Kinder am Waldrand aufgegriffen... Sie meint, sie seien völlig panisch – und voller Blut...»

19

«Ich komme mit», verkündete Capitaine Wolfsberger, als sich Céleste anschickte, über den Marktplatz in Richtung Mairie davonzulaufen. «Wir können mit meinem Auto fahren, das steht gleich hier.»

«Von mir aus.» Céleste nickte ergeben und sah dann Luc eindringlich an. «Sie bleiben hier, Bato, und kümmern sich bitte um den Mülleimer meines Großvaters.»

Man sah Luc an, dass es ihm schwerfiel, Céleste allein mit Capitaine Wolfsberger fahren zu lassen, dennoch nickte er und sagte knapp: «Jawohl, Chef. Sie können sich auf mich verlassen.»

«Mülleimer? Großvater? Sagen Sie mal, womit beschäftigen Sie sich hier eigentlich normalerweise?», fragte Wolfsberger, während sie zu seinem Wagen gingen.

Céleste blieb ihm die Antwort schuldig und kletterte in den Fond des BMWs, in dem Lieutenant Vasarely hinter dem Steuer saß und auf seinen Chef wartete. Er warf ihr einen fast mitleidigen Blick zu, als sie einstieg – vielleicht glaubte er, Wolfsberger habe sie verhaftet. Als sie ihm jedoch erklärte, wohin er fahren musste, hob der junge Lieutenant erstaunt die Augenbrauen.

«Fahren Sie schon!», herrschte dieser ihn an, befestigte das Blaulicht auf dem Dach des Wagens und schaltete die Sirene ein.

Der Wanderparkplatz am Waldrand lag bis auf ein Auto verlassen da. Eine Frau im knappen Joggingdress stand in einigem Abstand neben zwei jämmerlich aussehenden Gestalten. Beide schienen tatsächlich von Kopf bis Fuß mit Blut besudelt zu sein, das Rot leuchtete in der Sonne.

«Oh, verdammte Scheiße», entfuhr es Wolfsberger, als sie neben dem Grüppchen parkten. «Hat denn noch niemand den Notarzt gerufen? Warum hat diese Frau das nicht als Erstes getan?» Er sprang aus dem Auto, Céleste und Lieutenant Vasarely folgten ihm. «Rufen Sie einen Notarzt, verflucht noch mal!», rief Wolfsberger in Richtung Vasarely und eilte auf die beiden roten Gestalten zu.

Es waren zwei Jungs von etwa vierzehn, fünfzehn Jahren, schlaksig, in Jogginghosen, T-Shirts und Turnschuhen – Outfits, die ganz offensichtlich extrem cool wirken sollten. Doch von Coolness war nichts zu spüren. Kleinlaut, fast ängstlich hoben sie die Köpfe, als Wolfsberger vor ihnen stehen blieb. Ihre Gesichter, die Haare, die Kleidung bis hin zu den Schuhen – alles war blutrot.

«Warten Sie», bat Céleste den Lieutenant, der sein Handy bereits gezückt hatte, als sie sah, dass Wolfsberger unwillkürlich einen Schritt zurücktrat und die Luft anhielt. «Ich glaube, wir brauchen keinen Arzt.»

Ein widerwärtiger Gestank lag in der Luft, und er wurde stärker, je näher sie den beiden Kindern kamen. Es roch durchdringend nach einer Mischung aus Käsefüßen und Erbrochenem, so unerträglich, dass Céleste nur flach durch den Mund atmete, als sie auf einen der Jungs zu trat, ihn von oben bis unten musterte und dann die rote Farbe berührte.

«Seid ihr verletzt?», fragte sie, während sie an der Flüssigkeit roch. Beide schüttelten stumm den Kopf. Sie hatte richtig vermutet: Das war kein Blut, es war schlicht eine ganze Menge roter Farbe, vermischt mit Stinkbomben oder etwas in der Art. Sie trat ein paar Schritte zurück, um wieder besser atmen zu können. «Lasst mich raten: Es ist bei eurer Falle passiert?»

Die beiden nickten, zu überrascht, um es zu leugnen. Dann fasste sich einer ein Herz: «Es ist von oben gekommen, ein ganzer Schwall. Wir dachten, es wäre Blut … von irgendeinem Tier, das verwest ist, oder einer Leiche … mit dem ganzen Gestank …» Er würgte, während der andere Junge vergeblich versuchte, seine Tränen zurückzuhalten.

«Falle?», fragte Wolfsberger. «Was für eine Falle?»

Céleste sah die beiden Jungs an. «Das solltet ihr am besten selbst dem Capitaine erklären.»

Sie sahen sie erschrocken an.

Céleste nickte. «Jetzt. Sofort.»

«Wollen Sie die Kinder nicht erst mal nach Hause bringen, bevor Sie hier ewig herumreden?», mischte sich die Joggerin ein. «Die sind doch vollkommen fertig.»

Wolfsberger verzog das Gesicht. «Die versauen mir doch das ganze Auto.»

Die Joggerin sah ihn empört an. «Ich hab mich wohl verhört? Sollen sie etwa nach Hause laufen, so, wie sie aussehen? Schon mal was von Aufsichtspflicht gehört? Sie sind doch von der Polizei! Also, wenn das meine Kinder wären, dann würde ich Ihnen …»

Céleste schwieg. Sie hielt es für klüger, sich in diesen Disput nicht einzumischen.

«Schon gut, Madame …» Wolfsberger räusperte sich und sagte zu Vasarely: «Wir haben doch noch ein paar von diesen Ganzkörperkondomen im Auto. Holen Sie die mal.» Dann wandte er sich an die beiden Jungs: «Zieht euch aus.» Zu der

Joggerin sagte er schließlich: «Danke, Madame, dass Sie uns informiert haben. Lieutenant Vasarely wird noch Ihre Personalien aufnehmen, dann können Sie gehen.» Er nickte ihr knapp zu und drehte sich wieder um.

Die Frau sog scharf die Luft ein, gab dem jungen Lieutenant dann aber die erbetenen Auskünfte. Anschließend machte sie auf dem Absatz kehrt und ging grußlos zu dem einsamen Wagen auf dem Parkplatz. Céleste meinte, sie im Vorbeigehen «Was für ein Idiot» murmeln zu hören, tat jedoch so, als hätte sie nichts gehört.

Inzwischen hatten sich die beiden Jungs ihrer stinkenden Kleidung entledigt und waren in Unterhosen in die weiten, weißen Anzüge der Spurensicherung geschlüpft, die Vasarely ihnen hingelegt hatte. Auf eine weitere Aufforderung Wolfsbergers stopften sie ihre eigenen Sachen in eine Plastiktüte.

«So. Und jetzt erzählt ihr mir, was es mit dieser Falle auf sich hat», blaffte er sie an und verschränkte die Arme vor der Brust. Die beiden standen in den unförmigen, viel zu großen Anzügen vor dem Capitaine wie vor dem Jüngsten Gericht.

«Äh ...», begann der eine und warf einen hilfesuchenden Blick zu Céleste, die gar nicht daran dachte, ihn zu unterstützen. Schließlich fasste sich der Jüngere der beiden ein Herz und berichtete dem Capitaine von der Eichhörnchenfalle.

Wolfsberger hörte mit unbewegter Miene zu, und als der Junge fertig war, nickte er. «So, so. Fallensteller seid ihr also. Verstehe. Coole Kerle, Survival und so ... Und dann scheißt ihr euch wegen ein bisschen Farbe in die Hosen?»

Die beiden senkten den Blick.

«Wo ist die Falle denn?»

«Gleich am Waldrand.» Der Größere deutete auf die Bäume hinter ihnen. «Unter der großen Fichte da.»

Wolfsberger wandte sich zu Céleste um. «Sie wussten davon?»

«Wir haben schon ein paar solcher Fallen im Wald sichergestellt», sagte Céleste vage. Sie hatte nicht die Absicht, Wolfsberger von Jérémie zu erzählen.

«Wisst ihr denn, wer euch diesen Streich mit der Farbe gespielt hat?», wollte Wolfsberger von den beiden Jungs wissen.

Céleste schwieg. Sie hatte man ja nicht gefragt.

Die Jungs sahen sich an.

«Das war die Hexe», flüsterte der eine schließlich. «Ganz sicher.»

Der andere nickte heftig.

«Hexe?» Wolfsberger hob die Brauen. «Ihr glaubt doch wohl nicht mehr an Märchen?»

«Nee, nicht so eine wie im Märchen. Eine voll krasse Alte, echt. Mit der stimmt was nicht.» Der Größere der beiden hatte sich angesichts Wolfsbergers Spott offenbar auf seine Gangsterehre besonnen und versuchte, den jämmerlichen Eindruck, den er bislang abgegeben hatte, wieder wettzumachen. Er setzte eine gewichtige Miene auf, was jedoch angesichts der Farbe in seinem Gesicht nicht wirklich funktionierte.

«Was für eine Frau?», meldete sich jetzt Céleste zu Wort. «Wo habt ihr sie gesehen?»

«Im Wald!», platzte der Kleinere heraus. «Voll gruselig. Die ist da rumgeschlichen, ganz allein.»

«Vielleicht war sie Pilze sammeln?», schlug Céleste vor.

«Mann, es war Nacht!», rief der Größere, und es gelang ihm nicht mehr, die Angst in seinen Augen zu verbergen. «Die hatte eine Taschenlampe dabei. Welche alte Frau geht mitten in der Nacht Pilze sammeln, hä? Mit Taschenlampe und so?»

«Und sie hat voll komisches Zeug geflüstert», fügte der andere hinzu. «Beschwörungen.»

«Beschwörungen?», fragte Céleste interessiert nach. «Was denn für Beschwörungen?»

«Das ist doch Unsinn», sagte Wolfsberger kopfschüttelnd. «Diese beiden Früchtchen nehmen uns auf den Arm, Kreydenweiss.»

Céleste beachtete ihn nicht. «Was für Beschwörungen?», wiederholte sie.

«Keine Ahnung», sagte der kleine Junge. «Hab ich nicht verstanden. War rückwärts oder so. Geistersprache.»

«Quatsch!», wandte der Größere ein. «Das war Latein, glaub ich. Vielleicht eine Teufelsbeschwörung. In Horrorfilmen sind die immer auf Latein!»

«Es war richtig krass unheimlich. Wir sind dann gleich abgehauen.»

«Soso. Teufelsbeschwörungen, Hexen und Geistersprache!» Wolfsberger schüttelte den Kopf. «Ihr seid solche Hasenfüße und habt trotzdem nichts Besseres zu tun, als Fallen aufzustellen? Und dabei glaubt ihr noch an den Weihnachtsmann, oder?» Er deutete zum Auto. «Steigt ein. Aber rührt nichts an. Wenn ich nur einen roten Fleck auf den Sitzen entdecke...»

«Ich sehe zu, dass ich die Falle finde», sagte Céleste schnell, als sich Wolfsberger zu ihr umdrehte. «Fahren Sie ruhig. Ich lasse mich dann abholen.»

Céleste wartete, bis das Auto um die Ecke gebogen war, dann drehte sie sich auf dem Absatz um und ging zu der Stelle, wo Jérémie und sie letzte Woche Léo Ginglinger erwischt hatten. Die Falle lag leer und zugeschnappt am Boden. Jérémie hatte das zuletzt gefangene Eichhörnchen entfernt. Darüber baumelte ein großer Farbeimer, der mit einem dünnen Nylonfaden an dem Eisen befestigt war. Der Eimer hatte offenbar auf einem Ast balanciert, und es war nur eine winzige Berührung des Fadens notwendig gewesen, um ihn auszukippen. Céleste baute die Konstruktion ab und legte die Falle in den stinkenden Eimer. Sie würde beides auf dem Rückweg mitnehmen. Dann ging sie tiefer in den Wald hinein, in die Richtung von Jérémies Hütte.

Als sie dort ankam, war sie doppelt froh, Wolfsberger nichts von Jérémie erzählt zu haben. Zum einen fand sie, dass es ihn nichts anging, wer den beiden Satansbraten diesen denkwürdigen Streich gespielt hatte. Zum anderen hätte Wolfsberger, wenn er Jérémie so angetroffen hätte, wie sie ihn jetzt vorfand, vollends geglaubt, er sei in einem Dorf voller Verrückter gelandet. Eine Annahme, zu der sich Céleste auch selbst hin und wieder verleitet fühlte.

Jérémie stand etwa dreißig Meter von der Hütte entfernt vor einer großen, selbstgezimmerten Staffelei und malte. Das heißt, er malte nicht wirklich, sondern klatschte große Klumpen Erde, vermischt mit Farbe auf eine Leinwand, die bereits auf recht kreative Weise beschmiert und bespritzt war. Und er tat es nackt. Splitterfasernackt wie ein Faun stand er barfuß zwischen Moos, Blättern und Steinen, die langen grauen Haare zu einem Samuraidutt aufgezwirbelt und die Hände voll buntem Matsch. Die Sonne schien in dünnen Strahlen durch die Äste der Nadelbäume und beleuchtete sein mickriges Gesäß und die dürren Beine.

«Wie malerisch», sagte Céleste, während sie sich von hinten näherte. «Fehlt nur noch, dass dir Hufe wachsen und du auf einer Panflöte spielst, Jérémie.»

«Eine Panflöte hab ich schon, Madame Bulle. Über die Hufe

muss ich noch nachdenken.» Nicht im Geringsten peinlich berührt, drehte sich Jérémie zu Céleste um. «Was verschafft mir die Ehre?»

Céleste tat ihm nicht den Gefallen, schamvoll den Blick abzuwenden. «Wie wäre es mit einem Eimer stinkender Farbe und zwei völlig panischen Jugendlichen?»

«Ach, die waren schon da?» Jérémie kicherte in sich hinein.

«So lustig ist das nicht. Die beiden haben sich fast zu Tode erschreckt. Und eine Joggerin noch dazu. Was, wenn sie blindlings auf die Straße gelaufen wären? Oder sonst irgendetwas passiert wäre? Du bist echt zu weit gegangen.»

«Undankbare Welt.» Jérémie schnaubte. «Ich dachte eigentlich, ich krieg 'nen Orden, weil ich den kleinen Bastarden eine Lektion erteilt habe.» Er reckte seine magere Hühnerbrust.

Céleste musterte ihn von oben bis unten mit erhobenen Brauen. «Ich wüsste nicht, wo ich an dir einen Orden befestigen sollte.»

«Ach, da würde mir schon was einfallen.» Jérémie ließ die Farbklumpen in einen Eimer fallen und wischte sich die Hände an einem Lappen ab. «Wenn du kein Bulle wärst, versteht sich.» Er grinste ein wenig anzüglich.

«Schon klar.» Céleste deutete nach oben zur Hütte. «Können wir uns für ein paar Minuten wie zwei erwachsene Menschen unterhalten?»

«Du meinst, in Schlips und Kragen?»

Céleste seufzte. «Eine Hose würde schon genügen.»

Sie wartete vor der Hütte und betrachtete Jérémies Dekorationen, die von der rostigen Dachrinne hingen. Amulette aus geschnitztem Holz, Mobiles aus Knochen, rostigen Metallteilen und Glasscherben, Traumfänger, an denen Federn und Kräuterbüschel befestigt waren. Sie schaukelten leicht in der Brise, und ab und zu gab eine der Kreationen ein leises ‹Pling› von sich. Auf dem Tisch neben der Eingangstür lagen ein Tabaksbeutel und ein Feuerzeug neben einem Marmeladenglas voll mit Zigarettenkippen. Céleste hob das Glas hoch und schnupperte daran. Der krautige Geruch nach Marihuana drang ihr sofort in die Nase. Kein Wunder, dass Jérémie sich wie ein Waldgeist vorkam.

«Kleine Pause vom schweren Polizeialltag gefällig, Madame Bulle?» Jérémie war aus der Hütte getreten und griff nach seinem Tabaksbeutel. Er trug jetzt eine abgewetzte Wildlederhose. Immerhin.

«Bedien dich ruhig.» Er hielt ihr den Beutel hin.

Céleste stellte das Marmeladenglas zurück. «Nein, danke. Mir reicht schon der Irrsinn, mit dem ich mich in normalem Geisteszustand herumschlagen muss. Da brauch ich keine Bewusstseinserweiterung.»

«So schlimm?» Jérémie ließ sich auf einen der wackeligen Gartenstühle nieder, und Céleste setzte sich ihm gegenüber. Irgendwo hämmerte ein Specht.

«Baust du das Zeug selbst an? Hast du hier irgendwo eine Plantage?» Céleste deutete in den Wald.

«Und wenn? Glaubst du, das würde ich dir verraten, Madame Bulle?» Jérémie grinste. «Ich bin doch nicht bekloppt.»

«Nein, wahrscheinlich nicht.» Céleste musterte ihn nachdenklich. «Warum hast du eigentlich dein Studium abgebrochen?»

«Oho! Man hat sich erkundigt?» Jérémie lehnte sich zurück und verschränkte die Arme vor der mageren Brust. «Bin ich wegen irgendwas verdächtig?»

«Wie kommst du darauf?»

«Na ja.» Jérémie zögerte. «Ist ja nicht jeder so tolerant wie du, was das hier anbelangt.» Er klopfte auf seinen Tabak. «Ist da vielleicht was im Busch?»

Jetzt war es an Céleste zu grinsen. «Und wenn, würde ich es dir nicht verraten. Bin ja nicht bekloppt.»

«Touché!» Jérémie deutete eine spöttische Verbeugung an. «Und was willst du jetzt wirklich von mir?»

«Du kennst deinen Wald doch wie deine Westentasche. Also, wenn du mal eine Weste anhast...» Céleste entging nicht, dass Jérémie sich geschmeichelt fühlte, weil sie von ‹seinem Wald› sprach, obwohl er sich bemühte, das nicht zu zeigen.

«Westentasche. Ja. Könnte man so sagen», meinte er langsam.

«Wieso?»

«Ist dir in letzter Zeit was aufgefallen? Also außer den Jungs mit den Fallen.»

«Was zum Beispiel?»

«Ein Grab.»

«Du meinst den toten Hund, den ihr gefunden habt?»

«Du wusstest also davon?»

Er warf sich in die Brust. «Du sagtest doch: Es ist *mein* Wald. Mir entgeht hier nichts.»

«Aber auf die Idee, es uns zu sagen, bist du nicht gekommen?»

«Wieso hätte ich das tun sollen?»

Céleste verdrehte die Augen. «Zum Beispiel wegen des tollwütigen Rehs? Erinnerst du dich? Wir haben tagelang nach diesem Hund gesucht.»

Jérémie kratzte sich am Kopf. «Ach ... deswegen ...»

«Ja, deswegen. Mann!» Céleste schnaubte ungeduldig. «Hast du gesehen, wer den Hund vergraben hat?»

«Nö, gesehen nicht.» Jérémie schüttelte den Kopf. «Aber ich dachte, das war die Frau ...»

«Was für eine Frau?», fragte Céleste schnell.

«Da war so 'ne Frau, ist aber schon' n bisschen länger her ... die ist in der Nacht hier herumgeschlichen.»

«Von dieser Frau haben die beiden Jungs eben auch erzählt», sagte Céleste. «Was hat sie im Wald gemacht?»

«Ich glaube, sie hat was gesucht. Ich dachte, vielleicht ist ihr der Hund weggelaufen, und später, als ich das Grab gesehen habe, hab ich mir gedacht, der ist vielleicht überfahren worden oder so. Ich würd meinen Hund auch im Wald begraben.» Erneut kratzte er sich am Kopf. «Also wenn ich einen hätte ...»

Céleste mahnte sich zur Geduld. «Hast du die Frau erkannt?»

Jérémie kniff die Augen zusammen und überlegte. «Kann sein, dass ich sie schon mal irgendwo gesehen habe. Halt so 'ne Frau. Unauffällig. Nicht ganz alt und nicht ganz jung. Keine Sahneschnitte wie du, Madame Bulle.»

Céleste überging die letzte Bemerkung geflissentlich. «Kannst du sie vielleicht beschreiben?»

«Hatte 'nen Mantel an. Dunkle Haare, glaub ich. Aber es war ja finster, viel konnte man nicht sehen. Sie war auch weiter weg.»

Und du wahrscheinlich zugedröhnt bis oben hin, fügte Céleste in Gedanken hinzu. «Woher wusstest du dann, dass es eine Frau war?», wollte sie wissen.

«Na, an der Stimme hab ich das erkannt. Sie hatte eine hohe Stimme.»

«Sie hat geredet? Mit wem?»

«Mit niemandem. Oder besser gesagt, mit sich selbst. Es war eher so ein Singsang. Bisschen spacig. Wenn ich nicht so viel Ahnung von solchen Sachen hätte, Madame Bulle, also echt, dann hätt's mich ganz schön gegruselt.» Er schaute sich rasch um, als befürchtete er, die singende Frau stünde möglicherweise hinter ihm, dann beugte er sich vor und sagte leise: «Das waren keine guten Vibes, die von der ausgegangen sind. Echt nicht.»

«Konntest du denn verstehen, was sie gesungen hat?»

«Nee. Das war gar keine richtige Sprache, glaub ich. Jedenfalls nicht Französisch. Und auch nicht Englisch oder Italienisch.» Er überlegte und fügte dann hinzu: «Deutsch auch nicht. Ich hatte mal 'ne deutsche Freundin...»

«Ja, ja, schon gut. Also eine fremde Sprache. Vielleicht Latein?»

Jérémie verzog das Gesicht. «Latein? Du glaubst, jemand schleicht durch meinen Wald und singt dabei lateinische Lieder? Also echt, Madame Bulle, wenn das nicht abgespaced ist...»

Céleste nickte. Da konnte sie Jérémie nicht einmal widersprechen. «Glaubst du eigentlich immer noch, dass die Tollwut eine Strafe der Natur ist?», fragte sie dann.

«Du etwa nicht?» Jérémie schielte auf seinen Tabaksbeutel.

«Denk nicht mal dran!», warnte ihn Céleste. «Auch meine Toleranz hat Grenzen.»

Er hob die Arme, die personifizierte Unschuld. «Aber nicht doch! Niemals in Gegenwart der Staatsgewalt.»

Céleste stand auf. «Dann ist ja gut. Und um auf deine Frage zurückzukommen: Nein, ich denke nicht, dass die Tollwut eine Strafe...» Sie stockte mitten im Satz. In ihrem Kopf hatte gerade ein weiteres Puzzleteil seinen Platz gefunden.

Und einen Sturm ausgelöst.

«Hallo? Madame Bulle?» Jérémie war ebenfalls aufgestanden und stand jetzt vor ihr. «Alles okay mit dir?»

Célestes Blick war in die Ferne gerichtet. Wieder hörte sie den Specht. Er klopfte an einen Baumstamm, emsig, unablässig. Wie eine Erinnerung. Sie blinzelte. «Ich muss jetzt gehen», sagte sie. «Ich muss nachdenken ...» Sie hob leicht abwesend die Hand zum Gruß und ließ den verdutzten Jérémie ohne ein weiteres Wort sitzen.

Mit großen, eiligen Schritten stapfte sie durch den Wald, zurück zu der Stelle, wo die Falle lag, und versuchte vergeblich, all die Gedanken zu sortieren, die mit einem Mal auf sie einstürmten. Im Gehen rief sie Luc an und bat ihn, sie abzuholen. «Beeilen Sie sich!», fügte sie noch hinzu und schob ihr Handy zurück in die Tasche.

Keine zehn Minuten später traf der Brigadier auf dem Parkplatz ein. «Was ist denn eigentlich passiert?», fragte er mit einem alarmierten Gesichtsausdruck. «Was war mit den Kindern? Ich habe immer auf Krankenwagensirenen gewartet.» Céleste zeigte ihm den Eimer, und Luc verzog angewidert das Gesicht. «Puuuh, was ist das denn?»

«Das war Jérémie, er hat unseren beiden Eichhörnchenjägern einen Denkzettel verpasst.» Während sie zurück ins Dorf fuhren, berichtete sie in knappen Worten von Jérémies Streich, und als sie schilderte, wie Wolfsberger die beiden gezwungen hatte, sich die Overalls anzuziehen, lachte Luc auf.

«Kann ich mir vorstellen, dass der Capitaine nicht begeistert war, die zwei in seinem noblen Auto mitnehmen zu müssen.»

«Waren Sie in der Zwischenzeit bei meinem Großvater?»

Luc nickte. «Ich habe alle Scherben eingesammelt, die ich finden konnte, und Madame Veilleux angerufen. Sie ist gerade unterwegs, wird sich alles aber so bald wie möglich ansehen. Doch auch wenn sie nichts mehr finden sollte, glaube ich, Sie hatten recht mit Ihrem Verdacht, Chef.»

«Wieso? Haben Sie was entdeckt?»

Luc reichte ihr sein Handy. «Schauen Sie sich die Fotos von den Scherben mal an.»

Céleste betrachtete die Bilder, auf denen eine ganze Menge Scherben zu sehen waren, fein säuberlich nach Größe und Farbe sortiert. Sie zog die Nase kraus und vergrößerte eins der Fotos. «Was genau soll ich da sehen?»

«Die Scherben sind ganz unterschiedlich.»

«Ja, es waren ja auch unterschiedliche Weinflaschen, die dort gestanden haben, grüne und farblose.»

«Ich meine nicht die Farbe. Ich meine die Stärke des Glases.»

Céleste vergrößerte das Bild noch ein wenig mehr und kniff die Augen zusammen. «Sie meinen, sie sind unterschiedlich dick?»

«Ja, genau!» Luc hatte inzwischen die Mairie erreicht und parkte. Eifrig stieg er aus. «Kommen Sie, Chef, schauen Sie sich das Ganze in echt an, dann verstehen Sie, was ich meine.»

Luc hatte die Scherben fein säuberlich auf seinem blankgeputzten Schreibtisch ausgebreitet. Er reichte ihr eine Lupe und deutete auf ein paar winzige durchsichtige Splitter, die etwas abseits zusammen mit ein paar größeren scharfkantigen Scherben lagen.

«Die hier waren alle in Armand Straubs Schuh. Es ist Blut dran.»

Céleste betrachtete das Häufchen mit der Lupe. Sie sah die getrockneten Blutflecken auf den großen Scherben und auch auf den kleinen Splittern und zollte Luc insgeheim großen Respekt für seine Sorgfalt. Dann sah sie, was Luc meinte, und ein leiser Schauer kroch über ihren Nacken. Sie richtete sich auf und ließ die Lupe sinken.

«Diese kleinen Splitter sind hauchdünn», sagte sie langsam. «Die stammen nicht von einer Weinflasche.»

Luc nickte. «Das habe ich mir auch gedacht. Ich habe Frau

Veilleux das Foto geschickt und gefragt, ob sie eine Idee hat, was das für Splitter sein könnten. Sie meinte, es könnte eine kleine Phiole oder ein dünnes Reagenzglas oder Glasröhrchen gewesen sein. Wie man sie in Laboren verwendet. Vielleicht war es mit etwas verschlossen, was man nicht mehr gefunden hat, mit einem Tröpfchen Wachs oder einem kleinen Fitzelchen Papier...»

Céleste sah Luc an. «Jemand hat sich also während Ihrer Probe in Théos Flur geschlichen, das ist kein Problem, denn die Tür steht immer offen...»

«... hat einen kleinen Glasbehälter in Armand Straubs Schuh versteckt, dazu noch ein paar mitgebrachte, scharfe Scherben, damit sich Armand auch sicher den Fuß aufschneidet...», führte Luc den Gedankengang weiter und deutete auf die großen Glasscherben.

Céleste nickte. «Und dann hat der Täter das kleine Fenster neben der Tür entriegelt, ist wieder rausgegangen und hat es von außen aufgedrückt. Eine kleine Handbewegung im Vorbeigehen, völlig unbemerkt. Und als die Probenteilnehmer aufgeschreckt vom Klirren in den Flur gelaufen sind, war die Person längst weg.»

Luc nickte. «Die scharfen Scherben und der Glasbehälter waren ganz vorne im Schuh versteckt, deswegen konnte Armand sie gar nicht bemerken, als er sich den Schuh angezogen hat. Das passt auch zu seiner Verletzung. Er hat sich den Ballen unterhalb des großen Zehs aufgeschnitten. Eine richtig tiefe Wunde. Ich habe ihn noch einmal angerufen, zur Sicherheit.»

«Hat er sich impfen lassen?»

«Er war gerade mit Maurice Schupfer auf dem Weg ins Krankenhaus.»

«Gut.» Céleste atmete erleichtert auf. «Was für ein teuflischer Plan. Absolut kaltblütig.»

«Allerdings. Madame Veilleux meinte noch, es hätte womöglich Monate gedauert, bis er erkrankt wäre. Der Ausbruch der Tollwut hängt von der Lage der Eintrittswunde ab. Und der Weg über das Nervensystem vom Zeh bis zum Gehirn ist ziemlich lang.»

Céleste nickte langsam. «Monate später hätte wohl niemand mehr diese Verletzung mit der Krankheit in Verbindung gebracht. Und selbst wenn, dann wäre es für Armand ohnehin zu spät gewesen.»

«Sie haben Armand Straub das Leben gerettet, Chef!», sagte Luc feierlich, und sein sonnenverbranntes Gesicht strahlte vor Stolz.

«Aber nur, weil wir bereits vorgewarnt waren», schränkte Céleste ein. Sie ließ sich auf ihren Stuhl sinken. «Andernfalls hätte auch ich keinen Verdacht geschöpft.»

«Aber es stimmt! Ohne Sie ...»

«Genug, das reicht. Sie haben ebenfalls ganz hervorragende Arbeit geleistet.» Céleste deutete auf die Scherben, und Lucs Ohren färbten sich vor Freude zartrosa. «Jetzt genug der Lobeshymnen, wir müssen noch immer einen Mörder fangen. Und wie wir gerade gesehen haben, ist er noch gefährlicher, als wir dachten.» Sie zögerte einen Moment, dann fügte sie hinzu: «Oder besser gesagt, sie. Die Mörderin.»

«Sie?» Luc horchte auf. «Sie glauben jetzt doch, dass es eine Frau ist? Warum das denn?»

«Zeigen Sie mir bitte noch einmal das Hinterglasbild aus der Kirche», bat Céleste. Als Luc es ihr reichte, drehte sie es um und las die Inschrift laut vor:

«Die Gerechtigkeit Gottes kann nicht hinnehmen, dass die

Unschuld unglücklich ist. Euer Unglück kann also nur aus euren Sünden entstanden sein. Den Zahn der Raubtiere lasse ich auf sie los.» Sie sah auf. «Das ist das Motiv, Bato: Strafe. Wir hatten es die ganze Zeit vor Augen. Sie bestraft Menschen, die es ihrer Meinung nach verdient haben. Die in ihren Augen schuldig, sündig sind. Sie sieht sich nicht als Opfer, es geht nicht um ein Trauma in dem Sinn, dass sie anderen etwas zufügen muss, was ihr selbst widerfahren ist. Im Gegenteil. Die Tollwut ist ihre Waffe, und sie will damit die Gerechtigkeit Gottes wiederherstellen. Sie glaubt, dazu berufen zu sein.» Nach einem Moment fügte Céleste hinzu: «Ich bin mir sicher, sie hat es früher schon einmal getan.»

Luc schwieg eine ganze Weile und dachte nach. «Und wie kommen Sie darauf, dass es eine Frau ist?» Als Céleste ihm von der Frau im Wald erzählte, fragte er mit leichtem Zweifel in der Stimme: «Sind Sie sicher, dass es da einen Zusammenhang gibt? Jérémie hat schließlich nicht selbst gesehen, dass diese Frau den Hund begraben hat, er vermutet es nur. Wir haben also nur die Information, dass eine Frau mit einer Taschenlampe durch den Wald gegangen ist.»

«Und gesungen hat», wandte Céleste ein. «In einer seltsamen Sprache, wahrscheinlich auf Lateinisch. Das klingt für mich sehr verdächtig nach Beschwörungen und Dämonen und diesem ganzen abergläubischen Zeug.» Sie klopfte mit dem Zeigefinger auf das Hinterglasbild. «Außerdem sagten sowohl die Jungs als auch Jérémie, dass diese Frau unheimlich war. ‹Keine guten Vibes›, so hat Jérémie sich ausgedrückt.»

Luc schnaubte. «Dieser bekiffte Hippie sieht doch hinter jedem Baum Gespenster. Denken Sie nur an sein Geschwafel von der Strafe der Natur...» Wieder überlegte er eine Weile, ehe er langsam sagte: «Aber falls Sie recht haben und diese Frau im Wald tatsächlich die Täterin ist, dann müsste sie doch auch an Beschwörungen und solche Dinge glauben, oder? Das macht sie ja nicht, um irgendjemanden damit zu beeindrucken.»

«Natürlich glaubt sie daran», bestätigte Céleste.

Luc starrte sie an. «Sie denken, sie glaubt daran? Es ist kein Ablenkungsmanöver?»

«Nein. Meinten Sie, es wäre ein Ablenkungsmanöver oder etwas in der Art?»

Luc nickte. «Irgendwie schon. Ich kann mir einfach nicht vorstellen, dass jemand ernsthaft glaubt, er könnte mit Hilfe der Tollwut Dämonen freilassen oder aber, wie Sie meinen, die Gerechtigkeit Gottes wiederherstellen.»

Céleste lächelte. «Sie hatten die ganze Zeit Jérémie im Verdacht, nicht wahr?»

«Ja», gab Luc offen zu. «Es passt zu ihm und seinem Gerede. Er fühlt sich groß und wichtig, wenn er seine Prophezeiungen verkündet. Was macht Sie so sicher, dass er es nicht doch ist? Er könnte sich ja als Frau verkleidet haben, um diese Jungs zu erschrecken...» Es klang fast hoffnungsvoll.

Céleste schüttelte den Kopf. «Das ergibt doch keinen Sinn. Warum sollte er das machen? Es tut mir leid, Sie enttäuschen zu müssen, Luc. Ich weiß, Jérémie wäre für alle die einfachste Lösung.»

«Die einfachste Lösung?», wiederholte Luc verständnislos, dann ging ihm auf, was seine Chefin damit meinte. «Sie glauben also nicht nur, dass es eine Frau war, sondern noch dazu eine Frau aus unserem Dorf? Jemand auf unserer Liste? Nein, Chef, das kann ich mir nicht vorstellen. Wir kennen diese Leute seit Jahren. Das müsste man doch merken, wenn jemand vollkommen verrückt ist, ja geradezu wahnsinnig...»

«Sie reden schon wie Dédé. Aber denken Sie an das Erbsensuppenmonster», wandte Céleste ein. «Immer nett und unauffällig, bis irgendwann...»

«Das ist ein Comic, Chef», entrüstete sich Luc. «Das kann man doch nicht auf unsere Eguisheimer übertragen!»

Doch Céleste hörte ihm schon nicht mehr zu. Sie nahm das Blatt Papier zur Hand, das Luc ihr ausgedruckt hatte und auf dem alle Informationen über die Leute standen, die mit den beiden Todesfällen zu tun gehabt hatten. «Es kommen ja nicht viele in Frage. Mal sehen ... Hortense können wir, glaube ich, ausschließen.»

«Also, bitte, Chef!»

Céleste grinste kurz und fuhr dann fort: «Wenn wir nicht alle Frauen im Dorf unter die Lupe nehmen wollen, bleiben nur noch Eva Knopfer, Alma Grenier und Valérie Crummenacker.»

«Sehen Sie, was ich meine?», ereiferte sich Luc. «Das ist völlig undenkbar! Es muss eine andere Lösung geben.»

«Nichts ist undenkbar, Bato», wies Céleste ihren Brigadier zurecht. «Sie *wollen* es nur nicht denken, das ist der Punkt!»

«Aber...»

Céleste nahm einen Stift und umkringelte zwei Namen. «Ich denke, es ist entweder Alma Grenier oder Valérie Crummenacker. Alma Grenier ist sogar Krankenschwester gewesen, also hat sie medizinische Vorkenntnisse. Sie hat eine etwas unklare Vergangenheit, ihr Mann ist vorbestraft, er hat eine Katze erschlagen, die Ehe ist auch nicht besonders erfüllend, wie mir scheint...» Sie kaute nachdenklich auf dem Ende ihres Bleistifts herum. «Und sie geht dauernd in die Kirche und auf Beerdigungen. Das klingt auch nicht so besonders gesund...»

«Chef...»

«Von Valérie Crummenacker wissen wir auch nicht viel. Sie hat ebenfalls dieses fromme Kirchgänger-Gen...»

«Chef! Niemand ist allein deshalb verdächtig, weil er gern in die Kirche geht.»

«Normalerweise nicht, da haben Sie recht. Aber Sie haben eines vergessen: Wir vermuten, dass die Taten irgendwie mit dem Priester zusammenhängen. Jean-Marie Knopfer war ein Kirchenhasser, Rosalie hatte Streit mit dem Abbé, und Armand – Sie wissen genau, welche Meinung Armand Straub von Abbé Schwarzweiler hat. Denken Sie doch nur an den Streit mit dem Singspiel!»

Luc nickte widerstrebend. «Ja, das stimmt.»

«Womöglich war genau das der Grund für den Anschlag auf Armand.» Sie kritzelte etwas auf das Papier.

«Deswegen bringt man doch niemanden um.»

«Wenn man sich für das Werkzeug Gottes hält, womöglich doch. Oder aber ...» Wieder kaute Céleste auf ihrem Bleistift und murmelte dann nachdenklich: «Sie ist verliebt in den Abbé ... ja, sie vergöttert ihn. Als Mann und als Vertreter Gottes. Sie hinterlässt kleine Botschaften, Nachrichten – der Beichtzettel könnte eine solche Botschaft gewesen sein. Und der Abbé? Erwidert er ihre Liebe? Er weiß etwas. Er verbirgt etwas ... Seine Reaktion auf meine Fragen war sehr seltsam ...» Mit einem Ruck hob Céleste den Kopf und sah ihren Brigadier mit weit aufgerissenen Augen an. «Rosalie hat ihn ertappt. Mit dieser Frau.»

«Wie?» Luc runzelte die Stirn. «Tut mir leid, Chef, ich komme gerade nicht mit. Wobei ertappt?»

«Ich habe mit dem Abbé über Rosalie gesprochen, bei unserem ersten Treffen in der Kirche. Er war vollkommen entgeistert. Am liebsten wäre er mir ins Gesicht gesprungen. Das ist mir damals schon komisch vorgekommen, denn der Streit mit Rosalie war ja kein Geheimnis. Aber der Abbé hat etwas ganz anderes gemeint: Ihm ist es um das zweite Treffen gegangen, das Treffen, das nie stattgefunden hat. Als Rosalie den Leuchter zurückgeben wollte. Wir haben uns die ganze Zeit gefragt, warum sie es nicht getan hat. Vielleicht hat sie etwas gesehen, was sie dazu gebracht hat, ihre Meinung zu ändern! Zum Beispiel den Abbé zusammen mit einer Frau? Mit einer Frau, die sie kannte? Und wenn der Abbé und die Frau Rosalie auch gesehen haben, dann erklärt das die heftige Reaktion des Abbés auf meine harmlose Frage. Er dachte, ich würde von diesem verhängnisvollen Zusammentreffen sprechen. Er dachte, ich wüsste davon...»

«Wenn das zutrifft, Chef, dann war das, was Rosalie gesehen hat, auch ihr Todesurteil», sagte Luc tonlos. Er war blass geworden. «Aber dann könnte es auch der Abbé selbst...»

Céleste nickte. «Theoretisch, ja, aber denken Sie an die Frau im Wald. Sie hat den Hund gesucht, da bin ich mir sicher. Und der Abbé ahnt etwas. Vielleicht hat er diesen Schluss nicht sofort gezogen. Niemand wusste ja, dass es sich bei Rosalies Tod um einen Mord gehandelt hat. Aber spätestens, als ich ihn gestern auf den Beichtzettel und seine Kenntnisse über tollwütige Fledermäuse angesprochen habe, ist ihm klargeworden, worauf ich hinauswollte.» Sie rief sich das Gespräch noch einmal ins Gedächtnis. «Er ist danach weggefahren, und zwar nicht nach Colmar, wie er es angeblich vorhatte. Möglich, dass er die Frau zur Rede stellen wollte.»

«Aber wer ist es?»

Céleste überlegte. «Ich wollte nach dem Treffen gleich zu den Greniers, um nach den Beichtzetteln zu fragen, aber es war Mittag, und der Laden hatte geschlossen, daher bin ich vorher noch zum Essen in den Fetten Frosch gegangen. Der Abbé hätte in dieser Zeit zu Alma Grenier fahren können.» Sie senkte den

Blick noch einmal auf Lucs Aufstellung. «Die Greniers wohnen in der Rue du Muscat. Er ist zwar in die andere Richtung gefahren, in Richtung Rue du Traminer, aber er hätte auch einmal um die Altstadt herumfahren können, das dauert keine fünf Minuten.» Sie zupfte nachdenklich an ihrer Unterlippe.

«Aber in der Mittagspause war doch sicher Almas Mann zu Hause», wandte Luc ein. «Der Abbé wird kaum im Beisein von Alphonse mit Alma gesprochen haben.»

«Da haben Sie recht, das geht nicht. Er hätte sich erst mit ihr allein verabreden müssen, irgendwo, wo es unauffällig ist … Vielleicht auf dem Friedhof oder in der Kirche? Wo wohnt eigentlich Valérie Crummenacker?» Wieder konsultierte sie ihre Notizen und las laut: «Maison des Chevaliers.» Ungläubig hob sie den Kopf. «Sie wohnt bei Hugo Filipier?»

«Nicht ganz», erklärte Luc. «Sie wohnt in dem kleinen Pförtnerhäuschen auf dem Grundstück vom Maison des Chevaliers. Hugo hat es ihr vermietet. Ab und zu habe ich sie nach der Chorprobe nach Hause gefahren.»

«Hat sie denn kein Auto?»

«Doch, schon. Einen alten Renault, soweit ich weiß. Aber sie fährt meistens mit dem Rad. Valérie Crummenacker ist mehr der Freilufttyp, würde ich sagen. Im Winter oder wenn es regnet, ist sie trotzdem manchmal ganz froh, wenn sie jemand heimbringt.»

Céleste nickte gedankenversunken. Sie hatte Valérie Crummenacker schon oft mit dem Rad die Grand'Rue entlangfahren sehen. Sie gehörte, wie auch Rosalie Bernard, fast schon zum täglichen Dorfbild, diese schlanke, kleine Frau auf dem Rad, mit ihrem strengen Pferdeschwanz und dem dunklen Mantel.

Célestes Gedankenfluss stockte für einen Augenblick. Dunkle Haare, dunkler Mantel, seltsame Sprache. Warum hatte sie nicht gleich daran gedacht? «Wissen Sie, wie Rumänisch klingt?», fragte sie Luc.

«Rumänisch? Keine Ahnung», gab Luc überrascht zu. «Ich weiß nur, dass es eine romanische Sprache ist.»

Céleste hatte inzwischen einen Suchbegriff in ihren Computer getippt und starrte konzentriert auf die Ergebnisse. «In Rumänien ist die Tollwut noch ziemlich weit verbreitet», las sie vor. «Es gibt dort viele Rudel wilder Hunde ...»

Sie sahen sich an.

Céleste stand abrupt auf und zog ihre Jacke an. «Wir sollten uns mal mit Madame Crummenacker unterhalten.»

Die beiden waren auf dem Weg zu ihrem Auto, als ihnen auf dem Bürgersteig ein untersetzter Mann im offenen Mantel entgegengelaufen kam. Es war Alphonse Grenier, und er war so aufgeregt, dass er nach Luft schnappte.

«Madame Kreydenweiss, Brigadier Bato, gut, dass ich Sie antreffe! Ich möchte eine Vermisstenanzeige aufgeben. Meine Frau ist verschwunden.»

20

«Lassen Sie uns noch einmal ganz von vorn anfangen», sagte Céleste ruhig, als sie zusammen mit Alphonse Grenier wieder zurück in ihr Büro gegangen waren und sich gesetzt hatten. «Seit wann ist Ihre Frau verschwunden?»

«Seit heute Morgen.»

Céleste sah auf die Uhr. «Aber es ist erst vier Uhr. Da kann man noch nicht von Verschwinden sprechen.»

«Doch! Bei Alma schon. Das ist noch nie vorgekommen.»

«Wann haben Sie sie denn zuletzt gesehen?»

«Sie ist früh aufgestanden, so gegen halb sechs. Ich habe nur gehört, wie sie aus dem Schlafzimmer und ins Bad gegangen ist. Ich bin dann wieder eingeschlafen, ich hatte eine unruhige Nacht, und als ich irgendwann aufgestanden bin, war sie weg.»

«Um wie viel Uhr war das?»

«Um halb acht. Samstags machen wir unseren Laden immer erst um neun auf. Ich dachte mir, vielleicht ist ein Gottesdienst oder eine Beerdigung, und sie hat vergessen, es mir zu sagen. Also habe ich allein gefrühstückt. Doch als ich in den Laden gegangen bin und sie immer noch nicht da war, habe ich mir langsam Sorgen gemacht.» Er zog ein Handy aus seiner Tasche und hielt es Céleste wie zum Beweis hin. «Ich habe sie schon mindestens zehnmal angerufen, aber sie nimmt nicht ab.»

«Fehlt etwas in der Wohnung? Kleidung? Koffer? Kosmetikartikel?», wollte Céleste wissen.

«Sie denken, Alma hat mich verlassen?»

«Halten Sie das für möglich?»

Alphonse Grenier bedachte Céleste mit einem Blick trotziger Verzweiflung. «Durchaus. Sie verachtet mich.»

«Ja, dann – vielleicht meldet sie sich ...»

«Nein. Wenn sie mich heute Morgen hätte verlassen wollen, dann hätte sie es richtig gemacht. Meine Frau ist nicht der spontane Typ, müssen Sie wissen. Sie hätte das genau geplant. Hätte ihre Koffer gepackt und mir eine Nachricht hinterlassen.» Alphonse nahm seine Brille ab und rieb sich über die Augen.

Céleste warf Luc einen kurzen Blick zu und sagte dann vorsichtig: «Könnte es sein, dass Ihre Frau einen Geliebten hat? Hier in Eguisheim?»

«Einen was?» Alphonse Grenier wurde puterrot. «Niemals. Alma doch nicht.»

«Nichts für ungut, aber das habe ich schon oft von betrogenen Ehemännern oder -frauen gehört.» Céleste lächelte traurig. «Sie sagten doch selbst, Alma verachtet Sie ...»

«Ja, aber das hat nichts mit einem anderen Mann zu tun, es ist wegen früher ...»

«Wegen Ihrer Verurteilung?»

Alphonse starrte sie zornig an. «Sie wissen davon. Natürlich. Hätte ich mir denken können. So was wird man nie wieder los. Sie gibt mir die Schuld, dass ihr Leben in einem muffigen Zeitschriftenladen in einem winzigen Kaff versandet, wie sie sagt. Aber das ist nichts Neues. So denkt sie schon seit Jahren, und sie lässt keine Gelegenheit aus, es mir unter die Nase zu reiben.»

«Vielleicht ist etwas vorgefallen, das das Fass zum Überlaufen gebracht hat?»

«Was meinen Sie? Ich habe mir seitdem nichts mehr zuschulden kommen lassen.»

«Ich rede von Filou.»

«Die Katze? Sie wissen auch von der Katze?» Alphonse Grenier sackte ein wenig in sich zusammen. «Das war ein Versehen. Sie ist mir direkt vor die Füße gelaufen, und ich habe mich erschreckt. Man hat ja so viel von tollwütigen Viechern gehört in letzter Zeit. Ich habe ihr einen Fußtritt verpasst...»

«Das muss aber ein ziemlich heftiger Fußtritt gewesen sein, wenn er der Katze das Genick gebrochen hat», mischte sich Luc ein.

«Ich war betrunken. Da ist man nicht ganz sicher auf den Beinen. Vielleicht habe ich ein bisschen zu hart zugetreten. Sie ist irgendwo dagegengeprallt. Mein Gott...» Er hob entschuldigend die Hände. «Es war nur eine Katze. Deswegen verlässt man doch niemanden, oder?» Céleste und Luc schwiegen, und Alphonse Greniers Blick, der gerade noch zwischen reuig und mitleidheischend geschwankt hatte, verhärtete sich. «Was wollen Sie eigentlich von mir?», fuhr er auf. «Ich bin gekommen, um das Verschwinden meiner Frau zu melden, und Sie versuchen, mir jetzt einen Strick daraus zu drehen...»

«Keineswegs. Aber abgesehen davon, dass Tierquälerei bei uns unter Strafe steht, wollen wir herausfinden, ob Ihre Frau vielleicht einen Grund gehabt hätte, Sie zu verlassen», wandte Céleste ein. «Das ist doch auch in Ihrem Interesse.»

«Sie hat mich aber nicht verlassen», sagte Alphonse störrisch. «Nicht heute Morgen. Weder wegen eines Mannes noch wegen einer Katze.»

«Warum sind Sie sich da so sicher?», wollte Luc wissen.

«Wegen des Frühstücks.»

«Des Frühstücks?»

«Man richtet dem Mann, den man gleich verlassen will, nicht vorher noch das Frühstück, oder?»

«Sie hat Ihnen Frühstück gemacht?»

«Ja. Wie immer. Der Tisch war für uns beide gedeckt, der Kaffee war fertig, sie hat sogar das Baguette geröstet. Und zwei Eierbecher standen auch schon da. Außerdem ist sie mit dem Fahrrad weg. Das macht man nicht, wenn man den Ehemann verlässt. Da nimmt man doch das Auto.»

Céleste nickte langsam. «Da ist was dran. Trotzdem, noch eine Frage: Wie stand Ihre Frau zu Abbé Schwarzweiler? Hat sie ihn vielleicht ein wenig, na ja, angehimmelt? Für ihn geschwärmt? Er ist ja ein recht gutaussehender Mann.»

Jetzt lachte Alphonse, es war ein bitteres Lachen. «Alma? Geschwärmt? Für den Abbé? Machen Sie sich nicht lächerlich, Madame Kreydenweiss. Für Schwärmereien dieser Art waren in der Pfarrei ganz andere zuständig.»

«So? Wer denn?»

«Na, zum Beispiel diese Tabernakelwanze, Valérie Crummenacker. Die scharwenzelt doch ständig um den Abbé herum. Sagt jedenfalls Alma.»

«Valérie Crummenacker, soso.» Céleste richtete sich ein wenig auf und sah aus den Augenwinkeln, dass Luc das Kinn vorgestreckt und die Augen zusammengekniffen hatte. Bei ihm ein untrügliches Zeichen mühsam unterdrückter Anspannung.

«Die beiden waren doch Freundinnen, oder? Hat Ihre Frau Madame Crummenacker einmal darauf angesprochen?»

«Freundinnen kann man nicht gerade sagen. Gute Bekannte vielleicht. Ich glaube nicht, dass sie über so was geredet haben.

Aber Alma fand Valéries Verhalten nicht angemessen. Das muss aufhören, hat sie erst kürzlich gesagt.»

«Bei welcher Gelegenheit war das?», fragte Céleste.

Alphonse hob die Schultern. «Ich glaube, es ging um die Beichtzettel. Sie haben doch Alma selbst darauf angesprochen, als Sie gestern im Laden waren. Valérie hat dem Abbé immer solche Botschaften auf die Kanzel gelegt, und Alma hat sie einmal dabei erwischt.»

«Sie hat mir gegenüber gestern aber gar nicht erwähnt, dass diese Zettel von Valérie Crummenacker stammen.»

«Ich glaube, sie wollte erst mit Valérie selbst sprechen.»

Céleste beugte sich vor und sagte langsam: «Könnte es sein, dass Ihre Frau heute Morgen zu Valérie Crummenacker gefahren ist? Dass ihr das keine Ruhe gelassen hat?»

Alphonse Grenier dachte nach. Schließlich sagte er: «Die Eierbecher.»

«Was?»

«Ich hätte gleich drauf kommen können. Es standen zwei Eierbecher auf dem Tisch. Aber sie waren leer, verstehen Sie?» Er fuhr hoch. «Wir hatten keine Eier mehr, weil ich mir gestern Abend noch ein Omelett gemacht habe. Aber samstags essen wir immer Eier.»

«Und was haben Ihre Frühstücksgewohnheiten mit Valérie Crummenacker zu tun?», wollte Céleste stirnrunzelnd wissen.

«Wir kaufen unsere Eier immer bei Valérie. Sie hält Hühner da draußen auf dem Grundstück von Hugo Filipier. Alles ganz natürlich, ohne Chemie und ohne Käfige. Bessere Eier bekommen Sie nirgends.»

Es gab einen lauten Knall, und sowohl Céleste als auch Alphonse Grenier zuckten zusammen. Das Geräusch stammte von Bato, der so heftig aufgesprungen war, dass er dabei seinen Stuhl umgeworfen hatte. «Chef!», stotterte er, «es tut mir leid, ich habe etwas vergessen...»

Céleste sah ihn verwundert an. So aufgeregt kannte sie ihren Brigadier gar nicht. «Hat das nicht Zeit, bis wir hier fertig sind?»

«Nein! Darum geht es ja! Um die Eier!»

Céleste schüttelte unwillig den Kopf. «Ich höre immer nur Eier... was soll das denn jetzt?»

Luc zog aus seiner Schreibtischschublade den Notizblock, den er immer bei sich hatte. «Ich habe meine Notizen aufgeräumt, weil ich Platz für die Scherben brauchte. Wenn ich gleich nachgesehen hätte, wäre mir das nicht passiert, Chef.»

«Was denn, verdammt? Spucken Sie's schon aus!» Langsam wurde Céleste wütend.

«Ich habe doch heute Vormittag mit Madame Veilleux wegen der Scherben telefoniert», begann Luc zerknirscht und schlug seinen Block auf. «Dabei sagte sie mir, ihr wäre noch eine Möglichkeit eingefallen, die...» Er stockte, warf einen Blick auf Alphonse, der ihn neugierig musterte, und murmelte dann etwas hölzern: «... die Substanz, Sie wissen schon, ähm... haltbar zu machen. Weil wir doch nicht wussten, wie man sie aufbewahren kann, wenn der Hund, also...»

«Ja, ja, das habe ich verstanden!», sagte Céleste. «Und?»

«Madame Veilleux meinte, es ginge auch mit bebrüteten Hühnereiern. Man spritzt es durch die Schale und stellt die Eier in einen Brutkasten. Und dann hat man relativ unbegrenzt... Sie wissen schon...»

Céleste blieb angesichts dieser Information der Mund offen stehen. Knapp sagte sie, mit einem Seitenblick auf den verwirrt lauschenden Alphonse Grenier: «Danke, Luc. Das war sehr hilfreich.» Sie wandte sich wieder Alphonse zu. «Wir werden uns um die Sache kümmern», sagte sie. «Gehen Sie jetzt nach Hause, für den Fall, dass Ihre Frau sich meldet.» Sie stand auf und begleitete den erstaunten und nur widerwillig sich zum Gehen wendenden Mann zur Tür hinaus.

Der Mégane parkte direkt vor der Tür, und Luc startete den Motor, noch bevor Céleste eingestiegen war. Mit eingeschaltetem Blaulicht samt Sirene fuhren sie los. Das kam in Eguisheim so selten vor, dass die Passanten ihnen verwundert nachsahen, während Luc so schnell es ging durch die Grand'Rue in Richtung Place de Gaulle fuhr. Auf dem Weg entlang der wenig befahrenen Rue du Château schaltete Luc Sirene und Blaulicht wieder aus, um nicht schon von weitem Aufmerksamkeit zu erregen.

Sie erreichten Hugo Filipiers Anwesen in Rekordzeit und sprangen gleichzeitig aus dem Auto. Mit einem eindringlichen Blick und einer entsprechenden Geste mahnte Céleste Luc zur Ruhe. Sie näherten sich langsam dem kleinen, in verblichenem Gelb gestrichenen Pförtnerhäuschen, das direkt an der hohen Mauer des verwilderten Grundstücks klebte. Der fast quadratische Bau mit Pyramidendach hatte an der Vorderfront vier weiß gestrichene Sprossenfenster, hinter denen zarte, weiße Vorhänge hingen, sowie eine ebenfalls weiße Haustür mit einem halbkreisförmigen Bogen, zwischen dessen Sprossen buntes Glas eingelassen war. Die Fassade war über und über mit wildem Wein bewachsen, der zu dieser Jahreszeit in allen Rottönen leuchtete. Ein paar dicke, braune Hühner liefen vor dem Haus herum, pickten hin und wieder nach einem unsichtbaren Körnchen und machten dabei leichte Glucksgeräusche; auf einer Bank neben der Tür saß eine getigerte Katze und musterte sie schläfrig. Neben der Haustür hielt ein verblichener Gartenzwerg aus Keramik mürrisch Wache.

«Wie im Märchen», flüsterte Luc fast lautlos, und Céleste nickte.

«Das Lebkuchenhäuschen der bösen Hexe», murmelte sie. Nach ein paar Schritten blieb sie stehen und hob etwas gelb Leuchtendes auf, das neben dem Weg im hohen Gras lag. Es war eine leere Eierschachtel.

«Denken Sie, das ist Alma Greniers Schachtel?», fragte Luc noch immer leise. «Dann war sie tatsächlich hier?»

Céleste zuckte mit den Schultern. «Gut möglich.»

Es herrschte absolute Stille. Die Nachmittagssonne blitzte durch die hohen Bäume des verwilderten Parks des Maison des Chevaliers und verlieh dem wuchernden Unkraut, den zerbrochenen Statuen und von dicken Efeumatten bedeckten Mauern für einen kurzen Moment etwas Verwunschenes, ja fast Idyllisches. Sobald jedoch die Sonne wieder hinter einer Wolke verschwand, zeigte sich ein anderes Bild: Moderndes Laub von mehreren Jahren lag wie ein Teppich auf dem Rasen, unzählige Winden waren über alle erreichbaren Stauden gekrochen und hatten sie erstickt, und düstere, dunkelgrüne Brennnesselbüsche säumten die vernachlässigten Rabatten entlang der Mauer. Nur braune Stängel kündeten noch von ein paar zähen Blumen, die dem gierigen Unkraut den Sommer über getrotzt hatten. Die wenigen späten Rosen dazwischen leuchteten umso trauriger inmitten des unaufhaltsamen Verfalls.

Céleste und Luc spähten durch eines der kleinen Fenster. Drinnen war es dunkel. Nichts regte sich. Céleste drückte auf die Klingel neben der Tür, und ein hoher Ton schrillte durchs Haus. Noch immer blieb alles ruhig. Sie wollte sich gerade abwenden, als doch Schritte hörbar wurden, die rasch näher kamen. Céleste und Luc spannten sich in Erwartung an, Luc griff unwillkürlich nach seinem Schlagstock, als die Tür sich öffnete und sie Valérie Crummenacker gegenüberstanden. Die zierliche Frau trug einen dunkelblauen wadenlangen Faltenrock, dunkle Seidenstrümpfe, flache Schuhe und eine hochgeschlossene, weiße Bluse. Eine dünne, goldene Kette mit einem Kreuz vervollständigte das Ensemble, das ein wenig wie die Kleidung einer Ordensfrau wirkte.

Mit einem freundlichen Lächeln nickte sie den beiden zu: «Guten Tag, Madame Kreydenweiss, Monsieur Bato. Kommen Sie doch bitte herein.»

Céleste und Luc warfen sich einen erstaunten Blick zu und folgten Valérie Crummenacker einen kurzen Flur entlang, von dem drei Türen und eine Treppe in den ersten Stock abgingen. Die alten, blankgescheuerten Holzdielen knarzten bei jedem ihrer Schritte. Sie führte sie in ein freundlich wirkendes Wohnzimmer mit einer Tür zum Garten. Der Esstisch war mit Kaffeegeschirr für drei Personen gedeckt. In dem eisernen Ofen in einer Ecke des Raumes brannte ein kleines Feuer und verbreitete eine heimelige Atmosphäre.

«Setzen Sie sich doch», bat Valérie Crummenacker.

Beide schüttelten etwas verblüfft den Kopf. «Wir suchen Alma Grenier», sagte Céleste. «War sie heute Morgen bei Ihnen?»

«Alma?» Valérie sah ehrlich erstaunt aus. «Nein. Wann soll das gewesen sein?»

«Ziemlich früh am Morgen. Sie wollte Eier kaufen.» Céleste hielt die leere Eierschachtel hoch, die sie und Bato im Garten gefunden hatten.

Valérie schüttelte den Kopf. «Tut mir leid, aber sie war nicht bei mir.»

«Haben Sie etwas dagegen, wenn wir uns kurz umsehen?»

Valérie Crummenacker machte eine ausholende Handbewegung. «Bitte. Nur zu. Ich koche uns einstweilen Tee.»

Céleste wollte protestieren, überlegte es sich dann jedoch anders und nickte Luc zu. «Gehen Sie nach oben, ich sehe mich unten um.»

«Was soll das mit dem Tee?», fragte Luc leise.

«Keine Ahnung», gab Céleste zu. «Sieht irgendwie so aus, als ob sie uns erwartet hätte.»

Luc blickte besorgt drein, als er die Treppe nach oben in den ersten Stock ging.

Céleste war mit der Untersuchung der unteren Räume schnell fertig. Zunächst sah sie sich im Wohnzimmer um. Es war sparsam, aber behaglich eingerichtet. Es gab nichts Ungewöhnliches und auch keine Möglichkeit, jemanden zu verstecken. Sie registrierte den blankgescheuerten Holzboden, blütenweiße Spitzenvorhänge an Fenster und Terrassentür, eine auf Hochglanz polierte Vitrine aus dunklem Holz, in der Gläser und diverser Porzellannippes standen, das kleine Sofa neben dem Ofen, hellblau mit gerader Lehne und zwei steifen Kissen sowie einem kleinen Tisch davor, auf dem ein großes, braunes Fotoalbum und mehrere Bücher mit rumänischen Titeln lagen. Ihr Blick blieb an einem bunt bemalten, orthodoxen Kruzifix hängen, das über dem Sofa hing. Oberflächlich betrachtet, hätte man meinen können, es sei ein fröhliches Kunstwerk, doch sah man genauer hin, wirkten der ausgemergelte Körper und die leeren Augen des aufgemalten Gekreuzigten vor dem bunten Hintergrund ebenso wie die übertrieben rot gemalten Wunden und der grinsende Totenkopf nebst Gebeinen zu seinen Füßen eher abstoßend.

Das Badezimmer war klein, alt und ebenfalls blitzblank

geputzt, und die Küche, in der Valérie Crummenacker gerade eine bauchige Kanne Tee aufgoss, sah aus wie aus einem Prospekt für ländliches Wohnen: ein tiefes Porzellanwaschbecken, ein alter Gasherd mit glänzenden Messingarmaturen, grün gestrichene Hängeschränke mit Spitzendecken an den Sichtscheiben, kupferne Pfannen und Schöpflöffel, die an Haken an der Wand hingen. Céleste ging zurück ins Wohnzimmer und trat über die Terrassentür nach draußen. Auch hier nichts Ungewöhnliches und kein Versteck. Keine Kellertür, kein Schuppen; Alma Greniers Fahrrad war ebenfalls nirgends zu entdecken. Nur die Hühner liefen herum und betrachteten sie hin und wieder neugierig. Als sie wieder nach drinnen kam, brachte Valérie gerade den Tee.

«Nun setzen Sie sich doch, Madame Kreydenweiss», forderte sie sie auf. «Sie mögen doch sicher Streuselkuchen?»

Céleste bemerkte eine Platte mit Kuchenstücken und eine Schüssel Schlagsahne, die Valérie hereingebracht hatte, und war zunehmend alarmiert. Irgendetwas lief hier grundfalsch. Sie hatten bis vor kurzem noch nicht einmal geahnt, dass sie bei Valérie Crummenacker vorbeikommen würden – woher hatte also ihre Gastgeberin davon gewusst?

Auf der Treppe waren Batos schwere Schritte zu hören, und Céleste ging in den Flur, um mit ihm zu sprechen. Er schüttelte den Kopf. «Nichts», sagte er leise mit einem vorsichtigen Blick in Richtung Wohnzimmer, wo Valérie Crummenacker geschäftig mit Tee und Kuchen hantierte. «Keine Hühnereier, kein Brutkasten, kein Brenneisen, keine Spritzen oder Biopsienadeln, nichts. Und keine Spur von Alma Grenier. Nur gestärkte Bettwäsche, Kerzen und ein Kruzifix an jeder Wand. Da oben ist es so leer wie in einem verlassenen Kloster.»

«Verdammt!», fluchte Céleste und ballte die Fäuste.

«Vielleicht täuschen wir uns?», wagte Luc einzuwenden.

Céleste schüttelte den Kopf. «Ich bin mir sicher, sie ist es. Und ich bin mir sicher, Alma Grenier war hier. Das ist bestimmt ihre Eierschachtel. Aber wo steckt sie? Wo ist ihr Fahrrad? Warum meldet sie sich nicht bei ihrem Mann? Es ist doch offensichtlich, dass hier etwas nicht stimmt.»

Luc nickte widerstrebend. «Schon, aber ...»

«Und dieses Theater, das Valérie hier veranstaltet, das ist doch extra für uns», sagte Céleste noch ein wenig leiser. «Die führt was im Schilde.»

«Aber dann sollten wir Verstärkung rufen», sagte Luc. «Die Brigade Criminelle ...»

Céleste schüttelte den Kopf. «Was sollen wir Wolfsberger sagen? Wir haben zwar keine Beweise, aber wir glauben, dass wir mit einer Doppelmörderin Tee trinken?»

«Aber ...»

«Wir warten ab, bis wir wissen, was sie vorhat.»

«Aber ...», versuchte Luc es noch einmal.

«Keine Sorge, Bato. Wir sind zu zweit und auf der Hut.» Sie tätschelte ihrem Brigadier den Arm. Dann ging sie zurück ins Wohnzimmer, sodass Luc keine weiteren Einwände erheben konnte. Er folgte ihr widerstrebend, und sie setzten sich zu Valérie Crummenacker an den Tisch.

«Na? Haben Sie gefunden, was Sie suchen? Lag Alma Grenier unter meinem Bett?» Valérie lächelte sanft.

Luc rutschte nervös auf dem Stuhl hin und her und lockerte den Kragen seines Hemds.

Céleste schüttelte den Kopf. «Nein», sagte sie, «aber wir werden sie finden.»

«Sicher werden Sie das. Sie sind ja die Polizei, nicht wahr?» Valérie legte ihr und Luc je ein Stück Streuselkuchen auf den

Teller. «Es ist Apfelstreusel, ich habe ihn heute Morgen ganz frisch mit Äpfeln aus dem Garten gebacken. Niemand pflückt sie, eine Schande. Sahne?»

Beide schüttelten den Kopf.

«Aber Tee zum Kuchen, oder?»

«Madame Crummenacker», sagte Céleste, «wir sind eigentlich nicht hier, um mit Ihnen Tee zu trinken und Kuchen zu essen…»

«Das weiß ich», unterbrach sie Valérie mit unerwarteter Schärfe in der Stimme. «Ich wäre Ihnen dennoch dankbar, wenn Sie mir den kleinen Gefallen täten.» Sie sah Céleste auffordernd an.

Céleste warf Luc einen Blick zu und hielt ihr dann die Tasse hin. «Also gut.»

Valérie lächelte. «Sie werden nicht enttäuscht sein. Russischer Rauchtee, den gab es in meiner Heimat nur zu besonderen Gelegenheiten.» Sie schenkte ihnen ein. «Und das hier ist ja eine besondere Gelegenheit, nicht wahr?»

Keiner der beiden antwortete. Als Valérie sich mit der Kanne Lucs Tasse näherte, machte dieser eine unwillkürliche Handbewegung, als ob er sie ihr entziehen wollte.

«Keine Sorge, der Tee ist nicht vergiftet, Brigadier Bato», sagte Valérie mit leicht spöttischem Unterton. Luc wurde rot und ließ die Hand sinken. Dann strich sich Valérie Crummenacker bedächtig ihren Faltenrock glatt und setzte sich.

«Sie haben uns erwartet?», fragte Céleste, nachdem alle drei einen Schluck Tee getrunken und von dem Kuchen gegessen hatten. Luc kaute auf seinem Kuchen herum, als handelte es sich um Glasscherben, und Céleste konnte es ihm nicht verdenken. Es war ein wenig surreal, mit Valérie Crummenacker bei Tee und Streuselkuchen zu sitzen, während man überzeugt war, dass sie mindestens zwei Morde begangen hatte.

Im Gegensatz zu Céleste und Luc aß Valérie mit großem Appetit. Zwischen zwei Bissen nickte sie. «Ich dachte eigentlich, Sie würden früher hier auftauchen, ist Ihnen etwas dazwischengekommen?» Sie nahm einen weiteren Schluck Tee und sah fragend von Céleste zu Luc. «Ich habe heute Vormittag eine Polizeisirene gehört.»

«Ja, das stimmt», bestätigte Céleste. «Es gab einen Notruf. Aber zum Glück war es nichts Gravierendes.»

«Ein Notruf? Darf man erfahren, worum es ging?»

«Es waren nur zwei Kinder und ein dummer Streich.» Céleste beschloss, die Gelegenheit zu nutzen, um endlich zur Sache zu kommen. «Stellen Sie sich vor, die beiden waren tatsächlich der Meinung, im Wald einer Hexe begegnet zu sein.»

«Einer Hexe?» Valérie stellte ihre Tasse so heftig ab, dass es klirrte. «Was für ein Blödsinn. Es gibt keine Hexen.»

«Das haben wir auch gesagt. Aber es fiel ihnen schwer, uns zu glauben. Offenbar gibt es eine unheimliche Frau, die mitten in der Nacht durch den Wald schleicht und seltsame Dinge murmelt. Beschwörungen in einer Geistersprache, meinten sie...»

Valérie ging überraschenderweise sofort darauf ein. «Von wegen Hexe und Beschwörungen. Ich habe ein Gebet gesprochen. Das wird ja wohl noch erlaubt sein.» Sie schüttelte den Kopf. «Und überhaupt, was sind das für Eltern, die ihre Kinder nachts allein durch den Wald laufen lassen? Da kann doch so viel passieren.»

«Was haben Sie im Wald gesucht, Madame Crummenacker? Den tollwütigen Hund?», fragte Céleste. «Und als Sie ihn gefunden haben, war er da schon tot, oder mussten Sie nachhelfen?»

Der Blick, den Valérie Céleste zuwarf, war so voller Zorn, dass Céleste erschrak. Sie hatte mit ihrem Vorpreschen offensichtlich die unausgesprochenen Regeln gebrochen. Wenn sie Glück hatten, würden sie alles erfahren. Doch in Valérie Crummenackers Tempo und Reihenfolge.

«Das Vieh war schon tot. Gottlob», sagte Valérie knapp. Dann hob sie die Teekanne und lächelte. «Noch Tee?»

Als weder Luc noch Céleste reagierten, stellte sie die Kanne mit einem Achselzucken ab und stand auf. «Ich möchte Ihnen eine Geschichte erzählen.» Sie nahm das Fotoalbum vom Sofatisch und kam zurück. «Wie Sie sicher bereits wissen, stamme ich ursprünglich aus Rumänien. Ich bin in Izbuc in den Karpaten als Valeria Dumitrescu auf die Welt gekommen.» Sie schlug das Album auf und zeigte ihnen das Foto auf der ersten Seite. Darauf war eine ernst dreinblickende Gruppe von Menschen vor einer Kirche abgebildet. In der Mitte stand eine magere Frau mit dunklen Haaren und einem schwarzen Kleid. Sie hielt ein Baby im Arm und ein kleines Mädchen mit dünnen Zöpfen an der Hand. «Das war die Taufe meiner Schwester Nicoleta. Das ist meine Mutter Draga, und das bin ich.» Sie deutete auf das Mädchen mit den Zöpfen. Dann zeigte sie auf die anderen Personen und zählte geflissentlich auf: «Vater Nicolae, Großmutter Julieta, Andra, unsere Nachbarin, und *preot* Miran, unser Dorfpriester.» Sie deutete hinter sich an die Wand, wo das bemalte Kreuz hing. «Diese Kreuzikone haben meine Eltern von ihm zur Hochzeit geschenkt bekommen.» Sie sah Céleste fast streng an und fragte: «Was wissen Sie über die Geschichte Rumäniens?»

Céleste zuckte mit den Achseln. «Nicht viel, muss ich gestehen. Kommunistisches Regime, Diktatur, Ceaușescu...»

Valérie nickte angesichts der dürftigen Auskunft wie eine

Lehrerin, die es nicht anders erwartet hat, und sagte: «Ende der Sechziger, Anfang der Siebziger, das war die Zeit von Nicolae Ceaușescu. Eine wahnwitzige Bevölkerungspolitik, Heime voll mit unerwünschten Kindern, Armut, Hunger, unsägliches Elend. Bei uns zu Hause hingen nur zwei Dinge an der Wand: das offizielle Ceaușescu-Porträt und dieses Kreuz. Ich war elf und meine Schwester Nicoleta sieben, als unsere Mutter bei der Geburt des dritten Kindes starb.» Valéries Blick wanderte von dem Bild in die Ferne, und sie murmelte: «Von da an war ich dazu bestimmt, die Mutter zu ersetzen. Ich habe geputzt, gekocht, unsere bettlägerige Großmutter versorgt und mich um Nicoleta gekümmert. Vater war Fernfahrer, er war so gut wie nie da.»

«Und das Baby?»

«Darum musste ich mich nicht kümmern.» Valérie senkte den Blick wieder auf das Album und blätterte behutsam die Seiten um. «Man sagte uns, es sei tot gewesen.»

«Man *sagte*?»

«Andra, unsere Nachbarin, die auch Hebamme war, war bei der Geburt dabei. Sie hat es uns so gesagt.»

«Aber Sie glaubten das nicht?»

«Ich wusste, dass es nicht stimmte, denn ich habe das Baby weinen gehört. Es hat eine Weile geschrien und dann nicht mehr.» Valérie lächelte sanft und schenkte sich Tee nach. «Also kann es nicht gleich tot gewesen sein, oder?»

Ihr Lächeln wirkte im Zusammenhang mit dieser Geschichte, die sie gerade erzählt hatte, so unpassend und fehl am Platz, dass es Céleste kalt den Rücken hinunterlief. «Erzählen Sie mir von der Tollwut», bat sie und bemühte sich um einen höflichen, ja fast demütigen Tonfall, um nicht wieder Valéries Wut zu provozieren und womöglich zu riskieren, dass sie verstummte.

Die kleine Frau nickte, als hätte sie nur darauf gewartet. «Natürlich. Darum es geht es ja, nicht wahr? Wie Ihnen inzwischen sicher klargeworden ist, ist die Tollwut nicht nur eine Krankheit, ein Virus, wie man uns heutzutage weismachen will. Sie ist viel mehr, und die Alten wussten das.» Ihre strengen Gesichtszüge wurden weich, und ihr Blick nahm etwas Entrücktes an, als sie weitersprach: «Die Wutkrankheit, wie man sie auch nennt, ist ungeheuer faszinierend. Ich habe mich jahrelang damit beschäftigt. Wussten Sie, dass die Tollwut bereits bei Homer erwähnt wird? Lyssa, wie sie dort genannt wird und wie das Virus noch heute in der Fachsprache heißt, ist eigentlich eine Göttin aus der griechischen Mythologie. Sie galt als die Verkörperung des Wahnsinns, die personifizierte Wut. In christlicher Sichtweise würde man sagen, die Tollwut ist eine Strafe Gottes.»

«Den Zahn der Raubtiere lasse ich auf sie los», murmelte Céleste und dachte an das Hinterglasbild aus der Kirche.

«Deuteronomium, 32,24», bestätigte Valérie und rezitierte den ganzen Vers: «Sie werden ausgemergelt durch den Hunger, verzehrt durch die Pest und die verheerende Seuche. Den Zahn der Raubtiere lasse ich auf sie los, dazu das Gift der im Staube Kriechenden...»

Als sie verstummte, herrschte einen Moment lang unheilvolles Schweigen. Valérie Crummenacker blätterte ein paar Seiten in ihrem Album um und zeigte Céleste und Luc, der komplett die Sprache verloren zu haben schien, ein Foto von einem heruntergekommenen Haus mit einem Stall, direkt am Rand eines dunklen Waldes. Im Vordergrund waren drei Menschen zu sehen, ein Mann und zwei größere Mädchen. Céleste hätte nicht zu sagen gewusst, ob es sich auch hier um Valérie und Nicoleta handelte. Es gab keine befestigte Straße oder einen Hof vor dem Gebäude, und die drei standen bis zu den Knöcheln im Schlamm. Der Mann war groß und feist, er trug ein Unterhemd und eine ausgebeulte Hose mit Hosenträgern. Mit einer Hand stützte er sich auf einen Stock, die andere Hand ruhte auf der Schulter des größeren Mädchens. Das kleinere Mädchen hielt ein Ziegenjunges im Arm.

«Das sind auch ich und meine Schwester», erläuterte Valérie. «Und das ist Onkel Georghe», sie deutete auf den Mann, der auf dem Bild neben ihr stand. Ihre Stimme hatte plötzlich einen ganz anderen Klang, schneidend wie eine Glasscherbe. «Er hatte ein schlimmes Bein. Ich musste ihm immer zu essen bringen, wenn er nicht herunterkommen konnte.»

«Und das taten Sie nicht gern?», fragte Céleste nach, als Valérie nicht weitersprach.

«Er war ein Teufel. Ein gottloser Bastard. Er war Dreck.» Sie spuckte die Worte förmlich aus, und Céleste betrachtete das Foto genauer. Nach Valéries Worten bekam die vermeintlich fürsorgliche Geste des Mannes, mit der er die Schulter des größeren Mädchens umfasst hielt, plötzlich eine ganz andere Bedeutung. Sie sah, wie sich seine Finger besitzergreifend in den dünnen Stoff des Kleides gruben, sie packten zu, hielten das Mädchen fest wie ein Stück Vieh. Dazu passte auch Valéries Blick, verkrampft, geradezu gequält, während ihre Schwester mit der Ziege im Arm fröhlich in die Kamera lachte.

«Wie alt sind Sie auf dem Bild?», fragte Céleste.

«Dreizehn. Und Nicoleta war gerade neun geworden. Ein paar Wochen später musste auch sie Onkel Georghe das Essen bringen.» Valérie presste die Lippen zu einem weißen Strich aufeinander. Céleste konnte ihre Halsschlagader zucken sehen. Dann schlug Valérie so unvermittelt das Fotoalbum zu, dass Céleste und Luc zusammenfuhren. Sie stand auf, legte das Album zurück auf den Sofatisch, und als sie sich zu ihnen umwandte, hatte sie schon wieder den gleichen beherrschten, ruhigen Gesichtsausdruck, den Céleste nun schon kannte und den sie beklemmender fand als jeden noch so großen Gefühlsausbruch. «Mit Gottes Hilfe ist es mir gelungen, uns beide von diesem Teufel zu befreien», sagte sie nun wieder sanft und setzte sich. «Die alte Andra hatte dieses Wissen um die eigentliche Bedeutung der Tollwut noch, und sie kannte die Gebete, mit denen man Gott anruft, sie zu schicken. Sie hat sie mir beigebracht, um uns vor Onkel Georghe zu beschützen.»

«Und das hat funktioniert?», fragte Céleste skeptisch.

Valérie nickte, vollkommen überzeugt. «Natürlich. Kurz nach meinem Besuch bei Andra war Onkel Georghes Bein wieder so gut verheilt, dass er auf die Jagd gehen konnte. Und im Wald wurde er von einem Rudel tollwütiger Hunde angegriffen. Er starb kurze Zeit später. Einen ziemlich qualvollen Tod.» Wieder dieses sanfte, selbstzufriedene Lächeln. Sie rückte ihre Tasse zurecht, legte dann die Hände in den Schoß und fügte hinzu: «Ich habe uns gerettet. Ich ganz allein. Dank meiner ist Nicoleta heute Ärztin in der Universitätsklinik von Straßburg. Wäre ich nicht gewesen, wäre sie Putzfrau oder vielleicht sogar eine Hure in Moskau geworden. Viele sind damals mit falschen Versprechungen dorthin gelockt worden. Aber ich habe auf sie aufgepasst. Mit sechzehn habe ich eine Lehre als Laborassistentin in Bukarest absolviert und begonnen, in einer Klinik zu arbeiten. Als ich genug Geld zusammenhatte, um für uns beide zu sorgen, habe ich sie zu mir geholt. Tag und Nacht habe ich gearbeitet, im Labor und in der Klinikküche und als Putzfrau, und habe dafür gesorgt, dass sie eine gute Schulausbildung bekam. Ende der Achtziger, als im Osten alles zusammenbrach, sind wir weggegangen. Wir wollten so weit in den Westen wie möglich. Immerhin sind wir bis ins Elsass gekommen.» Sie sah Céleste zufrieden an. «Das ist schon eine Leistung, finden Sie nicht?»

«Durchaus. Aber...»

Valérie ließ Céleste nicht zu Wort kommen. «In Straßburg habe ich dann geheiratet: Claude Crummenacker. Ein guter Mann. Er saß im Rollstuhl, und er war mir sehr dankbar. Als er starb, habe ich sein Haus geerbt.»

«Haben Sie auch ihn getötet?», fragte Céleste.

«Getötet? Ich? Wen?» Valérie sah sie erstaunt an.

«Claude. Ihren Mann.»

«Aber nein, wie kommen Sie denn darauf? Claude war immer gut zu uns. Irgendwann war eben seine Zeit gekommen. Eines Morgens lag er tot im Bett.» Valérie schüttelte den Kopf, offensichtlich fassungslos über Célestes absurde Mutmaßung. «Du sollst nicht töten, sagt der Herr», meinte sie vorwurfsvoll.

Céleste nahm einen tiefen Atemzug und warf Bato einen Blick zu. Er saß stockstéif auf seinem Platz und starrte Valérie Crummenacker an wie ein Kaninchen eine Schlange.

«Aber jetzt haben Sie doch getötet», sagte Céleste leise.

«Das war Gottes Wille. Er hat mir befohlen, die Dämonen ein weiteres Mal freizulassen.» Valérie gab einen Löffel Zucker in ihren Tee und rührte bedächtig um.

«Das verstehe ich nicht», sagte Céleste, um freundliches Interesse bemüht, während ihre Knie vor Anspannung zitterten. «Wieso hat er Ihnen das befohlen? Was haben Rosalie und Jean-Marie Knopfer denn getan?»

«Rosalie und dieser schamlose Kerl?» Valérie lachte laut auf. «Ach, die beiden. Wen interessieren die denn?» Sie machte eine wegwerfende Handbewegung.

«Sie sind tot. Beide an der Tollwut gestorben, mit der Sie sie infiziert haben. Das interessiert uns durchaus.»

«Aber nicht mich. Diese beiden waren nicht wichtig.»

«Warum haben Sie sie dann getötet? Und wie haben Sie das überhaupt angestellt?»

Valérie hob eine Augenbraue. «Ach, das wissen Sie gar nicht?» Sie wandte sich Luc zu: «Haben Sie im Chor nicht immer mit Ihrer klugen Chefin geprahlt? War das nur Angabe gegenüber dem kleinen Flittchen, dem Sie den Hof machen?»

Das Gesicht des Brigadiers färbte sich dunkelrot. Er öffnete den Mund, um etwas zu erwidern, doch Céleste schüttelte unmerklich den Kopf. Sie wollte Valérie reden lassen, ohne sie durch Widerworte zu bremsen.

In der Tat sprach diese weiter, ohne auf eine Erwiderung von Luc zu warten. «Ich hatte doch gesagt, es war Gottes Wille. Er hat mir den Weg gezeigt.»

«Warum?»

«Die Situation wurde unerträglich für ihn. Es musste etwas passieren. Da habe ich Gott um ein Zeichen gebeten und es bekommen.» Valérie hob das Kinn.

«Von wem sprechen Sie?», meldete sich endlich auch Luc zu Wort. Seine Stimme klang heiser.

Valérie sah ihn vorwurfsvoll an. «Aber Brigadier, Sie müssten das doch am besten wissen!»

Bato räusperte sich. «Abbé Schwarzweiler.»

Valérie nickte. «Der arme Mann. Er litt so sehr unter der offenkundigen Ablehnung einiger Gemeindemitglieder. Warum konnten diese schlichten Geister nicht sehen, was für ein großer Mann er ist?» Ihre Stimme verlor jede Sanftheit. «Es war alles die Schuld von Armand Straub. Dieser Hetzer und Unruhestifter, er hasst den Abbé und hat alle gegen ihn aufgebracht.»

«Es ging Ihnen also eigentlich um Armand Straub?», wunderte sich Céleste.

«Natürlich. Nur um ihn. Er war eine Gefahr für den Abbé. Er hat immer nur Schmutz über ihn gegossen. Als der Abbé Rosalie beim Stehlen erwischt hat, in der heiligen Kirche, man stelle sich das mal vor, was glauben Sie, wie dieser Mensch sich benommen hat! Er hat den Abbé vor dieser Diebin gedemütigt.»

«Sie waren bei dem Streit dabei?»

«Nein. Aber er hat es mir erzählt.» Sie maß Céleste mit einem überheblichen Blick. «Ich war seine Vertraute, müssen Sie wissen. Ich allein habe ihn verstanden. Ich wusste, was er durchmachte.»

«‹Wenn euch die Welt hasst, so wisst, dass sie mich vor euch gehasst hat›», zitierte Céleste den Beichtzettelspruch aus dem Gedächtnis und wunderte sich, dass ihr Gehirn angesichts der Ungeheuerlichkeiten, die sich ihr gerade offenbarten, überhaupt noch funktionierte. «Der Beichtzettel. Das war eine Botschaft.»

«Ein Trost. Der Abbé sollte wissen, dass ich in jeder Minute an seiner Seite stehe.»

«Sie haben also Armand Straub die Strafe Gottes gewünscht, nur weil er Rosalie bei dieser Auseinandersetzung mit dem Abbé beigestanden hat?», schaltete sich Luc wieder ein.

Valérie wandte sich ihm mit einem nachsichtigen Lächeln zu. «Aber nein, Brigadier. Nicht allein deswegen. Armand Straub war ein ständiger Dorn im Fleisch des Abbé, seit der Abbé zu uns nach Eguisheim gekommen ist, und es hätte nie aufgehört. Wer weiß, am Ende hätte Armand Straub noch herausgefunden, was in Indien passiert ist.»

«Was ist denn in Indien passiert?», wollte Céleste wissen.

Valérie, die den Blick auf Luc gerichtet hatte, fuhr zu ihr herum wie eine Natter. «Nichts», fauchte sie. «Nichts ist passiert. Das ist alles nur das Gerede von bösen Zungen! Neider, armselige Menschen, die ihren Mund nicht halten können.»

«Es hat etwas mit der Schule zu tun, die der Abbé dort gebaut hat», vermutete Céleste. «Er musste gehen, weil er ...»

«Schweigen Sie!», fuhr ihr Valérie über den Mund. «Das ist es, was ich meine! Immer muss im Dreck gewühlt werden. Er hatte nichts mit dieser Schülerin, wie schändlicherweise behauptet wurde, er ist ein aufrechter, gottesfürchtiger Mann!»

«Natürlich ...», pflichtete Céleste ihr bei und nickte, als ob sie Bescheid wüsste, obwohl sie bisher nur im Dunkeln gestochert hatte. «Aber sein Vorgesetzter hat das anders gesehen?»

«Er wurde heimberufen, obwohl man ihm nichts nachweisen konnte. Und seitdem lebte er in ständiger Angst, dass diese Gerüchte wieder aufflammen. Dass seine Widersacher den alten Schmutz herauskramen. Armand Straub hat Freunde im Schulamt. Diese Leute haben offenbar die Lügen, die über den Abbé verbreitet wurden, anstandslos geglaubt und ihm die Arbeit im Schuldienst untersagt. Wenn Armand dies zu Ohren gekommen wäre, hätte er den Abbé damit vernichtet. Er musste ausgeschaltet werden, das verstehen Sie doch?» Sie sah wieder zu Bato. Der nickte wie betäubt. «Ich habe um ein Zeichen gebeten, und nur einen Tag später habe ich eine Antwort bekommen. Freunde von mir, die für eine rumänische Hilfsorganisation in Colmar arbeiten, hatten ein Problem und baten mich um Hilfe.»

Jetzt gelang es Céleste langsam, zwei und zwei zusammenzuzählen. «Der Hund. Er stammte aus Rumänien?»

«Ja. Irgendein sentimentales Dummchen hatte ihn auf der Straße aufgelesen und mitgenommen. Plötzlich begann er, sich seltsam zu benehmen, hatte Schaum vorm Mund und war aggressiv. Dummerweise ist er den Leuten auch noch davongelaufen, als sie mit ihm spazieren gehen wollten.» Sie schüttelte entnervt den Kopf. «Wie dumm muss man sein? Für mich war dieser Hund allerdings ein Gottesgeschenk, ich wusste sofort, dass er für mich bestimmt war, ich verstand, was Gott mir damit sagen wollte.»

«Sie sollten Armand mit Hilfe der Tollwut töten, um den Abbé zu schützen?», mutmaßte Céleste.

«Genau. Ich habe den toten Hund im Wald gefunden und ihn zunächst in der alten Kühltruhe im Keller der Hilfsorganisation versteckt. Seit meiner Zeit im Labor bin ich gegen Tollwut geimpft, daher musste ich mir keine Sorgen machen. Das Extrahieren und Vermehren der Viren war ein Kinderspiel, ich habe so etwas in meiner Zeit im Labor schon oft mit anderen Kulturen gemacht, ohne allerdings auf so primitive Mittel wie Hühnereier zurückgreifen zu müssen...» Sie lachte auf wie über einen guten Witz. «Blieb nur noch die Frage, wie ich Armand Straub mein kleines Geschenk unterjubeln sollte.» Sie trank einen Schluck von ihrem Tee und pickte mit der Gabel die Krümel von ihrem Teller auf.

Luc starrte sie stumm an, und auch Céleste fiel es zunehmend schwer, diesem im Plauderton vorgebrachten Irrsinn weiter zuzuhören. Andererseits wollte sie alles wissen, und es war unklar, ob ihr noch eine Möglichkeit dazu bleiben würde, wenn Valérie Crummenacker erst einmal festgenommen war und Capitaine Wolfsberger wohl oder übel das Regiment übernommen hatte.

«Ich habe mir die ganze Zeit den Kopf darüber zerbrochen, aber mir wollte keine Lösung für dieses Problem einfallen. Dabei lag es auf der Hand. Ich habe es nur nicht gesehen. Doch auch hier hatte ich göttlichen Beistand. Gott hat mich praktisch mit der Nase darauf gestoßen.» Wieder lachte sie, dieses Mal ein wenig verschämt wie ein junges Mädchen, das ein unerwartetes Kompliment bekommt. «Ich arbeite ja direkt an der Quelle, verstehen Sie?»

Céleste sah sie einen Moment verständnislos an, dann sagte sie langsam: «Dr. Brigeul. Der Zahnarzt...»

«Genau. Es wundert mich nicht, dass Sie nicht darauf gekommen sind, immerhin hatte ja sogar ich selbst Schwierigkeiten. Erst als Jean-Marie Knopfer auf dem Behandlungsstuhl lag, wurde mir klar, wie einfach alles war. Er war in der Praxis, weil er sich bei einer Prügelei einen Zahn ausgeschlagen hatte, der unflätige Raufbold. Wissen Sie, dass er den Abbé einmal angespuckt hat? Wie schamlos kann man sein?» Sie schüttelte den Kopf. «Er sollte mein Versuchsobjekt werden. Ich war für die Nachsorge zuständig, und als er am nächsten Tag wiederkam, hatte ich mein Serum dabei. Ich musste nur den Wattetampon damit tränken, und voilà!» Sie klatschte vor Begeisterung in die Hände. Ein Klirren lenkte ihre Aufmerksamkeit wieder auf Luc. Der hatte seine Kuchengabel fallen gelassen. Als er sie aufheben wollte, sprang Valérie auf. «Warten Sie, ich bringe Ihnen eine neue.»

Bato schüttelte den Kopf. «Nein, danke. Ich habe keinen Hunger mehr.»

«Was war mit Rosalie?», fragte Céleste. Sie spürte, wie sie langsam Kopfschmerzen bekam, und musste an sich halten, Valérie Crummenacker nicht zu packen und einmal kräftig durchzuschütteln.

«Rosalie war eine Diebin. Und sie hatte schmutzige Gedanken.»

«Sie hat Sie ertappt, nicht wahr? Als Sie und der Abbé...»

«Lüge!», schrie Valérie unvermittelt. «Eine schamlose Lüge!» Ihre blauen Augen waren jetzt dunkel geworden vor Hass und Wut, und zum ersten Mal konnte Céleste dahinter den Wahnsinn flackern sehen.

«Was für ein Verhältnis hatten Sie und der Abbé denn?»

Valérie atmete tief ein, und Céleste sah, wie schwer es ihr fiel, sich zu beherrschen. Doch es gelang ihr tatsächlich, die Kontrolle über sich zurückzugewinnen. «Wer Dreck denkt, wird Dreck sehen», sagte sie leise. «Ich habe nur versucht, ihn zu trösten. Dieser Streit mit Armand wegen Rosalie hat ihn sehr mitgenommen. Niemals hätte ich es gewagt, etwas Anstößiges zu tun. Wir sind verwandte Seelen, der Abbé und ich. Doch als dieses Miststück Rosalie an der Tür stand, habe ich in ihren Augen gesehen, dass sie schmutzige Gedanken hatte. Genau wie Sie jetzt.» Valérie schüttelte den Kopf. «Der Abbé war außer sich vor Sorge deswegen, er hatte ja schon einmal erlebt, wie Geschwätz und Gerüchte über ihn verbreitet wurden, und es hätte ihn fast seine Karriere gekostet.»

«Und da haben Sie Rosalie auch einen Termin bei Dr. Brigeul verschafft?», fragte Céleste beklommen.

Valérie nickte. «Zahnreinigung gehört zu meinen Aufgaben bei Dr. Brigeul. Da kann es schnell einmal zu kleinen, kaum spürbaren Verletzungen am Zahnfleisch kommen, nicht wahr? Glücklicherweise war Rosalie eine sehr gewissenhafte Patientin. Sie leistete jeder Aufforderung brav Folge, das dumme Huhn. Ganz im Gegensatz zu Armand Straub im Übrigen, dem ich drei Aufforderungen zur Kontrolle geschickt habe und der einfach nicht gekommen ist.» Sie hob resigniert die Schultern. «Dabei ist es in seinem Alter so wichtig, dass man sich um seine Zähne kümmert, wenn man nicht in ein paar Jahren ein Gebiss haben will.»

Céleste erinnerte sich plötzlich an den Notizzettel mit einem Zahnarzttermin, den sie bei ihrem ersten Besuch in Rosalies Wohnung in der Schublade gefunden hatte. Niemals wäre sie damals darauf gekommen, dass dieser Termin Rosalies Rendezvous mit dem Tod gewesen war. «Da kann ich ja von Glück sagen, dass ich nicht Patientin von Dr. Brigeul bin», sagte sie. «Am Ende hätten Sie mir auch noch eine Zahnreinigung verpasst.»

Valérie Crummenacker nickte, völlig unempfänglich für jede Art von Ironie. «Ja, Sie hätte ich gerne bei mir gehabt. Da wäre mir so einiges an Stress erspart geblieben. Sie sind mir schon ziemlich auf die Nerven gefallen mit Ihrer Schnüffelei.»

Luc bekam einen Hustenanfall.

«Warum erzählen Sie uns das alles?», fragte Céleste. «Es ist Ihnen doch bewusst, dass Sie lebenslang ins Gefängnis kommen werden wegen dieser Morde.»

Valérie zuckte mit den Schultern. «Die irdische Gerechtigkeit interessiert mich nicht. Ich habe getan, was ich tun musste. Abbé Schwarzweiler war gestern Mittag bei mir und hat mir erzählt, dass Sie ihm seltsame Fragen gestellt haben. Er war sehr besorgt und wollte, dass wir uns nicht mehr sehen, damit niemand auf falsche Gedanken kommt. Ich solle mich von der Kirche und ihm fernhalten, hat er gemeint.» Sie schnaubte. «Alles, einfach alles, hat dieser Armand Straub kaputtgemacht. Ich wusste, es würde nicht mehr lange dauern, bis Sie auf mich kommen. Ich hatte diesen Fehler gemacht und den Hund im Wald vergraben, ich wollte ihn loswerden. Wenn Sie den Hund nicht gefunden hätten, hätten Sie keine Ahnung gehabt, nicht wahr?»

Céleste nickte schweigend.

Valérie stand auf. «Ich weiß, wann meine Zeit gekommen

ist.» Sie ging zur Tür. Céleste und Bato sprangen auf, doch Valérie winkte ab. «Keine Sorge, ich laufe nicht weg. Ich laufe niemals weg.» Sie ging in den Flur, Céleste und Luc folgten ihr. Dort nahm sie ihren Mantel von der Garderobe und sagte: «Gehen wir?»

21

Sie legten Valérie Crummenacker Handschellen an und brachten sie zum Auto. Bevor Céleste und ihr Brigadier selbst einstiegen, sahen sie sich kurz an. Luc wirkte verstört.

«Ich kann nicht glauben, was ich da gerade gehört habe», sagte er mit brüchiger Stimme. «Mit dieser Frau habe ich Woche für Woche im Chor gesungen.» Er fuhr sich durch die kurzen Haare. «Nie mehr in meinem Leben werde ich Streuselkuchen essen können, ohne dabei an diesen grauenvollen Nachmittag denken zu müssen.» Er schüttelte sich wie ein nasser Hund und kletterte in den Wagen.

Céleste sah sich noch einmal um. Die Sonne schickte ihre letzten Strahlen durch die hohen Bäume, und das Pförtnerhäuschen wirkte im Abendlicht noch idyllischer als bei ihrer Ankunft. Etwas stimmte hier nicht. Irgendetwas passte noch nicht ganz zusammen. Dessen war sie sich sicher. Doch sie kam nicht darauf, was es war. Sie hatten viel gehört, viel mehr, als sie hatten hören wollen – Valérie war so freigebig gewesen mit ihren Informationen, dass sie das Gefühl hatte, das eigentlich Wichtige übersehen zu haben.

Luc hatte den Wagen bereits gestartet, und Céleste stieg in den Fond neben Valérie Crummenacker ein. Sie fuhren los.

Als sie vor der Brigade Criminelle in Colmar parkten, fragte

Céleste: «Wo haben Sie diese Operationen eigentlich durchgeführt? Gibt es einen Keller im Haus?»

«Haben Sie einen Keller gesehen?», fragte Valérie zurück. «Ich bin enttäuscht von Ihnen, Madame Kreydenweiss. Habe ich Ihnen nicht alles erzählt, was Sie wissen wollten? Lassen Sie mir doch bitte ein kleines Geheimnis.»

Beim Aussteigen zog sie einen Umschlag aus ihrer Manteltasche und reichte ihn Céleste. «Würden Sie diesen Brief bitte meiner Schwester zukommen lassen? Wir haben seit einiger Zeit keinen Kontakt mehr, doch ich möchte, dass sie Bescheid weiß.»

Céleste warf einen Blick darauf, las *Nicoleta Dumitrescu* und eine Adresse in Straßburg und nickte automatisch. In ihrem Kopf läuteten alle Alarmglocken und machten sie fast taub. Valérie hatte ihnen nur erzählt, was sie hatte preisgeben wollen. Andere Details wie das Versteck hatte sie verschwiegen. Sie hatten bisher keinerlei Beweise für ihre Geschichte. Céleste war so angespannt, dass es ihr schwerfiel, mit Luc Schritt zu halten, der Valérie die Treppe zur Polizeiwache hinaufführte.

An der Tür sagte sie leise zu Valérie: «Sie denken, Sie haben Ihre Aufgabe erledigt, nicht wahr? Deshalb haben Sie uns das alles erzählt. Sie glauben, Ihre Mission ist erfüllt, und Armand Straub wird sterben. Vielleicht erst in ein paar Monaten, aber er wird sterben. Ich muss Sie enttäuschen. Wir haben Ihre Scharade mit den Glasscherben durchschaut. Er ist heute Morgen ins Krankenhaus gebracht und geimpft worden. Er wird überleben.»

In Valéries Augen flackerte es. «Er wird nicht sterben?», fragte sie ungläubig.

«Nein, Madame.» Céleste sah sie kalt an. «Es mussten zwei Menschen völlig umsonst ihr Leben lassen.»

Valérie Crummenackers schmale Lippen kräuselten sich zu einem säuerlichen Lächeln. «So sind Sie mir also bei Armand Straub tatsächlich zuvorgekommen? Bravo. Tja, vielleicht habe ich das Ganze nicht sorgfältig genug geplant. Es musste ja alles so schnell gehen. Sehr schnell. Andernfalls hätte ich womöglich eine perfektere Methode gefunden.» Plötzlich verdüsterte Trauer ihre Miene, und sie fügte leise hinzu: «Aber das spielt ohnehin keine Rolle mehr.» Mit einem Ruck riss sie sich von Luc los und ging allein voran in das Gebäude der Kriminalpolizei.

Als Luc Bato und Céleste nach einer knappen Stunde die Brigade Criminelle wieder verließen, war es dunkel geworden. Es hatte sie gewaltige Überzeugungsarbeit gekostet, Wolfsberger dazu zu bringen, Valérie Crummenacker dort zu behalten.

Als sie versucht hatten, ihm die Geschichte Punkt für Punkt darzulegen, hatte er nur abgewinkt und gemeint: «Ihr gehört doch alle in die Klapsmühle.» Schließlich hatte er sich bereit erklärt, jemanden aus dem Bezirkskrankenhaus anzurufen, um Valérie über Nacht dort unterzubringen und untersuchen zu lassen. «Ich mache gleich einen Sammeltermin für euch mit», hatte er dazu geknurrt.

Sie fuhren schweigend zurück nach Eguisheim. Nach einer Weile sagte Céleste: «Fahren Sie noch einmal zu Valéries Haus, Bato.»

«Aber warum das denn?», wollte Luc erschrocken wissen. «Können wir es nicht für heute gut sein lassen? Ich bin völlig erschlagen von dieser Geschichte...»

«Nein, Luc.» Céleste schüttelte den Kopf. «Irgendetwas stimmt da nicht. Valérie hat uns nicht alles gesagt. Wir wissen noch nicht einmal, wo sie die ganzen Utensilien versteckt hat, die sie für die Morde benutzt haben muss.»

«Vielleicht sind die gar nicht mehr da?», schlug Luc vor. «Wenn sie geahnt hat, dass wir kommen, dann hat sie die Sachen womöglich beseitigt.»

«Aber warum hat sie sich dann überhaupt dazu entschlossen, mit uns zu reden?»

«Sie ist verrückt.» Luc starrte verbissen auf die Straße. «Da gibt es nicht für alles eine Begründung.»

«Aber nicht *so* verrückt. Sie folgt einem Plan ...» Céleste zupfte an ihrer Unterlippe. «Außerdem wissen wir immer noch nicht, was mit Alma Grenier passiert ist.» Sie zückte ihr Handy und rief bei Alphonse Grenier an. Er bestätigte ihr, was sie schon erwartet hatte: Alma Grenier war nicht nach Hause zurückgekommen. Céleste beendete das Gespräch und schaute hilfesuchend ihren Brigadier an. «Valérie erzählt uns ihre Geschichte. Sie erzählt uns haarklein, wie und warum sie drei Mordanschläge begangen hat. Sie erwartet uns, backt Streuselkuchen ... Warum tut sie das?»

«Sie hat doch gesagt, ihre Aufgabe ist erfüllt. Ihre Zeit ist gekommen.»

«Das stimmt aber nicht. Armand Straub ist noch nicht tot. Auch ohne die Impfung konnte sie doch nicht sicher sein, dass er stirbt. Und sie hat auch nicht so reagiert, wie ich es erwartet hätte, als ich ihr gesagt habe, dass wir ihr auf die Schliche gekommen sind. Ich hatte gedacht, sie würde ausrasten, denn das bedeutet ja, dass ihre ganze Mission gescheitert ist, dass alles umsonst war ...»

«Aber Chef!», wandte Luc jetzt eindringlich ein. «Die Frau ist absolut wahnsinnig. Sie haben doch gehört, wie sie geredet hat. Und dabei hat sie auch noch seelenruhig in ihrer Teetasse gerührt.» Er schüttelte den Kopf. «Ich werde Albträume davon bekommen.»

«Sie ist vielleicht wahnsinnig», gab ihm Céleste recht, «aber sie wusste genau, was sie tat ... Was sie sagen wollte und was nicht ... Ist Ihnen eigentlich klar, dass wir keinen einzigen Beweis haben? Nur ihre Story, die so irrsinnig ist, dass sie uns, wenn wir nicht irgendetwas Handfestes vorlegen, kein Mensch glauben wird.»

«Wir haben den toten Hund», wandte Luc ein. «Wir wissen, dass ... dass ...» Er verstummte ernüchtert.

«Ja, genau. Wir wissen gar nichts. Was ist, wenn sich Valérie Crummenacker dazu entschließt, nichts mehr zu sagen? Was ist dann ein toter Hund mit einem seltsamen Mal auf der Stirn? Armand Straub kann nicht mit Sicherheit auf Tollwut getestet werden, solange die Krankheit nicht ausgebrochen ist, außerdem wurde er inzwischen geimpft. Auf den Scherben wird man womöglich nichts mehr feststellen, flüchtig, wie das Virus ist. Und selbst wenn, gibt es keine Verbindung zu Valérie Crummenacker. Wir haben nichts, nicht einmal einen Fingerabdruck.» Céleste schlug mit der Faust auf ihren Oberschenkel. «Sie könnte sogar behaupten, sie hätte sich mit uns bei Tee und Streuselkuchen einen Spaß erlaubt. Das würde man ihr eher glauben als uns unsere Geschichte. Wir müssen einfach etwas finden!»

«Was ist mit dem Abbé?», schlug Luc vor, als sie bereits kurz vor Eguisheim waren. «Er war doch gestern noch bei Valérie Crummenacker. Vielleicht weiß er irgendetwas, oder ihm ist was aufgefallen ...»

Céleste nickte. «Einen Versuch ist es wert.»

Sie fuhren zur Pfarrwohnung, die sich in einer Seitengasse unweit der Kirche befand. In den Fenstern im Erdgeschoss brannte Licht. Abbé Schwarzweilers Haushälterin öffnete ihnen.

«Den Abbé suchen Sie?», fragte sie und machte ein beunruhigtes Gesicht. «Der ist nicht hier. Ich weiß selbst nicht, wo er ist. Er muss doch heute Abend die Messe lesen.»

«Wann haben Sie ihn zum letzten Mal gesehen?», wollte Céleste wissen.

«Gestern nach dem Frühstück. Er ist nicht zum Mittagessen gekommen und zum Abendessen auch nicht. Ich bin dann nach Hause gefahren und erst heute Abend wiedergekommen, um ihm vor der Messe ein leichtes Abendessen herzurichten. Samstags habe ich tagsüber immer frei.»

«Kommt es öfter vor, dass er bei den Mahlzeiten nicht da ist, ohne abzusagen?», fragte Céleste.

«Hin und wieder schon. Wenn ihm etwas dazwischenkommt, ein seelsorgerisches Gespräch zum Beispiel, das länger dauert.»

«War er denn heute Nacht zu Hause? War sein Bett benutzt?»

Die Haushälterin sah Céleste erstaunt an. «Das weiß ich nicht. Ich mache für den Abbé nur das Essen und die Wäsche. Den Rest erledigt der Abbé selbst, und einmal in der Woche kommt eine Putzfrau. Was ist denn los? Glauben Sie, dass etwas passiert ist?»

Céleste gab keine Antwort, sie hatte sich schon umgedreht und war zurück zum Auto gelaufen. Luc nickte der Haushälterin entschuldigend zu und beeilte sich, seiner Chefin zu folgen.

Wie erwartet, fanden sie auch beim zweiten Rundgang durch das Pförtnerhäuschen nichts, weder Beweise für Valéries Taten noch einen Hinweis auf den Verbleib von Abbé Schwarzweiler und Alma Grenier. Dennoch durchstöberten sie jeden Winkel, drehten jedes Ding dreimal um.

«Diese Eile …», murmelte Céleste und ließ den Blick durch den Raum schweifen, bis er am gedeckten Kaffeetisch hängenblieb. «Es musste schnell gehen, hat sie gesagt. Warum konnte die Attacke auf Armand Straub nicht mehr warten? Sie konnte doch nicht ahnen, wie dicht wir schon an ihr dran waren. Wir wussten es ja selbst noch nicht.»

«Der Abbé hat doch mit ihr gesprochen», erinnerte sie Luc.

«Ja, ich weiß, aber der hatte nur Angst wegen dieser Gerüchte. Und warum hat sie gesagt, dass jetzt alles keine Rolle mehr spielt?» Ihr Blick blieb an dem kleinen Sträußchen aus Trockenblumen hängen, das auf dem Tisch stand. Es erinnerte sie an den Strauß, den Valérie ihr in der Kirche geschenkt hatte. Was hatte sie dazu gesagt? «Denn Liebe ist stark wie der Tod...» Céleste sprang auf. «Kommen Sie, Bato.»

«Wohin, Chef?»

«Wir gehen zu Hugo Filipier. Er ist ihr Vermieter. Vielleicht weiß er was.»

Als sie am Haupthaus klingelte, öffnete ihnen Hugo Filipier, kaum dass sie den Finger von der Klingel genommen hatte. Offenbar hatte er gerade sein Kostüm für das bevorstehende Mittelalterfest anprobiert, anders konnte man sich seine abenteuerliche Aufmachung nicht erklären. Er trug ein knappes Wams aus grellrotem Samt mit gelb gestreiften Ärmeln, das sich über seinem nicht unbeträchtlichen Bauch spannte, und dazu enge weiße Strumpfhosen und Schnabelschuhe. Auf dem Kopf thronte ein ausladender Hut mit Pelzkrempe und einer wippenden Fasanenfeder. Nicht ganz passte dazu das noch von der Prügelei mit Bertrand Fleckenstein herrührende blaue Auge, das mittlerweile in allen Farben schillerte und ihm mehr den Anschein eines Strauchdiebs als eines Edelmanns gab. Dessen ungeachtet ging er bereits vollkommen in seiner zukünftigen Rolle auf, verbeugte sich mit einer ausladenden Geste tief vor Céleste und Luc und rief: «Madame le Commissaire, Monsieur le Brigadier, womit kann ich Ihnen zu Diensten sein?»

Céleste ignorierte sein Kostüm und hielt sich nicht mit langen Vorreden auf. «Wie gut kennen Sie Valérie Crummenacker?», fragte sie knapp.

Derart unsanft aus seinen Edelmannträumen gerissen, ließ Hugo Filipier die Schultern hängen und die Fasanenfeder stellte das Wippen ein. Er musterte sie verblüfft. «Wie man seine Mieter eben so kennt. Madame Crummenacker wohnt seit Jahren bei mir. Eine sehr anständige, gewissenhafte Person. Was ist denn los?»

«Gibt es hier auf dem Gelände ein Gebäude, wo man etwas verstecken könnte?»

«Gebäude?» Er überlegte. «Nein. Es gibt keine Gebäude außer meinem Haus und dem Pförtnerhäuschen. Nur die Kapelle...»

«Welche Kapelle?», fragte Céleste schnell.

«Unsere alte Familienkapelle. Die dahinten, in dem Wäldchen.» Er deutete mit einer weiß behandschuhten Hand ans andere Ende des Grundstücks. «Aber da war schon seit Ewigkeiten niemand mehr...» Er kam nicht dazu, den Satz zu beenden, denn Céleste war bereits in die Richtung losgelaufen, in die er gedeutet hatte, und Luc beeilte sich, ihr zu folgen.

«Verraten Sie mir, Chef, was Ihnen durch den Kopf geht?», fragte er schnaufend, als er sie eingeholt hatte.

«‹Denn Liebe ist stark wie der Tod›», sagte Céleste. «Das ist aus der Bibel. Das Hohelied Salomos. Valérie Crummenacker hat es erwähnt, als ich sie vor einiger Zeit in der Kirche getroffen habe. Sie war gerade dabei, den Blumenschmuck einer Hochzeit abzunehmen, und hat mir ein Sträußchen geschenkt, an dem diese Zeilen befestigt waren. Das Brautpaar hatte das Hohelied Salomos für die Hochzeit ausgesucht, und

Valérie meinte, es gäbe in der Bibel nichts Schöneres als diese Verse.»

«Ja, ich kenne es», sagte Luc. «Aber was hat das mit unserer Geschichte zu tun?»

Céleste blieb stehen. «Denken Sie nach, Luc: Der Abbé war gestern Mittag bei Valérie Crummenacker, um ihr jeglichen Kontakt zu ihm zu untersagen. Verstehen Sie, was das bedeutet?»

Luc überlegte. «Alles war umsonst...», sagte er langsam.

Céleste nickte. «Von wegen verwandte Seelen. Er wollte nichts mehr mit ihr zu tun haben, aus Angst um seinen Ruf. Wer weiß, vielleicht hat er sogar mehr geahnt? Vielleicht war sie es, die ihm von den tollwütigen Fledermäusen erzählt hat, woraufhin er mir gegenüber eine flapsige Bemerkung gemacht hat. Vielleicht hat auch er daraus seine Schlüsse gezogen. Kommen Sie.» Sie lief weiter.

«Sie wollen damit sagen, dass...» Lucs Miene wurde immer beunruhigter. «Dass...»

Doch Céleste rannte weiter. Endlich tauchte zwischen den Bäumen ein kleines weißes Gebäude auf. «Sie konnte ihn nicht gehen lassen, Luc!», rief Céleste über die Schulter zurück. «Nach allem, was sie für ihn getan hat.»

Sie hatten jetzt die Kapelle erreicht und blieben stehen. Es war ein schlichter Bau mit Schieferdach und einem kleinen Turm auf der Spitze. Der Putz war an vielen Stellen abgeblättert, an einer Ecke waren sogar einige Steine aus der Mauer gebrochen, und die Tür, wohl ehemals rostrot gestrichen, war verwittert und hing schief in den Angeln. Sie schalteten ihre Taschenlampen ein und betraten die Kapelle. Bis auf einen leidenden Christus an einem großen Holzkreuz war der kleine, kalte Raum vollkommen leer.

Céleste hob den Kopf und schnupperte. «Riechen Sie das auch?», fragte sie Luc, und er nickte.

«Kerzen. Und Weihrauch.»

Sie gingen wieder hinaus und umrundeten das Gebäude, das von Unkraut und Büschen umrankt war. Tatsächlich gab es auf der Rückseite einen mit einem rostigen Gitter versehenen weiteren Zugang, der über eine moosbedeckte, feuchte Treppe in ein Kellergeschoss führte. Eiskalte Luft drang herauf. Das Gitter war unverschlossen, jedoch hing ein nagelneues Vorhängeschloss offen an den rostigen Streben. Luc zog das Gitter auf, und sie stiegen vorsichtig die glitschigen Stufen hinunter. Es roch nach Moder, faulen Blättern und Verfall. Doch auch der Geruch nach Kerzen und Weihrauch war noch deutlich wahrnehmbar. Unten angelangt, blieben sie vor einer verschlossenen Holztür stehen, unter der ein schwacher, flackernder Lichtschimmer hervordrang. Luc öffnete die Tür mit einem gutplatzierten Fußtritt, und sie traten ein.

Der gewölbeartige Raum war niedrig und nur an einer Wand verputzt. Dort hatte sich vielleicht früher eine Statue befunden, jetzt war die Wand leer, und auf dem breiten Sockel davor brannten unzählige, fast völlig heruntergebrannte Kerzen, die sich zu einem großen, schimmernden Wachssee vereinigt hatten. Darauf stand ein Tisch, und auf diesem Tisch lag Abbé Schwarzweiler aufgebahrt wie in einer Grabkapelle, mit gefalteten Händen und von weiteren Kerzen umringt. Es roch durchdringend nach Weihrauch, der in einem Pfännchen neben dem Tisch verbrannt worden war. Aus der Brust des Abbés ragte ein Messer. Obwohl sie wusste, dass es überflüssig war, tastete Céleste nach der Halsschlagader des Priesters. Wie erwartet war kein Herzschlag mehr zu spüren. Rund um das Messer hatte sich ein großer Fleck Blut gebildet. Das Blut hatte das Hemd durchtränkt und war auf den Boden getropft, wo sich eine Pfütze gebildet hatte. In den gefalteten Händen des Abbés befand sich ein Zettel. Céleste nahm ein Taschentuch und zog den Zettel damit vorsichtig heraus. Leise las sie vor:

«Lege mich wie ein Siegel auf dein Herz,
wie ein Siegel auf deinen Arm.
Denn Liebe ist stark wie der Tod
und Leidenschaft unwiderstehlich wie das Totenreich.
Ihre Glut ist feurig
und eine Flamme des Herrn,
sodass auch viele Wasser die Liebe nicht auslöschen
und Ströme sie nicht ertränken können.»

«Das Hohelied Salomos», sagte Luc, der, weiß wie die Wand, am Eingang stehen geblieben war.

Céleste nickte. Sie sah sich in dem ansonsten vollkommen leeren Raum um. «Rufen Sie die Spurensicherung in Colmar an», bat sie, «obwohl ich nicht glaube, dass die hier etwas finden.»

Epilog

Sie sollte recht behalten. Obwohl die Spurensicherung den gesamten Raum auseinandernahm und jeden Stein umdrehte, fand sich keine Spur der Utensilien, mit denen Valérie Crummenacker die Morde begangen hatte, und auch kein Fingerabdruck. Weder auf dem Messer noch sonst irgendwo im Raum. Célestes Hinweis, dass ohne das Wissen Hugo Filipiers eine neue Stromleitung hinunter in den Keller verlegt worden war, um für Licht und eine Steckdose, womöglich für den Brutkasten, zu sorgen, blieb ungehört. Seitens der Brigade Criminelle, allen voran von Capitaine Didier Wolfsberger, wurden die Zweifel an Célestes und Lucs «abenteuerlicher» Tollwuttheorie immer lauter, und es half auch nichts, dass Sandrine Veilleux und Dr. Steinheimer sie in jedem Punkt unterstützten. Die Todesfälle Rosalie Bernard und Jean-Marie Knopfer wurden als Unglücksfälle ad acta gelegt.

Hinsichtlich des Mordes an Abbé Schwarzweiler schien die Sache zunächst anders auszusehen. Nicht zuletzt aufgrund zahlreicher Aussagen, die nahelegten, dass Valérie in den Abbé verliebt gewesen sein könnte, wurde gegen sie als einzige mögliche Verdächtige eine Anklage erwogen, jedoch fehlten jegliche Beweise. Hinzu kam, dass die Frau von dem Moment an, als sie von der Brigade Criminelle in Gewahrsam genommen worden war, jede Aussage verweigerte. Mehr als das: Sie verstummte vollkommen. Ihr Anwalt brachte ein psychologisches Gutachten bei, das Valérie Crummenacker eine akute Psychose bescheinigte, und sie wurde in eine psychiatrische Klinik eingewiesen, wo man ihren Geisteszustand untersuchen sollte. Als man ihr dort Schuldunfähigkeit aufgrund einer schizophrenen Störung attestierte, wurde das Verfahren eingestellt.

Alma Grenier kehrte noch am selben Abend, an dem sie verschwunden war, zurück in die Rue Muscat und zu ihrem Mann. Sie konnte nicht genau erklären, was sie geritten hatte, den ganzen Tag zu verschwinden. Auch konnte sie nicht sagen, wo genau sie gewesen war. Auf Nachfrage ihres in Tränen aufgelösten Mannes meinte sie nur: «Ich wollte zu Valérie, um Eier zu holen. Außerdem wollte ich sie wegen der Geschichte mit dem Abbé zur Rede stellen. Madame Kreydenweiss hat mir komische Fragen gestellt, und ich wollte Valérie klipp und klar sagen, dass sie mit dieser ungesunden Schwärmerei aufhören soll. Doch dann stand ich da vor Valéries Haus, mit der Eierschachtel in der Hand, und wusste plötzlich, dass ich dieses Leben nicht mehr wollte. Ich wollte mich nicht mehr um anderer Leute Angelegenheiten kümmern, nur weil ich selbst nichts hatte, worum zu kümmern sich lohnte. Da habe ich mich umgedreht und bin einfach weggefahren.»

Auf die Frage, warum sie denn wieder zurückgekommen sei, zuckte sie nur die Achseln. Dieses Achselzucken führte dazu, dass sich Alphonse Grenier bewusst wurde, wie nahe er an der Katastrophe seines Lebens vorbeigeschrammt war, gegen die sich seine Verhaftung in Tours wie ein Kindergeburtstag ausnahm: Fast hätte er seine Frau für immer verloren. Von diesem Tag an traute er der vermeintlichen Sicherheit von gedeckten Frühstückstischen nicht mehr, sondern bemühte sich, seiner

Frau immer wieder einen Grund zu geben, nach ihren gelegentlichen Ausflügen nach Hause zurückzukehren. Und Alphonse war – nach anfänglichen Schwierigkeiten – so erfolgreich darin, dass Alma mit der Zeit nicht nur ihre kleinen Fluchten wieder aufgab, sondern auch ihre häufigen Beerdigungsbesuche, und beschloss, dass gemeinsames Lachen dem Weinen um Unbekannte unbedingt vorzuziehen war.

Was zuletzt an dieser tragischen Geschichte um Wahnsinn, Raserei und Liebe noch erwähnenswert scheint, ist die Tatsache, dass Armand Straub zu Ehren seiner Rosalie den Triumph seines Lebens feierte. Nachdem der erste Schock überwunden war, kam man überein, das Mittelalterfest inklusive Singspiel trotz allen Schreckens wie geplant stattfinden zu lassen. Der Chor widmete der Verstorbenen zu Ehren einen noch eilig einstudierten, ganz und gar nicht anstößigen und so in jeder Hinsicht unverdächtigen Choral, und zum Abschluss des darauf folgenden Singspiels schallte dann satt und mächtig das *O Fortuna* der Carmina Burana über den Dorfplatz und trieb nicht nur Dédé Tränen der Rührung in die Augen.

Céleste hatte sich zur Feier dieses denkwürdigen Abends dazu durchgerungen, das freizügige grüne Wahrsagerinnenkleid anzuziehen und darüber hinaus ihren Freund Max einzuladen. Ein kleines Bekenntnis zu ihrer Liebe konnte nicht schaden, fand Céleste und bekam dafür die vollumfängliche Zustimmung ihres Brigadiers, der sich nicht verkneifen konnte, diese Entscheidung mit den Worten zu kommentieren: «Ich bin echt stolz auf Sie, Chef.»

Und so endete dieser denkwürdige September in Eguisheim mit einem ebenso denkwürdigen Fest, bei dem alle – außer Hugo Balzac, der eine Thermoskanne Kamillentee bei sich trug und diese nicht aus den Augen ließ – kräftig dem neuen Wein zusprachen. Sogar Jérémie tauchte zu später Stunde aus seinem Waldversteck auf und gesellte sich zu den Landsknechten, um in aller Öffentlichkeit ein kleines Pfeifchen zu rauchen. Aber immerhin behielt er dabei seine Hosen an.

ENDE

Danksagung

Die Idee, einen Kriminalroman zum Thema Tollwut zu schreiben, hatte ich schon lange. Als ich dann mit der Recherche begann, wurde mir schnell klar, dass hier sehr viel mehr Hintergrundwissen vonnöten war, als ich anfangs vermutet hatte. Und damit meine ich nicht nur das allgemeine medizinische Fachwissen, sondern vor allem auch Kenntnisse der spezielleren Art – denn in der Fachliteratur stehen nun einmal keine Tipps, was man beachten muss, wenn man jemand mit einem Tollwutvirus um die Ecke bringen will.

Mein besonderer Dank gilt daher Frau Dr. Eva Kalivoda, einer wunderbaren Tierärztin, die keine meiner Fragen zu exotisch fand und die mich nicht nur mit Fachliteratur versorgt, sondern auch unschätzbare Ideen zur Umsetzung meiner Mordgedanken beigesteuert hat. Ich sage nur: Hühnereier ... Danke, Eva, das war toll! Sollten sich in medizinischer Hinsicht trotz aller Sorgfalt, die ich darauf verwendet habe, dennoch Fehler oder Ungenauigkeiten eingeschlichen haben, gehen diese allein auf mein Konto und sind der Geschichte geschuldet.

Wen die Kulturgeschichte der Tollwut näher interessiert, dem sei folgendes Werk ans Herz gelegt: Bill Wasik, Monica Murphy: «Rabid, A Cultural History of the World's Most Diabolical Virus», erschienen bei Penguin Books (leider nur in englischer Sprache).

Nicht zuletzt möchte ich meinen beiden Lektorinnen Elisabeth Mahler und Iris Homann vom Rowohlt Verlag ganz herzlich danken, die mit unerschütterlicher Gelassenheit und großer Sorgfalt das Manuskript redigiert haben, obwohl sich dieses Mal tatsächlich ein wahrer Teufel irgendwo im Netz versteckt hatte und unsere Korrekturen ständig verschwinden ließ ...

Jules Vitrac, Januar 2018